中國語言文字研究輯刊

四 編

許 錟 輝 主編

第 3 冊

上古「言說類動詞」詞義系統研究

楊 鳳 仙 著

花木蘭文化出版社

國家圖書館出版品預行編目資料

上古「言說類動詞」詞義系統研究／楊鳳仙 著 — 初版 — 新
北市：花木蘭文化出版社，2013〔民 102〕
序 14+ 目 2+240 面；21×29.7 公分
（中國語言文字研究輯刊　四編；第 3 冊）
ISBN：978-986-322-212-5（精裝）
1. 漢語　2. 詞義學
802.08　　　　　　　　　　　　　　　　102002760

ISBN-978-986-322-212-5

9 789863 222125

中國語言文字研究輯刊
四　編　　第 三 冊　　　　ISBN：978-986-322-212-5

上古「言說類動詞」詞義系統研究

作　　者　楊鳳仙
主　　編　許錟輝
總 編 輯　杜潔祥
出　　版　花木蘭文化出版社
發 行 所　花木蘭文化出版社
發 行 人　高小娟
聯絡地址　235 新北市中和區中安街七二號十三樓
　　　　　電話：02-2923-1455／傳眞：02-2923-1452
網　　址　http://www.huamulan.tw 信箱 sut81518@gmail.com
印　　刷　普羅文化出版廣告事業
初　　版　2013 年 3 月
定　　價　四編 14 冊（精裝）新台幣 32,000 元

上古「言說類動詞」詞義系統研究

楊鳳仙　著

作者簡介

楊鳳仙，1965 年生，女，吉林德惠人。1994 年東北師範大學漢語史專業碩士畢業，2006 年北京師範大學漢語文字學專業博士畢業。現任爲中國政法大學人文學院中文系副教授。主要從事古代漢語、法律語言、對外漢語的教學和研究工作。已經出版著作一部，先後在國內外學術刊物上發表論文 20 餘篇，如《古漢語研究》、《中國政法大學學報》、《勵耘學刊》等，其中《試論上古介詞「于」用法的演變》被人大複印資料《語言文字學》全文轉載。

提　要

　　漢語史研究中最薄弱的部分是詞彙史的研究，尤其對常用詞、對某一歷史時期詞彙系統的研究則更是著力甚少。本書即爲詞彙史的研究，主要選取上古「言說類」概念場詞語作爲研究對象，詳細考察這些成員在上古文獻的使用情況，逐個做義位歸納和義素分析，然後根據義素特徵，將上古所有「言說」概念場內的詞語系聯成不同的語義場，在同一個語義場內進行詞項屬性的辨析，幷對不同時期的語義場進行比較，考察歷時詞義的演變和詞彙的興替。全書主要分析了 10 個語義場，即「說話」類、「告訴」類、「詢問」類、「罵」類、「責讓」類、「教導」類、「詆毀」類、「爭辯」類、「稱譽」類和「議論」類；同時對某些涉及多個義場的重點詞語作了個案研究。

　　結果發現言說類動詞詞義系統中詞義的變化相互影響，一個詞義（詞項）的演變往往會波及義場其他詞項的變化。而一個詞項的產生、變化或消亡是多種因素作用的結果。我們還發現有些常用詞項從古到今意義變化不大，而其組合關係發生了很大變化，如「問」、「告」等從介引關係對象到無需介詞引進。本書是在聚合關係和組合關係中考察分析詞義的演變，探求其演變規律，如綜合性較強的詞演變爲分析性較強的詞、言說義引申出認知義以及類推等。

論漢語辭彙意義系統的分析與描寫
——楊鳳仙《上古「言說類動詞」詞義系統研究》序

李運富

　　中國的語言學史是以探究漢語詞義爲中心的，但傳統的探究多表現爲文獻釋義或詞義纂集，雖然涉及形義關係、音義關係，但不太注重意義關係，因而除了雅書基本按事類纂集辭彙、聲訓基本按音義繫聯同源詞外，很少描寫展示漢語的詞義系統。直到近代的章太炎、黃侃，用「變易」與「孳乳」的規律繫聯字詞，意在「求語言文字之系統與根源」〔註1〕，也仍然沒有擺脫「形義」「音義」關係，所求到的系統只是局部的「同源字」「同源詞」系統，並非整個漢語辭彙的意義系統。

　　現代學者王寧先生在總結傳統訓詁學有關理論和方法的基礎上推陳出新，明確提出「語義中心論」，並以建立詞義系統爲目標，提出一系列詞義分析方法，漢語詞義系統的探究才步入科學軌道。王先生認爲：「語義中心論建立在語義獨立的基礎上。實現這一點的前提，必然是實詞的辭彙意義自成系統。」「同一種語言的意義之間互有聯繫，或處於級層關係，或處於親（直接）、疏（間接）的

〔註1〕黃侃述，黃焯編《文字聲韻訓詁筆記》，上海古籍出版社，1983年，第181頁。

關係，辭彙意義的演變牽一髮而動全局，首先是自身的系統決定的。」〔註2〕這就揭示了詞義系統的本質，並使詞義系統的研究真正擺脫了文獻和形、音的局限。根據我的理解，王寧先生一系列論著中體現出來的辭彙語義系統理論包括以下具體內容或觀點：（1）詞的意義的認知具有社會性、經驗性和民族性，而不能一概用邏輯規範；（2）多義詞內部各義位之間的語義關係及其引申變化規律可以科學分析；（3）詞義的確定和分析應該建立在訓詁材料的基礎之上，詞義的內部構成應該採用傳統訓詁學的「一分爲二」的義素分析法；（4）辭彙意義是成系統的，詞義系統具有共時性和層級性；（5）漢語辭彙的發展具有原生、派生和合成三個階段，原生階段的詞語的形式和內容的關係總體上是約定俗成的，但派生詞和合成詞是有語源和理據的；（6）個體詞的語源義或構詞理據對共時詞義系統有影響；（7）辭彙意義系統的描寫要以詞項和義位作單位，相關的詞項和義位構成網狀聯繫；（8）辭彙意義系統可以分類、分角度進行多方面的描寫，但這些描寫是局部的，它們可以證明辭彙意義總系統的存在，但難以展示辭彙意義的總體面貌；（9）辭彙意義系統的形成和發展表現爲累積律、區別律和協調律；（10）辭彙意義系統是獨立的，不依賴語法形式而存在。

　　王寧先生指出：「中國訓詁學最核心的語義觀，是語義系統論，也就是說，辭彙的意義存在一種有層次的關係，觀察意義和解釋意義，都要放到這個網絡關係中去才能夠保持客觀，也只有有了這種互相依存的關係，辭彙語義學才能成爲一門獨立的科學而不附庸於語法學。但是，以詞義爲重的辭彙系統是否可以證實？是否可以局部描寫出來？在這個工作沒有進行之前，語義系統論只是一個未經證明的命題。從訓詁學的長期實踐和辭彙語義的種種現象看，我們相信這個命題具有真實性，但如何設計一套行之有效的操作辦法來驗證它的真實，一直是我們追求的學術目標。」〔註3〕正是出於這樣的學術追求，在王寧先生辭彙語義系統理論指導下，北京師範大學的博士生開展了多個角度的辭彙語義系統探究和描寫。如肖曉暉《漢語並列雙音詞構詞規律研究》、符渝《漢語偏正式雙音合成詞詞素結合規律研究》、卜師霞《源於先秦的現代漢語復合詞研究》

〔註2〕王寧《漢語辭彙語義學在訓詁學基礎上的的重建與完善》，《寧夏大學學報》2004年第4期。

〔註3〕見王寧先生爲王東海《古代法律辭彙語義系統研究》所作之序，北京：中國社會科學出版社，2007年。

等是從構詞法角度探究並描寫漢語構詞理據與辭彙語義系統的關係；王東海《〈唐律疏議〉法律專科辭彙語義系統研究》、李潤生《〈齊民要術〉農業專科辭彙系統研究》、李亞明《〈周禮・考工記〉先秦手工業專科詞語辭彙系統研究》等是從專科辭彙角度描寫和解釋以專業知識為背景的辭彙意義系統；王軍《上古漢語形容詞辭彙語義特徵及語義分類研究》、呂雲生《〈禮記〉動詞的語義分類研究》、孫煒《名詞的語義特徵及分類研究》則是從語法範疇的角度研究語法範疇跟辭彙語義系統的一致性。這些研究成果展示了不同辭彙集中的規律和系統性，但相對於整個詞義系統來說都是局部性的。

許多年前，我在《古漢語詞彙學說略》〔註4〕中也對辭彙和詞義的系統性作了闡述，認為詞義系統可以突破共時平面的分類，可以變化角度和標準進行多次劃分，而且可以進行不同層次的下位分類，例如可以用義系、義族、義群、義域等不同層次的義位聚合群來整理詞義系統。但那只是一個初步的整體性構想，沒有付諸材料實踐。後來通過學習王先生的有關論著，認識到整體辭彙意義系統是難以全部展示的，光有宏觀構架起不了什麼作用。辭彙意義的系統描寫只能從實際材料出發，分門別類一部分一部分地進行。由於辭彙系統的開放性和詞義變化的經常性，辭彙意義的系統展示只能是歷史的、局部的，恐怕永遠不會有整體的全面的詞義系統出現，這跟語音系統和語法系統是不一樣的。

於是，我也帶著博士生走向了局部描寫辭彙意義系統之路。那麼，這個「局部」如何選擇、如何確定呢？王先生已經實踐的按構詞類別選詞、按專科知識選詞、按語法範疇選詞都是行之有效的，我們以此為參照，舉一反三，嘗試開拓更多角度的選詞範圍。於是我們也想到可以將傳統訓詁學蘊含的理論方法跟國外流行的辭彙語義學理論方法結合起來，突破自然語言材料的屬界，自覺類聚某些辭彙範疇，然後對範疇內的辭彙意義作系統描寫。

語義場理論首先引起我們的注意和嘗試。語義場理論跟中國傳統訓詁學的辭彙類聚方法有很多相通的地方，在證明辭彙系統性和對詞義系統進行局部描寫方面，語義場理論應該是行之有效的。所以王寧先生說：「中國自古代以來存在的類聚方法，與西方語義學的語義場理論不謀而合，但訓詁學在類聚材料中探討語義有一套較成熟的操作方法，又是語義場理論所不具備的，它們之間應

〔註 4〕李運富《古漢語詞彙學說略》，載《衡陽師專學報》，1988 年第 4 期。

當相互補充。」〔註5〕王寧先生一貫主張從漢語自身的實際出發，將現代語義學的理論和傳統訓詁學的成果相結合。例如她從古代訓詁材料的注釋與纂集中總結出「同類類聚」、「同義類聚」和「同源類聚」三種類聚模式，又從語義場的角度提出語義場內詞語密度測查、詞義對立關係測查、詞義相關規律測查、意義元素分類測查等系列方法。〔註6〕可見王寧先生實際上已經在運用語義場理論，而且給了我們靈活變通運用的啓示。

語義場理論展現了詞義的系統性，讓人們看到詞義是可以聚合成「場」的，一個場內的詞義互相聯繫、互相制約，一個義位的改變可以引起整個場意義系統的改變，這對於認識詞義系統和辭彙系統具有重要的指導意義。

但語義場理論也存在自身的不足與缺陷，構建語義場的條件與義素分析的條件互相依賴，就是其中的主要問題。請看下面的論述：

> 如果若干個詞義位含有相同的表彼此共性的義素和相應的表彼此差
> 異的義素，因而聯結在一起，互相規定，互相制約，互相作用，那
> 麼這些義位就構成一個語義場。〔註7〕

「『義素』是由處於同一語義場中相鄰或相關的詞相比較而得出的。構成一個詞的若干義素，就是這個詞區別於其他詞（特別是同一語義場中相鄰或相關的詞）的區別性特徵（distinctive feature）。」〔註8〕

一方面，語義場的確定要以一群詞共同具有的某一義素爲前提，即語義場的構成依賴於共同義素的發現。但另一方面，義素的得出又依賴於語義場內各詞項的互相對比，即義素得出的前提是語義場的已然存在。如此，語義場的劃定和義素的分析就形成了在理論上說不清的「雞」與「蛋」的關係，實際操作起來難免主觀隨意。

賈彥德對此提出了從小場入手的辦法。他說：「一種語言的所有的義位就是互相聯繫、互相制約的，因而也就構成了一種語言的語義的總場。而語義

〔註5〕見王寧《訓詁學原理》，北京：中國國際廣播出版社，1996 年。第 212～214 頁。

〔註6〕詳參王寧《訓詁學原理》，北京：中國國際廣播出版社，1996 年，第 212～214 頁。

〔註7〕賈彥德《漢語語義學》，北京：北京大學出版社，1999 年。第 150 頁。引文中的著重號爲筆者所加，下同。

〔註8〕蔣紹愚《古漢語辭彙綱要》，北京：商務印書館，2005 年，第 32 頁。

場又可以進一步分爲若干較小的場，這些較小的場就稱爲子場。子場往往可以分爲更小的子場，這樣一層層分下去，分到不能再分時，就叫做最小子場。」「漢語、尤其是現代漢語的總語義場包含著大量的義位，而這浩如煙海的義位又處在縱橫交錯、層層疊疊、極其複雜的關係之中。我們分析義素是無法也沒有必要從整個總場下手的。」〔註9〕事實上由於「總場」只是個理論概念，想從總場下手也無法辦到，所以無論是誰都只能從小場入手。但如何科學地確定小場和最小子場，他也沒有給出辦法，因而不得不承認最小子場的確定「只能靠分析者的初步判斷來認定哪些義位構成最小子場」，「這樣確定的最小子場，其結果並不十分可靠」〔註10〕。而且這樣實際操作得出的「語義場」似乎是語義分類的結果，與由共同義素歸納成場的語義場理論思路不符。

　　看來光用語義場理論是解決不了漢語詞義系統描寫問題的。因此我們又想到另外一種相關的理論——「概念場」理論。這種理論從認知的角度認爲語言的意義在於人類如何對世界進行範疇化和概念化。「認知語義學最大的特點就是把意義看作是概念化，認爲語言意義與人類的一般認知能力和方式具有密切的關係」〔註11〕。範疇化是人類對世界萬物進行分類的一種高級認知活動，在此基礎上人類才具有了形成概念的能力，才有了語言符號的意義。特里爾（J.Trier）是「概念場」（conceptual field）理論的提出者，他的概念場主要著眼於詞的聚合關係，認爲在概念場上覆蓋著辭彙場，詞項的劃分反映了概念的劃分。所以辭彙場是與概念場對應著的，辭彙場中的各個詞互相聯繫，互相制約，每一個詞的意義只能根據和它相鄰近或相反的其他詞的意義而確定。這種範疇化的概念場及其辭彙場是以分類爲基本操作手段的，這就爲上述語義場的實際劃分與理論思路相違背的困境開闢了一條新的認知語義學的解釋途徑。

　　蔣紹愚是比較成功地運用「概念場」理論來具體研究漢語辭彙語義系統的學者。他認爲，「概念場是人類共同的，但在不同語言或同一種語言的不同時期中，覆蓋在這個概念場上的語義場各不相同，也就是說，覆蓋著這個概

〔註9〕 賈彥德《漢語語義學》，北京：北京大學出版社，1999年，第59～60頁。

〔註10〕 賈彥德《漢語語義學》，北京：北京大學出版社，1999年，第60頁。

〔註11〕 束定芳《認知語義學的基本原理、研究目標與方法（之一）》，《山東外語教學》2005年第5期。

念場的辭彙的成員和分佈各不相同。所有表示某概念的詞語構成了辭彙場，辭彙場處於不斷變化之中，既有新成員的加入，也有舊成員的消亡。」「『概念場』是一個層級結構。包括全部概念的是總概念場，總概念場下面又分若干層級。」〔註12〕他把總概念場下的各個層級稱為「概念域」。與此對應，辭彙場也是一個層級結構，各個層級的辭彙，分別覆蓋在相應的概念域中。不同辭彙系統的辭彙面貌是不相同的，所以，同一個概念域被辭彙覆蓋的情況也會不同，即覆蓋在這個概念域上的成員不同，各個成員的分佈不同。在每一個概念域中，都存在一個由各種維度交叉而構成的多維網絡，這些詞在某個概念域中的位置可以用明確的座標來標明。他用《漢語詞義和辭彙系統的歷史演變初探——以「投」為例》、《打擊義動詞的詞義分析》〔註13〕等論著實踐了這種理論。通過蔣先生的闡述和有關研究實踐，我們認可「以『概念場』為背景，考察各個概念域中的成員及其分佈在不同歷史時期的演變，是研究辭彙系統歷史演變的一種有效的方法」〔註14〕。

當我們在為語義場的設立無從下手的時候，概念場理論幫了大忙，它的範疇化認知機制和概念層級分類方法，使我們在沒有全面義素分析因而無法繫聯共同義素的前提下，能夠將對應於某個概念場的辭彙場組建起來。覆蓋在某個概念場上的辭彙場實際上等同於語義場，但避免了語義場理論建場的邏輯缺陷。就是說，我們可以用概念場的範疇化認知方式來組建語義場，而用語義場的義素分析法來分析概念場內的詞項關係，這就將語義場理論跟概念場理論有效地結合起來了。

用「兩場」結合的思路，我帶著部分博士生從 03 級開始進行了漢語歷史辭彙語義系統的研究，已經完成的博士論文有楊鳳仙《上古「言說類動詞」詞義系統研究》、尹戴忠《上古「看視」概念場詞語研究》、梅晶《上古「時間詞語」語義研究》、陳燦《上古「飲食」類動詞詞義研究》、鄧進隆《漢泰語「教育類」名詞對比研究》等。這些論文雖然題目表述不同，但基本做法是一致的。所謂「言說類動詞」「看視概念場詞語」「時間詞語」「飲食類動詞」「教育類名詞」

〔註12〕蔣紹愚《古漢語辭彙綱要》，北京：商務印書館，2005 年。
〔註13〕分別載《北京大學學報》2006 年第 4 期和《中國語文》2007 年第 5 期。
〔註14〕詳參蔣紹愚《「打擊義」動詞的詞義分析》，《中國語文》2007 年第 5 期。

等，其實都是一個個「概念場」。這些「場」並不是按照語義場理論所要求的通過對立義素的分析找到共同義素再一組組繫聯一層層歸納出來的，而是從認知的某一個概念範疇的角度來圈定場內成員，即只要某詞項的義位在認知上屬於該概念範疇就可以進入該概念場，而不必先進行義素分析，所以這樣的「場」只能叫「概念場」，而不是理論上的「語義場」。

確定某個概念場後，如何分析其中的詞項關係或意義關係，是我們需要解決的又一重要問題。建立概念場的目的並不是為了定義邏輯式的概念，而仍然是為了研究詞的意義關係，仍然要從語言事實出發，所以分析的目光要突破概念的層面落到辭彙場上來。也就是從概念場入手，實質是構建辭彙場，進而用義素分析法分析辭彙場各辭彙成員的語義關係，最終達到描寫語義場的目的。這就是我們把語義場理論和概念場理論結合起來的一種研究思路。

義素分析法也叫詞義成分分析法。上世紀 50 年代由美國人類學家在研究親屬詞的含義時提出，70 年代被介紹到中國。〔註15〕這種方法通過相關義位之間的對比，對義位進行分解，從中找出語義的共同特徵和區別特徵。例如「男孩、女孩」的共同特徵是〔人類〕和〔未成年〕，區別特徵是〔性別〕，因而它們的義位分別可以表示為：男孩＝〔＋人類〕〔＋男〕〔－成年〕；女孩＝〔＋人類〕〔－男〕〔－成年〕。義素分析法對於繫聯語義場以及辨析部分同類詞、同義詞和反義詞是有效的，而且語義特徵的分析也可以用來說明詞語的搭配差異。

但這種方法也有不少局限，比如存在義素抽取的主觀性與不可窮盡性問題，而且也不是所有詞的義位都能規則地切分為若干具有對立關係（有或無）的義素。

中國傳統訓詁學對詞義的解釋也包含著對詞義構成的分析。正如賈彥德所說：「當他們（古代訓詁家）在用詞組、句子解釋詞時，他們的釋義實際上卻包含了不同的成分」，「孕育了義素、義素分析法」〔註16〕。王寧先生從古人的詞義解釋的比較中切分出了三種不同作用的義素：類義素、核義素（源義素）和表義素。類義素是指單義項中表示義類的意義元素，例如江、河、淮、漢可提

〔註15〕參看周紹珩《歐美語義學的某些理論與研究方法》，載《語言學動態》1978（4）。

〔註16〕賈彥德《漢語語義學》，北京：北京大學出版社，1999 年，127 頁。

取類義素〔河流〕。核義素（源義素）指稱同源詞所具有的共同語義特點，例如從稍、秒、艄、宵、鞘、梢中可以提取共同的核義素〔尖端－漸小〕。除了這兩種特殊的義素外，其他義素都可稱爲表義素。在此基礎上，王寧先生將訓詁材料中的義界釋義方式規範爲「主訓詞＋義值差」的結構公式，認爲主訓詞一般是類義素，義值差則可反映表義素，也可反映核義素（源義素）。並把古人的這種解釋詞義的方法命名爲「一分爲二的義素分析法」，簡稱爲「二分法」。〔註17〕

顯然，訓詁式的義素「二分」法跟西方式的義素「二分」法是不一樣的。前者的「二分」是對單個義位（義項）而言的，即把一個義位分析爲「義類」和「義差」兩個部分，這兩個部分代表著整個義位，因而是窮盡性的。後者的「二分」是針對兩個或多個不同義位而言的，即在對立的兩個或多個義位中，有沒有某個義素，這種二分對立的義素，隨機提取，多少不定，因而總體上是無法窮盡的。或者說，訓詁式的「二分」是組合的分析，通過組合的理解才能繫聯到相關的聚合；而西方式的「二分」是聚合的分析，通過聚合的對比才能理解義素組合的含義。這兩種分析方法各有利弊，組合的分析便於義位的理解，聚合的分析便於關係的確立，兩種結合起來，才能把辭彙場中各辭彙成員的意義及相互關係描述清楚。即先用組合式的切割分析描述每個詞項的義位，再用聚合式的對比分析描述義位與義位的關係。這就是我們嘗試的「兩分」結合即兩種義素分析法結合研究的基本思路。

把義位的成分組合分析爲「義類」（主訓詞）和「義差」兩部分，是宏觀的總體概括，實際上每個部分特別是「義差」部分還可以進行多分，因爲義位的差別可以同時包含多個方面。但這是「二分」之下的多分，不影響「二分法」的成立。我們認爲只有「二分」與「多分」結合進行，詞的義位的內涵才能分析清楚。例如動詞由於具有「非自足性」，釋義時除了揭示動作行爲本身的核心義素外，還必須交代其他相關的要素才能理解。所以于屏方認爲，動作義位的釋義框架，同時受到認知框架和語言框架的雙重制約。非自足性使動作義位在釋義過程中表現爲對其他範疇的依賴性，其語義分析式中開放了數量不等的空位，形成一個典型的待完形結構。〔註18〕徐小波也認爲，動詞義位的釋義表現

〔註17〕王寧《訓詁學原理》，北京：中國國際廣播出版社，1996年，208～211頁。

〔註18〕于屏方《動作義位釋義的框架模式研究》，廣東外語外貿大學博士學位論文，2006年。

爲不同關涉角色以核心動詞爲中心形成的語義配列式，一個動詞義位的完善釋義應該包括兩大部分：「核心動詞＋關涉角色」。〔註19〕這種釋義模式可以通俗地表述爲「義核＋語義關涉成分」，其中的兩大部分就相當於訓詁義界釋義的基本形式「主訓詞＋義值差」，即「義核」相當於「主訓詞」，「語義關涉成分」相當於「義值差」。顯然，動詞的「語義關涉成分」是很多的，可以再分析的。因而我們主張對於詞義的分析可以在第一層分爲「二」，而「二」的下層還可以多分。例如徐小波就將「關涉角色」分爲主體角色、客體角色、與體角色、時間角色、工具角色等17類。馮海霞把動詞義位的關涉成分叫「別義因素」，包括主體因素、客體因素、條件因素、原因因素、目的因素、範圍因素、工具因素、憑藉因素、性狀因素、時間因素、處所因素、方向因素、基準因素、數量因素、結果因素、補充因素等共18類。〔註20〕這些「語義關涉成分」或「別義因素」，顯然是光用「二分法」解決不了的。而且它們也不同於西方義素分析法中的「義素」，因爲它們盡管多分，也不一定是最小的終極語義單位，但爲了表述的方便，我們可以把義位中的各級語義成分泛稱爲「義素」。

詞義聚合的對比分析也不能局限於對立義素的「＋」和「－」，而應該是不同義位的各種義素（包括「主訓詞」代表的類義素和「義值差」內含的各種別義因素）的全面比較，通過各種義素的比較，找出不同義位的共同義素和區別性義素，進而用共同義素繫聯成各種不同的語義場，用區別性義素辨析同場詞項的差異。一般運用「義素分析法」僅限於「區別性特徵」，是不全面的。

由共同義素繫聯成的語義場由於義位與義位之間的關係不同可以分爲不同的類型，如賈彥德認爲辭彙場的最小子語義場有十個類型：分類義場、部分義場、順序義場、關係義場、反義義場、兩極義場、部分否定義場、同義義場、枝幹義場、描繪義場等。〔註21〕無論哪種語義場，理論上說場內的詞項一方面必須有共同義素，同時又都能相互區別，否則就不應該同場存在。共同義素是詞項類聚爲一個語義場的前提條件，詞項間的區別性義素則是不同詞項在同一個語義場內共存的價值要求。可事實上，如果我們僅按上述義位描寫和義素分

〔註19〕徐小波《動詞詞義的非自足性研究》，魯東大學碩士學位論文，2006年。

〔註20〕馮海霞《語義類別釋義模式研究——基於《現代漢語詞典》與《簡明牛津英語詞典》的比較》，南開大學博士學位論文，2008年。

〔註21〕賈彥德《漢語語義學》，北京：北京大學出版社，1999年。147～213頁。

析的結果來區別場內的詞項，有時會出現無法區別的情形。這說明對語義場內詞項的分析光看義素還是不夠的。

因此，我們在進行詞義成分分析時，可以只限於語義屬性；而進行同義語義場的詞項辨析時，則不應局限於語義屬性，還可以把詞項的組合屬性和使用屬性也納入分析的範圍。研究詞義系統而關照組合規律和使用條件，是一種新的價值取向，已引起越來越多的學者重視。我們將這種理念設計出系統框架而付諸全面實踐。

這樣，我們從語義屬性、組合屬性和使用屬性三方面來辨析處於同一個語義場的各個詞項的異同關係。「語義屬性」是主要的，「組合屬性」和「使用屬性」是詞項屬性的附加屬性，列出這兩種屬性是爲了顯示同義詞項的必然差異。三種屬性的具體內涵如下：

「語義屬性」是詞項屬性中最核心的部分，指語義場各詞項本身固有的不可缺少的意義成分，包括類義素和表義素。「類義素」表示義位的類屬，是人們對義位所反映的客觀事物的認知範疇。認知的視角不同，歸納的範疇可能不一樣。描寫義位時可以上下類連屬，但不能同級交叉。「表義素」是義位固有的可感知的意義成分，它規定了義位的主要特徵，是義位的實質內容。表義素一般是復合的，或者多元的，可以進行再次切分或分類。例如對動詞義位的分析，「表義素」就表現爲各種「語義關涉成分」，可以分出主體義素、客體義素、工具義素、時空義素等等，也就是上文提到的各種「別義因素」等。對具體詞項而言，語義關涉成分有必須和可選之分，系統中通常只分析必須的語義關涉成分。

「組合屬性」包括內部組合和外部組合。內部組合著眼於詞項的音節和結構。從音節上看，可以分爲單音節和復音節。從結構上看，可以分爲單純結構和合成結構。合成結構又可分爲並列式、偏正式、述賓式、動補式、附加式等多種〔註22〕。外部組合反映詞項的語法屬性。包括詞項的語法功能和功能涉及的語法關係。語法功能指在句子中做什麼成分；語法關係指是否有主語、賓語等連帶成分的強制性要求。

「使用屬性」指的是詞語在語言實際使用中所產生或形成的價值或信息，

〔註22〕這是沿用通常的分析方法，實際上對合成詞還可以從來源上或語義上進行分析，那更有區別價值。

包括使用時間、使用地域、使用語體、使用情感甚至使用頻率等。

這樣的詞項屬性分析，包括義素分析但不限於義素分析，所以當義素分析的語義屬性不足以區別不同詞項時，可以從組合屬性和使用屬性角度幫助辨析，結果表明，處於同一語義場中的各個詞項都是有區別的。

歸納和描寫語義場，辨析場內詞項的關係，都是平面的工作。如果將不同時期或時段的語義場串成序列，就有了歷時比較的價值。我們研究的對象是歷史詞義系統，歷時的比較工作是應該要做的。所以我們對語義場的描寫和分析實際上包括兩個方面的內容：一是該場成員的認同別異。即根據「詞項屬性分析」說明場內各詞項的共同屬性有哪些，相互之間存在哪些屬性差異。二是該場成員的歷時變化。按時期說明成員的增減變化及成員關係的調整，包括成員的異時異域替換關係和詞項屬性的彼此影響關係。

以上就是我們對漢語辭彙意義系統進行分析和描寫的基本思路。概括起來說，有這麼幾個要點：（1）從認知範疇入手，根據通常對某一概念的理解，把封閉材料中屬於該概念範疇的所有詞項類聚起來，建立覆蓋在該概念場之上的辭彙場。（2）對辭彙場中的所有詞項進行「二分＋多分」的義素分析和義位描述，根據某一角度的共同義素繫聯出不同語義場。（3）對各個語義場中的詞項分別進行「語義屬性」及「組合屬性」「使用屬性」的分析，比較同場中不同詞項的屬性差異。（4）比較不同時期同一概念場中語義子場的變化、同一語義場中詞項成員和詞項屬性的變化，從而揭示辭彙和詞義演變的某些規律。這個研究思路中體現了概念場理論與語義場理論的結合、義素分析與詞項屬性分析的結合、義素二分與義素多分的結合、有無對立與差異互存的結合、共時描寫與歷時比較的結合。

前面提到的幾部博士論文基本上都是按照我的這個思路而選擇某一個概念場所作的研究，具體的表述可能各有差異，但研究的步驟和方法是基本一致的。楊鳳仙的《上古「言說類動詞」詞義系統研究》是首篇之作，第一個按照這個思路成文的。

楊文選取上古「言說類」概念場詞語作為研究對象，詳細考察這些成員在上古文獻的使用情況，逐個做義位歸納和義素分析，然後根據義素特徵，將上古所有「言說」概念場內的詞語系聯成不同的語義場，在同一個語義場內進行詞項屬性的辨析，並對不同時期的語義場進行比較，考察歷時詞義的演變和辭

彙的興替。文章主要分析了 10 個語義場，即「說話」類、「告訴」類、「詢問」類、「罵詈」類、「責讓」類、「教導」類、「詆毀」類、「爭辯」類、「稱譽」類和「議論」類；同時對某些涉及多個義場的重點詞語作了個案研究。語義場的描寫重在義素分析和詞項屬性的同異比較，展示的是不同詞語相關詞項的類聚系統；個案研究則以詞語為考察單位，以義項為分析客體，展示的是單詞內部的義項系統。個案研究的目的有三：一是整理單詞的詞義系統，即從本義出發繫聯引申義，說明引申機制和條件，特別是這些意義是如何產生的；二是比較各義項在各時期的使用情況，說明生死消長的原因和規律；三是結合語義場的描述，說明詞義變化對語義場的影響。在對「言說」概念場內的語義場細緻描寫和對關涉語義場的重點單詞進行個案分析的基礎上，文章從縱橫兩個角度揭示了「言說」概念場內語義場與語義場的關係、同一語義場中詞項與詞項的關係，以及詞項和詞義的演變規律，並運用各種辭彙語義學理論對語義場和詞項、詞義演變的原因盡量做出解釋，驗證了漢語辭彙詞義的系統性和某些變異規律，也提出了作者一些新的認識，其中有不少獨特的觀點值得重視。

就研究方法而言，楊鳳仙的論文是對我提出的研究思路第一個進行實際操作和全面嘗試的。文章將概念場與語義場融合，從概念認知入手，而落腳到詞項的語義屬性分析，同時兼顧詞項的組合屬性和使用屬性。實際分析出來的語義屬性包括類義素、表義素、關聯義素和其他義素，組合屬性包括內部組合和外部組合，使用屬性包括時代、地域和頻率等。其中有的屬性還包括更多的下位屬性。這種綜合式的多層屬性分析方法，可以將語言中的任何兩個詞項區別開來，對描寫語義場關係，對同義詞和同類詞的相互辨析，都具有重要的借鑒價值。

楊鳳仙的論文不僅在研究方法上具有開創性的嘗試意義，而且通過對上古代表文獻語言材料的全面測查和系統描寫，為建立科學的漢語辭彙史提供了有價值的成果。我們知道上古漢語是中古、近代、現代漢語辭彙研究的源頭和基礎。要想把漢語辭彙史的研究引向深入，正本清源是十分重要的。徐朝華指出：「上古漢語辭彙是漢語辭彙研究的源頭，是漢語辭彙史的起點，也是中古、近代漢語辭彙史研究的基礎，它與現代漢語辭彙的研究也有著密切的聯繫。現代漢語的基本詞彙中，很多的基本詞是從上古一直沿用下來的。現代漢語雙音詞的構詞法，也是從上古沿用下來的。現代漢語辭彙中的一些現象，探究其源，

也是始於上古。」〔註23〕趙振鐸也指出：「這個時期（上古時期）是漢語發展的源頭，漢語後來的發展變化都和它有這種和那種聯繫。……研究漢語史也先要弄清楚這一時期語言的狀況，才能夠更好地下推後世的語言變遷。就這個意義說，研究這個階段的漢語，不僅有很大的實踐意義，還有重要的理論方面的意義。」〔註24〕可見弄清楚上古時期各階段「言說」概念場（辭彙詞）的各個語義場及構成語義場的詞項、詞義的基本情況，對研究漢語辭彙通史有非常重要的意義。

　　楊文從文獻材料出發，運用義素二分法和多分法，並結合詞項屬性的比較，全面界定了「言說」概念場中每個詞項的義位，釐清了每個義位的關係，這對漢語大型語文詞書的釋義也是很有參考價值的，因爲釋義往往是詞義分析的結果。古漢語詞典釋義的準確與否，跟古漢語辭彙的研究是否深入密切相關。一方面，對於具體的詞，要根據大量語境和用例才能弄清楚它的準確含義；另一方面，對於什麼是詞義，在詞典中如何準確地表達詞義，也需要有理論方法的指導。「詞典工作者最好還是要重視語義學領域的各種研究；他們對語詞意義特徵的瞭解越多，他們的工作就會越出色」。〔註25〕楊文在選定的上古時期代表文獻範圍內，考察了每一個詞項出現的語言環境，分析了每個詞項的意義特徵和相關屬性，同時關注每一個義項的產生時間及消亡時間，因此可以爲詞書收釋該詞時的義項劃分、義項解釋和始見書證提供可靠依據，從而提高詞書釋義的準確度。

　　楊文研究思路清晰，方法得當，材料翔實，分析細緻，資料可靠，結論值得重視，是一部很有參考價值的著作。原來也存在一些問題，例如對詞項的固有意義與個別偶然用法的關係的處理缺乏規則，個案分析的詞例也不足等，聽說這次借出版機會已做了修改和增補，較答辯時的博士論文又有提高了。而且作者計劃圍繞「言說」概念場的辭彙語義系統研究，準備從上古延伸到中古、現代，將斷代系統串成辭彙通史，這是很難能可貴的，將對辭彙史的研究作出

〔註23〕徐朝華《上古漢語辭彙史》，北京：商務印書館，2003 年，第 2～3 頁。

〔註24〕趙振鐸《論先秦兩漢漢語》，載《古漢語研究》，1994 年第 3 期。

〔註25〕章宜華、黃建華《當代詞典釋義研究的新趨勢——意義理論在詞典釋義中的應用研究》，載中國辭書學會學術委員會編《中國辭書論集‧1999》，上海：上海辭書出版社，2000 年。

一份貢獻，可以預見她對辭彙語義系統的研究會更深入、更成熟。作爲最初給
她提供研究思路的導師，看到自己的學生在這條路上越走越遠，能夠超過老師，
當然很高興，所以借她著作出版的機會，把這些年關於辭彙語義系統研究的思
考大致歸納一下，也正好說明楊鳳仙這部書的寫作背景和價值取向，聊以算作
序吧。

2012 年 8 月 8 日
於北京昌平西湖新村

目

次

第一章　緒　論

1.1　選題宗旨及意義

　　本課題旨在對上古時期漢語「言說類動詞」詞義進行共時的描述和歷時的研究，屬於漢語辭彙史的課題。

　　科學的詞義研究應該是對客觀存在的詞義系統進行全面的、整體的研究，這種研究要求既要看到處於同一系統的不同詞義的區別，又要看到它們的內在聯繫。我國有著悠久的詞義研究的傳統，但是千百年來，由於傳統訓詁學的影響，此研究往往局限於疑難詞語的訓釋和考證，而對於包括大量的非疑難詞語在內的整個詞義體系（這是詞義及詞義演變規律最主要的載體），歷來缺乏全面系統的考察和研究，正如江藍生先生所言：「辭彙史的研究跟語音史和語法史相比最為薄弱，最近 20 年的辭彙研究側重於對疑難詞語的考釋，而對常用詞、對某一歷史時期辭彙系統的研究則很少著力。」這種缺憾直接導致漢語歷史詞彙學和漢語辭彙發展史至今難以建立。近年來，加強對常用詞以及對某一歷史時期辭彙系統的研究，改變過去詞義研究中倚輕倚重的局面，已成為學界的共識。
〔註 1〕

〔註 1〕　參考江藍生《東漢──隋常用詞研究·序》；張永言、汪維輝《關於漢語辭彙史研究的一點思考》；汪維輝《東漢──隋常用詞研究》。

我們認為，從語義範疇出發，對反映某一範疇的某一類詞的詞義系統，進行全面系統的研究，是詞義研究的一項基礎性工作。這種研究包括共時詞義系統的描述和歷時詞義演變、辭彙興替的考察兩個方面。我們相信，這樣的研究累積到一定的程度，將為漢語歷史詞彙學和漢語辭彙發展史的建立，提供一個較為堅實的基礎。

在上述思想的指導下，我們選取上古漢語反映「言說」這一語義範疇的動詞作為研究對象，主要進行詞義的研究，有時也涉及到語法方面的考察和分析。言說類動詞指「用言語表達意思」的動詞，其詞義系統是上古漢語詞義總系統中的子系統或局部系統。無論是從歷時的角度，還是從共時的平面看，言說類動詞都具有廣泛性和典型性。這類動詞包括兩個方面：一是表示一般的「說話」類動詞（如言曰云等），是泛義的言語行為；二是表示特殊的「說話」類動詞，如表示「告訴」、「詢問」、「詆毀」、「辱罵」、「欺騙」、「讚譽」等，這些概念在不同歷史時期可以用不同的詞語表示，有些概念即使在同一時期也可用不同詞語表示。如果說言說類動詞在詞義上是一個成員龐雜的大語義場〔註2〕，那麼各類成員又可形成不同的子義場，如「詢問」義場、「責讓」義場、「告訴」義場等。

本文試圖全方位考察這個大語義場內所有成員從殷墟甲骨文到兩漢這一千多年間各個歷史階段的共時詞義系統和與之相連的歷時詞義演變、辭彙興替的情況，尤其關注多義詞的各個義位之間的引申脈絡和每個成員的詞義變化所引起的語義場內相關成員的變化。這樣的工作目前只是一種嘗試。希望能為全面研究上古漢語語義系統積累經驗，提供借鑒，為科學準確地描寫和闡釋上古漢語語義系統起到某種程度的探路作用。

在我們還無法描寫一個時期的系統的時候，只能從局部做起，即除了對單個的詞語進行考釋之外，還要把某一時期的某些相關的詞語（包括不常用的和常用的）放在一起，作綜合的或比較的研究。〔註3〕蔣紹愚先生的這種近代漢語辭彙的研究方法，同樣也適合於上古漢語辭彙的研究。我們就是從上古辭彙的局部研究入手，描寫上古時期言說類動詞詞義系統。所以，探討言說類動詞的

〔註2〕 此處「語義場」主要指概念場，詳見本書「序」。

〔註3〕 參考蔣紹愚《古漢語辭彙綱要》（255頁）「近代漢語辭彙研究的方法」。

變化主要是在語義場中展開的，有的是同一義場內的變化，有的是相鄰義場的轉移。一個同義義場中由於各詞項間的價值關係的不同，其中可能有一個詞與其他詞語的地位不一樣，出現的頻率較高，我們把這種詞叫主導詞；與之相反，有的詞語出現頻率低則稱之爲非主導詞〔註4〕。不同的時期某一義場的主導詞可能會有變化。

本課題的任務不僅僅是言說類動詞分類的整體研究，對其中的常見詞語的個案考察也是我們的重要目標，探討「多義化的系統演變」，〔註5〕考察義位變化的規律，即通過詞義的引申挖掘詞義變化的動因和演變的機制。具體來說就是從這些詞語所出現的所有語境中考察義位的產生、繼承、發展或消亡的過程，追蹤它們的演變軌迹，探討其詞義引申的規律。

本課題的研究也將對辭書的編纂提供一定的幫助。由於受傳統的影響，對詞義系統缺乏整體研究，過去辭書義項的設立往往是零散的、羅列性的，義項間的內在聯繫不清晰。本課題的研究將有助於按詞義系統的本來面貌設置義項，以體現義項間的內在聯繫。過去辭書在處理具體條目上問題也很多：「一是始見書證普遍較晚，沒有追溯到源頭；有個別書證不可靠，始見時代應推遲的。二是對一些常見詞的義項劃分不合理或義項露略、不準確。」〔註6〕我們測查上古時期的所有文獻，考察每一個詞語所出現的語言環境，理出一個個具體詞的詞義演變脈絡，同時關注每一義項的產生時間，爲義項的劃分和始見書證提供可靠的依據。例如新版《辭源》在「講」的第二個義項「談論」下，所引例子是《禮記·禮運》：「義者，藝之分、仁之節也；協於藝，講於仁，得之者強。」實際上，我們認爲此句中的「講」的「談論」義項值得商榷。「從上下文看，這句話是講如何對待『義』、『藝』、『仁』三者之間的關係的；其中『協於藝，講於仁』的『協』和『講』爲互文，都是『和』的意思，指協和、協調；整句話

〔註 4〕　解海江、張志毅《漢語面部語義場的歷史演變——兼論漢語辭彙史研究方法的轉折》稱爲「主導詞項」和「非主導詞項」。

〔註 5〕　張慶雲、張志毅《義位的系統性》(7頁)：「在漢語中多義化的義位只佔不足五分之一，它們在語義場總處於中心的基本義位，就是在聚合關係中帶有主宰、規定性的義位，它們的引申表現出一系列的規律。」

〔註 6〕　汪維輝《東漢——隋常用詞研究》13頁。

是說：『義』對實現『藝』和『仁』的範圍、原則具有決定作用，要使『義』與『藝』、『仁』協調統一起來，掌握了這個原則的就是強者。」〔註7〕由此可見基礎研究非常重要。

本課題與古籍整理也有密切的關係。各個不同歷史階段的辭彙面貌是不同的，正因為如此，以語言為標準來給作品斷代才有可能（當然還包括其他標準），如《孔子家語》長期以來一直被認為是偽書，但近年來由於出土材料的發現使很多人重新認識此書，一些人否定了傳世的看法。我們認為從語言的角度，從具有時代特徵的詞語用法出發可能對判斷這類書的真偽起一定作用。

1.2　研究概述

1.2.1　語義、詞義系統研究概況

歷史上，漢語辭彙研究主要是詞義的研究，詞義的研究屬於語義研究的一部分。漢語辭彙的研究大致經歷了訓詁學、傳統語義學、現代語義學三個時期。

訓詁學時期的語義研究，為我們從辭彙史的角度來探討詞義、辭彙的規律提供了寶貴的資料。《爾雅》根據詞義的相同、相近、相關或同類而編纂，是早期粗略的語義系統性觀念的體現。段玉裁《說文解字注》中對同義詞、近義詞的精微辨析，「渾（統）言」、「析（別）言」理論的形成、對詞義的概括和分析等，都對後代詞彙學的研究有很大的啟發，為漢語辭彙史的建立積纍許多有用的材料。但是我們應該看到這些研究基本上還是屬於訓詁學的範疇，對辭彙系統性的認識還不夠。

傳統語義學時期，研究內容主要是詞義及其演變，特別是詞義的擴大、縮小和轉移，這種以詞義為軸心的單一研究顯然有其缺陷。總的來說，訓詁學和傳統語義學對語義的研究是孤立的、原子主義的，但是在語義研究的原子主義時期，語義的系統性的觀點已經萌芽。

現代語義學是以語義為座標進行靜態和動態的雙軸研究，它既研究語義

〔註 7〕 高守綱《古代漢語詞義通論》159 頁。

的共時系統，又研究語義的歷時演變，更講究系統性和科學性。賈彥德〔註8〕、符淮青〔註9〕、張志毅、張慶雲〔註10〕等學者接受了西方辭彙場和語義場理論來進行漢語辭彙詞義系統的研究，並取得了一定的成績。如賈彥德對漢語的親屬詞進行了語義特徵分析和語義場描寫，符淮青〔註11〕對「紅」的顏色詞群（他把語義場稱爲詞群）的描寫，更有意義的是他突破了長期以來將語義場的研究局限於顏色詞和親屬詞的局面，對漢語表眼睛活動的詞群進行了描寫分析，對普通話和某一方言表示人頭部的各個部位的詞群進行了共時的比較分析。李紅印的《現代漢語顏色詞辭彙——語義系統研究》〔註12〕，對現代漢語的子系統——顏色詞進行了全面而深入的描寫，對辭彙系統研究的理論和描寫方法都作了深入的探討。馮凌宇的〔註13〕《人體詞語研究》對人體詞語進行全方位多維度的系統研究，既有語言層面的探討（辭彙的、語義的、語法的、語用的），又有認知層次的闡釋，還有文化方面的探究。二十世紀晚期，把現代語義學的理論和傳統訓詁學的成果結合起來進行古漢語辭彙的研究已經成爲一部分研究者的共識。王寧的《訓詁學原理》使傳統訓詁學理論化、系統化；蔣紹愚〔註14〕、周光慶〔註15〕等人用現代語義學的理論與方法來分析古漢語辭彙及其發展。

　　從章太炎的以音韻爲手段整理漢語辭彙系統，到黃侃的繫聯《說文解字》中的字來探求詞義系統，再到陸宗達、王寧的詞義系統的觀點和方法在理論上的總結以及系統分析方法的純熟運用，都說明了辭彙、詞義系統理論的自覺的和不自覺的運用對於我們研究語言工作的重要意義。眾多學者從理論和實踐的各個方面對辭彙系統性和詞義系統性的表現進行了深入的探索和研究，周祖謨〔註16〕、黃景欣〔註17〕主要從辭彙的構成上探討辭彙的系統性；高名凱〔註18〕

〔註 8〕　賈彥德《漢語語義學》。

〔註 9〕　符淮青《詞義的分析和描寫》。

〔註10〕　張志毅、張慶雲《辭彙語義學》。

〔註11〕　符淮青《漢語表示「紅」的顏色詞群分析》。

〔註12〕　北京大學博士論文，2001 年。

〔註13〕　武漢大學博士論文，2003 年。

〔註14〕　蔣紹愚《古漢語辭彙綱要》。

〔註15〕　周光慶《古漢語詞彙學簡論》。

〔註16〕　周祖謨《漢語辭彙講話》。

從同族詞、同音詞、同義詞和反義詞等不同的類聚中來研究辭彙的系統性；張永言〔註19〕強調辭彙系統的研究首先是研究詞的語義聯繫；朱星〔註20〕認爲辭彙的系統性主要是建立在詞義上；李運富〔註21〕則認爲，詞義系統可以突破共時平面的分類，可以變化角度和標準進行多次劃分，而且可以進行不同層次的下位分類，他還提出以義系、義族、義群、義域等不同層次的義位聚合群來整理詞義系統；劉叔新〔註22〕按詞語之間內在意義的標準，認爲辭彙系統有十一種組織結構：同義組、反義組、對比組、分割對象組、固定搭配組等；王寧〔註23〕在長期深入研究訓詁學的基礎上，總結並提出了漢語的語義觀，並認爲辭彙意義系統的觀點是漢語語義觀的基本觀點之一，是「語義中心觀」和「語義的獨立研究價值」等觀點的基礎和前提。高慶賜〔註24〕把單音詞的本義、引申義、假借義的意義整理稱之爲「詞義系統」；童致和〔註25〕較早地自覺運用詞義系統觀念來研究一系列「氣味詞」的詞義變化，以及由此帶來的詞義系統的演變、單個詞的意義在詞義系統中的位置的變化；黃易青〔註26〕對同源詞的意義關係、詞族的意義系統作了非常深入的研究；宋永培〔註27〕通過對《說文解字》詞義系統的描寫來探討上古漢語的詞義系統，他以系統論爲指導，將意義劃分爲義位、義系、義區和義部等層級結構單位，對詞義系統的描寫作了深入的探索。

對於詞義的系統性，蘇寶榮、宋永培對我們傳統的詞義研究和研究詞義的方法作了十分精到的總結：「漢語的詞義系統，主要是指詞的本義和引申義的縱向聯繫，以及這一引申系列與有關同義詞、反義詞、同源詞的橫向聯繫。」

〔註17〕 黃景欣《試論詞彙學中的幾個問題》。

〔註18〕 高名凱《論語言系統中的詞位》。

〔註19〕 張永言《詞彙學簡論》。

〔註20〕 朱星《漢語詞義簡析》。

〔註21〕 李運富《古漢語詞彙學説略》。

〔註22〕 劉叔新《論辭彙體系問題》。

〔註23〕 王寧《漢語辭彙語義學的重建與完善》。

〔註24〕 高慶賜《漢語單音詞義系統簡論》。

〔註25〕 童致和《香和臭的詞義演變及氣味詞的詞義系統的發展》。

〔註26〕 黃易青《上古漢語同源詞意義關係研究》。

〔註27〕 宋永培《古漢語詞義系統研究》。

〔註28〕研究詞義的方法：「一是溯本求源，從本義出發說解詞義。二是認識『一詞多義』各個義項之間的聯繫（即詞義『縱』的聯繫），解釋詞義做到以簡馭繁。三是注意詞與詞之間的相互關係（即詞義『橫』的聯繫），通過同義詞、反義詞、同源詞的研究，加深對詞義的理解。」〔註29〕，這些理論探討對我們的研究工作有著巨大的指導作用。

　　許多學者致力於辭彙系統的演變和詞義演變規律的研究。蔣紹愚在《古漢語辭彙綱要》中著重從同一種語言的不同歷史時期以及不同語言辭彙系統的對比來考察辭彙系統的演變情況，同年他發表《關於漢語辭彙系統及其發展變化的幾點想法》〔註30〕，探討了漢語辭彙系統在不同歷史時期的發展變化可以從哪幾個方面來加以考察：義位的有無和結合關係；詞的聚合關係；詞的組合關係；詞的親屬關係，為研究辭彙系統的發展變化起到重要的指導作用。通過比較來研究辭彙系統，以此來觀察某個歷史平面上辭彙系統的特點，進而描寫這個系統，這是行之有效的方法。他還通過舉例具體提出觀察漢語辭彙系統歷史演變的方法，如古漢語表示觀看語義場中一些詞，他對那些詞進行古今漢語的比較。「這種比較還是很粗略的，因為所謂『古漢語』，實際上並不是同一個歷史平面。細緻的比較應該是取幾個不同的歷史平面（如春秋戰國、東漢、魏晉、晚唐五代、南宋、明代等），對各個平面上表示『觀看』的語義場中有哪些詞作一個比較全面的統計，然後再把各個歷史平面加以比較，從而觀察分析表『觀看』的語義場在漢語歷史演變中的變化。如果能把數十個或數百個重要的語義場作這樣的歷史比較，我們對漢語辭彙系統的歷史演變就會有比較清楚的瞭解。」〔註31〕蔣先生從理論到實踐所作的探索對推動漢語辭彙史的研究產生重要影響。一些學者正是通過一個個義場的變化來觀察漢語詞義系統的歷史演變。劉新春的《睡覺類動詞的歷史演變研究》〔註32〕通過對睡覺類動詞具體演變情況的描述，揭示睡覺語義場的歷史變化及其

〔註28〕　宋永培《古漢語詞義簡論》。

〔註29〕　同上。

〔註30〕　見《中國語文》1989 年 1 期，又載《漢語辭彙語法史論文集》。

〔註31〕　蔣紹愚《古漢語辭彙綱要》281 頁。

〔註32〕　河南大學，碩士論文，2003 年。

演變，總結演變的特點和原因。金穎的《「沐」、「浴」、「澡」、「洗」、「盥」、「沬」的語義、語法研究》〔註33〕主要研究一組詞從先秦到現代的語義發展變化的情況，通過這一組詞的組合關係和聚合關係的考察，展現了這一組詞的受事賓語的分離情況以及它們之間組成復音詞的發展演變。

詞義系統理論的探討雖然熱烈，但是我們看到，它們都是比較宏觀的漢語詞義系統理論的建構，而對比較微觀的詞義系統，如對以概念義為基礎形成的詞義類聚的系統研究則很少，這不能不說是很大的缺憾。我們認為共性存在於個性之中，應該花大力氣去探尋那些具體的微觀詞義系統，在此基礎上建立古漢語自己的宏觀詞義理論。

而現代語義學目前最大的不足，就是具體的語言材料分析比較少。這個問題雖然已經引起一些學者的注意，也開始某些方面具體材料的分析。但是描寫的範圍和分析的詞量很有限，只限於親屬詞、顏色詞、視覺詞等領域。長期限於這幾個領域必然不利於辭彙系統和詞義系統的深入研究，所以有必要拓展我們的研究空間、開闊我們的研究領域。

詞義、語義系統的研究存在著這樣或那樣的不足，正是我們的研究應該努力的方向，所以我們確定了本文要達到的目標。正如王寧先生所言「辭彙意義系統永遠是一個開放的不平衡系統，但是歷史辭彙系統卻已經定量。古代漢語單音詞的意義元素是可以定量測查的。在窮盡分類歸納出相應類別的語義場之後，電腦所需要的義元測查可以有系統的進行，這對整理漢語辭彙總體系統，是一條必經之路」〔註34〕。

1.2.2　言說類動詞及相關研究概述

對言說類動詞的關注和探究，主要集中在二十世紀的九十年代，而且基本上是對個別問題的研究。就我們搜集的資料來看，主要有以下兩個方面：按義類編排的古漢語辭書中所包含的言說類動詞的研究和相關的數量很少的論文。

〔註33〕　湖北大學，碩士論文，2003 年。

〔註34〕　王寧《談〈歷代刑法考〉的訓詁成就》選自《訓詁學原理》。

1.2.2.1　按義類編排的辭書涉及到言說類詞語的研究

　　《辭類》〔註 35〕總共分四大部分，每類下收若干類目，其中人物部，包括語言類目。《簡明類語詞典》〔註 36〕是按義類原則將習語分類，每一類用一個具有代表性詞語作類目，涉及到言說類的類目有 20 多個。每個類目下彙集該類範疇所有單音詞和雙音詞，如「說」類目下僅單音詞就有「扯、稱、道、說、話、講、嘮、聊、言、語、曰、云」。《英漢意念分類詞典》〔註 37〕中「交際活動類」下分 73 項，其中包括言說類動詞類目。《當代英漢分類詳解詞典》〔註 38〕「通過講話與談話為主的交流」範疇下分很多類目。但是古漢語的義類辭書不多見，成就最高的是王鳳陽的《古辭辨》〔註 39〕，「言動」類下分 41 組。此外還有，林杏光、菲白編的《簡明漢語義類詞典》〔註 40〕分有語言類。薛儒章主編的《簡明古漢語類詞詞典》〔註 41〕「人事活動條目下」分若干語言類。沈錫榮的《古漢語常用詞類釋》〔註 42〕上編動態類涉及到言說類詞語多組。黃金貴的《古代文化詞義集類辨考》〔註 43〕「人體類」涉及言說類動詞的僅三組。汪維輝的《東漢──隋常用詞演變研究》（2000 年）從中古漢語入手，探討常用詞的演變，他研究了 41 組常用詞的新舊遞嬗關係和演變更替過程，其中跟「言說類」有關的詞語有兩組，一組是言云曰／說道；另一組是呼／喚叫。既有事實又有描寫，而且還採用統計頻率、考察詞的組合關係等方法說明詞語的替換，提供了進行這一難度很大的研究工作的範例，對中古漢語辭彙研究乃至整個漢語辭彙史研究產生巨大的推動作用。

1.2.2.2　跟言說類動詞研究相關的論文不多，主要有：

　　（1）《「言說」類動詞語義場的歷史演變》，王楓，北大碩士論文，2004

〔註35〕　黃庫主編，中國友誼出版公司，1983 年。

〔註36〕　王安節等編，黑龍江人民出版社，1984 年。

〔註37〕　王逢鑫，北京：北大出版社，1991 年。

〔註38〕　胡作群主編，北京：中國展望出版社，1987 年。

〔註39〕　吉林文史出版社，1993 年。

〔註40〕　商務出版社，1987 年。

〔註41〕　外貿教育出版社，1989 年。

〔註42〕　上海：學林出版社，1992 年。

〔註43〕　上海：上海教育出版社，1995 年。

年 5 月。

（2）《漢語「説類詞」的歷時演變與共時分佈》，汪維輝，中國語文，2003
年 4 月。

（3）《上古時期詞彙學研究説略》，姚錫遠，河南教育學院學報，1996 年
3 月。

（4）《關於漢語辭彙史研究的一點思考》，張永言、汪維輝，中國語文，
1995 年 6 月。

（5）《談談〈説文〉言部幾個字的義訓》，董蓮池，古籍整理研究學刊，
1994 年 2 月。

（6）《〈左傳〉謂語「請」字句的結構轉換》，李運富，語言文字學，1994
年 10 月。

（7）《白居易詩中與「口」有關的動詞》，蔣紹愚，蔣紹愚自選集，1994
年。

（8）《關於漢語辭彙系統及其發展演變的幾點想法》，同上。

（9）《從〈史記〉〈金瓶梅〉等看漢語「觀看」語義場的歷史演變》，呂
東蘭，語言學論叢，21 輯。

（10）《漢語面部語義場歷史研究——兼論漢語辭彙史研究方法論的轉
折》，解海江、張志毅，古漢語研究，1993 年 4 月。

（11）《〈左傳〉的「語」「言」和「謂」「曰」「云」》，李佐豐，語言學論叢，
1991，16 輯。

（12）《釋「教」、「誨」》，晁廣斌，人大複印資料，語言文字學，1991 年
1 月。

（13）《圖、詢、諏、咨、訪辨析》，秦淑華，人大複印資料，語言文字學，
1991 年 2 月。

（14）《古漢語中的「説」》，郭飛，語文教學之友（廊坊），1991 年 12 月。

（15）《謂、語、言、曰辨》，宋玉珂，人大複印資料，語言文字學，1985
年 12 月。

（16）《「謁」、「刺」考述》，劉洪石，文物，1996 年 8 月。

（17）《「諷」、「誦」、「讀」辨釋》，李憲國，浙江省政法幹部學院學報，

1998 年 1 月。

（18）《試談言説動詞向認知動詞的引申》，李明，語法化與語法研究（一）
　　　2003 年。

（19）《從言語到言語行爲──試談一類詞義演變》，李明，中國語文，2004
　　　年 5 月。

（20）《菩提留支譯經中的言説類詞語》，徐正考，李美妍，求是學刊，2009
　　　年 5 月。

（21）《古漢語「言説類」動詞的演變規律之探析》，楊鳳仙，中國政法大
　　　學學報，2011 年 6 月。

另外，《漢語大詞典》和《辭源》等大型辭書以及《王力古漢語詞典》等各
種古代漢語詞典都凝聚著前賢們的學術精華、代表著學者們對古漢語詞義的準
確理解，上古典籍的專書詞典以及大量的專書同義詞研究著作當然也涉及到部
分言説類動詞詞義的研究。遺憾的是，專書詞典和專書同義詞關注的只是某一
本書的詞語狀況，一般主要是共時的、局部的研究。

近幾十年來國內外不少專家學者在關注言語行爲理論的討論和研究。80
年代，對言語行爲類型中的施爲動詞作調查分析並取得重大進展的是澳大利
亞的語言學家 Wierzbicka（1987），她調查了約 250 個英語言語行爲動詞並加
以分類，進而從語義場結構方面進行分析，試圖找到這些言語行爲動詞語義
特徵模式。

還有從言説類動詞的語法修辭角度加以研究的，谷峰的《從言説義動詞到
語氣詞》（《中國語文》2007 年 3 月）和徐默凡的《言説動詞的隱現規律》（《修
辭學習》2008 年 1 月）等就是如此。

總的來說，對言説類動詞的關注還僅限於個別詞語，全面的系統研究很
少，缺乏對上古言説類詞語的全面共時的描寫和歷時的研究梳理。

1.3　理論依據和研究方法

1.3.1　理論依據

普通語言學理論是我們研究的重要理論基礎，因爲進行義位的歸納和整理

是必須要考慮到詞義的概括性和模糊性的，進行義位的演變研究必須要考慮到詞義的系統性，而且我們是在詞義的聚合和組合關係中研究詞義的發展和變化的。

語義、詞義系統性的理論是我們研究工作的總的指導性理論。系統觀念要求研究不同事物之間的內在關聯，要求研究這種內在關聯的層次性。如果我們的研究成果能夠揭示這種內在的關聯性，反過來也就證明了詞義系統的理論。

語義學理論和訓詁學研究的優秀成果，將對我們的研究以巨大的指導作用。我們根據語義場的理論，採用語義特徵分析法，開展我們的研究工作。

另外，我們還運用配價理論和方法研究詞義問題，分析動詞與其對象的關係，探求詞義引申的規律。

1.3.2　研究方法

定性分析和定量結合的方法：本文是對某些具有時代特徵的典型作品作窮盡性調查，並對定量的材料進行分析歸納。採取典型例句和統計資料相結合的方法來研究，考察變化的情況，探討詞義演變的規律。尊重語言事實，在對事實的充分描寫基礎上，力求對某些語言現象加以解釋。

語義場和概念場的結合法：首先我們在概念場的框架下確定研究範圍，具體研究中我們運用到語義特徵分析法。不論是對上古言說類動詞的各個成員進行歸類得到不同的子義場，還是對各個子義場的義位及其變化以至於義場演變的研究，還是對言說類動詞的常見詞語的演變軌迹的追尋以及詞義引申規律的探求，我們都會用到語義特徵分析法。根據語義特徵的有無和組合來進行義場歸納以及研究義場之間的聯繫，也根據語義特徵的差別來進行義場內部的比較，從而描寫出整個言說類動詞範疇的意義系統，同時進行縱向的演變規律的探討。當然，對上古詞語的語義特徵分析，我們要借助於訓詁學的優秀成果，「詞以類分，同類而聚集，這就是一種聚合，因而，在早期訓詁材料的纂集裏，就已經存在著西方語義學所說的『語義場』觀念」〔註44〕，傳統訓詁學中，有對材料纂集的傳統，即通過語義關係把一批詞語類聚起來，這些成果對於我們今天的研究來說有非常重要的作用，所以我們作語義特徵分析也要從訓詁材料的聚合中挖掘線索，尋找共同語義特徵。

〔註44〕王寧《訓詁學原理》212頁。

比較互證的方法。探求文獻的詞義必須上溯本義，聯繫引申和同源，求得合乎規律的解釋，而且必須以古代漢民族詞義引申的規律作爲依據。

另外，還要與剖析詞的語法特點相結合來考察語義的變化過程以及和方言結合起來的研究都是我們會用到的方法。

1.4　研究步驟

1.4.1　確定語料範圍並提取言說動詞

1.4.1.1　確定語料範圍

我們選取上古這一時期的古漢語文獻，包括傳世書面文獻和出土材料。爲了語料庫檢索的方便，我們使用的材料主要是這一時期的經史子集傳世文獻。上古早期由於沒有文獻材料傳下來，因此以甲骨文、金文爲語料。本文所說的上古指先秦到漢代，其內部大致可以分三個時期〔註45〕：

　　1、商周時期：這時期的材料有甲骨文、金文，但材料有限。傳世文獻：《周易》《尙書》（即《大誥》等 13 篇西周作品）《詩經》（《周頌》和《大雅》的一部分）。

　　2、春秋戰國時期：《左傳》《周禮》《論語》《孟子》《國語》《莊子》《荀子》《戰國策》《晏子春秋》《韓非子》《呂氏春秋》以及部分出土材料（如睡虎地秦簡）。

　　3、漢代：《史記》《論衡》以及漢簡（如張家山漢簡）。

由於戰國晚期是語言劇烈變化時期，所以我們把上古漢語分爲前後兩期，即上古前期和上古後期（上古後期包括戰國晚期）。

關於語料的整理工作和分析工作。盡可能選用經過整理的語料，也就是關於文字的訛誤以及時代眞僞等問題基本解決的本子。

1.4.1.2　提取言說動詞

我們選取上古言說範疇的動詞進行研究。首先從《說文》入手集錄言說類動詞，編成言說類動詞一覽表（下文簡稱「一覽表」）。這樣基本上可以得到上古的言說類動詞的絕大部分，因爲《說文》成書在漢代，而且收字是盡可能窮

〔註45〕　參考趙振鐸《論上古兩漢漢語》，載《古漢語研究》1994 年 3 月。

盡的，「萬物咸睹，靡不兼載」《說文敘》。同時參考《爾雅》、《方言》以及一些大型工具書如《辭源》、《漢語大詞典》等所收的口部字和言部字，重要的是回到文本文獻考察哪些是上古時期使用的言說類動詞；把那些不見於《說文》而見於上古典籍的言說類動詞，就補進「一覽表」。如「諑」，《說文》無此字，但是見於《方言·卷一○》「諑，愬也。楚以南謂之諑。」例如，「眾女嫉余之蛾眉兮，謠諑謂余以善淫。」（《楚辭·離騷》）。這樣得到的結果基本可以包括上古言說類動詞的主要成員，形成了言說類動詞的總表。

1.4.2 歸納並表述言說動詞的義位（義項）

一、考察語料庫中所有成員在上古文獻中的使用情況，逐個做義位的歸納和整理。

（一）窮盡性的用例調查是歸納義項的前提條件。

正如王寧先生所言「辭彙意義系統永遠是一個開放的不平衡系統，但是歷史辭彙系統卻已經定量。古代漢語單音詞的意義元素是可以定量測查的。在窮盡分類歸納出相應類別的語義場之後，電腦所需要的義元測查可以有系統的進行，這對整理漢語辭彙總體系統，是一條必經之路」〔註46〕。首先要測查所有文獻（一個階段一個階段地進行），考察每一個詞語所出現的語言環境，理出一個個具體詞的詞義演變脈絡，同時關注每一義項的產生時間，為義項的劃分和始見書證提供可靠的依據。對詞在不同時代的不同文獻中的用例應廣泛搜求，搜求越全面得出的結論越可靠。當然，對所有語料進行窮盡調查，是不容易的，但是先秦主要典籍都有索引或引得，更重要的是電腦技術的應用對我們的語料測查提供了巨大的幫助。同時對每一具體用例中所使用的意義都要謹慎探求，這是整理義項的最基礎的工作。《古漢語常用字字典》「講」下：「〔注意〕古代『講』字不當『講話』。」經過大量測查語料，我們發現「講」在戰國已經產生了「講話」義。「孔子曰：『丘則陋矣。子胡不入乎，請講以所聞！』」（《莊子·德充符》）中的「講」是「說話」義，高守綱先生認為此處的「請講以所聞」就是「請把你聽到的說給我聽聽。」他認為此句中的「講」是當說話講的最早用例〔註47〕。任學良先生在《〈古代漢語·常用詞〉訂正》中也認為該句的「講」

〔註46〕 王寧《訓詁學原理》中國國際廣播出版社，1996年，214頁。

〔註47〕 高守綱《古漢語詞義通論》語文出版社，1994年，159頁。

是「講話」之義。《漢語大詞典》也收了此義項，並引了此例句。我們也認為，此處的「講」是「講話、說話」義，這個意義可能是口語用法，因此一般不在書面語中使用，由於《莊子》中的這句話是直接引語，應該是口語的記錄。但是「夫仁者講功，而智者處物。」（《國語‧魯語上》）中的「講」任學良先生也認為是「講話」之義，其根據是韋昭注：「講，論也。仁者心平，故可論功。」我們認為此「講」不是「講話」之義，不僅是因為此處是純書面語，更重要的是不符合文意。此句意為，仁德的人論功行事，聰明的人考察事理。「論」是「衡量、評定」之義。所以歸納詞的義項不僅必須注意詞在辭彙系統中的地位及其變化而且對每一用例都應慎之又慎，對任何一個傳統看法的疑義都要拿出充分的證據。

（二）歸納整理義項的關鍵在於對詞義進行科學的概括。

概括性是整理義項的重要原則。義項的概括性主要是排除個別的（偶然的、臨時的）因素，抽取理性（一般）的意義。

義項是對理性意義的概括，理性意義是詞義的基本組成部分，概括了詞的理性意義，就揭示了詞所反映的客觀對象的本質特徵。所以，義項是符合語言實際的概括。只有排除詞的臨時意義，才能保證義項概括的準確性。但是詞義的臨時義是個極其複雜的問題，有些臨時義反覆使用之後得到了社會的承認，也會成為具有理性意義的新詞，成為多義詞義項系統中的一名新成員。一般地來說，確定新成員的關鍵在於掌握詞義約定俗成的原則，經過長時間的反覆應用，使用範圍廣，頻率高，得到社會的認可。〔註48〕

如「說」，我們對「說」的上古文獻用例逐個加以分析，並進行歸納整理，得出上古時期「說」表言說的動詞義項主要有兩個：「解說」和「勸說」，這種義項的歸納較為容易。我們沒有確立「告訴」這一義項，《漢語大詞典》、新版《辭源》分別設義項為「告知、告訴」、「告訴、講」，舉例均為《國語‧吳語》「夫差將死，使人說於子胥曰：『使死者無知，則已矣；若其有知，吾何面目以見員也？』遂自殺」。我們認為此義項設立失當，是受到古注的影響，韋昭注：「說，告也。」實際上，這裡的「說」應該是「解釋、說明」之義，因為是夫差使子胥致死，而且應驗了子胥臨死說的話，現在夫差明白了，但為時已晚。

〔註48〕 鄒酆《辭書學叢稿》崇文書局，2004年，198頁。

所以派人向死去的子胥解釋說明現在的心情，而不是一般意義上的告訴之義。此句「說」的「告訴」義的訓釋是用上位義解釋下位義。

又「罵」，「冉豎射陳武子，中手，失弓而罵。」（《左傳・昭公二十六年》）「罵曰：『生子不生男，緩急無可使者！』」（《史記・卷一百五》）兩句中「罵」的意義分別為「用粗野的惡意的話大聲地譴責人」「用嚴厲的話大聲地譴責人」，後者是語用義，是具體語言環境中體現出來的臨時義，而「罵」的真正意義應該是前者。經過大量的語料測查，我們發現善意的「罵」是很少的，都是具體文意的體現，是不能脫離語境而存在的。

（三）劃分義項要注意其區別性語義特徵，注意其形態標記（音或形），關注其組合特徵。

義項的區別性語義特徵是指這個義項區別於其他義項的語義特徵；義項的形態標記是指為了區別意義而發生的音變和形變；組合特徵是從詞語搭配的角度而言的。我們以《論語》、《孟子》、《戰國策》中的「說」為例進行簡單的說明（表言說的動作）：

（1）成事不說，遂事不諫，既往不咎。（《論語・八佾》）

（2）惜乎，夫子之說君子也，駟不及舌。（《論語・顏淵》）

（3）博學而詳說之，將以反說約也。（《孟子・離婁下》）

（4）故說詩者不以文害辭，不以辭害志。（《孟子・萬章上》）

（5）苟善其禮際矣，斯君子受之，敢問何說也？（《孟子・萬章下》）

（6）說大人則藐之，勿視其巍巍然。（《孟子・盡心下》）

（7）其自任以天下之重如此，故就湯而說之以伐夏救民。（《孟子・萬章上》）

（8）「我將見楚王說而罷之。楚王不悅，我將見秦王說而罷之。二王我將有所遇焉。」曰：「軻也請無問其詳，願聞其指。說之將何如？」曰：「我將言其不利也。」曰：「先生之志則大矣，先生之號則不可。先生以利說秦、楚之王……先生以仁義說秦、楚之王……」（《孟子・告子下》）

《論語》中「說」沒出現「勸說」用法，例（1）是「解說」之義，例（2）是「談說」之義。《孟子》中出現了「勸說」義，例（4）和例（5）為「解說」

義，例（7）和例（8）爲「勸說」義，例（6）被新版《辭源》和《漢語大詞典》當成「勸說」義的始見書證，我們認爲失當，應該與例（2）相同，是「談說」義，理由如下：

《戰國策》中「說」的「勸說」義很常見。如：

（9）鄒忌以爲然，乃說王而使田忌伐魏。（《戰國策‧齊一》）

（10）說秦王書十上而說不行……曰：「安有說人主不能出其金玉錦繡、取卿相之尊者乎？」……曰：「此眞可以說當世之君矣。」（《戰國策‧秦一》）

（11）或爲中期說秦王曰：「悍人也中期，適遇明君故也，向者遇桀、紂，必殺之矣。」（《戰國策‧秦五》）

（12）江乙說於安陵君曰：「君無咫尺之地，骨肉之親，處尊位，受厚祿……」（《戰國策‧楚一》）

（13）說楚王伐中山，中山君亡。（《戰國策‧中山》）

上述例子，從組合特徵上看，例（7）至例（13）「說」後面都帶有表人的名詞賓語（關係對象），指勸說的對象。而且句中還出現勸說別人要進行的動作，因爲這是意義表達的需要，如例（13）「說楚王伐中山」。當然有時關係對象可省，如前面例（8）「見楚王說而罷之」中「說」的關係對象「楚王」就是承前省略。但是《戰國策》中有不出現關係對象進行動作的，如例（10），因爲其義在全文這個大語境中已經體現出來了，不言自明，當然該例中「說」不是用口語說，而是用文字「說」。從注音上看，《四書章句集注‧孟子集注》中例（6）（7）（8）均注爲「說，音稅」，說明「勸說」義已經產生了形態標記——音變（破讀）。由於義變而導致的音、形的這種變化反過來也使義項的劃分有所憑依。（我們認爲例（6）朱熹注爲「音稅」不切，但是爲後代的辭書編纂者所繼承。）所以，我們參考訓詁的提示，將「說」作言說動詞的詞項分爲兩個：

說 $_1$（解說）　　　　帶內容賓語（由物或人充當）

說 $_2$（勸說）　　　　帶關係賓語（人充當，勸的對象）

具體來說，例（2）和例（6）「談說」義，是文中意，是一種解說，闡述一種對「君子」或「大人」看法，而例（1）、例（3）和例（4）的「解說」義較常見，所以我們把「說 $_1$」義項表述爲「用言語說明某事的含義、原因、道理

或對某類人的看法等」。「說 2」之所以成為獨立的義項，是因為它具有不同於「說 1」的區別性語義特徵「使人聽從自己意見去做某事」，意義的特徵決定語法功能的差異，所以「說 2」出現的句子一般都是有前後兩個動作。但是例（6）「說大人則藐之」不符合「說 2」的意義和語法特徵，如果當「說 2」講，文意不足，勸說「大人」幹什麼，不清楚，因為只出現一個動詞。我們認為例（6）是當「說 1」講的，其大意是，要是談論對大人的看法，一定要藐視他們。《漢語大詞典》和新版《辭源》是受到朱熹的影響，把例（6）當成「勸說」義的始見書證，是欠妥當的。

　　義項釋義不同於隨文釋義，既要重視一個義項普遍意義的提煉歸納，又要注意多義詞的各個義項之間的歷史縱向推衍以及義項之間的共時橫向聯繫，即展示多義詞義項與義項之間的內在聯繫與引申脈絡，因為「詞義運動是一種有規律的運動」。〔註49〕

　　「詞義單位劃分的差異在表動作行為的詞中比較普遍」，〔註50〕所以對於言說類動詞義項的劃分還有一些應當注意的地方。對某方面的意義，是概括為一義，還是概括為多個意義單位，要視具體情況而定。例如「告」在甲骨文中常常出現幾種不同的意義，表「稟告、告訴」義，如「……有來艱自西長友角告曰……」（《殷墟書契菁華二》）；表「告祭」義，如「乙酉卜，召方來告於父丁。」（《小屯‧殷墟文字甲編》）告訴先人某事，並希望得到先人的幫助（因為古人相信神靈）。我們認為，不管是「告祭」義，還是下告上的「報告」，還是上告下的「告命」都是「告訴」義（傳遞信息）的義位變體〔註51〕。本文都歸之於「告訴」義場。有的辭書把這些義位變體獨立為義項，是由於不同的編寫目的的需要。如《漢語大詞典》和新版《辭源》就分立二義項「稟告、上報」和「告訴」。

　　（四）對古漢語詞義義位的歸納，既要注意詞義的時代特徵，又要對上下位的訓釋關係予以充分地瞭解，尤其對詞義的特指和泛指問題更應格外注意。

〔註49〕　陸宗達，王寧《訓詁與訓詁學》山西教育出版社，1994 年，第 113 頁。

〔註50〕　符淮青《詞典學詞彙學語義學文集》商務印書館，2004 年，第 365 頁。

〔註51〕　「義位變體」參見蔣紹愚《古漢語辭彙綱要》40～42 頁，指的是「由上下文而顯示的不同意義」。

1、詞義的特指和泛指

「『泛指』是一個詞在某種語言環境中可以用來表示原來由它的上位義表示的意思……特指和泛指相反，是一個詞在某種語言環境中可以用來表示原來由它的下位義表示的意義。」〔註52〕人們熟知的泛指的例子：「禾」指穀子，泛指農作物；「幣」，指用於饋贈的帛，泛指禮物。特指的例子：「金」古代指金屬，特指黃金。一般的詞都是一種概括義，進入到具體的語言環境中總有具體的所指，這種具體所指就可以看作一種特指，所以說特指義更容易理解一些，也更常發生一些。而泛指發生的頻率相對來說少一些。從邏輯學上講，以「屬」為「種」容易理解，但是以「種」為「屬」卻很少見，因為整體可以代表個體，但個體要代表整體卻要受到很多限制，這種個體要有代表性，必須是一類事物中的典型才能代表這一類。所以在詞義上，泛指（即個體代表整體）發生的頻率要遠遠低於特指。

一個詞和它的泛指或特指出現在一個時代平面上，即是一種共時的語言現象，這時的泛指或特指往往是一種臨時意義，依賴於特殊語境而存在的。但是由於語言的歷時變化，某一具體的泛指義或特指義隨著使用頻率的增大可能會導致一個新義位的產生。所以在某個時代的特指或泛指，到另一個時代可能就變成了一個獨立的義位。我們以「說」為例加以簡單地說明：

《漢語大詞典》〔註53〕第一個義項「敘說、講述」的始見書證是《周易·下經》：「《象》曰：『咸其輔頰舌』，滕口說也。」我們認為此義項是「說1」（解說、說明）義位的泛指。本句中的「說」是「敘說、講述」的意義（文中意），但是在春秋戰國時期，「說」還沒有獨立出這個義位，我們不能僅僅根據《易經》中的這個孤例就認為此義位已經產生。

戰國晚期漢代「說1」（解說義）的泛指用法有所增多，這個時期是「敘說、講述」義位產生的過渡期。如：

（14）支期說於長信侯曰：「王命召相國。」（《戰國策·魏策》）

（15）適晉，說趙文子、韓宣子、魏獻子曰：「晉國其萃於三家乎！」將
　　　去，謂叔向曰：「吾子勉之！……」（《史記·卷三十一》）

前例意思是，對長信侯說「大王命令我來詔請您」，此「說」不是闡述道理

〔註52〕 蔣紹愚《古漢語辭彙綱要》110 頁。

〔註53〕 2002 年版，縮印本，6607 頁。

也不是陳述己見，只是傳遞一個信息；後例意思是，到晉國，對這三個人說：「晉的政權要集中到你們三家了。」這個「說」的意義和用法完全與本句後面的「謂」用法相同，可能是爲了避免重複。

東漢以後，「說」的「敘說、說話」義位的用例大量增加，如：

a、無道人之短，無說人之長。（《文選・崔瑗〈座右銘〉》）

b、王子猷說：「世目士少爲朗，我家亦以爲朗徹。」（《世說新語・賞譽》）

「a 類『敘說；說話』義，後帶賓語，是所敘說的內容；也可單用，不帶賓語。b 類爲『說道』義，後面通常是所說的原話……在東漢魏晉南北朝，a 類『說』的使用相當普遍，在口語中顯然已經取代了文言裏最常用的『言』；b 類也有了不少的用例。」〔註54〕

義位的歸納必須考察時代的特點，《周易》中此「說」的「敘說」義是一種泛用，是不可以脫離語言環境而存在的。後來隨著使用範圍的擴大，才獨立爲「敘說」義位。所以說，《漢語大詞典》把此例作爲「敘說」義位的始見書證，是欠妥當的。

蔣紹愚先生認爲「泛指是一個詞用於上位義，特指是一個詞用於下位義。」〔註55〕即泛指和特指都是文中意。用於泛指的詞從它的理性意義看，是 A〈B（B 是泛指；A 是理性意義），如上文所舉《周易》中的「說」，即「解說」〈「敘說」。特指就是一個詞用於下位義，從它的理性意義看，是 A〉B（B 是特指）。不管是特指還是泛指，隨著出現頻率增高，就有可能獨立爲一個新的義位。我們以「謂」和「謁」爲例加以說明：

「謂」的基本意義是「對某某說」，但是在具體的語言環境中用於下位義「問」，即「謂」文中意有時是「詢問」，如「知我者，謂我心憂；不知我者，謂我何求……」（《詩經・王風・黍離》）此句前面的「謂」是「陳述」，後面的「謂」是「詢問」。

「謂」（「對……說」）的語義特徵「動作的方向性不很明確；它既可以表示內向、也可以表示外向。」〔註56〕在具體上下文中有時表「（詢）問」，有時表

〔註54〕 汪維輝《東漢——隋常用詞研究》158 頁。

〔註55〕 《古漢語辭彙綱要》，112 頁。

〔註56〕 參看袁毓林《漢語動詞的配價研究》，江西出版社，1998 年，327 頁。

「告（訴）」（問是內向動詞、告是外向動詞〔註57〕）。經過我們的統計分析，先秦時期「謂」表「問」的使用頻率低，是一種臨時的語用意。

「謁」的「告訴」義是向尊者傳遞消息或陳述事情，始見於「使豎牛請日。入，弗謁。」（《左傳・昭公四年》）

「謁」的「告訴」義基本是下對上，有著對客體的尊敬之情。一般地，動作的關係對象不會和主體是同一人。經過我們對上古二十多部典籍測查發現，只有一例「謁」的關係對象是主體自己，其餘「謁」的關係對象都是他人，或是上位者或是自己尊重的人。此特例即是「衛武侯謂其臣曰：『小子無謂我老而贏我，有過必謁之。』」（《淮南子・繆稱訓》）這句話意思是「你們不要以為我年老就衰弱不堪了，我有錯一定告訴我」。其中「謁」的關係對象是說話的主體（衛武侯），這是唯一的特例。如何解釋這種現象？即使句中的「之」代表「過錯」，「謁」的關係對象仍是主體，只是省略而已。我們覺得，這可能是一種修辭的手法，比如，某人跟一個熟識的久未見面的好友電話中說「你什麼時候來拜訪我啊？」，「拜訪」一詞在這種特殊的環境下有一種調侃的味道，就是「見」的意思，而沒有尊敬的含義，是一種泛用，《淮南子》中的「謁」亦同此。

2、關於上下位的訓釋關係

我們既要重視故訓，又要不抱殘守缺，墨守故訓。這個問題理解起來很容易，但是具體操作起來，就會產生這樣或那樣的分歧。目前辭書的編纂因受古注的影響而誤設義項的情況不少。要正確利用故訓材料，必須對古代的詞義訓釋方式予以充分地瞭解。僅僅知道什麼是直訓、什麼是義界是不夠的。我們要結合文本文獻來瞭解訓釋詞和被訓釋詞的關係。具體來說，直訓「A，B 也」是共時共域的同義關係或異時異域的對當關係？還是上下位的訓釋？泛指、特指與上下位訓釋的方式是怎樣的關係？這些問題對於歸納義位尤其重要。

從故訓材料看，存在上下位訓釋關係的這類訓釋為數不少。主要有兩類，其一，訓釋詞是上位概念，其外延包含被訓釋詞，即：A〈B，如「刀，兵也。」其二，是被訓釋詞是上位概念，即：A〉B，如「羊，羔也」、「木，梅也。」王寧先生認為「前者是『對文則異，散文則通』的規律在起作用；後者則是為了

〔註57〕　同上。

把類名具體化而出現的文意訓釋，不在詞義訓釋之列。」〔註58〕

　　第一種訓釋方式在故訓材料中很常見，由於古代訓詁的目的是為了解經，這種釋義方式是行得通的，因為讀者很容易用自己已有的生活經驗和知識積纍對釋義不足的部分加以補足，但是從嚴格的邏輯意義的角度，這種定義是有缺陷的，是不科學的。

　　「眷，顧也」（《說文》），「眷」是「顧」的下位義，「顧之深」為眷，而一般的「顧」還是「顧」。這是「用類名（上位義）解釋別名（下位義），這種訓詁方法在古代是很常見的，只不過說得比較精確的話，應當在類名後面加上一個『屬』字。」〔註59〕如果要準確描寫詞義，這種釋義方法是有局限性的，只能適合部分詞語（主要是名詞）。除了名詞外的其他詞，尤其是動詞的訓釋更不宜於這種方式。當然如果隨著時間的推移，某個詞的義域擴大，就另當別論了。

　　第二種是以下位概念訓釋上位概念。如「木，梅也」，正如王寧先生所言，這是文意訓釋，要與詞義訓釋區分開來。從另一個角度看就是特指的問題，跟泛指一樣是不能脫離語言環境的。但是這個問題也一定要注意詞義的歷史性問題。這種特指文中意一般來說比較容易判斷，然而是否已經成為一個獨立義位就要考察這個詞的義位系統了。「木，梅也」是一種特指，但是假如隨著語言的變化，在未來的某個時段，隨著這種語境意的大量增加，「木」真的產生了「梅」義位，二者就變成了對當關係，那時就不再是上下位的訓釋了。我們以上古「告訴」義場中的幾個詞為例進行說明。如：

（16）學也，以為不知學之無益也，故告之也是。使智學之無益也，是教也，以學為無益也教，諄。（《墨子‧經說》下）孫詒讓《墨子閒詁》引張云：「告，教也。」

（17）夫上不及堯、舜，下不及商均，美不及西施，惡不若嫫母，此教訓之所諭也，而芳澤之所施。（《淮南子‧脩務訓》）高誘注：「諭，教也」

　　上述用例的注釋「告，教也」「諭，教也」從詞義訓釋方式來看都是屬於以

〔註58〕　見《訓詁學原理》96頁。

〔註59〕　此處請參考蔣紹愚《古漢語辭彙綱要》122頁，「顧」與「眷」的分析同出於此書。

下位概念訓釋上位概念，訓釋的是文中意，辭書編纂者們處理得都很恰當，沒有確立爲一個獨立的義位。但是下面的例句就出現了分歧：

（18）先生言爲人父者必能詔其子，爲人兄者必能教其弟，若子不聽父之詔，弟不受兄之教，雖今先生之辯，將奈之何哉！（《莊子·盜跖》）

此例與前二者情況不同，「詔」當時由於使用頻率的增多已經產生了一個新的意義。又如：

（19）師氏掌以媺詔王。（《周禮·地官司徒》）

（20）大學之禮，雖詔於天子，無北面，所以尊師也。（《禮記·學記》）

（21）使愚詔知。（《荀子·王霸》）

（22）春誦夏弦，大師詔之；瞽宗秋學禮，執禮者詔之；冬讀書，典書者詔之。（《禮記·文王世子》）

（23）凡祭與養老，乞言合語之禮，皆小樂正詔之於東序。（《禮記·文王世子》）

此義萌芽於春秋晚期戰國初期，行於戰國中晚期，亡於漢。戰國中晚期「教詔」連用 5 次〔註60〕，說明二者同義。早期《周禮》中的「詔」正是萌芽期。這些例句中的「詔」已經不是特指，在這個特定歷史時期內此義已經固化，確立爲一個獨立的義位是有事實依據的。所以我們說，《漢語大詞典》關於「詔」的這個義項的處理是對的（獨立爲一個義項），但是有些工具書的處理就不是很恰當。那些認爲「詔」是非獨立義位的人，顯然是受到後世詞義的影響，因爲此義位後來沒有延續下來，人們不願意承認它在歷史上曾經獨立存在的事實。鑒於這個義位在歷史上大量存在的事實，所以有些字典、詞典採取折中的辦法。《王力古漢語字典》〔註61〕義項一「告訴、命令……引申爲告誡、教導」《古代漢語詞典》〔註62〕義項一「告、告誡……又教誨」。雖然不同的辭書有不同的編纂體例，但是要想全面揭示不同時代的詞義特點，這類詞是應當分立義項的，這樣才能顯示出詞義的時代特點。

特指和泛指是在共時平面上的現象，但是隨著語言的發展變化，從歷時的角度看，某一特指義或泛指義可能出現了很高的頻率，如果這樣就可以歸納出

〔註60〕 《戰國策》3 次、《呂氏春秋》2 次。

〔註61〕 《王力古漢語字典》，北京：中華書局，2000 年，1270 頁。

〔註62〕 《古代漢語詞典》，北京：商務印書館，1998 年，2003 頁。

一個新義位。

關於特指和泛指問題導致義位歸納分歧，是辭書編撰過程中普遍存在的問題。張聯榮先生對「金」和「禾」在《古漢語常用字字典》和《簡明古漢語字典》中的義位歸納比較，得出結論說「就一部中型古漢語字典來說，我們認為《簡明古漢語字典》對『金、禾』的處理基本上是合理的」〔註63〕我們認為張先生的看法是正確的，一部古漢語字典是應該對詞義的歷時變化有所反映，即特指義和泛指義隨時代發展而獨立後，就必須歸納為一個義位。科學的作法是標明時代，什麼時代是特指義或泛指義，什麼時候開始獨立為一個新義位。但是漢語辭彙史研究的薄弱使這方面的工作履步唯艱，所以我們應該花大力氣加強漢語辭彙史的研究。

1.4.3　分析言說義位的義素並根據義素聯場分類

從《說文》等書入手，更主要從文本文獻中集錄言說類動詞，然後對每一表言說的義位進行義位表述並添加義素標記。

根據語法配價功能和語義邏輯關係，言說類動詞的總體義素構成大致可以分為：說話（用言語）、為什麼說（原因或目的）、誰說（主體）、跟誰說（關係對象）、怎麼說（方式或狀態）、說什麼（內容）等六個項。我們用符號分別標記上面不同的項：「說話」SH、「原因或目的」Y、「主體（由人充當）」R、「怎麼說」Z、「關係對象」G、「內容」N。我們把根據文獻用例和訓詁解釋歸納出來的言說類動詞的義位及義素值彙成語料庫。比如「問」類動詞屬於三目謂詞，它在句中可以帶有三個基本項：施事（問者）；受事（問的內容）；關係對象（問的對象，即需要回答的人），本文分別就用 R、N、G 來代表。

言說類動詞的義位分析語料庫樣板（按音序排列）：

詞　項	義 位 元 表 述 及 義 素 標 記	最　早　用　例
訪	用言語 SH 向德高望重者 G 徵求對某大事的意見 Y。	王訪於箕子。（《尚書・周書・洪範》）
告	用言語 SH 向人 G 傳遞信息、解說事情，讓人知道 Y。	戩其來告。（《甲骨文詁林》0720）
誥	用言語 SH 向人 G 傳遞信息、解說事情，讓人知道 Y。	後以施命誥四方。（《周易・下經》）

〔註63〕《古漢語詞義論》，27頁。

詬	用侮辱性 N 的言語 SH 惡意地 Z 侮辱斥責天神 Y 等。	詬天而呼曰。（《左傳·昭公十三年》）
詰	用言語 SH 向別人 G 詢問問題、追究別人的錯誤，並責備對方 Y。	士莊伯不能詰，復於趙文子。（《左傳·襄公二十五年》）
罵	用粗野或惡意的 N 言語 SH 大聲地 Z 侮辱或譴責人 Y。	冉豎射陳武子，中手，失弓而罵。（《左傳·昭公二十六年》）
謀	用言語 SH 向人 G 徵求或互相商量解決疑難的意見或辦法 Y；自己尋求解決問題的辦法 Y。	《象》曰：天與水違行，訟。君子以作事謀始。（《周易·上經》）
詈	用粗野或惡意的 N 言語 SH 大聲地 Z 侮辱或譴責人 Y。	涼曰不可，覆背善詈。（《詩經·大雅·桑柔》）
問	用言語 SH 向人 G 詢問問題或徵求意見、辦法等 Y。	君子學以聚之，問以辯之，寬以居之，仁以行之。（《周易·上經》）
詢	用言語 SH 向人 G 詢問問題或徵求意見 Y。	舜格於文祖，詢於四嶽。（《尚書·虞書·舜典》）
訊[1]	用言語 SH 向位低者 G 詢問問題或徵求意見 Y。	召彼故老，訊之占夢。（《詩經·小雅·正月》）
訊[2]	用言語 SH 向俘虜、罪犯等 G 詢問有關問題，確定某人的罪行 Y。	丙午卜夬貞長其訊羌。（《甲骨續存》）一·六○（胡厚宣）
曰	用言語 SH 表達意思。	王若曰：盂，丕顯文王，受天有大命。（《盂鼎》）
言	用言語 SH 表達意思。	多君弗言余。（《殷墟拾掇》）一·三三一五（郭若愚）
咨	用言語 SH 向尊貴者 G 詢問問題或徵求解決疑難的意見 Y。	載馳載驅，周爰咨諏。（《詩經·小雅·皇皇者華》）
詛	用言語 SH 求神 G 加禍於人 Y。	……以詛爾斯。（《詩經·小雅·何人斯》）

　　利用言說類動詞的義位表述和義素分析語料庫，根據相同的義素標記對言說類動詞進行初步的歸納。然後對初步歸納而得到的大類進行再次歸納，根據主要類義素（表示相同或相近的意義元素）可以歸為相同的類；根據主要差義素（顯示區別的意義元素），可以歸為不同的類。以上面的語料庫為例進行簡單的說明：

　　首先，從上表可以看出，這些動詞都具有「使用言語」這個基本義素，所以屬於同一類，即「言說」類。其次，這些言說類動詞除了共同具有的「使用言語」（SH）這個基本義素外，有的還具有其他區別性義素（N、Z、Y、R、G），而有的沒有。例如「言、曰」只有基本義素「用言語」說話，沒有顯示明確的

目的,而其他動詞都有一定的目的,那麼我們可以根據有無特定目的這個區別性義素把這些動詞分為「無 Y 類(言曰)」和「有 Y 類(其他)」。在「有 Y 類」中,「Y」的義值是不同的。所以我們根據「Y」的不同又可以把「有 Y 類」分成不同的類:告、誥(目的是傳遞信息);詬、詈、罵(目的是侮辱或斥責對方);訪、問、詢、訊1、訊2、咨、謀(目的是詢問問題或徵求意見、商量辦法)等等。次類之中也還可以再分次類,著眼於不同的區別性義素就可以分出不同的類。

我們就是運用上述義素分析法來繫聯言說類動詞並區別為不同義類的。這些義類有的成員多,有的成員少,有的處於不同層次,形成一個網路系統。由於時間關係,我們從中選擇 10 個成員比較多的義類作為重點考察的對象,每個義類根據其基本含義用兩個字命名,這就是:說話類、告訴類、詢問類、詈罵類、責讓類、教導類、詆毀類、爭辯類、稱譽類、議論類。

1.4.4 言說動詞的類場研究與個案研究

言說類動詞的分類研究,是在同義義場範圍內進行的。我們把出現在某一義場的詞語的發展變化過程進行分析和描述,關注義場中的一些舊詞的使用與消亡、繼承與發展情況;同時關注義場中的新詞的產生及其發展情況;更要關注每個成員的詞義變化所引起的語義場內相關成員的變化。

個案研究主要是研究言說類動詞常見詞的演變。全面考察這些詞語出現的語言環境,考察其義位的分佈,尤其關注多義詞的各個義位之間的引申脈絡。具體來說包括:大體考定每個義位的產生時間並找出始見書證;盡可能地把各個義位之間的引申脈絡描寫出來,從而揭示詞的發展演變過程;不但是詞義的變化,組合關係的變化也是我們考察的範圍。

言說類動詞歸納而成的不同類別,形成了言說類動詞的若干子場。言說類動詞的每個義場都是一些具有共同語義特徵的詞項的聚合(主要指辭彙—語義層面中的同義詞〔註64〕的聚合)。我們主要在這些聚合關係中來研究詞義的特徵及其發展變化,同時進行個案考察。例如,上古漢語「詢問」這個概念可以用「問、訪、咨、詢、訊、詰」等詞語來表示。對這些詞,要弄清楚它們意義的

〔註64〕 本文所說的同義詞是指寬泛意義上的同義。

區別，還要弄清楚哪些是原有的，哪些是新產生的；它們的使用頻率的高低和不同的語法特點等問題，這樣才算搞清了這類詞在某一階段的特點。並且把上古時期的不同階段進行比較，就可以對這類詞在上古的特點有了全面的把握，從而描寫這個時期的詞義系統。通過對「詢問」義場的初步考察發現，在這個義場中「問」一直處於主導詞的地位，且從古至今一直處於高頻詞的位置，其語義特徵上古時期甚至到今天沒有太大的變化，但是其組合關係卻發生了很大的變化。即從上古前期的介詞引進關係對象（非代詞充當）為主到上古後期的以「問」直接跟上關係對象（發問的對象）為主。「問」作為一個義域很寬的詞，在上古「詢問」、「責問」、「訊問」、「聘問」、「慰問」等義都可以用它表示，但是這些意義在當時就有他詞可以表達，即「咨」、「詢」、「訪」、「詰」、「訊」等，這些詞項和「問」一起構成了「詢問」類義場，義場的成員上古前後期發生了很大的變化。

1.4.5　揭示言說動詞的演變規律

　　分析言說類動詞詞義的歷史演變，考察不同時期義場詞項的變化並解釋原因，探討漢語辭彙發展的一些規律。

　　本文通過對「言說類」動詞同義關係的描寫和分析，觀察不同時期義場各成員的增減、去留、位置的變化以及其中一個變化所引起的相關成員的變化，來探求漢語辭彙發展的一些規律及其發展變化過程的一些特點。也通過對言說動詞個案考察來揭示詞義引申的規律。

第二章 言說動詞類場研究

2.1 「說話」類

2.1.1 義場各詞項的共同語義特徵

上古漢語中表示一般意義「說」的主要詞項有「曰」、「云」、「言」、「道」等。它們具有的共同的語義特徵是「用言語表達意思」。

「曰」、「云」語義特徵和用法最為接近，主要用於引出直接引語。如：

（1）白公問於孔子曰：「人可與微言乎？」孔子不應。（《呂氏春秋・審應覽》）

（2）諸府掾功曹白云：「王先生嗜酒，多言少實，恐不可與俱。」太守曰：「先生意欲行，不可逆。」遂與俱。（《史記・卷一百二十六》）

（3）齊桓公云：「寡人未得仲父極難，既得仲父甚易。」（《論衡・語增》）

（4）今不曰所言非，而云泰多，不曰世不好善，而云不能領，斯蓋吾書所以不得省也。（《論衡・自紀》）按：「曰」、「云」同義避免重複。

「言」上古後期也產生了引出直接引語的用法，但是上古前期以至於整個上古時期「言」主要不是帶直接引語作賓語，而是名詞、名詞性詞組、句子（間

接引語）作「言」的賓語。如：

（5）高辛生而神靈，自言其名。（《史記・卷一》）

（6）夫天下稱誦周公，言其能論歌文武之德，宣周邵之風，達太王王季之思慮，爰及公劉，以尊后稷也。（《史記・卷一百三十》）

（7）丞相綰等言：「諸侯初破，燕、齊、荊地遠，不爲置王，毋以填之。請立諸子，唯上幸許。」（《史記・卷六》）

（8）丞相臣斯、臣去疾、御史大夫臣德昧死言：「臣請具刻詔書刻石，因明白矣。臣昧死請。」制曰：「可。」遂至遼東而還。（《史記・卷六》）

例（7）和例（8）是歷時演變的結果，上古前期「言」後出現直接引語必用「曰」，如「曩者臣言曰：『意民之情，其所欲者田宅也……』」（《商君書・徠民》）；「麑退，歎而言曰：『不忘恭敬，民之主也……』」（《左傳・宣公二年》）；「聞其歎而言曰：『烏乎！必有此夫！』」（《左傳・襄公三十年》）。

「道」引出直接引語在上古後期也出現於書面語中，但是極少見，上古時期「道」主要是用於「講明（情況或道理）」、「記載」等義。如：

（9）太子曰：「願因太傅而得交於田先生，可乎？」鞠武曰：「敬諾。」出見田先生，道：「太子願圖國事於先生也」。（《史記・卷八十六》）

（10）道可道，非常道。（《老子》）

（11）《詩》道周宣王遭大旱矣。（《論衡・治期》）

（12）故夫王陽之言「適」，光武之曰「偶」，可謂合於自然也。（《論衡・初稟》）

例（11）這種「記載」義也常用「言」。如「《高祖本紀》言：劉媼嘗息大澤之陂，夢與神遇。」（《論衡・奇怪》）

表1、義位表述及最早用例

詞項	義位表述	最早用例
曰	用言語表達意思。	王若曰：盂，丕顯文王，受天有大命。（《盂鼎》）
云	用言語表達意思。	云不可使，得罪於天子；亦云可使，怨及朋友。（《詩經・小雅・雨無正》）
言	用言語表達意思。	多君弗言余。（《殷墟拾掇》一・三三一五）（郭若愚）

道	指講明某一情況或某一道理等，後泛化爲用言語表達意思。	中冓之言，不可道也。所可道也，言之醜也。（《詩經・鄘風・牆有茨》）

說明（以後義場同）：義位主要表示各詞項的常態或演變前的狀態。

2.1.2 義場各詞項的差異

　　該義場的前三個詞項語義特徵比較相近，但是用法有差異。上古「曰」一直是這個義場的主導詞項，「云」的語義特徵和用法與之最近，但是使用頻率卻遠遠低於「曰」；「言」不但有動詞用法，更常見的是名詞用法，意義、用法上與「語」有些接近。「道」，是一個語義特徵比較豐富的詞項，上古後期也用爲一般意義的說，跟「曰」同。

　　「曰」大約相當於現代漢語的「說、說道」，常見用法是引出直接引語。「云」從意義特徵上與「曰」相近，但是用法有同有異。表示「說」的「云」和「曰」是一種同源分化現象。「hiuat 曰：hiuen 云（月文旁對轉）」〔註1〕「云」，本是「雲」的古字，二者分化後，「云」表示「說」之義，「雲」表示一種自然現象。「云」表示「說」義轉引直接引語，大致有兩種情況，一種是引語中的引語；另一種是引自書面語，當然也屬於轉引；另外，「云」還可以引出間接引語。總之，「云」表示「說」義大致相當於「曰」的過去進行時。如：

（13）牢曰：「子云：『吾不試，故藝。』」（《論語・子罕》）

（14）魏王曰：「鄉也，子云『天下無敵』；今也，子云『乃且攻燕』者，何也？」（《戰國策・楚四》）

（15）《詩》云：「有覺德行，四國順之。」（《左傳・昭公五年》）

（16）子云：「父子不同位，以厚敬也。《書》云：『厥辟不辟，忝厥祖。』」（《禮記・坊記》）

（17）孔子閒居，子夏侍。子夏曰：「敢問《詩》云：『凱弟君子，民之父母』，何如斯可謂民之父母矣？」孔子曰：「夫民之父母乎……」（《禮記・孔子閒居》）

（18）卜之，云趙王如意爲祟。（《史記・卷九》）

（19）去病時方貴幸，上諱云鹿觸殺之。（《史記・卷一百九》）

〔註1〕 王力《同源字典》，456頁。

（20）使駓驥可得繫羈兮，豈云異夫犬羊！（《史記‧卷八十四》）

例（13）和例（14）是引語中的引語，「云」相當於英語的過去進行時，有「曾說過」的意義，所以經常出現於直接引語中，即一個人說話時引述別人曾說過的話。例（13）意思是，「牢說，孔子曾經說過這樣一句話……」。例（14）明顯是過去時，出現了表示過去的時間狀語「鄉也」。例（15）引述書面語，是別人說過的話記載在書面語中。例（16）出現的「子云」仍然是過去時，孤立地看好像跟《論語》中的「子曰」同，實則不然。這種「子云」用例僅見於《禮記》中，其他典籍中基本未見，應該是《禮記》作者的一種寫作手法，作者引述孔子曾說過的話，所以「子云」從未出現在孔子與他人的對話中；而該書「孔子曰」都用於對話中，引出直接引語，如例（17）。例（18）、（19）、（20）都是引出間接引語，例（19）意思是「皇上隱瞞了事實真相，說是鹿撞死了他」。例（20）意為「如果千里馬可以隨便繫住，怎麼說它不同於犬羊？」

「曰」的使用範圍很寬，「云」表示「說」的情況都可以出現「曰」。如：

（21）子游對曰：「昔者偃也聞諸夫子曰：『君子學道則愛人，小人學道則易使也。』」（《論語‧陽貨》）

（22）《詩》曰：「鵲之姜姜，鶉之賁賁；人之無良，我以為君。」（《禮記‧表記》）

（23）子謂衛公子荊：「善居室。始有，曰：『苟合矣。』少有，曰：『苟完矣。』富有，曰：『苟美矣。』」（《論語‧子路》）

（24）孔子對曰：「言不可以若是其幾也。人之言曰：『為君難，為臣不易。』如知為君之難也，不幾乎一言而興邦乎？」（《論語‧子路》）

（25）他日，弟子進問曰：「昔夫子當行，使弟子持雨具，已而果雨。弟子問曰：『夫子何以知之？』夫子曰：『詩不云乎？……』」（《史記‧卷六十七》）

（26）張唐謂文信侯曰：「臣嘗為秦昭王伐趙，趙怨臣，曰：『得唐者與百里之地。』今之燕必經趙，臣不可以行。」（《史記‧卷七十一》）

（27）《書》曰：「知人則哲，惟帝難之。」（《論衡‧定賢》）

以上引出直接引語中的引語以及引自《詩經》等都用「曰」，而且這種用法

用「曰」大約是用「云」的兩倍。

「言」「道」與「曰」「云」組合關係之異：

「言」是個三價動詞，不僅可以帶關係對象 G，也可以帶內容賓語 N（名詞和名詞詞組）；而「曰」「云」一般只能帶小句賓語。「言」在上古前期一般不能直接帶 G，如果語義需要出現 G，往往需借助其他的手段，如「韓之美人因言於秦曰：「韓甚疏秦。」（《戰國策‧韓三》）；而「云」介引 G 的用例漢代也出現了，如「對景公云『夫子聖，豈徒賢哉』，則其對子禽，亦當云『神而自知之，不聞人言。』」（《論衡‧知實》）

「言」在上古期間動詞語義特徵沒有太大的變化，但是其組合關係發生了很大變化。跟「問」等言說動詞類似，即上古前期到後期，從介詞引出關係對象到無需介引。

上古「言」的關係對象一般以兩種方式出現，常見的是用介詞「於」引出；另一種方式是用介詞「與」引出關係對象並置放於動詞「言」之前。如：

（28）管敬仲言於齊侯曰：「戎狄豺狼……」（《左傳‧閔公元年》）

（29）叔向言陳無宇於晉侯曰：「彼何罪？……」（《左傳‧昭公二年》）

（30）干犫請一矢，城曰：「余言汝於君。」（《左傳‧昭公二十一年》）

（31）楚子使與師言曰：「君處北海……」（《左傳‧僖公四年》）

（32）強言霸說於曹伯，曹伯從之，乃背晉而奸宋。（《左傳‧哀公七年》）

「言」後面直接出現的人物或人稱代詞都是指「言」的內容，「言汝於君」意思是「向國君替你求情」。上述各例或關係對象在動詞後，或關係對象在動詞前，例（28）這種結構方式到上古後期有的變成了「言＋G」，即由介引關係對象變成無需介引。如：

（33）丘人言之周孝王……申侯乃言孝王曰：「昔我……」（《史記‧卷五》）

（34）鄭使人言繆公曰：「亡鄭厚晉，於晉而得矣……」（《史記‧卷五》）

（35）將軍壯義之，恐亡夫，乃言太尉，太尉乃固止之。（《史記‧卷一百七》）

有時只出現 N，不出現 G，如「晉侯賞從亡者，介之推不言祿，祿亦弗及。」（《左傳‧僖公二十四年》）；有時只出現 G，不出現 N，如上例（35），這種情況可以譯為「告訴」，但是並非強調關係對象而存在，所以「告訴」義不應該確

立爲「言」的一個獨立義項〔註2〕。當然漢代「言＋G」這種類型沒有得到發展（不多見），而用介詞把「G」提前的方式漸漸成爲其主要的類型，以避免與「言＋N」相混。如「吾與先君言矣，不可以貳。」（《左傳・僖公九年》）因爲有時「N」是由人充當的。漢代有很多用例介詞仍保留著，就是爲了避免混淆。如「衆皆言於堯曰：『有矜在民間，曰虞舜。』」（《史記・卷一》）

「道」是個二價動詞，上古一般情況下只帶內容賓語，不帶直接引語；而且從不引出關係對象。如「臣斯願得一見，前進道愚計，退就菹戮，願陛下有意焉！」（《韓非子・存韓》）。但是，我們推測，「道」引出直接引語的用法在口語中早已產生，上古後期書面語中也出現了這種用法，例見後文。

「言」、「曰」、「云」三者的其他用法的異同：

前二者可以用於詞語的解釋。「曰」這種用法早在甲骨文、金文中就出現了，如「月一正曰食麥」（正月叫食麥），意義是「叫做」。又如「東方曰析。」（《殷契拾綴》二・一五八）。「言」和「曰」雖都可表詞語解釋，但是二者有別，「曰」的前後兩部分是互相解釋的關係，即A曰B，B是被釋詞，如「凡自稱於君，士大夫則曰下臣。宅者在邦，則曰市井之臣；在野，則曰草茅之臣，庶人則曰刺草之臣。他國之人則曰外臣。」（《儀禮・士相見禮》）而用於解釋更常見的是「言」，主要是解釋句子和解釋詞語，或用於推論。如「夫蓍之爲言耆也，龜之爲言舊也，明狐疑之事，當問耆舊也。」（《論衡・卜筮》）又如「周書曰『惟命不於常』，此言幸之不可數也。」（《史記・卷七十二》）

「云」代動詞的用法是它所獨有的，即所說的內容在前文已經出現，一般譯成「這樣說」和「說這樣的話」。如「宋有富人，天雨牆壞，其子曰：『不築，必將有盜。』其鄰人之父亦云。」（《韓非子・說難》）「云」這種用法是「曰」和「言」所不具備的。另外「曰」「云」語氣助詞的用法以及「曰」用於列舉的用法已經超出了本義場討論的範圍。

「道」是引申爲言說義的動詞，上古使用面不是很寬。

「道」與「言」在泛指「談話、說話」時，「渾言不別」。如「然此可爲智者道，難爲俗人言也。」（司馬遷《報任少卿書》）。但「析言」還是有區別的：

〔註2〕　《漢語大詞典》6506頁，「言」義項九「告知、告訴」，引例之一爲「酈生瞋目案劍叱使者曰：『走！復入言沛公，吾高陽酒徒也，非儒人也。』」（《史記・卷九十七》）；《古代漢語詞典》1806頁，「言」義項二是「告訴」。

「言」詞義比較寬泛；而「道」是「講明（某一情況或某一道理）」、「記載」等。
如：

（38）仲尼之徒無道桓文之事者，是以後世無傳焉，臣未之聞也。（《孟
子·梁惠王上》）

（39）孟子道性善，言必稱堯舜。（《孟子·滕文公上》）

（40）相人，古之人無有也，學者不道也。（《荀子·非相》）

（41）凡理者，方圓、短長、粗靡、堅脆之分也，故理定而後物可得道
也。（《韓非子·解老》）

（42）今世之談也，皆道辯說文辭之言，人主覽其文而忘有用。（《韓非
子·外儲說左上》）按：前「談」後「道」。

（43）宗正者，主宗室諸劉屬籍，先見王，爲列陳道昭帝實武帝子狀。
（《史記·卷六十》）按：列、陳、道同義連用。

（44）韓非者，韓之諸公子……非爲人口吃，不能道說，而善著書。《史
記·卷六十三》按：道、說同義連用，均指說明某情況或道理，非
泛指義。

（45）賈生因具道所以然之狀。（《史記·卷八十四》）按：具道是詳細說
明之義，「具道」三見，均出《史記》。

（46）陰姬公稽首曰：「誠如君言，事何可豫道者。」……曰：「臣願之
趙，觀其地形險阻，人民貧富，君臣賢不肖，商敵爲資，未可豫
陳也。」（《戰國策·中山》）按：同樣的意思「預先說」前文作「豫
道」後面作「豫陳」，同義避免重複。

「道」還常常用於引述，有時是口頭傳述，更常見的是用書面語表述，即
「記載」。如：

（47）金石以動之，絲竹以行之，詩以道之，歌以詠之。（《國語·周語
下》）

（48）帥其子姓，從其時享，虔其宗祝，道其順辭，以昭祀其先祖，肅肅
濟濟，如或臨之。（《國語·楚語下》）

（49）又有左史倚相，能道訓典，以敘百物，以朝夕獻善敗於寡君，使寡
君無忘先王之業。（《國語·楚語下》）

（50）曰遂古之初，誰傳道之？（《楚辭・天問》）

（51）子員道二國之言無私，子常易之。（《左傳・襄公二十六年》）

（52）宋之丁氏，家無井而出溉汲，常一人居外。及其家穿井，告人曰：「吾穿井得一人。」而傳之者曰：「丁氏穿井得一人。」國人道之，聞之於宋君。宋君令人問之於丁氏，丁氏對曰：「得一人之使，非得一人於井中也。」（《呂氏春秋・慎行論》）按：正是由於口頭傳述信息，所以才會導致誤傳。

「道」表「記載」義古籍中較爲常見，如《墨子》「道」與「言說」義相關義項12見，都作「記載、講述」之用，《穀梁傳》此義16見均此用，即相當於「轉述」之義。如：

（53）且《禽艾》之道之曰：「得璣無小，滅宗無大。」則此言鬼神之所賞，無小必賞之；鬼神之所罰，無大必罰之。（《墨子・卷八》）

（54）《地形》之篇，道異類之物，外國之怪，列三十五國之異，不言更有九州。（《論衡・談天》）

這種用法，也可以用「言」，如「……其《政務》言治民之道。」（《論衡・對作》）口語中「道」泛指爲一般意義的「說」的用法早已出現。如：

（55）公孫丑問曰：「高子曰：《小弁》，小人之詩也。」孟子曰：「何以言之？」曰：「怨。」曰：「固哉，高叟之爲詩也！有人於此，越人關弓而射之，則己談笑而道之，無他，疏之也。其兄關弓而射之，則己垂涕泣而道之，無他，戚之也。」（《孟子・告子下》）

例（55）「道」疑爲避免與前面「何以言之」之「言」重複。出現在對話中，而對話是口語的記錄，說明當時口語中「道」泛指的用法已經產生。

在戰國晚期、漢代「道」一般意義的「說」義逐漸走進書面語中，用法與「言」類似。我們推測這時口語中已經產生了「道」引出直接引語的用法。但是可能還局限於口語中，書面語中少見。如：

（56）太子曰：「願因太傅交於田先生，可乎？」鞠武曰：「敬諾。」出見田光，道：「太子曰願圖國事於先生。」田光曰：「敬奉教。」乃造焉。（《戰國策・燕三》）

此句產生不同的句讀方式，有人覺得戰國末期「道」沒有引出直接引語的用法，就句讀爲：「道太子，曰：『願圖國事於先生。』」意義是「陳說太子，說：

『（他）希望跟先生商談國事』」。我們認為例（56）句讀方式合理些，因為《史記》陳述此事如下：

（57）太子曰：「願因太傅而得交於田先生，可乎？」鞠武曰：「敬諾。」
　　　出見田先生，道：「太子願圖國事於先生也」。（《史記·卷八十六》）

我們注意到司馬遷省略了直接引語中的「曰」，再也不可能有第二種句讀方式，因此我們判斷此「道」是引出直接引語。而且認為這是口語用法滲透到書面語中。

「言」或「道」有時也帶句子賓語，但是屬於間接引語。如：

（58）太史公曰：世言荊軻，其稱太子丹之命，「天雨粟，馬生角」也，
　　　太過。又言荊軻傷秦王，皆非也……具知其事，為余道之如是。（《史記·卷八十六》）

總的來說，「曰」、「云」一般帶直接引語；而「言」、「道」一般帶名詞、名詞性詞組（或代詞）賓語。「言」上古前期需用「曰」引出直接引語；上古後期演變為不用「曰」引出。

表2、語義特徵分析

詞 項	用言語	表達意思	講明情況或道理	跟人說（是否帶關係對象）	一般時或將來時	一般過去時	正在進行	過去進行
曰	＋	＋	－	－	－	－	＋	±
云	＋	＋	－	－	－	－	－	＋
言	＋	＋	±	±	±	±	±	±
道	＋	＋	＋	±	±	±	±	－

說明（以後義場同）：

1. ＋表示有某義素特徵；－表示不具有某義素特徵；±表示不一定，有時具有、有時不具有某義素特徵。

2. 義素特徵分析主要是針對上古時期各詞項的常態。演變後的義素特徵根據是否常見來標示。比如，「云」到漢代也出現了關係對象，只不過需要介引並提前，如「對景公云：『夫子聖，豈徒賢哉』，則其對子禽，亦當云：『神而自知之，不聞人言』」（《論衡·知實》）。由於此用法少見，所以「云」的義素特徵「跟人說」我們標了「－」號。如果演變後的意義較常見，就標出，如「言」的「正在進行時」的特徵（即引出直接引語），上古前期沒有但是後期出現了，所以我們標示了「±」。

2.1.3　義場各詞項的變化

「曰」上古期間使用頻率一直最高，是此義場的主導詞。「云」上古前期到後期使用範圍有所擴大，尤其到漢代，表示一般意義的說也可以用「云」。如：

（59）見其家織布好，而疾出其家婦，燔其機，云：「欲令農士工女安所讎其貨乎」？（《史記・卷一百一十九》）

（60）諸府掾功曹白云：「王先生嗜酒，多言少實，恐不可與俱。」（《史記・卷一百二十六》）

（61）齊桓公云：「寡人未得仲父極難，既得仲父甚易。」（《論衡・語增》）

（62）醫無方術，云：「吾能治病。」問之曰：「何用治病？」曰：「用心意。」（《論衡・量知》）

（63）齊田單保即墨之城，欲詐燕軍，云：「天神下助我。」有一人前曰：「我可以為神乎？」（《論衡・言毒》）

雖然如此，「曰」的主導詞地位不可動搖，上古後期「曰」依然頻出。

動詞「言」或「道」一直存在於該義場是表義的需要，與「曰」或「云」出現在不同的場合，在義場中處於各自不同的位置。「言」或「道」的用法是「曰」或「云」所不能代替的，而且「言」一直保持著較高的頻率。但是有時它們也有相同的用法，因為渾言不別，如「故夫王陽之言『適』，光武之曰『偶』，可謂合於自然也。」（《論衡・初稟》）

「道」在這個義場中出場的次數並非罕見。首先，上古前期（戰國晚期以前）「道」在義場出現主要是因為它所獨具的語義特徵，即講明某一情況或某一道理之義，使之在義場中佔有一個特有位置，實際上這種意義應該是「說」類詞的下位義，但是由於戰國晚期「道」出現了泛指用法，泛指為用言語表達意思，並漸漸固化為一個獨立的義位。所以我們姑且把上古前期的表言說的「道」強歸之於「說」類。戰國中晚期尤其是漢代「道」泛指義逐漸從口語進入到書面語中來。如：

（64）趙王意移，大悅曰：「吾願請之，何如？」司馬憙曰：「臣竊見其佳麗，口不能無道爾。即欲請之，是非臣所敢議，願王無泄也。」（《戰國策・中山》）

（65）願見於前，口道天下之事。（《戰國策·趙一》）

（66）文公之所以先雍季者，以其功耶？則所以勝楚破軍者，舅犯之謀也；以其善言耶？則雍季乃道其「後之無復」也，此未有善言也。（《韓非子·難一》）

（67）簡子曰：「此其母賤，翟婢也，奚道貴哉？」子卿曰：「天所授，雖賤必貴。」（《史記·卷四十三》）

（68）先生所以教臣者，非臣之意也，願勿復道。（《史記·卷九十七》）

（69）天子果以湯懷詐面欺，使使八輩簿責湯。湯具自道無此，不服。（《史記·卷一百二十二》）

（70）便遣使詣祇桓，道其消息。（《雜譬喻經》）卷上〔註3〕

但是「道＋直接引語」的例子除了在前文提到過的一個例子（兩見，分別見於《戰國策》和《史記》），我們還在漢簡中發現了一例：

（71）毛不能支治（答）疾痛，即誣指講。講道：「咸陽來」。史銚謂毛：毛盜牛時，講在咸陽，安道與毛盜牛？治（答）毛北（背），不審伐數。（《張家山漢簡》）

張家山漢簡是漢代口語的真實記錄，此段審案記錄中兩個「道」都是跟現漢的「說」用法相同，所以我們推斷漢代口語中「道」已經成熟地使用「道」表示一般意義的「說」。

表3、各詞項頻率統計

詞　項	曰	云	言	道
易經	587/587	1/1	26/69	0/106
今文尚書	329/332	1/3	10/59	0/8
詩經	64/90	4/44	15/181	2/32
論語	756/759	7/15	68/129	2/89
左傳	1000 多/3732	38/51	265/429	2/175
儀禮	236/236	0	20/23	0/14
周禮	474/474	0	2/11	1/70
國語	1000 多/1327	13/15	82/185	3/101

〔註3〕　例引汪維輝《東漢——隋常用詞演變研究》166 頁。

楚辭	49/49	2/9	14/33	1/42
老子	23/23	2/2	8/20	1/75
禮記	/1308	110/110	160/275	1/312
墨子	727/738	0/5	200/349	12/154
商君書	106/106	0	11/66	0/64
孟子	958/958	31/37	60/117	5/150
莊子	1000 多/1004	2/5	144/266	8/359
荀子	527/527	21/27	108/214	5/385
韓非子	1000 多/1566	5/6	191/457	15/374
戰國策	2000 多/2451	5/16	195/327	5/180
晏子春秋	998/998	9/9	49/106	1/107
呂氏春秋	1000 多/1431	5/7	150/301	1/316
公羊傳	336/336	4/8	419/447	0/35
穀梁傳	419/419	12/14	291/311	16/90
睡虎地秦簡	134/134	6/8	30/61	0/30
山海經	865/865	2/2	3/5	0/5
管子	1000 多/1650	3/7	156/311	0/505
史記	6000 多/6047	62/134	1092/1591	42/850
論衡	1000 多/1440	102/105	964/1546	3/568
張家山漢簡	339/339	0	40/58	2/121

說明（以後義場同）：

1. 凡是篇名、地名、人名都不計算在內。如「訾」，《左傳》15 見，都是地名。《國語》「訾」用作人名 3 次，未計在內。

2. 動詞自指爲名詞的，仍算作動詞。

3. 同義連用結構或作爲語素使用單獨列出（有的是同義詞連用、有的已經是合成詞）。如「謂者」之「謂」作爲「告訴」義是語素義，我們在「告訴」義場「謂」詞項頻率測查時單獨列出。詳見「告訴」義場或「責讓」義場。

【小結】

上古「曰」一直是該義場的主導詞項。跟「曰」意義用法最近的是「云」，是爲了分化「曰」而出現的。「云」既可以引出直接引語，又可以引出間接引語。一般來說引導直接引語中的引語以及引自書面語，但是這種用法還大量用「曰」。儘管漢代「云」使用範圍有所擴大，但使用頻率不及「曰」的 1%，絲

毫不能動搖「曰」主導詞之位。

「言」、「道」一直存在於該義場，是因為二者不同於「曰」、「云」的用法和語義特徵。「言」不僅可以帶關係對象，也可以帶內容賓語，但是「言」在上古前期一般不能直接帶關係對象，如果需要出現關係對象，往往要介詞引導；但是上古後期出現了不需要介引用例。另外「言」上古前期引出直接引語必須用「曰」，但是上古後期就可以不用「曰」了。而「曰」和「云」只能帶賓語句，尤其是「曰」從未出現過關係對象，但是「云」介引關係對象的用例在漢代也出現了。

「道」很早就出現於該義場，是因為它所具有的獨特語義特徵。戰國中晚期尤其是漢代「道」泛指義「用言語表達意思」逐漸從口語進入到書面語中來，甚至「道」引出直接引語的用法也出現了。

中古，「道」成為這個義場的常見詞項。根據汪維輝先生的研究，這個義場「在東漢魏晉南北朝發生了重大變化，總的演變趨勢是：『言、云、曰』漸趨淘汰，在口語中主要用『說』和『道』……『說』的用法則大為擴展，基本上覆蓋了文言辭『言、云、曰』原有的使用範圍，取代了它們的地位。」〔註4〕

2.2 「告訴」類

2.2.1 各詞項的共同語義特徵

上古出現於「告訴」義場的主要詞項有「告、語、謂、誥、諭（喻）、謁、訴、詔、報、復、白」等。它們具有共同的語義特徵「用言語向人傳遞信息，讓人知道」。所以在「向別人傳遞信息」上，它們構成了一個義場。

「告」是義場使用範圍最廣的一個詞項，一直居於主導詞之位。不論關係對象地位的高低、不論傳達的內容如何，凡是向對方傳達某一信息，都可以用「告」。甲骨文「告」已經是這樣，告上、告下或是告祖先都是用「告」。包括下對上的如臣屬的報告、上對下的如王的告命以及祭告（告訴的對象是祖先）等意義。所以，根據組合對象的不同，常常表現為三種意義：「祭告」（告祖先）；「報告」（下告上）；「告命」（上告下）。實際上這三個意義都是「告

〔註4〕 汪維輝《東漢──隋常用詞演變研究》，第172頁。

訴」義的義位變體〔註5〕。

「語」的「告訴」義是其引申義，由於強調關係對象而產生。有時關係對象和內容共同出現，如「公語之故，且告之悔。」（《左傳・隱公元年》）

「謂」不但強調關係對象，還常常出現具體的信息內容（直接引語），所以它經常出現在「謂＋G（＋曰）＋直接引語」這種結構中。如「南蒯謂子仲：『吾出季氏，而歸其室於公。子更其位。我以費爲公臣。』」（《左傳・昭公十二年》）

「誥，告也。」（《說文》）「誥」「告」「本同一詞，都是告訴的意思」〔註6〕，如「後以施命誥四方。」（《周易・下經》）

「謁，白也。」（《說文》）如「執而謁諸王。」（《左傳・昭公七年》）「謁」的「告訴」義與「告」相同。

「諭，告也。」（《說文》）「喻，告曉也。」（《慧林音義》卷三「眾喻」注引鄭注《周禮》云〔註7〕）。二者初爲異體字，後來分化了。如「眾人之輕棄道理而易妄舉動者，不知其禍福之深大而道闊遠若是也，故諭人曰：『孰知其極？』」（《韓非子・解老》）又如「口弗能言，志不能喻……」（《呂氏春秋・孝行覽》）

「訴，告也。」（《說文》）「訴」嚴格來說應該是「告訴」義場的子義場。它不是一般意義的「告訴」，而是「訴說冤屈」，其義位表述爲「用言語向某一值得信賴的人述說因某人或某事引起的不良情緒」。如「取貨於宣伯而訴公於晉侯，晉侯不見公。」（《左傳・成公十六年》）。

「詔」，不見於《說文》。「詔，告也」（《說文》新附）「詔」的本義是「告」。如「及三年，大比，以萬民之數詔司寇。」（《周禮・秋官司寇》）

另外，還有「報」、「復」、「白」等本義爲非言說的詞發展出「告訴」義。

「報」主要有三個義位變體出現在該義場中，即「完成使命後向上彙報情況」、「答覆」、「通告」。第一個義位變體是最常見的，後兩個變體主要出現在漢代。如「晏子歸，報公，公喜，笑曰：『魯君猶若是乎！』」（《晏子春秋・內篇雜上》）

「復，往來也。」（《說文》）「復」和「往」是相對的，先有「往」，後有

〔註5〕 「義位變體」參見蔣紹愚《古漢語辭彙綱要》第40～42頁，指的是「由上下文而顯示的不同意義」。

〔註6〕 《王力古漢語字典》，第1279頁。

〔註7〕 《故訓匯纂》第369頁「喻」字條。

「復」。引申為言語方面的回覆、稟告，指奉命處理完有關方面的事情回來報告，也用於下對上的稟告。如「晉人許之，對曰：『群臣帥賦輿以為魯、衛請，若苟有以藉口而復於寡君，君之惠也。敢不唯命是聽。』」（《左傳・成公二年》）

「白」表示「告訴」可能是口語或方言詞進入書面語中，如「言之皇后，令白之武帝，乃詔衛將軍尚平陽公主焉。」（《史記・卷四十九》）。東北方言，表示一個人說話很多（稍帶貶義），就用「白話」表示，讀為 báihua（話為輕聲）。漢代鄭玄所作的注中，常常用「白」作訓釋詞，說明當時「白」是一個通俗易懂的詞語，《說文》用「白」作訓釋詞的也很多。

表 1、義位表述及最早用例

詞項	義位表述	最早用例
告	用言語向人傳遞信息、解說事情，讓人知道。	戩其來告。（《甲骨文詁林》0720）
語	用言語向人傳遞信息，讓人知道。	子曰：「語之而不惰者，其回也與。」（《論語・子罕》）
謂	用言語向人傳遞信息，讓人知道。	爾謂朕曷震動萬民以遷？（《尚書・商書・盤庚下》）
誥	用言語向人傳遞信息、解說事情，讓人知道。	後以施命誥四方。（《周易・下經》）
謁	用言語向上位者或尊者傳遞信息。	子容之母走謁諸姑。（《左傳・昭公二十八年》）
諭（喻）	用言語把事情、道理或意願等向人陳述或解說，讓對方明白、理解。	王出入，則持馬陪乘，如齊車之儀，自車上諭命於從車，詔王之車儀。（《周禮・夏官司馬》）
訴	用言語向值得信賴的人述說因某人或某事引起的不滿情緒。	薄言往訴，逢彼之怒。（《詩經・邶風・柏舟》）
詔	用言語向人傳遞信息，使客體明了，多數是告訴別人怎樣做。	對曰：「變之詔也，士用命也，書何力之有焉！」（《左傳・成公二年》）
報	（完成使命後）用言語向上傳遞相關信息、彙報情況或是回答別人的問題；向對方傳遞或正式通告某一信息。	使者辭反。范蠡不報於王，擊鼓興師以隨使者，至於姑蘇之宮，不傷越民，遂滅吳。（《國語・越語下》）
復	（完成使命後）用言語向上傳遞相關信息、彙報情況或說明事情。	朕復子明辟。（《尚書・洛誥》）
白	用言語向上傳遞信息、說明事情。	燕相白王，王大說，國以治。（《韓非子・外儲說左上》）

2.2.2 義場各詞項的差異

「告」的義域很寬，不論告上、告下、平等相告都曰「告」，還包括向別人傳達自己的感受，如《詩經》中「告」共有 22 見，除了一處通假外，其餘都是向別人傳遞信息，如：

（1）經營四方，告成于王。（《詩經・大雅・江漢》）

（2）我聞有命，不敢以告人。（《詩經・唐風・揚之水》）

（3）君子作歌，維以告哀。（《詩經・小雅・谷風之什》）

「語」泛指一般的說話、談話，但是從詞源意義來說，從「吾」得聲的字多有「交、對」義，如「晤、牾、悟」等。所以「語」多爲交談、對答，如《論語序》：「名曰論語集解。」《釋文》：「答述曰語」。正因爲這種對答、對談的意義特徵，所以「語」強調的是談話的關係對象，所以可以翻譯爲「告訴」；有時除了出現關係對象外，還出現談話的內容；有時只出現內容，關係對象不顯現，這時一般翻譯爲「談論」。如「子不語怪、力、亂、神。」（《論語・述而》）

「語」和「告」雖然都表示「告訴」義，但是語義特徵是有別的。如「公語之故，且告之悔。」（《左傳・隱公元年》）此處的「語」和「告」均爲「告訴」義，但二者還是有細微差異的。「告」是鄭重其事告訴別人，故有端莊色彩；而「語」是在交談中傳遞信息，重在交談中訴說，故比較隨便。上句「語之故」用「語」，因爲莊公是回答潁考叔的發問，在交談中隨和地「告訴」。但是一說此事便勾起他的心病，自然不知不覺衝破原先的心理防線，不禁吐露出後悔而難於改變的困惑，這是超越對方的要求，極其鄭重地告訴對方（事實上正是對方預想的結果），是主動傾訴，故用「告」。〔註8〕所以「語」往往是在交談中把信息傳遞給對方，常常還引起對方的反應。如「成王將以商臣爲太子，語令尹子上，子上曰……」（《史記・卷四十》）又「文子語蘧伯玉，伯玉曰……」（《史記・卷三十七》）

「謂」的「告訴」義尤爲常見，但是往往只出現在特定的帶直接引語的結構中，或用「曰」或不用「曰」引出直接引語。即「動詞＋（G）＋（曰）：『直接引語』」，而「告」和「語」的「告訴」義不僅僅見於這種結構形式。在該義

〔註8〕此處參看黃金貴《古漢語同義詞辨釋論》上海古籍出版社，2002 年，第 49 頁～50 頁。

場中，出現在這一結構中的詞項常見「謂」，其次是「告」或「語」。如《墨子・魯問》：「魯陽文君語子墨子曰。」孫詒讓閒詁：「吳鈔本語作謂」。另外，「謂」帶直接引語不用「曰」較爲常見，但是「告」帶直接引語不用「曰」卻不常見，而「語」不用「曰」則是罕見。如：

（4）釋獲者執餘獲進告：「左右卒射。」如初。（《儀禮・大射儀》）

（5）召申祥而語之曰：「……」（《禮記・檀弓上》）

「謂」帶單賓語的情況極少，因爲「謂」的詞源意義是兩兩相當，所以一般都出現雙賓語；而「告」和「語」在結構上帶單賓語的用例很常見，甚至要多於帶雙賓的情況。

「謂」帶單賓的例子在先秦漢語中罕見，僅見下面幾例：

（6）謂：「先王何常之有？唯餘心所命，其誰敢請〔註9〕之？」（《左傳・昭公二十六年》）

（7）謂：「邯鄲人誰來取者？」（《戰國策・秦策》）

（8）鮑牽見之，以告國武子，武子召慶克而謂之。慶克久不出，而告夫人曰：「國子謫我！」（《左傳・成公十七年》）

（9）子盍謂之。（《左傳・昭公八年》）

例（6）和例（7），關係對象雖然在句中沒有顯現，但是實際上是存在的，在主體的心目中是有所指的，而且「謂」用的是最常見的意義和用法即「對……說」。實際上這兩例仍然可以看作雙賓（只是關係對象省略）。但是例（8）和例（9）卻是罕見的單賓用例（而且帶非句子賓語），這種情況下跟「告」的用法相同，例（8）是爲了避免與「告」重複，本句的前後都出現了「告」。例（9）帶單賓語的原因可能是因爲同義詞類推所致，「謂」、「告」、「語」在「對……說」的用法（動詞＋G＋引語）上相同，所以由「『告或語』＋G（單賓）」的結構類型類推出「謂＋G（單賓）」。到漢代「謂」帶單賓語的情況雖然有所增加，但是用例仍很少。如「代王乃謂太尉。」（《史記・卷九》）「請往謂項伯，言沛公不敢背項王也。」（《史記・卷七》）「臣常欲謂太尉絳侯。」顏師古注：「謂者，與之言。」（《漢書・陸賈傳》）

〔註9〕　「請」，根據楊伯峻《左傳譯注》第1477頁，應是「討」，「原作『請』，今依阮元校勘記及金澤文庫本正」。

「誥」出現在義場中主要是春秋中期以前。從甲骨文時代，「告」一直作爲動詞使用，但是到了《尚書》時代，隨著名詞用法使用的增多，於是產生了「誥」。「誥」、「告」本同一詞，都是「告訴」義，後來二者分化，「誥」與「告」主要是名詞和動詞之別，而不是「上告下」或「下告上」的區別〔註10〕。「誥」主要用作名詞，這是動詞分化的結果。如：

（10）王曰：「我不惟多誥，我惟祗告爾命。」（《尚書・周書・多方》）

（11）予不允惟若茲誥，予惟曰：「襄我二人，汝有合哉？」（《尚書・周書・君奭》）

（12）今我曷敢多誥？（《尚書・周書・多方》）

上述幾例中「誥」前有修飾語「多」或「茲」，說明此「誥」起名詞作用無疑。例（10）「誥」與「告」同句出現，可見其別。

但是二者並非涇渭分明，「誥」雖然有名詞〔註11〕之功能或者說有分化動詞的趨勢，但是「誥」仍常用作動詞「告訴」義。「誥」的動詞用法早在《周易》就可見到，《尚書》中也常出現，不分「告上」、「告下」都可以用「誥」。只是內容的原因，出現「上告下」的情況多些，使得人們得出不同的結論〔註12〕。如：

（13）後以施命誥四方。（《周易・下經》）

（14）王若曰：「猷大誥爾多邦越爾御事……」（《尚書・周書・大誥》）

（15）文王誥教小子有正有事。（《尚書・周書・酒誥》）

（16）厥或誥曰：「群飲。」汝勿佚。（《尚書・周書・酒誥》）

前三例都是「上告下」；例（16）是「下告上」，意思是假如有人報告說：「有人群聚喝酒。」你不要放走他們。

「誥」「告」也常常連用，如：

〔註10〕《古辭辨》（755 頁）「在等級森嚴的古代社會裏，也把『告』作了等級上的劃分，把身份相近的人互相告語和下對上的稟告稱做『告』，而把上告下別作一『誥』字。」《王力古漢語字典》（1279 頁）也認爲「後人加以區別，下告上爲告，上告下爲誥。」

〔註11〕當然這個名詞，既包括專用名詞的用法，也有普通名詞的用法。

〔註12〕《王力古漢語字典》（1279 頁）「誥」下：「『告』、『誥』本同一詞，都是告訴的意思。後人加以區別，下告上爲告，上告下爲誥。」

（17）王若曰：「誥告爾多方……」（《尚書・周書・多方》）按：此例「誥
　　　告爾多方」，與《尚書》同章前文的「告爾四國多方」相同，説明
　　　「告」與「誥」爲同義連用。

（18）拜手稽首，旅王若公誥告庶殷越自乃御事。（《尚書・周書・召誥》）

雖然「誥」主要是爲名詞而分化的，但是由於動詞「告」仍常用於自指，起名詞之作用，例不煩舉，因此致使「誥」的分化並未成功。

「謁」在「告訴」語義場中佔有特殊位置，專門表示對尊者、上位者的「告訴」，主體和客體是下對上或卑對尊的關係。「謁」表「告訴」義，即向尊者傳遞消息或陳述事情，如：

（19）使豎牛請日。入，弗謁。（《左傳・昭公四年》）

（20）執而謁諸王。（《左傳・昭公七年》）

（21）伯石始生，子容之母走謁諸姑，曰。（《左傳・昭公二十八年》）

例（19）意思是「進去，（但是豎牛）不報告（叔孫暴）」；例（20）是「逮住了他，並告之於王」；例（21）「走謁諸姑」意思是「跑去告訴婆婆」。這幾例的主體與客體是下與上的關係，同時主客體又不處一個空間，可能有一段距離。所以後來產生了「謁者」一詞，是專門向上司傳遞話語的人。有什麼事，要走近上司所在之處才能向他通報相關事情。

「諭（喻）」把事情、道理或意願等向人陳述或解説，讓對方明白、理解。嚴格地説，應是屬於「告訴」類的子義場，它是「告訴」的下位義，因爲「諭（喻）」強調主體的動作對客體的反應。

「諭（喻）」的「告曉、告訴」義比較常見，但是常帶賓語「志」、「意」、「心」等，可以譯爲「表達、表明」等，仍是「告諭」義。如：

（22）間問以諭諸侯之志。（《周禮・秋官司寇》）

（23）奉承而進之，於是諭其志意。（《禮記・祭義》）

（24）或得寶以危其國，文王得朽骨以喻其意。（《呂氏春秋・孟冬紀》）

（25）言者以諭意也。（《呂氏春秋・審應覽》）

（26）寡人善孟嘗君，欲客之必諭寡人之志也。」（《戰國策・齊四》）

（27）以諭朕意於單于。（《史記・卷十》）

有時帶其他內容賓語，是把內容講述明白之義。如「故君子之説也，足以

言賢者之實、不肖者之充而已矣，足以喻治之所悖、亂之所由起而已矣，足以知物之情、人之所獲以生而已矣。」(《呂氏春秋·先識覽》)

即使帶人稱賓語，也是表示向這些人說明情況或闡明道理，使之懂得。如：

（28）告諭秦父兄。(《史記·卷八》)

（29）因以文諭項羽，項羽乃止。(《史記·卷八》)

（30）太尉往諭，謁者十人皆掊兵而去。(《史記·卷九》)

例（28）向秦的父兄講明道理，例（29）向項羽說明情況，例（30）太尉前去說明情況。所以，由此言說義引申出認知義「理解、懂得」，這是一個動作的兩個方面，是從不同角度產生的意義。一個是從說者角度（主體）而言，是「講明道理或情況」；一個是從聽者角度（客體）而言，是「懂得、理解」。如「諸侯皆諭乎桓公之志。」(《穀梁傳·僖公三年》)，此句意思是「諸侯都懂得桓公的心意」。

「訴」在該義場中更是獨居一隅，訴說者（主體）往往自認為是含冤受屈者（實際上可能是、也可能不是）；聽者（即關係對象）一般都是說者值得信賴的人，或是上位者、或是尊者。訴說者不僅是訴說不滿或受屈的情緒還希望得到幫助。

「訴（愬）」表「訴說」義最早見於《詩經·邶風·柏舟》:「薄言往訴，逢彼之怒。」主體向人陳述心理的冤屈，即不好的心緒。該篇序云:「柏舟，言仁而不遇。」又如「今王發政施仁，使天下仕者皆欲立於王之朝，耕者皆欲耕於王之野，商賈皆欲藏於王之市，行旅皆欲出於王之途，天下之欲疾其君者，皆欲赴訴於王。」(《孟子·梁惠王上》)天下之人之所以「赴訴於王」，是因為他們的國君給他們帶來了很多痛苦，而今王實行仁政，這樣的王正是他們傾訴的對象，也是求助的對象。

所以，與「告」不同，「訴」不僅是訴說一件事情，更主要是訴說心中對某人某事的不滿情緒。如：

（31）干徵師赴於楚，且告有立君。公子勝愬之于楚，楚人執而殺之。

　　　　(《左傳·昭公八年》)

（32）他日，董祁愬於范獻子曰:「不吾敬也。」(《國語·晉語九》)

「詔」嚴格說來也應該屬於「告訴」義場的子義場。「詔」的「告知」義不是一般地傳遞信息，而是「告訴別人某事某情況，使客體明了」。多數是告訴別人怎樣做，因爲「詔」與「昭」「照」同源。「詔，照也。」（《釋名》）「詔」的主體常常是掌握一定知識的人或具有某專門知識的人，所以客體往往聽從主體所說。而主體並非只是上位者，主體和客體的地位存在著各種各樣的關係，不分地位高低。「詔」主要的意義，就是告訴別人做什麼或不做什麼，所以常常翻譯作「告戒」或「教導」。如：

（33）詔後治內政。（《周禮・天官冢宰》）

（34）夫爲人父者，必能詔其子；爲人兄者，必能教其弟。若父不能詔其子，兄不能教其弟，則無貴父子兄弟之親矣。（《莊子・盜跖》）陸德明《釋文》：「詔，教也。」

「詔」存在於「告訴」義場主要是從春秋晚期到戰國初中期，既有上告下，也有下告上，也有平等地位的「相告」。與「告」的主要區別是體現在其詞源意義上。如「要時立功之巧若詔四時」（《荀子・儒效》）又如「昔者舜之治天下也，不以事詔而萬物成。」（《荀子・解蔽》）。「詔」常常是明確地說明要客體怎麼做，所以「詔」之後往往出現另一個動詞。如「以官刑詔冢宰而誅之。」（《周禮・天官冢宰》）意思是「根據官府的刑法報請太宰進行懲罰」。

「報」、「復」、「白」都是引申爲言說義的動詞：

「報」本義爲「根據犯罪者罪行的輕重大小，依法判處相應的懲罰。」〔註13〕「報，當罪人也」（《說文・㚔部》）。由詞源意義「相應」產生了一系列引申義——「往復」、「報復」、「報答」、「復命」等。其中「復命」，就是指奉命辦完事回來報告，主要用於臣對君王、僕對主人等稟告執行任務的情況。出使或外出完成任務者都是下位者，被上位者委派，所以「報」多數是下對上。如：

（35）樂毅報遺燕惠王書曰。（《史記・卷八十》）

（36）廟成，還報孟嘗君曰：「三窟已就，君姑高枕爲樂矣。」（《戰國策・齊四》）

（37）晉人之覘宋者，反報於晉侯曰：「陽門之介夫死，而子罕哭之哀，

〔註13〕　見《漢語大詞典》1227頁「報」字條下。

而民說，殆不可伐也。」(《禮記・檀弓下》)

（38）列子入，泣涕沾襟以告壺子……列子入，以告壺子……列子入，以告壺子……明日，又與之見壺子。立未定，自失而走。壺子曰：「追之！」列子追之不及。反，以報壺子曰：「已滅矣，已失矣，吾弗及已。」(《莊子・應帝王》) 按：此句前面出現三個「告」；最後一個用「報」，因為此處是執行命令後「回覆」使命的完成情況。

（39）巫祝史與望氣者必以善言告民，以請上報守，守獨知其請而已。（《墨子・卷十五》) 按：「上報守」是把情況報告太守，因為這是按上位者要求行事。

（40）守室下高樓，候者望見乘車若騎卒道外來者，及城中非常者，輒言之守。守以須城上候城門及邑吏來告其事者以驗之，樓下人受候者言，以報守。(《墨子・卷十五》) 按：此處表示傳遞信息分別用了「言」、「告」、「報」，這是同義避復。

「報」言說義的用例大約有 1/5 用於「反（返）報」、「還報」、「歸報」等類似形式的語境中，表示執行任務後返回報告，尤其漢代以前「報」基本上出現在這樣的語境中，即使漢代亦如此。

實際上，「答覆別人的問題」之義也用「報」。有時是上對下，有時是下對上。漢代出現了這種用法，如：

（41）於是上久不報式，數歲，乃罷式。(《史記・卷三十》) 按：皇上久不答覆卜式（吏民上書后皇上置之不理，不予答覆叫做不報。）

（42）從亡賤臣壺叔曰：「君三行賞，賞不及臣，敢請罪。」文公報曰：「夫導我以仁義，防我以德惠，此受上賞……三賞之後，故且及子。」(《史記・卷三十九》) 按：這是皇上回答臣的問題。

（43）須賈為魏昭王使於齊，范睢從。留數月，未得報。(《史記・卷七十九》)

（44）乃上書曰：「……」天子報曰：「古者賞有功……」(《史記・卷一百一十二》)

以上用例都不是下對上，而是上答覆下，其實只要是答覆別人問題，都可以用「報」，如「使人問左右，盡報弗聞。」(《韓非子・十過》) 這就是下答覆上。

另外，從組合關係來看，「報＋G」類型多見，還見「報＋N」、「報＋N＋介詞＋G」、「報＋N＋G」、「介詞＋N＋報」等類型。如：

（45）種還，以報句踐。（《史記・卷四十一》）

（46）晉人之覜宋者，反報於晉侯曰：「陽門之介夫死，而子罕哭之哀，而民説，殆不可伐也。」（《禮記・檀弓下》）

另見《國語》、《戰國策》數例均作「報＋G」的類型，同例（45）。例（46）中介詞的使用可能是爲了與「報」的「報復」義相區別（「報復」義之「報」後面也跟 G）。比如「『王若欲報齊乎，則不如因變服折節而朝齊，楚王必怒矣。王遊人而合其鬥，則楚必伐齊。以休楚而伐罷齊，則必爲楚禽矣。是王以楚毀齊也。』魏王曰：『善。』乃使人報於齊，願臣畜而朝。」（《戰國策・魏二》）前面「報齊」是「報復齊」，後面「報於齊」是「向齊報告」。

（47）於是遷仕爲郎中，奉使西征巴、蜀以南，南略邛、筰、昆明，還報命。（《史記・卷一百三十》）按：「報命」，事情辦完後回來復命。

（48）臣乃市井鼓刀屠者，而公子親數存之，所以不報謝者，以爲小禮無所用。（《史記・卷七十七》）

（49）是日皆報殺四百餘人。（《史記・卷一百二十二》）

（50）使桓楚報命於懷王。（《史記・卷七》）

（51）魯公伯禽之初受封之魯，三年而後報政周公。（《史記・卷三十三》）

（52）太后曰：「吾復立帝子。」袁盎等以宋宣公不立正，生禍，禍亂後五世不絕，小不忍害大義狀報太后。（《史記・卷五十八》）

例（50）～（52）NG 都出現。其中例（51）之所以作「報＋N＋G」型，是因爲兩個賓語音節簡單，連著出現不會造成混淆，跟「哀公問政孔子」同理，例 52 由於內容賓語太長而用介詞把賓語提前。

「復」最初指回來向王報告，即上奏。它出現於該義場常常是在比較固定的語境中，其某種用法往往集中體現在一本書中或幾本書中。比如自指爲名詞的「復」除了《晏子春秋》（2 見）、《戰國策》（1 見）外，其餘基本出現於《周禮》，即：

（53）敍群吏之治，以待賓客之令、諸臣之復、萬民之逆。（《周禮・天官冢宰》）

（54）大僕掌正王之服位，出入王之大命，掌諸侯之復逆。（《周禮·夏官司馬》）

（55）掌三公及孤卿之復逆，正王之燕服位。（《周禮·夏官司馬》）

（56）御僕掌群吏之逆，及庶民之復，與其弔勞。（《周禮·夏官司馬》）

（57）凡遠近煢獨、老幼之欲有復于上，而其長弗達者，立於肺石三日，士聽其辭，以告于上，而罪其長。（《周禮·秋官司寇》）

（58）晏子假之以悲色，開之以禮顏，然後能儘其復也。（《晏子春秋·內篇雜上》）

（59）且嬰之於靈公也，盡復而不能立之政，所謂僅全其四支以從其君者也。（《晏子春秋·外篇上》）

（60）對曰：「願有復於公。（《戰國策·韓一》）按：「有復於公」意思是「還有些話希望稟告您」。

戰國中期以前主要用於「復命」，《論語》《儀禮》《國語》分別為 1 見、6 見、7 見（均為「復命」）；《左傳》28 見，其中 23 見「復命」，其餘 5 見為「復於 G」類型。「復於 G」形式又出現在《墨子》《孟子》中，分別為 3 見、1 見。另外「復曰」《墨子》1 見。如：

（61）賓退，必復命曰：「賓不顧矣。」（《論語·鄉黨》）

（62）有復於王者曰：「吾力足以舉百鈞，而不足以舉一羽；明足以察秋毫之末，而不見輿薪。」（《孟子·梁惠王上》）

（63）伍子胥復曰：「蔡非有罪也，楚人為無道，君如有憂中國之心，則若時可矣。」（《公羊傳·定公四年》）

只有《莊子》一例特殊，不作「復命」，也不作「復曰」。即：

（64）丘請復以所聞：凡交近則必相靡以信，遠則必忠之以言，言必或傳之。（《莊子·人間世》）按：「丘請復以所聞」意思是「我請求把聽到的稟告您」。

戰國中晚期、漢代除了《晏子春秋》和《管子》出現新的語境外，《公羊傳》8 見均作「復於 G」類型，《呂氏春秋》「復於 G」3 見，另外 2 見是「復者」，《史記》1 見「復命」，《晏子春秋》除了 2 個自指為名詞、2 個「復者」，其他都作謂語。如：

（65）晏子復曰：「國之士大夫……」（《晏子春秋・內篇諫下》）

（66）景公飲酒，田桓子侍，望見晏子而復於公曰。（《晏子春秋・內篇雜下》）

（67）晏子入，復乎公，公忿然作色而怒曰：「子何必……」（《晏子春秋・外篇上》）

（68）晏子至，已復事，公延坐，飲酒樂。（《晏子春秋・內篇諫下》）

（69）雖然，嬰將爲子復之，適爲不得，子將若何？（《晏子春秋・內篇諫下》）

（70）景公之嬖妾嬰子死，公守之，三日不食，膚著於席不去，左右以復，而君無聽焉。（《晏子春秋・內篇諫下》）

　　例（65）和（66）這種類型前文出現過，例（67）是唯一用介詞「乎」引出關係對象之例。例（68）～（70）是新產生的類型「復＋N」，其中例（70）省略了N。

　　《管子》除了戰國前期已見的「復＋於＋G」和戰國晚期的「復＋N」外，新產生了「復＋G」和「復＋N＋於＋G」型，即：

（71）管子入復於桓公曰。（《管子・輕重丁》）

（72）桓公終神，管子入復桓公曰。（《管子・輕重丁》）

（73）桓公怒，將誅之，而未也。以復管仲，管仲於是知桓公之可以霸也。（《管子・小問》）

（74）正月之朝，五屬大夫復事於公。（《管子・小匡》）

（75）正月之朝，鄉長復事，公親問焉。（《管子・小匡》）

（76）公令官長，期而書伐以告，且令選官之賢者而復之。（《管子・小匡》）

（77）寡人不幸而好酒，日夜相繼，諸侯使者無所致、百官有司無所復。（《管子・小匡》）

　　例（72）和例（73）「復＋G」類型少見的原因是「復」的義項太多，「復＋G」容易造成理解的困難。如「請復衛侯而封曹，臣亦釋宋。」（《史記・卷三十九》）「復衛侯」是讓衛侯重定。但是例（72）和例（73）「復」後出現的這兩個關係對象G「桓公」和「管仲」爲讀者所熟悉，一般不會造成交際混亂，所以才產生了這種形式。從詞義特徵看，例（73）中的「復」用於泛指義，「以復管仲」指桓公把這件事告訴管仲，不是下對上，甚至是上對下。

詞義的泛指，一般來說是發展新義的潛在機制。但是「復」是個多義詞，而且「向上回覆或稟告」之義並不多見，更重要的原因是表此義更常用「報」這一詞項，所以這種泛指用法並沒有得到發展。

總之，「復」主要用於下對上的回覆或稟告，相當於「報」的「義位變體1」。只不過，「報」的義域比「復」寬。所以後來「復」被「報」所代替。

「白」表「告訴」義出現在戰國晚期，如：

（78）燕相白王，王大說，國以治。（《韓非子‧外儲說左上》）

（79）彼正其名，當其辭，以務白其志義者也。（《荀子‧正名》）

（80）此十五人者爲其臣也，皆夙興夜寐，卑身賤體，竦心白意……（《韓非子‧說疑》）

例（79）和例（80）都是「白＋N」類型，而且賓語是「志義」或「意」，用言語表明思想、心意等。

漢代，大概「白」在口語中出現較多，所以侵入書面語中。《史記》「白」表言說義的用例雖然僅數見，但是多出現在會話中，《史記》所有用例如下：

（81）帝曰：「於公何如？」皆對曰：「……臣請見太后白之。」（《史記‧卷五十八》）

（82）呂后白上曰：「彭王壯士，今徙之蜀……」（《史記‧卷九十》）

（83）齊人東郭先生以方士待詔公車，當道遮衛將軍車，拜謁曰：「願白事。」（《史記‧卷一百二十六》）

（84）西門豹曰：「巫嫗弟子是女子也，不能白事，煩三老爲入白之。」（《史記‧卷一百二十六》）

（85）言之皇后，令白之武帝，乃詔衛將軍尚平陽公主焉。（《史記‧卷四十九》）

（86）屬王母弟趙兼因辟陽侯言呂后，呂后妒，弗肯白。（《史記‧卷一百一十八》）

從上古可見的數例來看，「白」表示傳遞信息義主要有兩種類型：「白＋G」和「白＋N」。從引出關係對象來看，都是下位者對上位者、卑對尊的稟告，例（86）「弗肯白」指不肯告訴皇上。又如「白單于」（《漢書‧蘇武傳》）是稟告單于的意思。

表 2、語義特徵分析

詞　項		用言語	傳遞信息	完成使命的情況	回答問題	（正式）通告	G:對上	G:對下或同級	主體感受	使客體明了
告		+	+	±	±	±	±	±	±	±
語		+	+	−	+	−	±	±	−	−
誥		+	+	−	−	+	±	±	−	−
謂		+	+	−	−	−	±	±	−	−
謁		+	+	−	−	−	±	−	+	−
諭（喻）		+	+	−	−	−	±	±	−	+
訴		+	+	−	−	−	+	−	+	−
詔		+	+	−	−	−	±	±	−	+
報〔註14〕	變體1	+	+	+	-−	−	±	−	−	−
	變體2	+	+	−	+	−	±	±	−	−
	變體3	+	+	−	−	+	±	±	−	−
復		+	+	+	−	−	+	−	−	−
白		+	+	−	−	−	+	−	−	−

2.2.3　義場各詞項的變化

在該義場中「告」詞項比其他詞項出現的頻率高，不同的歷史時期都是如此，所以「告」一直穩居主導詞項之位。雖說「告」的語義特徵從古到今無大變化，但其組合關係是有變化的（詳見 3.2「告」）。而且不同時期與「告」聚合的詞項也發生了變化，即出現在這個義場中的非主導詞項有很大的變化。這些詞項並非共時共域地存在一個平面上，有的殷商時期就存在了，有的到戰國晚期漢代才出現。

「語」戰國中期以前在「告訴」語義場一直佔有一席之地，尤其是春秋晚期到戰國初期「語」的「告訴」義大量出現，其語法標記是「語」帶關係對象。如《左傳》中就較為常見，如「歸，以語范文子。」（《左傳・成公十二年》）；「單子語諸大夫曰：『溫季其亡乎……』」（《左傳・成公十六年》）；「公曰：『多語寡人辰，而莫同。何謂辰？』」（《左傳・昭公七年》）；「夫子語我九言，曰：『無始亂，無怙富，無恃寵……』」（《左傳・定公四年》），這些用例

〔註14〕　變體，是指義位變體，詳見下文。

中的「語」，也可以用「告」表示，但是並非出現「告」（表「告訴」）的地方都可以出現「語」，因爲「語」是強調關係對象而產生的。

戰國晚期是語言發生劇烈變化的時期，同時也影響到「告訴」義場的變化。這個時候「語」的「告訴」義使用頻率發生了變化，《荀子》還比較常見，「語」27：10（27 見有 10 次告訴義，下同）；《晏子春秋》「語」10：4。但是《韓非子》「語」（「告訴」義）的使用有所減少，即「語」37：2（只有 2 見是「告訴」義）。

漢代除了引述原文或陳述舊事等習慣於使用原文的語言風格外，一般情況下「語」主要作名詞用。「告訴」義的使用相對來說比以前少見了，《淮南子》「語」17 見，「告訴」2 見，且這兩例均見於同章：

（87）教寡人以道者擊鼓，諭寡人以義者擊鍾，告寡人以事者振鐸，語寡人以憂者擊磬。（《淮南子‧論訓》）

（88）語其子曰：「汝數止吾爲俠。今有難，果賴而免身，而諫我，不可用也。」（《淮南子‧論訓》）

例（87）「語」的出現是爲了避免重複，「教」、「諭」、「告」、「語」對應，達到一種修辭效果。例（88）可能跟前例原因類似，因爲《淮南子》中不遠的下文就有「宋人有嫁子者，告其子曰……」，應該算是一種泛義的對文。當然，其中的語義差別依然是存在的，「語其子曰」中的「語」還保留著對答之義，因爲前文中曾經有「其子孫數諫而止之」的字樣，即他的子孫多次勸告制止他。所以經過了那件事之後，他告訴其子孫的話實際就是對他們的回答。

《管子》一書託管子之名，現今所見的本子是西漢劉向集解而成。《管子》的內容儘管具有異質性，但是多數學者還是認爲《管子》的所有篇章都不是出自戰國以前，多數產生於戰國晚期或漢代。〔註 15〕我們從語言特點也可以印證這個結論。《管子》出現 21 次「語」，其中表「告訴」13 次，但是 10 次是出現在管子和桓公的對話中，他們都是春秋時人，所以語言特點自然保持著當時的風格，另有 2 見是表「告訴」義，即「相語以事，相示以功，相陳以巧，相高以知事……相語以利，相示以時，相陳以知賈。」（《管子‧小匡》）。

〔註15〕 轉引自〔英〕魯惟一主編《中國古代典籍導讀》遼寧教育出版社，1997 年版，第261 頁，羅根澤的《管子探源》（中華書局，1931 年）對《管子》每篇的時代和作者分別進行研究，這是他的基本結論，被當代大多數學者所接受。

《史記》「語」237 見，「告訴」義 29 見（另外有同義連用結構 4 見），例如：

（89）令平陽侯告衛尉：「毋入相國產殿門。」……欲為亂，殿門弗得入，裴回往來。平陽侯恐弗勝，馳語太尉。（《史記‧卷九》）

（90）語大夫曰：「我之帝所甚樂，與百神遊於鈞天……」（《史記‧卷四十三》）

（91）語諸大夫曰：「我之帝所甚樂，與百神遊於鈞天……」《史記‧卷一百五》

這三例都是避免重複，例（89）「告衛尉」「語太尉」前後出現；例（90）和例（91）是段落避免重複，《史記》中這兩處幾乎是同樣的內容，我們仔細分析上下文發現，這兩處的前文都有這樣的內容：「在昔秦繆公嘗如此，七日而寤。寤之日，告公孫支與子輿曰：『我之帝所甚樂……』」前後文是同樣的結構甚至是內容都有部分的重複，所以為了避免重複，自然在前面使用了最常見的「告」之後，下文使用了同義詞「語」。

《史記》獨用「語」表「告訴」義 29 例，其中至少有 4 例是引述孔子的原話或《楚辭》的原文。再去掉上述因修辭原因而使用的「語」以及那些敘說舊事而沿用「語」，餘下表「告訴」義的「語」僅約 10 例。《論衡》「語」共 159 見（不包括篇名），「告訴」義僅數見，或引述舊事，或為了避免重複。

由於語言的傳承性，「語」表示「告訴」義儘管到漢代用得少了，但是由於這樣或那樣的原因，一直到中古還有這種用法。《世說新語》中「語」的告訴義還很比較常見 〔註16〕。《洛陽伽藍記》還能見到「語」的這種用法。但是《顏氏家訓》中「語」基本是名詞的用法，「告訴」義已經絕跡。

與「告」不同的是，「語」不但動詞用法很常見，名詞的用法也很常見。名詞用法漸漸成為其主要用法，這也是動詞「語」逐漸從「告訴」語義場消失的原因之一。

「謂」出現在「動詞＋G（曰）＋直接引語」這種結構中的用法一直到中古漢語還很常見。如《世說新語》中，「謂」共 224 見，其中「對……說」118

〔註16〕 根據《世說新語詞典》（張萬起編，商務印書館），第 31 頁，「語」共 227 次，「告訴、對……說」義 115 次。

見。之所以「謂」一直保持此用法，在該義場中佔據一個特有位置，一是因為「謂」的此義位不會與「謂」的其他義位發生混淆；另外，其他兩個有此用法的「告」和「語」情況就不同了，首先帶雙賓語不是它們的必有特徵，而且「語」不但動詞用法常見（「告訴」義），名詞用法也很常見；「告」義域則寬得多，其他用法也很常見。

「誥」表「告訴」義主要是春秋中期以前，春秋中期以後到戰國、漢代，「誥」基本不再表示動詞「告訴」義了，完全從「告訴」義場中消失了。

春秋以後，「誥」的使用範圍很窄，主要是引述《尚書》篇名時出現，其次的用法是作為專有名詞使用，用為文體名。如「一曰誓，用之於軍旅；二曰誥，用之於會同。」（《周禮・秋官司寇》）又「誥誓不及五帝，盟詛不及三王，交質子不及五伯。」（《荀子・大略》）

在我們測查的文獻語料中春秋中期以後的著作「誥」的動詞用法 2 見（可靠的僅 1 見），如下：

（92）近臣諫，遠臣謗，輿人誦，以自誥也。（《國語・楚語上》）

（93）「帝謂文王，予懷明德……」此誥文王之以天志為法也，而順帝之則也。（《墨子・卷七》）

例（92）「誥」的「告誡」義為罕見用例，原因存疑；例（93）「誥」誤，畢沅注：「『誥』字，據上下文當作『語』。」〔註17〕

「誥」不再表「告訴」義的原因很清楚，本來它就是「告」的分化字，為其名詞義而產生的，雖說分化並未取得成功。作為動詞使用的「誥」沒有任何優勢跟「告」競爭，結果自然被淘汰。所以後來的「誥」專門用於名詞，而且是專有名詞。

「謁」也是在春秋晚期戰國初期進入到這個義場中的，戰國晚期「謁」是產生「拜謁」義的萌芽期。漢代，「謁」的「拜見」義成為常見義位，已經很少出現「告訴」義。「謁」脫離「告訴」義場轉到其他義場。《淮南子》《管子》《史記》《論衡》中表「告訴、陳述」之義，分別為 2 次、1 次、15 次、2 次（詳見 3.4「謁」）。大多數為引述原文或敘說舊事。

「謁」的「告訴」義體現著下對上，主體對客體的尊敬之情，這是它引申

〔註17〕 轉引孫詒讓《墨子閒詁》。

出「拜見」義的重要原因。它不再表示告訴義的原因，一是這個意義完全可以用主導詞項「告」和義場其他詞項來表示，「謁」這種關係對象的差異只是其次要語義特徵，「謁」的主要語義特徵跟「告」等其他詞項相同，所以導致了「謁」的告訴義消失，跟「訪」同理；二是「謁」的「拜見」義成為主要義項，而且其「請求」義也比較常見，再保留「謁」的「告訴」義必然要造成交際的混淆。

「諭（喻）」的「告曉、告訴、使知道」義和「懂得、明白」義都是常見義位，而且在戰國中期又產生了「說明、比喻」的義位，即「用具體的事物來說明抽象的道理。」漢代該義位也成為其常見義位。由於常見義位的增多，這兩個形體產生了分化趨勢，表「說明、比喻」義多用「喻」而少用「諭」，漢代尤其是東漢，分化趨勢更明顯了，表示「比喻、說明」多用作「喻」，少用作「諭」，然而這個時候表示「告曉、告訴」義並沒有同步為多作「諭」，這個義位兩個形體仍混用，甚至到中古如《世說新語》中，二者都用於表「告訴」義，如：

（94）公卿將校當詣府敦喻。（《世說新語・文學》）

（95）敦謂鯤曰：「余不得復為盛德之事矣！」……鯤諭敦曰：「……」
　　　（《世說新語・規箴》）

「訴」從戰國末、漢代就常常與「告」組成同義連用結構，表示訴說一種情緒。如「黔首無所告訴。」（《呂氏春秋・孟秋紀》）「思怫鬱兮肝切剝，忿悁悒兮孰訴告。」（《楚辭・九思・憫上》）當然，這時候的「告訴」，仍然是訴說自己冤屈和內心的痛苦等。

「詔」在秦之前就已經存在，但使用範圍狹窄。《尚書》中2見，都出於《微子》篇，而《微子》的產生可能晚至戰國時代了。《左傳》僅1見。

戰國晚期由於「詔」產生了新義位「上級（包括君王）發佈命令」，已經不是一般意義上的「告訴」義，主體為君王或上級，他告訴我們做什麼即為發佈詔命。雖說這個時期傳承的動詞用法「告訴」義偶見使用，但出現頻率較低，這個時期是「告知」義消失過渡期，但是並非消失得無影無蹤，而是發展出一個新義位。

漢代產生了新義位「皇帝發布命令」，施事者只能是皇帝，「詔」成為皇家專用詞。這樣「詔」就不再表示一般的「告訴」義了。

同樣「告哀」、「告勞」這種「訴說」義後代用「訴」來表示，表達主體的一種感受，當然這種替換不是突然完成的，上古「訴」表達的這種主體感受隱

含在「訴」的詞義之中，屬於其語義特徵的一部分。「訴」上古時期是綜合性較強的詞，後世變成分析性較強的詞（詳見 4.2「綜合性較強的詞演變爲分析性較強的詞」）。

在該義場中，還有「報」、「復」等。此二者具有獨特的語義特徵，含有回覆或向上稟告義，後來使用頻率高的「報」成爲表示此義的主要詞項。也就是說，「報」或「復」走進「告訴」義場使詞義表達更清晰、更精確。「報」或是完成使命回來報告；或是回答別人的問話；或是向別人通告某信息，「報」基本上具有這三個義位變體。這些義位變體實際就是臨時語境意，只是出現的情況比較多。「報」與「復」同源，有「回覆」之義。如「『有鼓新聲者，使人問左右，盡報弗聞。其狀似鬼神，子爲我聽而寫之。』師涓曰：『諾。』因靜坐撫琴而寫之。師涓明日報曰：『臣得之矣……』」（《韓非子・十過》）。前兩個義位變體都含有「回覆」義，但是「向人通告信息」這一義位變體已經失去了「回覆」語義特徵，表示很正式地通知某事。

「報」戰國末期頻率增加，尤其漢代詞義進一步發展，義域有所擴大。「向對方正式通告某一信息」，也可以用「報」，並不是回應什麼，甚至可以是主動地告知。這一意義跟現代漢語的「報」意義接近，現在以語素形式保留在「通報」等詞語中。例如：

（96）晉侯亦使呂省等報國人曰：「孤雖得歸，毋面目見社稷，卜日立子圉。」（《史記・卷三十九》）

（97）甘羅謂文信侯曰：「借臣車五乘，請爲張唐先報趙。」文信侯乃入言之於始皇曰：「……今者張唐欲稱疾不肯行，甘羅說而行之。今原先報趙，請許遣之。」（《史記・卷七十一》）

（98）高乃報胡亥曰：「臣請奉太子之明命以報丞相，丞相斯敢不奉令！」（《史記・卷八十七》）

（99）太子送至門，戒曰：「丹所報，先生所言者，國之大事也，願先生勿泄也！」（《史記・卷八十六》）

（100）梁數使使報條侯求救，條侯不許。又使使惡條侯於上，上使人告條侯救梁，復守便宜不行。（《史記・卷一百六》）

例（97）「請爲張唐先報趙」意思是「請讓我替張唐通報趙國」。例（98）是奉太子之命通知丞相。例（99）此處用「報」表示很正式地傳遞消息。例（100）

大意為「梁多次派使者通報條侯求救，條侯不答應。」這種情況下用「報」或「告」都可。此句同樣的內容前面用「報」，後面用「告」。

「通告某一消息」這個意義一直沿用到中古，唐杜甫《秦洲雜詩》之十三：「船人近相報，但恐失桃花。」甚至沿用到現代漢語書面語中，如「許多人都沸沸揚揚，金嬸嬸一早就跑過來報消息。」（丁玲《阿毛姑娘》二）〔註18〕。但是現代漢語中主要作為語素使用，如「報告」。

「復」的「告訴」義的產生早於「報」，《尚書》已經出現了。如：

（101）朕復子明辟。（《尚書·洛誥》）劉逢祿今古文集解引莊云：「復，白也。」〔註19〕

從下面所附表 3 可以看出：春秋時期、戰國初中期表示「向上傳遞相關信息、或彙報情況或說明事情」主要用「復」；戰國晚期、漢代表示此義主要用「報」。這是因為「復」的其他義項常見，語言明晰性的需要使得「復」的「告訴」義的使用不可能有大的發展。比如「鮑牧怒曰：『子忘景公之命乎？……』鮑牧恐禍起，乃復曰：『皆景公子也，何為不可！』」（《史記·卷三十二》）此「復」為副詞「又」，已經成為其常見義。先前「復曰」常常作「回覆說」義，此時如果「復」仍常用「回覆」義，就可能會導致混淆。所以漢代「復」從該義場消失了。還有一個重要原因導致「復」離開該義場，「復」和「報」的「義位變體1」相當，兩個意義相當的詞項或者意義有包容關係的詞項一般不可能長期共存，這樣勢必導致「復」不再出現於義場，《史記》和《論衡》基本不見「復」表此義（《史記》僅1見「復命」）。結果「復」從該義場消失。

表2、詞項頻率統計

詞　項	告	語	謂	誥	謁	諭	喻	訴	詔	報	復	白
易經	11/11	5/7		1/1						0/1	0/45	0/8
今文尚書	43/43		5/6	13/15 2/15				0/4	2/2	0/2	1/7	0/3
詩經	21/22	5/7 1/7	45/60				0/2	1/1		0/17	0/14	0/23
論語	20/20	9/15	26/78					2/2	1/1	0/4	1/9	0/2

〔註18〕　例引《漢語大詞典》，第1227頁。

〔註19〕　轉引《故訓滙纂》，第757頁。

左傳	439/439	41/49	199/539	0/5	4/8			25/25	4/4	0/98	28/255	0/33
儀禮	150/150	1/1	0/13		3/3	1/1			77/77	0/21	6/134	0/16
周禮	24/24	1/5	0/110	0/2	0	5/6				0/1	6/12	0/20
國語	131/131	24/49	41/171	1/1	4/5	1/1		2/2	0/2	1/43	7/59	0/18
楚辭	16/17	4/5			0/2			3/4		0/3	0/17	0/49
老子	1/17	1/2	0/32					1/4	22/22			0/3
禮記	7/7	21/36	10/250	0/4	4/6	1/2	7/11			2/44	0/86	0/39
墨子	54/54	23/36	39/179	1/1						4/23	4/30	0/65
商君書	7/7	2/3			0/1							0/4
孟子	41/41	8/13	21/65	0/1			0/3	1/1		0/2	1/14	0/22
莊子	44/44	45/50	35/377		3/3		0/7	1/1	4/5			
荀子	21/21	13/27	6/532	0/2	2/4	0/3	4/17	1/1	4/5	0/7	0/21	1/32
韓非子	39/47	16/37	76/408	0/1	10/23	3/5	0/1	1/1	4/9	16/47	0/76	2/47
戰國策	102/102	20/45	472/602		16/33 8/33	1/4	3/3	2/2	1/14	31/73	1/155	0/37
晏子春秋	21/21	5/10	24/134			1/1			0/1	5/9	15/35	40
呂氏春秋	75/77	8/13	78/313		12/14	10/17	4/5	1/3	1/8	21/31	5/65	0/46
公羊傳	14/17		20/84					1/2			8/73	0/11
穀梁傳	7/12	1/2	8/54	0/1		1/3				0/2	0/49	0/9
山海經			0/5		0/2							0/149
管子	66/66	16/23	24/440		2/10	4/4		1/1	1/3	5/28	12/84	0/78
史記	407/421 14/421	114/237 4/237	339/720	0/16	17/131 12/131	20/29 9/29	8/14 2/14	2/2	1/220	148/303	1/964	6/363
論衡	77/145 68/145	21/159 4/159	10/863	0/3	2/10 4/10		0/25	2/2	0/19	11/96	0/409	0/168

說明：有的詞項在一個單格中分上下兩組數字，如「謁」在《戰國策》中「16/33；8/33」指的是「謁」共出現 24 次以「告訴」意出現，其中 8 次是作為「語素」使用（有的是處於同義連用的狀態）。

【小結】

這些詞項都有「向人傳遞信息」之義。「告」一直是主導詞，而且義域很寬，義場其他詞項的意義基本可以用「告」表示。「語」是在交談中傳遞信息，故比較隨意；而「告」比較鄭重。「謂」在義場中出現主要是用於「謂＋G＋（曰）」句型中，頻率很高。

「誥」西周春秋時期就出現於義場，雖然目的是分化「告」的名詞用法，但是實際上「誥」仍然用作動詞，不分告上告下。由於跟「告」詞義相等，很

快被淘汰出該義場。「謁」是向尊者傳遞消息或陳述事情，在「告訴」義場中佔有特殊位置，它是在春秋晚期戰國初期進入該義場，戰國晚期「謁」萌芽了「拜見」義，漢代「謁」的拜見義成爲常見義位，很少再出現「告訴」義，因而漢代「謁」基本脫離「告訴」義場。「詔」存在於「告訴」義場主要是從春秋晚期到戰國初中期，既有上告下，也有下告上，也有平等地位的相告。「詔」不是一般地傳遞信息，而是告訴別人某事某情況，使客體明了，多數是告訴別人怎樣做。戰國晚期「詔」產生新義位，「詔」就不再表示一般意義的「告訴」。漢代爲帝王專用。

　　「諭（喻）」和「訴」嚴格來說應該屬於告訴義場的子義場。獨具的語義特徵使之在義場中一直佔有一席之地，雖然出場次數不多。「諭（喻）」是把事情、道理或意願等向人陳述或解說，讓對方明白、理解，常帶賓語「志」、「意」、「心」等，有時帶其他內容賓語，也是「把內容講述明白」之義；有時帶人稱賓語，也是「表示向這些人說明情況或闡明道理，使之懂得」之義。「訴」在該義場中更是獨居一隅，訴說者往往自認爲是含冤受委屈者，聽者一般來說是值得說者信賴的人，或是上位者、或是尊者。訴說者不僅是訴說情緒還希望得到他們的幫助。

　　戰國晚期漢代「白」又進入該義場，大概是口語用法進入到書面語中，但是頻率很低。

　　另外表示下對上的回覆或稟告，主要有「報」和「復」。二者出現於該義場是詞義精密化的需要。「報」或是完成使命回來報告；或是回答別人的問話；或是向別人通告某信息，「報」具有這三個義位變體，義域比「復」寬，後來取代「復」，所以漢代「復」不再出現於該義場。

2.3 「詢問」類

2.3.1 義場各詞項的共同語義特徵

　　出現在該義場的詞項主要有「問」、「咨」、「詢」、「訊 $_1$」、「訊 $_2$」、「詰」、「訪」、「謀」等，這類詞語共同的語義特徵是向人詢問問題或向人徵求意見或辦法。

　　「問」表示向別人問問題，請人回答自己不知道的事情或不明白的道理；可以是就某事向別人請教對策、徵求意見；也可以問一些跟對方有關的問題，目的是關心對方而發問；也可以是爲了審查對方而問等。總之，凡是問別人問題或請教對某事的意見，上古都可用「問」。如「叔向問鄭故焉，且問子晳。對曰：『其與幾何？……』」（《左傳・昭公元年》）「燕王弔死問孤，與百姓同甘苦。」（《史記・卷三十四》）「淑問如皋陶，在泮獻囚。」（《詩經・魯頌・泮水》）。該義場中大多數詞項的意義都可以用「問」表示，再如「必問於遺訓而咨於固實；不干所問，不犯所咨。」（《史記・卷三十三》），此語亦出自《國語》，「問」「咨」互用，意義相同。

　　「咨」（諮）表示向尊貴者徵求意見，如「子產咨於大叔。」（《左傳・昭公元年》）。上古早期尤其《尚書》歎詞「咨」使用頻繁，爲了避免交際的混淆給動詞「諮詢」的意義造了一個字「諮」，但是這個分化字雖然出現了，表示動詞的意義仍用「咨」還占相當的比例，所以分化並未取得成功，「諮」並沒有完全取代「咨」的諮詢義。

　　「訊１」和「咨」、「詢」主要意義特徵相近，只是「訊１」是地位高者向地位低者詢問問題，如「呂甥逆君於秦，穆公訊之曰：『晉國和乎？』」（《國語・晉語三》）但是「訊２」則是一種目的性很明確的問（即「審問」），關係對象常常爲俘虜、罪犯等，出現時間很早，甲骨文形體從「口」從反曲雙手跪坐之人，這種形體一般見於早期的賓組卜辭，如「貞：勿訊。」（《合集》〔註20〕19126），黃組卜辭作「」（《合集》36389），跟金文中的「訊」形體相近。

　　「詰」跟「訊２」類似，也是目的性較強地向別人詢問問題（即「責問」）。如「夏六月，晉頃公卒。秋八月，葬。鄭遊吉弔，且送葬，魏獻子使士景伯詰之，曰：『悼公之喪，子西弔……』」（《左傳・昭公三十年》）

　　「訪」也是問別人問題，只不過問的對象非普通人，而是德高望重者。如「訪於申叔豫，叔豫曰：『國多寵而王弱，國不可爲也。』」（《左傳・襄公二十一年》）

　　「謀」不但向人徵求意見而且自己也參與其中。如「如晉，告趙孟。趙孟謀於諸大夫。」（《左傳・襄公二十七年》）「姜與子犯謀，醉而遣之。醒，以戈

〔註20〕　郭沫若主編，胡厚宣總編輯：《甲骨文合集》，中華書局1999年版。

逐子犯。」（《左傳‧僖公二十三年》）。「謀」有時是自己跟自己探討解決問題的意見和辦法，即謀劃，如「裨諶能謀，謀於野則獲，謀於邑則否。」（《左傳‧襄公三十一年》）意思是「裨諶能謀劃，（但喜靜怕鬧）在野外謀劃就成功，在城中謀劃就不行」。

「謀」表示動詞「謀劃」。這個意義有時也用「謨」，但是出現的頻率極低，戰國晚期漢代僅數見。

表 1、義位表述及最早用例

詞　項	義　位　表　述	最　早　用　例
問	向人詢問問題或徵求意見、辦法。	君子學以聚之，問以辯之，寬以居之，仁以行之。（《周易‧上經》）
咨	向尊貴者詢問問題或徵求解決疑難的意見。	載馳載驅，周爰咨諏。（《詩經‧小雅‧皇皇者華》）
詢	向人詢問問題或徵求意見。	舜格於文祖，詢於四嶽。（《尚書‧虞書‧舜典》）
訊₁	向位低者詢問問題或徵求意見。	召彼故老，訊之占夢。（《詩經‧小雅‧正月》）
訊₂	向俘虜、罪犯等詢問有關問題，目的是確定某人的罪行。	貞：訊州妾，值。（《甲骨文合集》659）
詰	向別人詢問問題，目的是追究別人的錯誤，並責備對方。	士莊伯不能詰，復於趙文子。（《左傳‧襄公二十五年》）
訪	向德高望重者徵求對某大事的意見。	惟十有三祀，王訪於箕子。（《尚書‧周書‧洪範》）
謀	向人徵求或互相商量解決疑難的意見或辦法；自己尋求解決問題的辦法。	《象》曰：天與水違行，訟。君子以作事謀始。（《周易‧上經》）

說明：「問」的義域比較寬，包括對有難之人問候、國與國之間的問候等。

2.3.2　義場各詞項的差異

「問」是該義場義域最寬的詞項，使用頻率最高，而且從古至今一直穩居主導詞之位。「問」，主要表「詢問」義，以《論語》為例，120 例中，117 例為詢問某事的用法；只有 3 例是特殊的語境，是表示「慰問、問候」義，其中 2 例是對「有疾」之人的詢問，即「伯牛有疾，子問之。」（《論語‧雍也》）「曾子有疾，孟敬子問之。」（《論語‧泰伯》）

　　有時「問」的動作伴之以禮相送，常常送弓、珠等，所以這時可以譯成「贈送」，但是這種贈送是有話要說的，所以，緊接下文都是都是「問」的主體要說的話。如：

　　（1）至三遇楚子之卒，見楚子，必下，免冑而趨風。楚子使工尹襄問之以弓，曰：「方事之殷也，有韋之跗注，君子也……」（《左傳・成公十六年》）

　　（2）衛出公自城鉏使以弓問子贛，且曰：「吾其入乎？」子贛稽首受弓，對曰：「臣不識也。」（《左傳・哀公二十六年》）

　　（3）與之一簞珠，使問趙孟，曰：「句踐將生憂寡人，寡人死之不得矣。」（《左傳・哀公二十年》）

　　「咨」，也作「諮」。「謀事曰咨」（《說文》）。「咨」是「（向尊貴者）詢問問題或徵求解決疑難的意見」。屬於「次」族。「次」，有「次第」、「次比」之義。「用梳比謂之『鬠』，言次第發以成髻也。績所未輯者謂之『紋』，言次第麻縷以續之也。次第相助謂之『佽』。以茅蓋屋謂之『茨』，言次第茅草苫覆也。以土增大道上謂之『坌』。言以土次於道上也，謀謂之『咨』，言次第詢問也。」〔註21〕。這些字都屬於精組字，脂韻，為同一詞族。所以，「咨」表示「詢問」的意義應該按次序地問一遍又一遍地問，一般不能是問一句就能解決問題，所以現代漢語中「諮詢處」是就某一專門性的問題而設立的，常常是按一定順序逐步詢問。而「問訊處」常常是就某一具體事而發問，有時問一句就能解決問題。什麼事要按次序地問？一般來說大事，常常是難事，「謀事曰咨」，「謀，慮難曰謀。」（《說文》）如「夏，會於成，紀來咨謀齊難也。」（《左傳・桓公六年》）這是由於齊國要滅紀國，所以紀國國君來魯國商量對付此難的策略。春秋戰國之際，「事」，一般來說是「大事」。所以「咨」多是商量大事，如「慮難曰謀」中的「難」當然是大事，所以多向自己敬重的人、值得信賴的人請教。如：

　　（4）吾聞國家有大事，必順於典刑，而訪諮於耇老，而後行之。（《國語・晉語八》）

　　（5）子產咨於大叔。（《左傳・昭公元年》）

　　當然後世「咨」的內容有所擴大，大事小事都可以「咨」，如「愚以為宮中

〔註21〕 張希峰《漢語詞族叢考》，成都：巴蜀書社，1999，第55頁。

之事，事無大小，悉以咨之。」（《三國志・諸葛亮傳》）

由於「咨」基本是上古前期出現於該義場的，所以跟大多數言說類動詞一樣是由介詞引出關係對象。如：

（6）《皇皇者華》，君教使臣曰：「必諮於周。」（《左傳・襄公四年》）按：此句《國語》重出：「《皇皇者華》，君教使臣曰『每懷靡及』，諏、謀、度、詢，必咨於周。……」（《國語・魯語下》）

（7）堯求，則咨於鯀、共工，則岳已不得。（《論衡・定賢》）

（8）公子居則下之，動則諮焉。（《國語・晉語四》）

（9）及其即位也，詢於「八虞」，而諮於「二虢」。（《國語・晉語四》）

「詢，博問也。」（《正字通》）「詢」是一般的徵求意見，徵詢的對象非常寬泛，可以是普通百姓，也可以是年長者，不具有表尊敬的色彩，所以有時是招致被問對象前來，而且所徵求的一般不是什麼國之大事。如：

（10）尚猷詢茲黃髮，則罔所愆。（《尚書・秦誓》）

（11）先民有言，詢于芻蕘。（《詩經・大雅・板》）

（12）大詢于眾庶，則各帥其鄉之眾寡而致於朝。（《周禮・地官司徒》）

（13）秦大夫不詢于我寡君，擅及鄭盟。（《左傳・成公十三年》）

最後一例，用「詢」是外交辭令，用「詢」不表示對關係對象「我寡君」的尊敬，相反卻是把「我寡君」看成普通人來看待。

「訪」的內容一般來說是大事，而且「訪」的對象不是普通人，多是智者、賢者、「善者」（有道德之人）。所以一般要到被訪對象處上門徵求意見，體現著對關係對象的尊敬之情，這是導致「訪」從該義場轉移的潛在因素。如：

（14）穆公訪諸蹇叔，蹇叔曰：「勞師以襲遠……」（《左傳・僖公三十二年》）

（15）因訪政事，大說之。（《左傳・哀公七年》）

（16）孔文子之將攻大叔也，訪於仲尼……訪衛國之難也。（《左傳・哀公十一年》）

（17）訪問於善為咨，咨親為詢，咨禮為度，咨事為諏，咨難為謀。（《左傳・襄公四年》）

（18）若以翟之所謂忠臣者，上有過則微之以諫，己有善則訪之上，而無

敢以告，匡其邪而入其善，尚同而無下比。(《墨子・卷十三》)

例（18）「訪」用作動詞的轉指意義「謀略」，轉而又用作謂語，意思是自己有好謀略就向上進獻。

「謀」與義場其他詞項的最大不同，主體常常是兩個或兩個以上的人，它所側重的「諮詢」是共同商議對策，而不僅聽取對方的意見。如「進則與馬謀，退則與人謀。」(《周禮・冬官考工記》)有時一個人自己出謀劃策也叫「謀」，相當於自己跟自己商量解決問題的辦法。

「詰」表示「詢問」源於曲折義，重在深入地問、曲折地問、追根到底地問。「詢問」的目的非常明確，一般來說表示「對下或地位平等者的責備」。如「卜徒父筮之，吉。涉河，侯車敗。詰之，對曰：『乃大吉也，三敗必獲晉君……』」(《左傳・僖公十五年》)但是，到了東漢詞義進一步發展使得「詰」的關係對象出現了上位者，這時詞義已經泛化為一般意義的反問，即根據對方的話題進一步詢問，沒有責備對方的目的。

「訊」，吳大澂《古籀補》：「古訊字從系從口，執敵而訊之也。」對敵人、犯罪者、俘虜等的一種審問為「訊₂」，而一般意義上的地位高的人向地位低的人詢問事情為「訊₁」。所以「訊」的關係對象是下位者。如「君嘗訊臣矣，臣對曰：『使死者反生，生者不愧乎其言，則可謂信矣』」(《公羊傳・僖公十年》)

表2、語義特徵分析

詞　項	（施事）雙方或以上	用言語	關 係 對 象		詢問事情		徵求意見	目　的	
			對上（或德高望重者）	對下或平等	非大事情	大事		責備	定罪
問	+	+	±	±	±	±	±	±	±
咨（諮）	−	+	+	−	−	+	+	−	−
詢	−	+	−	+	+	−	−	−	−
訪	−	+	+	−	−	+	+	−	−
謀（謨）	+	+	±	±	±	±	+	−	−
詰	+	+	−	+	±	±	−	+	−
訊₁	−	+	−	+	±	±	±	−	−
訊₂	−	+	−	+	±	±	−	−	+

2.3.3　義場各詞項的變化

「問」在上古期間，甚至到現代「問」的「詢問」義無大變化，但是義域有變，現代漢語中的「問」一般只表示詢問問題，表示「責問」、「審問」、「慰問」等義一般用一個復合詞表達；而這些意義上古「問」都曾表達過。另外，詞的變化還表現在組合關係的變化上，「問」的組合關係上古期間發生了很大的變化（詳見 3.1「問」）。

「咨」（諮）、「詢」、「訪」、「訊 1」與「問」相比，使用頻率低得多，「咨」在上古二十幾本古籍中，表詢問之義「咨」30 見、「諮」5 見，使用頻率低，主要出現在《詩經》、《左傳》、《國語》中，而且《左傳》、《國語》中基本重出，即「《皇皇者華》，君教使臣曰：『必諮於周。』臣聞之：『訪問於善為咨，咨親為詢，咨禮為度，咨事為諏，咨難為謀。』」（《左傳·襄公四年》）「《皇皇者華》，君教使臣曰『每懷靡及』，諏、謀、度、詢，必咨於周。敢不拜教。臣聞之曰：『懷和為每懷，咨才為諏，咨事為謀，咨義為度，咨親為詢，忠信為周。』」（《國語·魯語下》）。後代出現的用例很多引自《詩經》，而且「咨」出現在同義連用結構中的情況較多，「獨用」與「連用結構」的比例是「24：11」，其中獨用的有 10 例是對「咨」的詞義訓釋（見上），再去掉引述原典的，所以「咨」的用例很少，我們所能進行的分析只能就這幾例進行。

「咨」獨用表示「詢問」到上古後期罕見，漢代僅見三例都是陳述舊事。如「賦事行刑，必問於遺訓而咨於固實；不干所問，不犯所咨。」（《史記·卷三十三》）這是引述《國語》。所以上古後期尤其是漢代「咨」已經不在此義場中單獨出現了。

因此，我們在前文「序言」中說《漢語大詞典》、新版《辭源》「咨」的「徵詢、商量（議）」義的最早用例「咨十有二牧」（《尚書·舜典》）是可商榷的，此句「咨」是歎詞，因為這種「咨＋G」結構形式上古從未出現過（獨用「咨」）。退一步說，即使出現了這種結構也是在上古後期，而在戰國晚期以後不再獨用「咨」表詢問義。

「詢」，《禮記》《荀子》《國語》用例多數引自《詩經》《左傳》。戰國晚期、漢代「詢」基本不再獨現於該義場，《荀子》1 見，引前代文獻，《史記》僅 1 見。

「訊」和「訪」的主要差別是，前者是上對下，常見的是對俘虜或罪犯的審訊（訊2）；後者是下對上，體現著對被問者的尊重之情。「訊1」使用頻率極低，僅十餘見，主要出現在戰國初期以前。

「訪」跟「咨」、「詢」、「訊1」一樣，行於春秋晚戰國初，主要見於《左傳》《國語》，戰國末期、漢代使用頻率銳降，《史記》僅見2例，其中一例引自《尚書》，所以說漢代「訪」已經基本從該義場消失了。

總之，上古後期「咨」、「詢」、「訊1」不現於該義場，「訪」也只是偶爾出現，主要原因是這些詞項主要語義特徵相同，其區別僅為非主要語義特徵即關係對象地位的差異，而且主導詞項「問」可以表示這些意義。一般來說，相同意義的詞項不可能長期共存於一個義場，因為這樣造成人們記憶的負擔，結果常常是使用頻率高的詞項取代使用頻率低的詞項，被取代詞項的意義有的以語素的形式保留在後代語言中，如「諮詢」、「詢問」等；有的詞項詞義發生變化而轉移到其他義場，如「訪」。

另外三個詞項「謀」、「詰」、「訊2」上古期間甚至後代一直存在著，是因為它們具有著獨特語義特徵，是別的詞項所不能完全代替的。「謀」的主體是雙方，「詰」和「訊2」的目的是責備和定罪，正是這些特殊語義特徵的存在，使得它們在義場中保持著穩固的地位。

「謀」作「謨」，戰國晚期漢代的僅數次使用。「謨」最早見於《尚書》，是名詞用法「謀略」（表示名詞謀略、計謀也作「謀」）。「謀」「謨」二者在表示名詞意義上通用，但是上古後期名詞用法也不作「謨」了。即戰國以後「謨」的「謀劃」義基本上不出現了，除了追求典雅古美的效果外。

「詰」的結構類型上古有一定的變化，上古前期「詰＋內容」的形式多（對某一錯誤行為的追究或責問），沒有出現「詰＋名詞關係對象」的用例；上古後期「詰＋內容」的形式少了，多為「詰＋關係對象」型。如：

（19）季孫謂臧武仲曰：「子盍詰盜？」武仲曰：「不可詰也，紇又不能。」季孫曰：「我有四封，而詰其盜，何故不可？子為司寇，將盜是務去，若之何不能？」（《左傳‧襄公二十一年》）

（20）詰奸慝，舉淹滯。（《左傳‧昭公十四年》）

（21）汲黯庭詰弘曰：「齊人多詐而無情實……」（《史記‧卷一百一十二》）

從詞義來看，「詰」東漢時詞義泛化為一般意義上的反問，不一定是責備對方，而是針對對方的話題，進一步追問。如：

（22）孟子不且語詰問惠王：「何謂『利吾國』」（《論衡・刺孟》）

（23）必將應曰：「倉頡作書，奚仲作車。」詰曰：「倉頡何感而作書？奚仲何起而作車？」（《論衡・謝短》）

（24）彼聞皋陶作獄，必將曰：「皋陶也。」詰曰：「皋陶，唐、虞時，唐、虞之刑五刑，案今律無五刑之文。」或曰：「蕭何也。」詰曰：「蕭何，高祖時也⋯⋯」（《論衡・謝短》）

這些詞項中只有「訊 2」和「詰」兩個詞項的語義特徵不但是詢問問題而且包含主體「定罪」和「責備」的目的。當然後來「詰」泛化後就沒有「責備」的目的了，表示「進一步追問」。

表3、詞項頻率統計

詞　項	問	咨	（諮）	詢	訪	謀	（謨）	詰	訊1	訊2
易經	4/4	0/2				4/4		0		
今文尚書	1/2	0/7		3/4 1/4	1/1		0/1	0/2		
詩經		1/19 4/19		1/2 1/2	1/1	15/24	0/1		1/7	
左傳	190/192 2/192	6/8 2/8		4/4	14/16 2/16	156/196	0/1	9/13		1/2
儀禮	17/17					2/2				
周禮	16/16			6/6	2/2	2/4	0/1	0/5	6/7	1/7
論語	120/120	0/1				8/9				
國語	101/101	12/12	2/3 1/3	3/3	8/9 1/9	49/84		2/2	4/6	1/6 1/6
楚辭	5/5	0/1	1/1	1/1	1/1	3/11		0/1	1/1	
老子						2/2		1/1		
禮記	228/228			1/1		10/18		1/2 1/2	1/3	1/3
墨子	71/74	2/2			1/1	36/53				
商君書	18/18					2/7				
孟子	105/106					4/5	1/2			
莊子	172/172					27/29	2/2	0/1		1/1
荀子	99/99			1/1		16/38		0/1	0/1	
韓非子	143/143					34/60		1/1		

戰國策	73/73			1/2 1/2	79/130				
晏子春秋	140/140				15/21	1/1			
呂氏春秋	115/115	0/1			41/60		2/4 2/4		
公羊傳	4/4				3/6				
穀梁傳	9/9				4/4				
淮南子		1/1			30/56	2/2	1/2 1/2		
管子	201/202			2/2	52/94	0/1	2/3	0/1	1/1
史記	503/504 1/504	2/4	1/1	1/2 1/2	325/441		5/6 1/6	0/13	9/13 1/13
論衡	368/371 1/371	1/1	0/3	0/1	30/41		11/12 1/12		

說明：關於單格中分上下兩組數字的說明：如「訪」在《戰國策》中「1/2；1/2」指
　　　的是「訪」共出現 2 次，1 次獨用，1 次是作爲「語素」使用（有時是處於同
　　　義連用的狀態）。

【小結】

　　上古前期該義場詞項豐富，但是後期少多了。「問」義域最寬泛，一直是
主導詞，甚至到現代漢語也一樣是常用詞。「咨」、「詢」、「訪」、「訊₁」上古
出現在義場中是由於各自不同的詞義特點，或強調內容或強調關係對象。但
是這些特徵都是非主要語義特徵，所以上古後期「咨」、「詢」、「訪」、「訊₁」
不再單獨出現於該義場，一方面「問」可以代替這些詞項，這樣可以避免人
們繁重的記憶負擔；另一方面，這些詞項的意義並非消失得無影無蹤了，主
要以構詞語素形式保留下來（最初是以同義連用結構「諮詢」、「問訊」、「詢
問」等形式表示此義）。但是「謀」由於具有獨特的語義特徵，所以一直存在
於該義場，「訊₂」和「詰」也因爲同樣的原因得以繼續生存。

2.4　「詈罵」類

2.4.1　義場各詞項的相同點

　　含有「用粗野的或惡意的言語侮辱或斥責對方」的語義特徵的詞項上古主
要有「詈」、「罵」、「詬」。例如「文王見詈於王門，顏色不變，而武王擒紂於牧
野。」（《韓非子・喻老》）「月餘，卒罵高祖，高祖怒。」（《史記・卷八》）「八

年春，宋公伐曹，將還，褚師子肥殿。曹人詬之，不行，師待之。公聞之，怒，命反之，遂滅曹。」（《左傳·哀公八年》）

除了詞項「詈、罵、詬」之外，有時還用其他詞表示此義，如用「口」表示「罵」義：「冉豎射陳武子，中手，失弓而罵。以告平子，曰：『有君子白皙，鬒鬚眉，甚口。』」（《左傳·昭公二十六年》）但是，此「口」的「罵」義並非詞義，而是句中義，沒有凝固為詞義。由於「罵」是貶義詞，而此句主語為君子，不宜用「罵」，所以用「口」表「罵」，是一種語用特徵。

由於這些詞項具有相同的語義特徵，所以有「詈」和「侮」連用的用例，更有「詬」和「侮」連用的情況。如：

（1）今俳優、侏儒、狎徒詈侮而不鬥者，是豈鉅知見侮之為不辱哉？（《荀子·正論》）

（2）詈侮捽搏，捶笞、臏腳，斬、斷……（《荀子·正論》）

（3）焉率以詬侮上帝、山川、鬼神。（《墨子·卷七》）

「詬」也作「詢」，二者是異體字。《廣雅·釋詁三》：「詢，即詬字也」。如「子死亡有命，余不忍其詢。」（《左傳·昭公二十年》）陸德明《經典釋文》：「詢，本或作詬，同。」洪吉亮《左傳詁》：「文選注引左傳作詬。」

表1、義位表述及最早用例

詞　項	義　位　表　述	最　早　用　例
詈	用粗野的或惡意的言語侮辱或斥責對方。	涼曰不可，覆背善詈。（《詩經·大雅·桑柔》）
罵	用粗野的或惡意的言語侮辱或斥責對方。	冉豎射陳武子，中手，失弓而罵。（《左傳·昭公二十六年》）
詬（詢）	用侮辱性的言語惡意地侮辱斥責天神等。	詬天而呼曰。（《左傳·昭公十三年》）

2.4.2　義場各詞項的差異

「詈」、「罵」是含有相同語義特徵的詞項，所以一般出現在相同的語境中。如：

（4）高祖箕踞詈，甚慢易之。（《史記·卷八十九》）

（5）軻自知事不就，倚柱而笑，箕踞以罵曰。（《史記·卷八十六》）

二者基本上非共時共域存在，先有「詈」，後有「罵」，但是由於各種各樣的原因，或沿用舊習慣、或陳述舊事、或引述原文等，我們也可以見到有時二者共時共域存在的情況。二者是不同語體的產物，我們猜測，很有可能是「詈」最先通行於書面語，而「罵」一直通行於口語體系，在《左傳》中第一次出現，但是到漢代（如《史記》中）已經完全取代了「詈」而進入到書面語體系。

正因為「詈」、「罵」詞義極近，所以後來出現「罵詈」或「詈罵」連用的用例。如：

（6）今漢王慢而侮人，罵詈諸侯群臣如罵奴耳，非有上下禮節也，吾不忍復見也。（《史記·卷九十》）

（7）王慶逆性發作，將父母詈罵。（《水滸傳·第一百一回》）

後世「詈」除做古外，很少獨用，一般都是與其他同義詞連用，以一個語素形式保留著「罵」義。

「罵」產生了一個義位變體，即「指責」義。一般出現在一定的語言環境中，常常是說話的雙方有比較親密的關係，所以只是嚴厲地非惡意地指責別人的錯誤，此類「罵」屬於具體語境意，為文中意，而且這個臨時語境意並沒有固化為一個義位，這種「罵」現代口語還很常見，早在《史記》中就出現了（《史記》中共4見）。如：

（8）居一二日，何來謁上，上且怒且喜，罵何曰：「若亡，何也？」何曰：「臣不敢亡也，臣追亡者。」上曰：「若所追者誰何？」曰：「韓信也。」上復罵曰：「諸將亡者以十數，公無所追；追信，詐也。」（《史記·卷九十二》）

（9）太倉公無男，有女五人。太倉公將行會逮，罵其女曰：「生子不生男，有緩急非有益也！」（《史記·卷十》）

（10）景帝罵之曰：「吾不用也。」（《史記·卷五十七》）

「詬」與「罵、詈」的區別是：「詬」是有意侮辱別人的行為，而「罵、詈」卻並非一定是有意侮辱對方，「詈、罵」一般來說事出有因，常常因怒而起，怒的結果常常是詈（罵），但是不一定是故意侮辱對方，有時是個人脾氣秉性的因素使人產生此類行為；而「詬」則不然，是一種侮辱性的指責，好像故意往人身上潑髒水，「詬」與「垢」同源。「垢」是粘附物體上的污穢，「詬」是被加上的穢言，二者同源。所以「詬」常用名詞侮辱義，甚至是「垢」也曾用作恥辱

義。如「從君命，經德義，除詬恥，在此行也。」（《左傳‧哀公二年》）「子死亡有命，余不忍其詢。」（《左傳‧昭公二十年》）「國君含垢。」（《左傳‧宣公十年》）而「罵、詈」不具有名詞用法。

還有一個區別就是「詬」的對象常常有天神、鬼神、上帝之類；而「詈」或「罵」的對象一定是人，地位高低都有。例如：

（11）宋公伐曹，將還，褚師子肥殿。曹人詬之，不行，師待之。（《左傳‧哀公八年》）

（12）吾生乎亂世，而無道之人再來詬我，吾不忍數聞也。（《呂氏春秋‧離俗覽》）

（13）衛孫蒯田于曹隧，飲馬于重丘，毀其瓶。重丘人閉門而詢之，曰：「親逐而君，爾父爲厲。是之不憂，而何以田爲？」（《左傳‧襄公十七年》）

（14）不吉，投龜，詬天而呼曰。（《左傳‧昭公十三年》）

（15）起奮迅兮奔走，違群小兮讓詢。（《楚辭‧九思‧遭厄》）

（16）乃使勇士往詈齊王。（《戰國策‧秦二》）

（17）今漢王慢而侮人，罵詈諸侯群臣如罵奴耳，非有上下禮節……（《史記‧卷九十》）

（18）夫無所發怒，乃罵臨汝侯曰。（《史記‧卷一百七》）

（19）冉豎射陳武子，中手，失弓而罵。（《左傳‧昭公二十六年》）

前四例中「詬」不是因爲對方的行爲使自己發怒而責備或侮辱人，而是故意侮辱他人。例（13）「詬」的對象是天神；例（14）和例（15）「詈」或「罵詈」的對象是王、臣、奴等；例（16）和例（17）是因怒或因「中手、失弓」而罵，罵的對象也是人。

「詬」和「詈或罵」完全出現於不同的語境中，而且具有不同的語義特徵，所以才能共時共域。《禮記》「詈」和「詬」各出現一次，即：

（20）父母有疾，冠者不櫛，行不翔，言不惰，琴瑟不禦。食肉不至變味，飲酒不至變貌，笑不至矧，怒不至詈。疾止復故。（《禮記‧曲禮上》）

（21）今眾人之命儒也妄，常以儒相詬病。（《禮記‧儒行》）

另外，「詬」作爲動詞，常常與其他的動詞連用，構成同義連用結構，如「詬病」、「詬厲」、「譙詬」、「詬侮」等；而「詈、罵」則有著完全不同的組

合結構，如「詈罵」或「罵詈」。我們又從「詈」、「侮」連用，觀察到「詈」有時也有侮辱性的目的，這時的語義特徵就與「詬」比較接近。

表 2、語義特徵分析

詞　項	用言語	侮辱性的言語	惡意的言語	有　起　因（如被激怒等）	指出別人的錯誤或罪行	故意侮辱性的目的
詈	＋	＋	＋	＋	＋	±
罵	＋	＋	＋	＋	＋	±
詬	＋	＋	＋	－	＋	＋

2.4.3　義場各詞項的變化

「詈」和「罵」，二者語義特徵相同，「罵」有可能是口語進入到書面語中的。西周春秋時期一直到戰國中晚期，在書面語中，主要用「詈」表示「罵」之義，但是在口語中，可能「罵」早就通行了。漢代「罵」成為表此義的常見詞。《史記》中「詈」2 見，只有一處是「詈」獨用，另一處是「罵詈」連用；而「罵」卻是 44 見。所以漢代已經完成了「罵」和「詈」的替換，即漢代「詈」在此義場中基本不再出現了。後代「詈」的沿用或是倣古、或陳述舊事、或是作為語素使用，獨用罕見，如《世說新語》「罵」5 見，而「詈」僅 1 見，還是「哭」「詈」連用，即「江郎莫來，女哭詈彌甚。」（《世說新語‧假譎》）

「罵」和「詈」發生替換的原因主要是二者為等義詞，等義詞不可能長期共存於一個義場，二者原來的差別主要是語體的差別，隨著「罵」使用範圍的擴大，就逐漸取代了「詈」，成為該義場的主導詞。

在該義場中，還有一詞項表「辱罵、指責」之義，即「詬」，大約行於春秋戰國時期。正因為其語義特徵的差異使之與「詈（罵）」共存於該義場中。由於「詬」的使用環境不多（「詬」的關係對象主要是神鬼、上天等），所以使用頻率很低。這恐怕跟我國的文化特徵密切相關，從孔子對鬼神的態度可見當時文化特徵之一般。「子曰：『務民之義，敬鬼神而遠之，可謂知矣。』」（《論語‧雍也》）「季路問事鬼神。子曰：『未能事人，焉能事鬼？』」（《論語‧先進》）而且「詬」更常見名詞用法，動詞義是從名詞用法發展而來的，所以動詞的用法不可能大增，這是為了避免交際的混淆。更主要的原因是「罵」的高頻使用，表示「詬」義，可以由「罵」來表示。種種原因使「詬」在戰國晚期就少見於義

場了。後世也常用詞組「辱罵」來表示「詬」義，這樣減輕了人們記憶的負擔，使人們更容易理解詞義。

表 3、詞項頻率統計

詞 項	尚書	詩經	左傳	楚辭	禮記	墨子	莊子	荀子	韓非子	戰國策	呂氏春秋	楚辭	山海經	淮南子	史記
詈	2/2	1/1			1/1			2/2	3/3	4/4		1/1	1/1	2/2	1/2 1/2
罵			1/1							2/2				1/1	43/44 1/44
詬（詢）			3/6	0/3	1/1	7/7	1/2	0/2		0/1	1/5	1/4		0/1	0/3

說明：其他未出現的典籍即無用例。

【小結】

春秋戰國之際，表示「罵」義主要用「詈」。但是我們猜測口語中，很可能「罵」早就通行了。漢代「罵」成為表此義的常見詞，不再使用「詈」，已經完成了「罵」和「詈」的替換，主導詞由「詈」轉到「罵」。但是「詈」或作為語素、或倣古、或陳述舊事等還可以見到。

「詬」春秋戰國時期出現在該義場，是因為其語義特徵的差異使之與「詈（罵）」共存。「詬」是有意侮辱別人的行為，而「罵、詈」卻並非一定是有意侮辱對方；「詬」的關係對象有時是神鬼、上天等，而「罵、詈」卻不是。「詬」出現頻率很低，而且其義可以由「罵」來表示，所以漢代「詬」從該義場中消失了。

2.5 「責備」類

2.5.1 義場各詞項的相同點

這類詞語共同的語義特徵是指出別人的錯誤或罪行。具有這種語義特徵的詞項比較多，主要有「叱、訶（呵）、責、讓、譴、謫（讁）、誚（譙）、誶、譏、刺、誹 1、謗 1」[註22]。其中「叱、訶（呵）」凸顯聲音；「責、讓、譴、謫（讁）、

[註22] 因同字不同詞，「誹」「謗」分別進入不同義場：責讓類和詆毀類，分別用「誹 1、謗 1」「誹 2、謗 2」表示。其他概念場同。

誚（譙）、誶」是一般性的指責；「譏、刺、誹１、謗１」多是對執政者的指責，尤其是「誹１」和「謗１」指責的程度重。

「叱」和「呵（訶）」語義特徵比較接近，都表呵斥。

「叱，訶也。」（《說文》）「大呵爲叱」（《玄應音義》卷九「叱之」注引《蒼頡篇》云）。還常用於呵斥牲畜，如「燭不見跋。尊客之前不叱狗。讓食不唾。」（《禮記・曲禮上》）

「呵（訶）」，《說文》：「訶，大言而怒也。」（《說文》未收「呵」）大聲怒責就是「呵（訶）」。如「及文帝崩，景帝立，歲餘不譙呵綰，綰日以謹力。」（《史記・卷一百三》）「還至霸陵亭，霸陵尉醉，呵止廣。」（《史記・卷一百九》）

二者在大聲指出別人錯誤的意義上是相同的，所以後世「呵叱」漸漸演變爲復合結構。

「斥責」類主要有「責」「讓」「譴」「謫」「誚」「譙」「誶」「譏」「刺」「誹１」「謗１」等。

「責」「讓」「譴」「謫」意義比較接近，而且使用頻率比較高，所以我們放在一起來探討。

「責，求也。」（《說文》）桂馥《義證》：「求負家償物也。」如「宋多責賂於鄭，鄭不堪命。」（《左傳・桓公十三年》）「責」詞義泛化，由這種具體的索取引申爲一般意義的各種要求，也包括道德規範的要求，「要求」義進一步發展，如果被要求者所作的事不合要求者之意，那麼要求者就要責怪、批評他，即用言語指出對方的錯誤或罪行，大致相當於現漢中的「批評」或「責怪」。如「秋，入杞，責無禮也。」（《左傳・僖公二十七年》）

「讓」的本義是「責問、責備」。「讓，相責讓」（《說文》）。「詰責以辭謂之讓。」（《小爾雅》）段注：「經傳多以爲謙讓字」。從使用頻率來看，「謙讓」義的使用遠高於「責讓」義的用法，這跟典籍的內容有關。「讓」的語義特徵很寬泛，既包括對某人、某國的錯誤行爲進行指謫，也包括對某一未盡責任者的指責，如「楚子師於荒浦，使沈尹壽與師祁犁讓之。」（《左傳・襄公二十四年》）

「責」和「讓」由於意義相近常常連用，漸而成爲一個復合結構。如「使使責讓高以盜賊事。」（《史記・卷六》）

「譴，謫問也」（《說文》），「謫，罰也」（《說文》），所以這種指責常伴隨一定的懲罰手段，如「故諸爲武帝生子者，無男女，其母無不譴死，豈可謂非賢

聖哉！」(《史記·卷四十九》) 東漢時期詞義泛化爲一般意義的責備，即用言語指責人的過錯。如「文貴夫順合眾心，不違人意，百人讀之莫譴，千人聞之莫怪。」(《論衡·自紀》)

「譴(讁)」的語義特徵跟「讓」比較接近，但是使用範圍遠遠窄於「讓」。如「公會齊侯於濼，遂及文姜如齊。齊侯通焉。公讁之，以告。」(《左傳·桓公十八年》) 「讁」最早出現在《詩經·邶風》中，疑爲方言口語詞進入到書面語中。《方言》卷十：「南楚以南凡相非議人謂之讁。」

「誚」「譙」「誶」上古期間使用頻率都很低，最多不過十餘次，有的成爲此義場的匆匆過客，有的卻留下了它的蹤迹（作爲語素保留下來）。

「誚」與「譙」本一字。「誚，古文譙從肖。」(《說文》) 段注：「漢人作譙，壁中作誚，實一字也。」《方言》卷七：「譙，讓也。齊楚宋衛荊陳之間曰譙，自關而西秦晉之間凡言相責讓曰譙讓。」郭注：「譙字或作誚。」

「誶」的「責罵」義僅兩見，見於《楚辭》和《莊子》，是楚地方言，這也是它罕見的原因。

「譏」「刺」「誹₁」「謗₁」詞義比較接近：

「譏」，指出缺點、錯誤等，一般不是惡意的，常常是一種客觀的評價，所以大約相當於現代漢語的「批評」。如「二年，周使召公過禮晉惠公，惠公禮倨，召公譏之。」(《史記·卷三十九》) 「刺，直傷也。」(《說文》) 這是「刺」的本義，由具體到抽象，如果「刺」的對象是人的錯誤或者某種不良的社會現象，那麼「指責、批評」義就產生了。如「稱鄭伯，譏失教也。」(《左傳·隱公元年》) 「諫，數諫也。」(《說文》) 段注：「諫，謂數其失而諫之。」但是「諫」只見於字書，未見於典籍，「諫」是當時的文字學家爲「刺」造的一個分化字，但是沒有應用開來。

「誹₁，謗也。」(《說文》) 段注：「誹之言非也。」誠然，「誹」是「非」的分化字，表示「非」的「非難、責怪」義。即「非難、責怪」最早是寫作「非」。即使「誹」產生後，仍常寫作「非」。如《呂氏春秋》中表示「指責別人過失」義「非」40 見，「誹」16 見（三見爲復合詞「誹謗」）。如「解在乎白圭之非惠子也，公孫龍之說燕昭王以偃兵及應空洛之遇也，孔穿之議公孫龍，翟翦之難惠子之法，此四士者之議，皆多故矣，不可不獨論。」(《呂氏春秋·有始覽》)

「謗 1」，也是指責別人的錯誤。「謗，謂言其過失，使在上聞之而自改，亦是諫之類也。」（《左傳・襄公十四年》「庶人謗」孔穎達疏）「謗，毀也。」（《說文・言部》）段注：「謗之言旁也，旁，溥也，大言之過其實。」但不是聲音大，而是範圍大，具有廣泛性和公開性，所以「謗 1」詞義較重，猛烈抨擊、公開指責。

「誹 1」「謗 1」共同處是「指責別人的過失」。如「子產開畝樹桑鄭人謗訾。禹利天下，子產存鄭，皆以受謗，夫民智之不足用亦明矣。」（《韓非子・顯學》）「使鄭簡、魯哀當民之誹訾也，而因弗逐用，則國必無功矣，子產、孔子必無能矣。」（《呂氏春秋・先識覽》）同樣的事件，一處用「謗訾」，一處用「誹訾」，可見「誹 1」、「謗 1」二者語義特徵之接近。「誹 1」「謗 1」帶有施事者強烈的感情色彩，尤其是「謗 1」。所以客觀上這種指責常常會引起受事者強烈的反映，這種語義特徵使得後來發展出「誹 2」「謗 2」的意義。這是從受事項的角度，反映受事者的感受而產生的新義位。

此外，還有一些詞在一定的語境中也可表示「指責、批評」義。比如「議」，常常表示議論別人的過失，但是沒有固化爲一個義位，所以仍然屬於語境義。「議」詞義範圍很寬，可以是很多人在一起交換意見，也可以是一個人進行，重在議論得失。表示否定性的議論，即責備某人也用「議」，如「說在苗賁皇非獻伯，孔子議晏嬰。」（《韓非子・外儲說左上》）此句「非」（誹）和「議」對用，而且二者常常連用。「謗」「議」連用的情況也非常多。再如「訓」，漢代「訓」出現了「訓誡、責備」之義，如「王亦未敢訓周公。」（《史記・卷三十三》）此「訓」，《尚書》作「誚」（責備之義），「訓」之「責備、訓誡」義，是教導義的進一步發展，在現代漢語口語中有著廣泛的應用，如「挨訓」。我們推測，漢代「訓」表「責備」義可能是口語的用法，所以我們認爲此義屬於語境義，其詞義仍是「訓誡」，是對人的教導。

表 1、義位表述及最早用例

詞項	義 位 表 述	最 早 用 例
叱	大聲地指出別人的錯誤或罪行。	子囊帶從野泄，叱之。《左傳・昭公二十六年》
呵（訶）	大聲地指出別人的錯誤或罪行。	唯與可（呵），相去幾可（何）？（美）與亞（惡），相去可（何）若？《郭店楚簡〈老子〉》

責	用嚴厲的話追究某事或指出別人（別國）的錯誤或罪行。	責人斯無難，惟受責俾如流，是惟艱哉！《尚書・周書・秦誓》
讓	用嚴厲的話指出別人（別國）的錯誤或罪行。	楚子合諸侯於沈鹿。黃、隨不會，使蒍章讓黃。楚子伐隨，軍於漢、淮之間。《左傳・桓公八年》
譴	用嚴厲的話指謫下位者的罪行或錯誤，目的是懲罰別人。	念彼共人，睠睠懷顧！豈不懷歸？畏此譴怒。《詩經・小雅・小明》
謫（讁）	用嚴厲的話對別人的錯誤或罪行進行申斥。	我入自外，室人交遍謫我。《詩經・邶風・北門》
誚（譙）	用嚴厲的話指出別人的錯誤或罪行。	王亦未敢誚公。《尚書・周書・金縢》
誶	用嚴厲的話指出別人的錯誤或罪行。	謇朝誶而夕替。《楚辭・離騷》
譏	用旁敲側擊的話指責或批評對方的錯誤、缺點等。	稱鄭伯，譏失教也：謂之鄭志。《左傳・隱公元年》
刺（諫）	用嚴厲的話指責別人的錯誤、缺點等。	維是褊心，是以爲刺。《詩經・魏風・葛屨》
誹1（非）	背後對別人行事的錯誤進行批評指責。	武王克商，遷九鼎於雒邑，義士猶或非之，而況將昭違亂之賂器於太廟，其若之何？《左傳・桓公二年》
謗1	背後猛烈指責攻擊別人（多爲上位者）的錯誤。	鄭子產作丘賦。國人謗之。《左傳・昭公四年》

2.5.2　義場各詞項的差異

（一）呵斥類

「呵」和「叱」的差別主要體現在詞義的輕重上，「叱」的責罵程度要高於「呵」。「叱」本爲一種吆喝的聲音，「大訶爲叱」（《一切經音義・四》），對人像吆喝牲畜一樣斥責，可見說者的憤怒程度和對被叱者的侮辱程度。如「灑謂狗犬，命也。狗犬，舉也。叱狗，加也。」（《墨子・卷十》）又「仇牧聞君弒，趨而至，遇之於門，手劍而叱之。」（《公羊傳・莊公十二年》）

「呵（訶）」爲大聲怒責。龔自珍《段注箚記》「凡從可聲之字，亦往往訓大」。大聲斥責叫呵（訶）；大枝和長大斧柄叫柯；大船叫舸；大土山叫阿；大葉叫荷等。這組同源詞都含有「大」義。《廣韻・歌韻》：「呵，責也。」所以大發脾氣、大聲斥責就是「呵」。如「主家皆怪而惡之，莫敢呵」。（《史記・卷一百四》）

「呵（訶）」、「叱」表「呵斥」義一般要帶關係對象，即二者都常見「動詞＋G」類型，即使有時不出現賓語，G 也是省略所致。如：

（1）主家皆怪而惡之，莫敢呵。（《史記・卷一百四》）

（2）門者刖跪請曰：「足下無意賜之餘隸乎？」夷射叱曰：「去！刑餘之人，何事乃敢乞飲長者！」（《韓非子・內儲說下六微》）

例（1）「呵」的賓語是「之」，承前省略；例（2）「叱」的賓語也是承前省略。

「呵（訶）」與「叱」的組合關係是有差別的：「呵（訶）」後面一般不出現直接引語，即不出現叱責的具體話語；而「叱」之後經常出現直接引語，但是引語需要「曰」來引出，即「叱＋（G）＋曰＋直接引語」。如：

（3）叱青荊曰：「去，長者吾且有事。」（《呂氏春秋・季冬紀》）

（4）荊軻怒，叱太子曰：「何太子之遣？往而不返者……」（《史記・卷八十六》）

（5）荊軻怒，叱太子曰：「今日往而不反者，豎子也……（《戰國策・燕三》）

（6）甘羅曰：「臣請行之。」文信侯叱曰：「去！我身自請之而不肯，女焉能行之？」甘羅曰：「大項橐生七歲為孔子師。今臣生十二歲於茲矣，君其試臣，何遽叱乎？」（《史記・卷七十一》）

（7）甘羅曰：「臣行之。」文信君叱去曰：「我自行之而不肯，汝安能行之也？」甘羅曰：「夫項橐生七歲而為孔子師，今臣生十二歲於茲矣！君其試臣，奚以遽言叱也？」（《戰國策・秦五》）

（8）酈生瞋目案劍叱使者曰：「走！復入言沛公，吾高陽酒徒也，非儒人也。」使者懼而失謁，跪拾謁，還走，復入報曰：「客，天下壯士也，叱臣，臣恐，至失謁。曰『走！復入言，而公高陽酒徒也』。」（《史記・卷九十七》）

例（4）與例（5）、例（6）與例（7）分別是不同典籍記載相同的事件，例（7）「叱去」是「文信君斥責（甘羅）並讓他走開」義，例（8）前面「叱使者曰」的結構，後面轉述的結構正是這種結構形式的變體，「臣恐，至失謁。」是叱責導致的結果。

（二）斥責類

1、「責」「讓」「譴」「讁」幾個詞項既有相同的語義特徵，也有不同的詞義特點。

春秋晚期戰國初年，「責」的內容往往是對某件事的追究或對某責任未盡者的指責。如：

（9）齊人責稽首，因歌之曰：「魯人之皋，……」（《左傳‧哀公二十一年》）

（10）秋，入杞，責無禮也。（《左傳‧僖公二十七年》）

（11）不責逾國而討於是也。（《穀梁傳‧桓公十八年》）

戰國晚期尤其到漢代，「責」的義域擴大，包括道義上的責難都可以用「責」（該義原來主要用「讓」表示）。如「及湯爲大吏，甲所以責湯行義過失，亦有烈士風。」（《史記‧卷一百二十二》）

從結構類型上看，「責」或接 N、或接 G、或者二者共現（關係對象靠近動詞）。

「讓」是「用嚴厲的話指讁別人的錯誤或罪行」之義，其後直接出現關係對象，即「讓＋G」，沒有「責」那種「動詞＋N」的類型，但是如果需要指出對方的錯誤，一般來說用介詞引出，有的作「讓＋G＋以＋N」。如：

（12）夏，楚子合諸侯於沈鹿。黃、隨不會，使薳章讓黃。（《左傳‧桓公八年》）

（13）趙宣子使因賈季問酆舒，且讓之。（《左傳‧文公七年》）

（14）既，晉之邊吏讓鄭曰。（《左傳‧昭公十八年》）

（15）巴子使韓服告於楚，請與鄧爲好。楚子使道朔將巴客以聘於鄧。鄧南鄙鄾人攻而奪之幣，殺道朔及巴行人。楚子使薳章讓於鄧，鄧人弗受。（《左傳‧桓公九年》）

（16）於是乎有刑不祭，伐不祀，征不享，讓不貢，告不王。（《國語‧周語上》）

（17）使使責讓高以盜賊事。（《史記‧卷六》）

（18）故季孫讓仲尼以遇勢，而況錯之於君乎？（《韓非子‧外儲說右上》）

例（12）～例（14）是「讓＋G」型，例（15）關係對象出現了介引現象，主要是韻律因素的原因，即「告於楚」、「聘於鄧」、「讓於鄧」三者整齊和諧所

致；例（16）「讓不貢」是譴責不納貢者；最後兩例是關係對象和內容並現，內容用介詞引出。

戰國晚期、漢代儘管二者詞義接近，但是「責」的有些語義特徵為「讓」所不具備。「責」有時表「批評」義，這種批評是指出對方的缺點，目的是希望對方改正錯誤，儘管語言是嚴厲的，這種批評不同於「讓」的「責備」，二者目的不同。如：

（19）嗚呼！昔者從夫子而遊公阜，夫子一日而三責我，今誰責寡人哉？（《晏子春秋・內篇諫上》）

（20）吾嘗責大將軍至尊重，而天下之賢大夫毋稱焉，願將軍觀古名將所招選擇賢者，勉之哉。（《史記・卷一百一十一》）

（21）子孫有過失，不譙讓，為便坐，對案不食。然後諸子相責，因長老肉袒固謝罪，改之，乃許。（《史記・卷一百三》）

最後一例，「譙讓」和「責」同出，可見其別。「譙讓」相當於今天的「責備」，而「責」相當於今天的「批評」。

「譴」這個動作一般來說是上對下，一是上天對下界（包括對皇帝）；一是高位者對低位者，常常是君譴臣、民，因為被皇上所譴責，所以才會出現「譴死」的結果，如「其母無不譴死」（《史記・卷四十九》），而且「譴」常常伴隨一定的手段，如是天譴，常常是降下災禍；如是君譴常常也伴隨著一定的責罰手段。如：

（22）有災異，謂天譴人君；有變怪，天復譴告家人乎？……災異謂天譴告國政，疾病天復譴告人乎？（《論衡・譴告》）

（23）國家將有失道之敗，而天乃先出災害，以譴告之。（《漢書・董仲舒傳》）

（24）說災異之家，以為天有災異者，所以譴告王者，信也。（《論衡・異虛》）

（25）且陛下富於春秋，未必盡通諸事，今坐朝廷，譴舉有不當者，則見短於大臣，非所以示神明於天下也。（《史記・卷八十七》）

這種主語是天的「譴責」義是「譴」的獨特用法，是該義場其他詞項所無法代替的，但是隨著人們觀念的變化，這種天譴意識觀念的淡薄，這個詞的使

用也越來越少,「譴」的其他用法,更常見的是用「責」和「讓」來表示,從《史記》來看,皇上譴責臣民,用「譴」少,而用「責」和「讓」較多些。

「譴」與「責」、「讓」的另一區別是組合關係之別:

上古期間,「責」是由「責+N」到「責+G」演變;「讓」基本上就是「讓+G」的類型;而「譴」主要是「譴+N」的類型。如:

（26）獨與天地精神往來而不敖倪於萬物,不譴是非,以與世俗處。(《莊子・天下》)

（27）惠王不忍譴蛭,恐庖廚監食法皆誅也。一國之君專擅賞罰;而赦,人君所爲也。惠王通譴菹中何故有蛭,庖廚監食皆當伏法。(《論衡・福虛》)

（28）不忍譴蛭,世謂之賢。賢者操行,多若吞蛭之類。(《論衡・福虛》)

（29）乃先譴鵝曰:「惡用鷫鷞者爲哉?」(《論衡・刺孟》)

（30）況肯譴非爲非,順人之過,以增其惡哉?(《論衡・譴告》)

儘管「責」與「譴」結構相同,但是「責」的內容常常是一個動詞結構,因爲是對某一責任未盡的追究,如上例（10）和例（11）;而「譴」的內容常常由一個名詞來充當,內容是由名詞來代表的某一事件,以上「譴蛭」、「譴鵝」就是這樣。

東漢時期,「譴」詞義泛化,並非僅指上對下,意義近於「責」。如:

（31）冀俗人觀書而自覺,故直露其文,集以俗言。或譴謂之淺。(《論衡・自紀》)

（32）文貴夫順合眾心,不違人意,百人讀之莫譴,千人聞之莫怪。(《論衡・自紀》)

（33）今無二書之美,文雖眾盛,猶多譴毀。」(《論衡・自紀》)

「譴+G」的類型很少見,但是「後數日,帝譴責鈞弋夫人。」(《史記・卷四十九》)、「天尊貴高大,安能撰爲災變以譴告人?」(《論衡・自然》),這兩句動詞後出現了G由於「譴責」、「譴告」同義連用結構所致。因此我們把下面例句中的「譴」的賓語看作名詞,而非代詞,即「嗣公謂關市曰:『某時有客過而予汝金。』因譴之,關市大恐,以嗣公爲明察。」(《韓非子・外儲說左上》)此句「之」代指收受賄賂那件事,而不是人稱代詞。

另外，一般意義的「指責」，除了使用「讓」、「責」、「譴」，還用「讁」，但是用例很少，《左傳》2見，只見於「成公」、「桓公」，有可能是某一地域特點。《左傳》中「責備」義更常見的是「讓」和「責」。「讓」和「讁」的用法接近，但是「讁」的使用範圍很窄，一般來說表對人的指責；對國家的指責常用「讓」，後來也用「責」。

（34）公會齊侯於濼，遂及文姜如齊。齊侯通焉。公讁之，以告。（《左傳·桓公十八年》）

（35）慶克久不出，而告夫人曰：「國子讁我！」（《左傳·成公十七年》）

（36）趙宣子使因賈季問郤缺，且讓之。（《左傳·文公七年》）

（37）既，晉之邊吏讓鄭曰。（《左傳·昭公十八年》）

例（34）和例（35）爲《左傳》「讁」僅見的兩例，例（34）的內容後來《管子》敘說此事作「桓公聞，責文姜。」（《管子·大匡》），《左傳》用「讁」，《管子》用「責」。例（36）的「讓」與「讁」用法和意義同，例（37）這種用法沒有出現「讁」的。

「讁」與其他共時共域的詞項相比，另一不同就是其動詞義的非謂語用法，「動詞能夠不經任何形式而直接作主語、賓語，這是漢語的一個特點……動詞處在主語、賓語位置上隨即指稱化，即指稱該動詞所代表的事件本身，語義不變。這種指稱化稱爲自指。」〔註23〕言說類動詞也不例外，如「讁」：

（38）善行，無轍迹；善言，無瑕讁；善計，不用籌策；善閉，無關鍵不可開；善結，無繩約不可解。（《老子·27章》）

（39）彼自多其力，則毋以其難概之也；自勇其斷，則無以其讁怒之；自智其計，則毋以其敗窮之。（《韓非子·說難》）

例（38）「讁」作動詞的賓語，例（39）「讁」作介詞「以」的賓語。

2、「誚」（譙）、「誶」：

這幾個詞項是方言、口語詞，所以使用頻率極低。

「譙」「誚」在《史記》中並現，基本是以同義連用結構出現的。如：

（40）是日微樊噲奔入營譙讓項羽，沛公事幾殆。（《史記·卷九十五》）

（41）子孫有過失，不譙讓，爲便坐，對案不食。然後諸子相責，因長老

〔註23〕姚振武《〈晏子春秋〉詞類研究》開封：河南大學出版社，2005，第107頁。

肉袒固謝罪，改之，乃許。（《史記・卷一百三》）

（42）章邯以破逐廣等兵，使者覆案三川相屬，誚讓斯居三公位，如何令盜如此。（《史記・卷八十七》）

（43）項王由此怨布，數使使者誚讓召布，布愈恐，不敢往。（《史記・卷九十一》）

（44）故北出師以討彊胡，南馳使以誚勁越。（《史記・卷一百一十七》）

（45）元封二年，漢使涉何譙諭右渠，終不肯奉詔。（《史記・一百一》）

前四例或作「誚讓」、或作「譙讓」，例（44）是「討」與「誚」對舉，例（45）是「譙」「諭」連用，意義均為「責讓」。

「誶」表「責備」義僅見兩例：

（46）謇朝誶而夕替。（《楚辭・離騷》）

（47）捐彈而反走，虞人逐而誶之。（《莊子・山木》）

例（46）「誶」表「諫諍」之義，詞義特徵仍是「責備」，例（47）「誶」表示「責備」義，這是楚地方言的特徵。戰國中期以後「誶」就從該義場消失了。

3、「譏」「刺」「誹1」「謗1」

「譏」和「刺」都是指出對方的缺點、錯誤，但是使用頻率、詞義特徵、組合功能都有所差別。A）「刺」的「指責、批評」義是由「直傷」引申而來，而且使用頻率遠遠低於本義的使用。從二者在義場的出現情況來看，「刺」的頻率也較低於「譏」。B）從詞義特徵上看，二者有同有異。「刺」「譏」意義比較接近，連用的情況較多，如「以刺譏國家得失，世傳之曰虞氏春秋。」（《史記・卷七十六》）但是二者詞義有別，「刺」源於「直傷」，詞義較重，大約相當於現代漢語的「指責」，直接指出別人錯誤。如「群臣、吏民能面刺寡人之過者，受上賞；上書諫寡人者，受中賞；能謗議於市朝，聞寡人之耳者，受下賞。」（《戰國策・齊一》）而「譏」與「幾」同源，「幾」，「譏，誹也。」（《說文》）段玉裁注：「譏之言微也，以微言相摩切也。」楊樹達《積微居小學述林》：「幾聲字有微小之義……幾又少不足之義。」所以「譏」有隱微之意，有時是旁敲側擊地指出別人的錯誤，一般不是惡意的指責，大致相當於現代漢語的「批評」。如「今夫子譏之，請逐楚巫而拘裔款。」（《晏子春秋・內篇諫上》）這裡的「譏」就是「批評」。C）從組合功能上看，「刺」後面常常跟內容賓語，很少跟關係對象，在我們測查的語料中只有一個語料「刺」跟關係對象，見於《孟子》以及《論

衡》轉述《孟子》的話，即「非之無舉也，刺之無刺也。」(《孟子‧盡心下》)
意思是，「(這種人)要指責他又舉不出大的錯誤來，指責他卻也無可指責的」。
本句「非」和「刺」同句出現，意義相同。所以我們認為，此句用「刺」可能
是為了避免與前面「非」重複。「刺＋G」少見的原因是，「刺」用本義時也常
常帶人稱賓語，為了避免了交際的混淆很少出現「刺＋G」型；「刺＋N」型較
常見，如「上稱帝嚳，下道齊桓，中述湯武，以刺世事。」(《史記‧卷八十四》)。
而「譏」兩種類型均常見。如「君子譏盾『為正卿，亡不出境，反不討賊』，故
太史書曰『趙盾弒其君』」(《史記‧卷四十三》)「於是魏人范睢自謂張祿先生，
譏穰侯之伐齊，乃越三晉以攻齊也，以此時奸說秦昭王。」(《史記‧卷七十二》)
「譏」「刺」詞義儘管有些差別，但是基本語義特徵還是非常相近的，「渾言不
別」，所以二者常常連用，組成同義連用結構，作「刺譏」。

　　「誹 1」「謗 1」詞義特徵比較接近，都是對人進行指責，根據一定的事實
進行非議，不是無端指責，不同於「誣、譖」。「誹 1」「謗 1」指責義不同於義
場其他詞項「責、讓、呵、叱、誚」等義，這種指責比一般意義的指責要重得
多，有時甚至詛咒被責者。如「故三代之稱，千歲之積譽也；桀、紂之謗，千
歲之積毀也。」(《淮南子‧繆稱訓》)但是「誹 1」和「謗 1」還是有一定差別
的，《說文通訓定聲》(朱駿聲)：「大言曰謗，微言曰誹、曰譏。」具體來說，
從關係對象、詞義特徵、組合關係上都有所不同：

　　首先，「謗 1」多是下位(主要是百姓)對上位者進行批評指責(也有對同
級的指責)，而「誹 1」就不盡然〔註24〕，如「今有人於此，求牛則名馬，求馬
則名牛，所求必不得矣，而因用威怒，有司必誹怨矣，牛馬必擾亂矣。」(《呂
氏春秋‧審分覽》)這裡「有司」與「人」不存在上下位的關係。

　　其次，「謗」是公開激烈地批評指責，甚至是抨擊，有時被謗者要發怒。如
「宋華弱與樂轡少相狎，長相優，又相謗也。子蕩怒，以弓梏華弱於朝。」(《左
傳‧襄公六年》)。開明的統治者會鼓勵這種「謗」，把百姓的批評意見加以搜集
整理，如傳說古代有「誹謗木」(《呂氏春秋‧自知》)。但是大多統治者不願意
聽這種指責性的意見，有的就想盡各種辦法甚至用殺人的手段制止百姓的議論
(見《國語‧邵公諫厲王弭謗》)。一般來說統治者希望有錯誤被糾正，也不願

〔註24〕　王鳳陽先生認為「『誹』和『謗』……主要是對上位的進行指責」782 頁。按：此
　　　　論不確，「誹」的關係對象並非主要是上位者，而是各種各樣。

意接收這種背後公開性的攻擊指責，如「予即辟，女匪拂予。女無面諛。退而謗予。」（《史記・卷二》）可見「謗」的指責抨擊之嚴重程度。「誹1」，段注「誹之言非也。」是一般性地對上位者的非難指責，如「人以自是，反以相誹。」（《呂氏春秋・慎大覽》）又「孤獨則父兄怨，賢者誹，亂內作。」（《呂氏春秋・仲秋紀》）

另外，「誹1」的反義詞是「譽」，但是「謗1」沒有相應的反義詞。如《管子》6見「誹」，半數是「誹」「譽」並見。《淮南子》「誹」共11見，除了「誹謗木」外，其他都是「誹」「譽」對用或連用。如「聖人不求譽，不辟誹。」（《淮南子・繆稱訓》）「故趨舍同，誹譽在俗」（《淮南子・齊俗訓》）

再者，「誹1」一般不帶賓語，帶賓語也是受事內容，不帶關係對象。如「誹污因污，誹辟因辟，是誹者與所非同也……惠子聞而誹之，因自以爲爲之父母，其非有甚於白圭亦有大甚者。」（《呂氏春秋・審應覽》）此句應該譯爲「用污穢責難污穢，用邪僻責難邪僻，這是責難的人與被責難的人相同了……惠子聽說了就非議此事〔註25〕……」。而「謗1」一般只帶關係對象，「女無亦謂我老耄而舍我，而又謗我！」（《國語・楚語上》）

「誹1」「謗1」渾言不別，如「君臣不信，則百姓誹謗，社稷不寧。」《呂氏春秋・離俗覽》

表2、語義特徵分析

詞　項	背後的	施　事　者			用言語	目　　的				大聲地	指出別人的錯誤或罪行	關係對象（人）		關係對象（動物）
		下位者	同級	上位		勸改	責怪	懲罰	侮辱			對上	對下或同級	
叱	－	－	±	＋	＋	－	＋	－	±	＋	＋	－	＋	＋
訶（呵）	－	－	±	＋	＋	－	＋	－	±	＋	＋	－	＋	－
責	±	－	±	±	＋	＋	＋	－	±	＋	＋	＋	＋	－
讓	±	－	±	±	＋	－	＋	－	－	±	＋	－	＋	－
譴	±	－	－	＋	＋	－	＋	＋	－	±	＋	－	＋	－

〔註25〕　「惠子聞而誹之」中的「之」是指事，而不是指人。很多譯注都把「之」譯爲代詞「他」，如《呂氏春秋譯注》（張雙棣、張萬彬、殷國光、陳濤）634頁；《評析本白話諸子集成》（王寧主編）1040頁，我們認爲不切。

謫（讁）	±	－	±	±	＋	－	＋	－	－	±	＋	－	＋	－
誚（譙）	±	－	±	±	＋	－	＋	－	－	±	＋	－	＋	
誶	±	±	±	＋	＋	－	＋	－	－	±	＋	＋	＋	
譏	±	±	±	±	＋	±	＋	－	－	－	＋	±	±	－
刺	±	±	±	－	－	－	＋	－			＋	＋	±	－
誹1（非）	＋	±	±	±	－	－	＋				＋	±	±	－
謗1	＋	＋	±	－	－	＋					＋	＋	±	－

2.5.3 義場各詞項的變化

「呵」「叱」上古漢語中都是非常見詞，「叱」的出現頻率要略高於「呵」，二者基本上非共時共域。上古前期「叱」4見，「呵」是在上古後期進入到義場中的，有可能是某一方言詞，僅見於《韓非子》中的2例，《史記》和《論衡》中的4例。表示大聲的責罵某人主要用「叱」。「呵叱」凝固成一個復合結構是很晚的事了。

「責」「讓」是這個義場的常見詞項，春秋戰國之際二者存在著區別，「責」源於對一種責任的追查；「讓」是指讁某人的錯誤或罪行，所以才能共時共域地存於這個義場中。戰國晚期尤其到漢代，「責」的義域擴大，包括道義上的責難都可以用「責」（該義原來主要用「讓」表示），二者的區別不明顯了，「同義連用結構」的情況越來越多，從下表 3《史記》、《論衡》中的使用情況可見這種用例的增多，這樣是爲了避免了交際的混淆，因爲漢代「責」的常見義仍是「要求、索要」，如《管子》中「責」主要用法是「要求、索要」，只有一例表「責備」義，是陳述舊事，即「桓公聞，責文姜。」（《管子·大匡》）；同樣，「讓」也如此，其常用義是「謙讓」，如果繼續獨用「責」和「讓」來表示「責讓」勢必導致交際的混淆，而同義結構的連用甚至固化使詞義更清楚了。

「譴」的使用頻率比「責」和「讓」少多了，首見於《詩經》（僅一例），相隔很長時間後，戰國晚期漢代才又出現，主要表示上天對下界或對皇帝的譴責，也包括上位者對下位者的譴責（常見的是皇帝對臣下）。東漢時期，「譴」的義域有所擴大，具體來說，《論衡》中，「譴」還包括一般的非上對下的「指責」，如：

（48）冀俗人觀書而自覺，故直露其文，集以俗言。或譴謂之淺。（《論衡·自紀》）

（49）充書違詭於俗。或難曰：「文貴夫順合眾心，不違人意，百人讀之莫譴，千人聞之莫怪。故管子曰：『言室滿室，言堂滿堂。』今殆說不與世同，故文剌於俗，不合於眾。」（《論衡・自紀》）

（50）今無二書之美，文雖眾盛，猶多譴毀。（《論衡・自紀》）

　　這樣「譴」、「責」就變得相近了，所以「譴責」後來成為一個同義連用結構，這也是後來「譴」從該義場消失的原因之一。

　　該義場中，「讁」表示「責備」義僅僅見於春秋晚期、戰國初期的《左傳》和《國語》的數例，後來由於「責備」義更常用「讓」、「責」及復合結構，加之「讁」是個多義詞，戰國晚期其主要義項不是責備，常見義為「貶讁」，所以「讁」表「責備」義出現頻率極低，這些因素導致了「讁」很快從「責讓」義場中消失。比如，表示「天讁」的意義在春秋時代戰國初期用「讁」（《左傳》僅一例）表示，即「國無政，不用善，則自取讁於日月之災，故政不可不慎也。」（《左傳・昭公七年》）杜預注：「讁，譴也」。後來這個意義用「譴」表示。

　　「譴」早在《詩經》中就出現了，「畏此譴怒。」（《詩經・小雅・小明》）朱熹《詩集傳》：「譴怒，罪責也。」程俊英《詩經注析》：「這句意為：畏懼統治者的譴責惱怒。」「天譴」義到漢代專用「譴」，專門表示上天降下災禍，不再用「讁」表此義，這樣替換的結果使詞義表達更清晰，不會造成交際的混亂。

　　從下面表 3 可以看出，漢代「責讓」類詞項明顯特徵是同義連用結構的大量出現。主要是因為上古時期表示「責備」的詞項比較多，到漢代語義特徵趨同；更重要原因是這些詞項的載體除了「責備」義外，還有其他常見義項，所以同義連用結構的出現限制了詞義，使表義更清晰，不會造成交際的困難。「責讓」這種復合結構的產生，就把「責備」義與「責」的「要求」義和「讓」的「謙讓」義區分開來。但是「責」或「讓」單獨表示責備的情況仍比較常見，尤其是「責」，其原因或是陳述舊事、或是倣古、或是語言習慣因素、或是方言口語等因素。如《世說新語》「責」表「責備、責罰」義是 10：13（「責」共 13 見）；「讓」表「責備」義是 2：12（「讓」共 12 見）。

　　但是漢代「呵斥」類詞項仍是以「叱」為主，還沒有產生同義連用結構，主要原因是這類詞語常見的就是「叱」，而且更主要的原因是「叱」的「責備」義是其常見義項，不會造成交際的障礙。

　　「誚」（「譙」）、「誶」，同樣都是方言詞項，前者的使用頻率要高於後者，

這是由於文化上處於強勢狀態的語言的辭彙要比文化上處於弱勢的語言有擴張力，戰國中期以後，楚國日衰，這可能是導致「誶」從該義場消失的原因之一。

後世「怪」又進入該義場，與「責」、「讓」構成同義詞聚合，同時也產生了「責怪」這種同義連用結構形式，並逐漸凝固爲一個復合詞。

「譏」、「刺」也表示指出別人錯誤之義，並且在義場中佔有獨特義域，成爲該義場不可或缺的成員。

「刺」早在《詩經》時代就出現於該義場了，但是獨用罕見，即《詩經》2 見，《禮記》1 見，《莊子》和《孟子》各 2 見，《荀子》和《戰國策》各 1 見，《公羊傳》和《穀梁傳》各 2 見，《史記》2 見，《論衡》11 見。《論衡》11 例大多數是有原因的，或引自古代文獻、或爲了避免重複、或是沿用舊習慣。如：

（51）鄉原之人，行全無闕，非之無舉，刺之無刺也。（《論衡·累害》）

（52）孟子曰：「非之無舉也，刺之無刺也。（《論衡·定賢》）

（53）上自黃帝，下至秦、漢，治國肥家之術，刺世譏俗之言，備矣。（《論衡·別通》）

（54）專魯莫過季氏，譏八佾之舞庭，刺太山之旅祭……（《論衡·問孔》）

（55）大人刺而賢者諫，是則天譴告也，而反歸譴告於災異，故疑之也。（《論衡·譴告》）

例（51）、例（52）間接、直接地引用了《孟子》；例（53）和例（54）是「譏」「刺」並現，是修辭手法使然；例（55）「刺」「諫」並用，也可能是修辭作用的結果，也可能是受到《戰國策》的影響，即「群臣、吏民能面刺寡人之過者，受上賞；上書諫寡人者，受中賞；能謗議於市朝，聞寡人之耳者，受下賞。」（《戰國策·齊一》）

「譏」比「刺」常見些，尤其在春秋三傳中有很高的頻率，如《公羊傳》114 見都是一樣的用法，表示某一記載方式是批評、指責某人或某件事。如「貶。曷爲貶？譏喪娶也。」（《公羊傳·宣公元年》）這種用法也可以用「刺」，如「僑如以夫人婦姜氏至自齊。大夫不以夫人，以夫人非正也。刺不親迎也。」（《穀梁傳·成公十四年》）「譏」「刺」這種用法爲義場其他詞項所不具備。到漢代表示一般地指出別人的錯誤，用「譏」而不用「刺」，或者二者連用，即漢代「刺」在該義場中單獨出現的機會不多，這是因爲二者意義趨同，漸

漸變成等義詞，必然會淘汰其中一個；「刺」常見義是非言說義的用法，繼續保留「指責」義會造成交際的混淆。後來「刺」不再表示「指責」義，如《世說新語》「刺」3 見，都不是此義；而「譏」11 見中 8 見是「非難、指責」義，而且「譏」還產生了新的用法「譏笑」義（3/11）。

「誹₁」、「謗₁」在義場中具有獨特義域，常表示背後對上位者的指責，尤其是「謗₁」基本上是背後公開對上位者抨擊（也有對統治者的指責）。

「誹₁」最早作「非」。「非」表示「指責」義，早在春秋晚期、戰國初期就出現了，但是「誹」最早出現於戰國中期的《墨子》。如「誹，明惡也。」（《墨子・卷十》）。「誹₁（非）」比較常用，早期《左傳》、《孟子》等著作中作「非」，《孟子》6/147（147 見，其中 6 次是指責義，下同）；《孝經》2/9。後來「誹₁」產生後，「非」表此義仍大量見到，有的著作只用「非」，如《穀梁傳》22/157，如「非吳子之自輕也。」（《穀梁傳・襄公二十五年》有的著作「非」、「誹」並見，如《呂氏春秋》「非」40/371，但是分化字「誹」僅 16 見（三次「誹謗」），半數以上仍用古字「非」。再如《墨子》中《墨論》只見「非」，不見「誹」，「非」95/245〔註26〕；「誹₁」僅現於《墨經》，而且有時二個形體同句出現，如「不非誹，非可非也。不可非也，是不非誹也。」當然這種情況可能是由於這兩個形體處於不同的語法地位而致。總的來說，「誹」具有名詞語法功能的用例非常多，且常常「誹」、「譽」並出。

戰國晚期，「誹₂」、「謗₂」萌芽，漢代「譭謗」義的使用漸多（多作「誹謗」同義連用結構），「指責」義漸少。《淮南子》誹₁〉誹₂（誹₁出現次數多於誹₂）；《管子》誹₁＝誹₂；《史記》誹₁〈誹₂；《論衡》「誹₁」沒有出現。

漢代，「誹₁」出現頻率很低，多為陳述舊事，《管子》、《史記》中「誹₁」出現的句子：

（56）故法之所立、令之所行者多，而所廢者寡，則民不誹議；民不誹議，則聽從矣。（《管子・法法》）

（57）禹立諫鼓於朝，而備訊唉；湯有總街之庭，以觀人誹也。（《管子・桓公問》）

（58）上曰：「古之治天下，朝有進善之旌，誹謗之木，所以通治道而來諫者。（《史記・卷十》）

〔註26〕　《墨子詞典》張仁明 83 頁，貴州人民出版社。

（59）《國風》好色而不淫，《小雅》怨誹而不亂。（《史記‧卷八十四》）

後三例是陳述舊事，因爲《呂氏春秋‧不苟論》有這樣的記載：「堯有欲諫之鼓，舜有誹謗之木。」例（59）「《小雅》怨誹而不亂」是說《小雅》反映了時人的不滿情緒，但是沒有犯上作亂的意思。

「謗₁」早在《左傳》、《國語》中就較爲常用，一直到戰國都頻出。隨著「謗₂」在戰國末期的出現以及漢代使用頻率的大增，「謗₁」的使用就漸漸少多了，跟「誹₁」一樣，到漢代就更少見了。

《史記》「謗」21見，其中同義連用結構「誹謗」表示「指責」義僅1見，即「誹謗之木」，陳述古事，語出《呂氏春秋》；其他獨用「謗」表「指責」義7見，如下：

（60）王行暴虐侈傲，國人謗王。召公諫曰：「民不堪命矣。」王怒，得衛巫，使監謗者，以告則殺之。其謗鮮矣，諸侯不朝。三十四年，王益嚴，國人莫敢言，道路以目。厲王喜，告召公曰：「吾能弭謗矣，乃不敢言。」（《史記‧卷四》）

（61）樂羊返而論功，文侯示之謗書一篋。（《史記‧卷七十一》）

（62）帝曰：「……予即辟，女匡拂予。女無面諛。退而謗予……」（《史記‧卷二》）

（63）魯人或惡吳起曰：「……鄉黨笑之，吳起殺其謗己者三十餘人……」（《史記‧卷六十五》）

例（60）出自《國語》，例（61）出自《戰國策》「樂羊反，而語功。文侯示之謗書一篋。」（《戰國策‧秦二》）例（62）是陳述上古之事，是禹與帝的對話，例（63）是陳述春秋事，尊重舊時語言習慣。

《論衡》「謗」共15見，獨用表「指責」義4見，有的是陳述舊事，有的是語法功能使然。即：

（64）豈宜更偶俗全身以弭謗哉？（《論衡‧累害》）

（65）論者曰：「孔子自知不用……故逢患而不惡。爲民不爲名，故蒙謗而不避。」（《論衡‧知實》）

（66）……有光榮也，而尸祿素餐之謗，喧嘩甚矣。（《論衡‧狀留》）

（67）賢者還在閭巷之間，貧賤終老，被無驗之謗。（《論衡‧定賢》）

例（64）「弭謗」是一個舊詞，語出《國語》。例（65）是陳述舊事，在《莊子·漁父》中有孔子遭謗的記載，即「孔子愀然而歎，再拜而起曰：『丘再逐於魯，削迹於衛，伐樹於宋，圍於陳蔡。丘不知所失，而離此四謗者何也？』」例（66）和例（67）「謗」均自指為名詞。

漢代，「誹1」和「謗1」基本在該義場消失，其原因主要是為了避免交際的障礙，因為作為動詞「誹1」與「誹2」、「謗1」與「謗2」沒有任何標記得以區分，如果共時存在，勢必造成理解困難，交際混亂。但是「謗1」偶爾還可見到，是因為其獨特的語法功能（自指），不大會給交際造成障礙，使之停留在義場的時間較長。所以不僅僅是《論衡》還有這種「謗1」的用法，一直到中古還可見到。如「乃故詣王肆言極罵，要王答己，欲以分謗。」（《世說新語·雅量》

表3、詞項頻率統計

詞項	叱	訶(呵)	責	語素	讓	譴	謫(讁)	誚	(譙)	誶	譏	刺	誹1	謗1
易經														
尚書			2/5		0/2		1/1							
詩經	3/3				0/1	1/1	1/1			0/2		2/2 敍		
左傳			4/8		13/50	3/4					2/3	0/5	14/17 3/17	
儀禮			0/46		0/46							0/1		
周禮			0/3		2/9							0/13		
論語			1/1		0/7									1/1
國語			1/3		2/29 1/29	2/4						0/3		11/11
楚辭			1/1							1/1	2/2			0/3
老子			0/1			1/1								
禮記			1/8		0/73							0/2	1/4	
墨子	1/1		0/4		1/7						0/2	0/3	16/16	1/1
商君書			0/2		0/1							0/1		
孟子			6/9	1/9	1/4						0/2	2/5		
莊子	0/2		4/9		0/22	1/1				1/2	1/1	2/5	1/1 1/1	1/1
荀子			1/2		0/45						1/1	1/3	0/3	
韓非子	1/2	2/2	3/38	1/38	2/25	1/1	1/1	3/3	7/7			0/18	4/9 3/9	14/21 4/21
戰國策	9/10		3/22		7/26	1/1						1/27	5/5	2/2

晏子春秋			3/12		0/8					5/8	0/1	3/5 2/5	1/3 2/3
呂氏春秋	4/4		2/28		5/22		1/1			0/1	0/15	8/16 8/16	5/8 3/8
公羊傳	1/1				0/6					114/114	2/12		
穀梁傳			5/5		0/9					18/18	2/7		
山海經	0/2	0/1			0/1								
淮南子	1/1		17/33		0/32							7/11 1/11	4/7 2/7
管子			1/20		0/17		6/6			0/2	0/3	1/6 2/6	2/2
史記	17/20	3/3	32/99	14/99	42/194 13/194	5/7 1/7	0/5	1/3 2/3	1/3 2/3	17/24 6/24	2/94 7/74	0/16 2/16	7/21 1/21
論衡	2/3 1/3	1/1	72/86	3/86	2/54 5/54	17/100 65/100	0/3			18/19 1/19	11/63 1/63	0/3	4/15

【小結】

表示「大聲叱責」的詞項，上古「叱」一直出現，戰國晚期、漢代又出現了「呵（訶）」，有可能是某一方言詞進入到該義場中。表示「大聲呵斥某人」主要用「叱」。「呵叱」凝固成一個復合結構是很晚的事。

表示「責讓」的詞項主要是「責、讓、謫、讉」，還有方言詞「誚」、「誶」。戰國中期以前，「責」、「讓」使用頻率相當，還有頻率稍低的「謫」以及偶見的「讉」，這幾個詞項共時共域地存在著，尤其是「責」和「讓」有時一本書同現，如《左傳》《國語》《孟子》。因為這個時候，這幾個詞項具有各自不同的語義特徵，在義場中佔有不同的位置。春秋時期到戰國初中期，「責」的內容往往是對某件事的追究或對某一未盡責讓者的指責；「讓」是用嚴厲的話指謫別人的錯誤或罪行。戰國晚期尤其到漢代，隨著「責」的義域擴大，包括道義上的責難都可以用「責」，結果「責」的頻率高於「讓」，兩個詞項意義和使用範圍逐漸接近，上古後期產生了同義連用結構「責讓」。漢代已經產生了「責」代替「讓」的趨勢，但是這種替換過程很緩慢，其中的原因很複雜，一方面，「責」還負擔著非言說的義項如「求」；另一方面，「讓」在上古前期是一個跟「責」匹敵的詞項，所以不會輕易的退出該義場的舞臺，或是陳述舊事、或是倣古、或是人們習慣因素等，加之語言的延續性使得「讓」單獨表示責備的情況仍可以見到。「謫」春秋晚期戰國初期與「責、讓」共時共域，主要是因為它的動詞義的非謂語用法，即自指為名詞的功能。「謫」頻率極低，

而且其語義特徵與義場其他詞項接近，而且本身又是多義詞，所以很快被其他詞項代替，從該義場消失。「譴」具有獨特的語義特徵，一般來說上對下。一是上天對下界（包括對皇帝）；一是高位者對低位者，常常是君譴臣、民。前者主語是天的「譴責」是「譴」的獨特用法，是本義場其他詞項所無法代替的，但是隨著人們觀念的變化，這個用法越來越少，「譴」的其他用法，更常見的是用「責」或「讓」或用同義連用結構來表示。所以漢代該義場主要詞項是「責」，還可見到「讓」。

　　表示指出別人的缺點、錯誤，還有「譏、刺、誹 1、謗 1」，它們具有不同於以上詞項的詞義特徵。「譏」比「刺」常見些，它們主要表示「某一記載方式是批評或指責某人某事」，在義場中佔有獨特位置，成為義場不可或缺的成員。到漢代，一般用「譏」而不用「刺」。「刺」逐漸被淘汰。「誹 1」、「謗 1」詞義特徵比較接近，都是根據一定的事實進行非議，背後對人進行指責，尤其是對上位者進行指責。這種指責不同於義場其他詞項「責、讓、呵、叱、誚」等的指責，意義重得多，有時甚至詛咒受事者，帶有施事者強烈的主觀感情色彩，戰國末尤其是漢代「誹 1、謗 1」發展出「誹 2、謗 2」，同時「誹 1、謗 1」也漸漸脫離該義場，當然「謗 1」離開義場的時間要比「誹 1」晚些。

關於「誅」未進義場的原因：

　　「誅」應該屬於他類義場，因為「誅」準確的意義應該是「責罰」，而非一般意義的「譴責、責備」。

　　（1）宰予晝寢。子曰：「朽木不可雕也，糞土之牆，不可杇也；於予與何誅？」（《論語・公冶長》）何晏集解引孔安國曰：「誅，責也。」

　　（2）以八柄詔王馭群臣：一曰爵，以馭其貴；二曰祿，以馭其富；三曰予，以馭其幸；四曰置，以馭其行；五曰生，以馭其福；六曰奪，以馭其貧；七曰廢，以馭其罪；八曰誅，以馭其過。（《周禮・天官・太宰》）

　　上面兩例一般的辭書都釋為「譴責」，其實只釋對了一半，準確地說應該是「責罰」義。宰予晝寢而被孔子「誅」，此「誅」不僅僅是用言語責備犯錯誤或犯罪之人，而更重要的是進行懲罰。對於某人進行的這種「誅」（責罰），犯的錯誤輕給予較輕的責罰的是「誅」；犯的錯誤重給予較重的懲罰後來也叫

「誅」，甚而至於給予死亡的處罰，也稱「誅」，而且「殺死」後來成爲「誅」的常見義，而一般義的懲罰卻不多用了。從以上兩例的具體文意來看，例（1）「誅」的「責罰」義更符合文意，一個人有錯誤只有一定的處罰手段往往才能奏效，而只是言語上的譴責、責備不會有太大的效果，所以古時教師使用戒尺處罰犯錯誤的學生，孔子認爲對於宰予來說，責罰沒有用了，不可救藥了，朽木不可雕。孔子對這個學生如此失望，恐怕不能僅僅是口頭上的譴責，體罰是必不可少的。這也符合中國的舊時教育的特點，甚至到當代教師對犯錯誤學生的「體罰」還很常見。如果一個學生到了不可救藥的程度，老師不願再管他了，也就相當於到了孔子所言的「於予與何誅？」的境地。例（2）中的「誅」更不能僅僅是言語上的責備，而是「罰」，因爲「誅」作爲王控制群臣的「八柄」（八種方法）之一，一種口頭上的言語行爲「責備」實在算不上可以掌握臣下的手段，倒是對臣下的「罰」（當然也伴隨「責」），才是能控制臣下的方法之一。所以「誅」是「責罰」義，甚至是以「罰」爲主。

上例（1）孔安國所注之「責」，朱駿聲《說文通訓定聲》：「責，罰也。」《說文》：「罰，罪之小者。」而例（2）中的「其過」正是前文「其罪」的下一等級，「七曰廢，以馭其罪；八曰誅，以馭其過。」所以「誅」是「罰」義。下面舉一文獻用例證明「誅」的「罰」義：

（3）司救：掌萬民之邪惡過失而誅讓之，以禮防禁而救之。凡民之有邪惡者，三讓而罰，三罰而士加明刑，恥諸嘉石，役諸司空。其有過失者，三讓而罰，三罰而歸於圜土。（《周禮‧地官‧司徒》）

鄭玄注：「古者重刑，且誅怒之。」孫詒讓正義：「誅怒，即誅讓也。」對待民之邪惡過失要「三讓而罰」，這正是對前文「誅讓」的進一步解釋，「誅」與「罰」相應。「誅讓」同義連用結構的排序可能是受到韻律的影響而成。

從「誅」與「賞」連用也可以看出「誅」的「罰」義。如：

（4）月終則均秩，歲終則均敍。以時頒其衣裘，掌其誅賞。（《周禮‧天官‧冢宰》）

（5）歲終，則考其屬官之治成而誅賞，令群吏正要會而致事。（《周禮‧地官‧司徒》）

（6）其有過失者，三讓而罰，三罰而歸於圜土。（《周禮‧地官‧司徒》）

例（4）和例（5）「誅」「賞」是一對反義詞，「誅」是罰；例（6）意思是說，有過失的要「三讓而罰」，說明最終還是要「罰」，不僅僅是「讓」。表示「責備」主要是用「讓」，如果要表示「三讓」之後的「罰」，可用「誅」，也可以用「罰」。「誅」的程度可輕可重；而「罰」的程度很重，一般來說觸犯刑律了，所以常常是「刑罰」連用。如「禮樂不興，則刑罰不中；刑罰不中，則民無所錯手足。」（《孔子·子路》）

綜之，《論語》中「於予與何誅」中的「誅」是「責罰」義，只是「責罰」的程度輕，因為晝寢而被誅。隨著詞義的變化，「誅」「討」「伐」構成一個同義聚合組。

2.6 「教導」類

2.6.1 義場各詞項的相同點

「教」甲骨文中作「學」形，如《小屯南地甲骨》662 有如下表達：「今日萬其學」、「於來丁酉學」、「於右束學」等，「萬」是從事舞樂工作的一種人，這裡的「學」講成「教」、「學」似都可以。

出現在這個語義場的詞項，除了較為常見的「教」和「誨」外，還有「訓」「誘」等也表「教導、教誨」之義。這些詞項具有共同的語義特徵是用言語把道理或知識說給別人，使人照著做。如「包犧氏沒，神農氏作，斫木為耜，揉木為耒，耒耨之利，以教天下，蓋取諸《益》。」（《周易·繫辭下》）「南宮縚之妻之姑之喪，夫子誨之髽。」（《禮記·檀弓上》）「……以昭事神、訓民、事君，示有等威，古之道也。」（《左傳·文公十五年》）「夫子循循然善誘人，博我以文，約我以禮，欲罷不能。」（《論語·子罕》）

其中「教」「誨」語義特徵最相近，所以常常對用或連用，如「飲之食之，教之誨之。」（《詩經·小雅·綿蠻》）「且暮以為教誨乎天下，疑天下之眾，使天下之眾皆疑惑乎鬼神有無之別，是以天下亂。」（《墨子·卷八》）

表 1、義位表述及最早用例

詞項	義 位 表 述	最 早 用 例
教	用言語把道理或知識說給別人，使人照著做。	今日萬其學。《小屯南地甲骨》662

誨	用言語把道理或知識說給別人，使人明白並照著做。	慢藏誨盜，冶容誨淫。《周易‧繫辭上》
訓	用言語講述過去的事例、法規、道德、習俗等，用來說給別人，目的是讓人聽從。	是又（有）純德遺忌。《中山王方壺》
誘	通過言語使用正當手段把知識或意願表達出來，引導別人隨從己願。	肆予大化誘我友邦君。《尚書‧周書‧大誥》

2.6.2　義場各詞項的差異

「教」從古到今一直都是該語義場的主導詞，早在甲骨文中就已經出現了，直到現代漢語中還在使用，不過有時以語素形式出現。「誨」、「訓」和「誘」使用頻率都不高，比如「誘」共有 25 次用為「教導」義，《禮記》中 2 見，僅一處用為此義且引自《詩經》，而《儀禮》6 處均為「誘射」。

「教」從攴，初期常常表示對民眾的訓導、教化，目的是使民眾聽從。如「子曰：『不教而殺謂之虐。不戒視成謂之暴。』」（《論語‧堯曰》）這種對民眾的教育和訓練，內容很廣泛，包括道德方面的教育、也包括知識技能的訓練。有時，「教」的對象也可以是禽獸，因為其目的是使禽獸馴從，這時與「順」義同，如「故大路之馬，必信至教順，然後乘之，所以養安也。」（《史記‧卷二十三》）

「教」的對象由民眾擴大到其他人身上，所以傳授知識、在某方面給人以指導或者傳授道德法令範疇的內容，都可用「教」。

「誨」為教導、誘導之義。「誨，曉教也。」（《說文》）意為「明白地教導」。段注：「明曉而教之也。」「曉之以破其晦，是曰誨。」所以「誨」源於「晦」，教導使人開竅，讓人擺脫昏憒狀態。由於「誨」是使人不「晦」，是破「晦」，所以這種教導比「教」多了一些啟發性，主要是讓人懂、讓人明白道理，重在「啟發、誘導」。

所以，「教」、「誨」在教授別人知識上，二者是同義的。但是，「教」的方式側重強制性；「誨」側重啟發性。孔子的「誨人不倦」是耐心教人，不知疲倦的意思。突出了夫子授業解惑、耐心說解使人明白之特點。

「訓，說教也」（《說文》），從「訓」的主體和客體來看，一般來說是上級對下級或有知者對無知者，所以被「訓」的對象往往是民眾或四方之人；訓者（主體）或是先輩或是上級或是專門從事說教的人。「訓人」（《尚書‧周書‧康

誥》) 是專門執掌說訓的人、「土訓、誦訓」(《周禮·地官司徒》) 和「訓方氏」(《周禮·夏官司馬》) 都是各司其責,並將相關知識向王稟報,使王在製定相關法令時作爲依據。

從「訓」(說教) 的內容來看,早期的「訓」內容往往是已往的事例和法則;從「訓」的目的來說,是使客體 (被說教者) 聽從說教者的話。我國古代社會,「律」和「例」都是人們要遵守的行爲規範,當時的人往往以過去的事例、法規、道德、習俗等爲準繩。所以對客體來說,要聽從主體的訓導。所以「訓」不是一般地教導,其中含有「命令」的語義特徵,所以有時與「命」連用或對用,如:

(1) 兹予審訓命汝。(《尚書·周書·顧命》)

(2) 郤伯見,公曰:「子之力也夫!」對曰:「君之訓也,二三子之力也,臣何力之有焉!」范叔見,勞之如郤伯,對曰:「庚所命也,克之制也,燮何力之有焉!」欒伯見,公亦如之,對曰:「燮之詔也,士用命也,書何力之有焉!」(《左傳·成公二年》)

例 (2) 中「訓、命、制、詔」都是上級對下級發佈的指令,是必須聽從的,他們認爲是聽從了上一級的正確命令而取得了勝利,自己沒有什麼功勞。

又如「帝沃丁之時,伊尹卒。既葬伊尹於亳,咎單遂訓伊尹事。」(《史記·卷三》) 此句是用「伊尹事」(往事) 訓導大家,訓導的內容被訓者要聽從、遵守。所以「訓」是一種相當於命令的教導,這樣「訓」作爲名詞使用常常跟「典」成爲同義詞,「訓典」常連用,如「告之訓典。」(《左傳·文公六年》) 古代的「典」往往是後世行爲的準則。

另外,「訓」與「教、誨」的不同在於,「訓」的詞義不但強調主體的教導義,也包含客體的服從義,所以當客體充當主語時就表示服從、順從之義,如「無競維人,四方其訓之。有覺德行,四國順之。」(《詩經·大雅·抑》) 毛傳:「訓,教也」;《鄭箋》:「有大德行,則天下順從其政。」實際上,毛亨和鄭玄的解釋分別是從「訓」的主客體角度加以訓釋的,但是由於主語是「四方」,「順」更切合文義。

「誘」本義是「進善」,用言語引導別人去做美好的事。一種情況是所說的美好事情是眞實的,這種誘導跟一般的教導意義比較接近,與「教」、「誨」、「訓」意義相近;另一種更常見的情況是所說的美好的事是虛假的,有時甚至配合虛

假的動作以使對方聽從己意即達到引導對方上當的目的（但是對被勸導人來說他是相信其美好才上當的），這種誘導就是引誘或欺騙了。早在春秋時期，「誘」就產生了這兩個不同的義位：「誘1」（「誘惑、引誘、欺騙」義特指男女之間的挑逗）；「誘2」（「引導、教導、開導」義）兩個義位相比，前者使用頻率高些。因為作為一般意義上的「教導」義，更常用的是「教」、「誨」、「訓」等。在教授某方面的專門知識上，只見於《周禮》中的「誘射」（重出）。

「誘2」後可以出現內容賓語，如「誘射」；也可以出現對象賓語，如「夫子循循然善誘人」（《史記・卷四十七》）

表2、語義特徵分析

詞項	用言語	講述知識或道理	關 係 對 象			方 式		結 果		
			對上	平等	對下	強制地	啟發地	使客體聽從	使客體掌握	使客體明白
教	＋	＋	±	±	＋	＋	＋	＋	＋	±
誨	＋	＋	±	±	±	－	＋	±	＋	＋
訓	＋	＋	－	－	＋	＋	－	＋	＋	±
誘	＋	＋		±	＋	＋	－	＋	＋	＋	±

2.6.3 義場各詞項的變化

義場中這些詞項並非共時共域地存在一個平面上，有的在殷商時期就出現了而且一直存在著，有的到戰國中晚期就不見了。

「教」自從有文字記載就出現於該義場了，而且一直存在著。該義場其他詞項的出現都晚於「教」，而且戰國後期「誨」基本不再單獨出現於該義場，但作為語素形式還保留著此義，這是因為「誨」的「教導」義多用「教」或者用同義連用結構來表示，是語言的經濟原則在起作用。另外兩個詞項「訓」和「誘」也大約在上古後期不再出現於該義場了。

上古不同階段，「教」「誨」從意義的交叉，義域的部分重合，再到最後「教」的義域覆蓋了「誨」，導致「誨」退出了「教導、教誨」語義場。詳述如下：春秋晚期、戰國早期，「教」與「誨」的語義特徵是不同的，尤其是《論語》中；到戰國晚期以至於漢代，「教」的使用範圍擴大，「誨」出現次數很少，原來「誨」所表示的詞義大都可以用「教」。我們以戰國初期的《論語》、

戰國晚期的《呂氏春秋》和漢代的《史記》作以簡單的說明：

戰國初期的《論語》中「教、誨」的語義特徵有相同點，但是其差別也比較明顯，《論語》「誨」有 5 例，「誨」的對象無一為「民」。如「子曰：『默而識之，學而不厭，誨人不倦，何有於我哉。』」（《論語·述而》）但是「教」的動詞用法出現 7 次，對象都是「民」。如「子曰：『以不教民戰，是謂棄之。』」（《論語·子路》）但是《左傳》的情況就跟《論語》不同，《左傳》「誨」7 見，三處為「諫誨（見於《成公二年》）」、「規誨（《襄公十四年》）」、「教誨（《昭公二十八年》）」，且「誨」獨用都出現在襄公之後；而「教」的使用非常廣泛，共 44 見，對象不限於民。如：

（3）晉侯以樂之半賜魏絳，曰：「子教寡人和諸戎狄……」（《左傳·襄公十一年》）

（4）公曰：「子之教，敢不承命……」（《左傳·襄公十一年》）

所以《左傳》中「教」「誨」的區別不如《論語》那麼明顯，《左傳》中「誨」的對象是沒有用於「民」的。這可能跟作者的寫作風格有關，也可能有地域的因素。我們推測這也許是歷時演變在不同地域的共時積纍。

「教」、「誨」在傳授某項技能、某方面的知識上（「教」此義讀 jiāo）二者的詞義接近；但是「教」表示「教導、訓練」的意義（此義讀 jiào）與「誨」的區別比較明顯。「教」側重強制性，使用範圍寬，但是「誨」側重誘導性，使用範圍較窄。所以「教」作為名詞，與「令」為同義詞，但是「對文則異，散文則通」。戰國初期，「教」就泛指一般意義上的教導了，到了戰國晚期，「教」的使用範圍擴大，與「誨」之別不明顯了，多數用「誨」的地方用「教」也是可以的。可以說這個時候「教」與「誨」已經成為等義詞了。如《呂氏春秋》「誨」僅 2 見；「教」出現 69 次，動詞「教誨、教育、指教」為 39 次，早期用「誨」的地方，這時改為用「教」了：

（5）孔子曰：「吾何足以稱哉？勿已者，則好學而不厭，好教而不倦，其惟此邪！」（《呂氏春秋·孟夏紀》）

（6）告爾憂恤，誨爾序爵。（《詩經·大雅·桑柔》）鄭箋：我語女以憂天下之憂，教女以次序賢能之爵。

漢代，在「教誨」義場中表示「教誨」一般只用「教」，這體現了語言的經濟原則。「誨」在《史記》7 見，其中 4 次以語素形式出現，均「教誨」連用，

1 例是引述原文，兩例爲另有其因（詳見 3.5「教」）《史記》「教」168 見，不但「教化」用「教」，「教導」、「教誨」、「教授」等都用「教」了。

「訓」和「誘」在義場的變化：

「訓」，正如前文所述，其關係對象往往是民眾和四方之人，內容常常是以往的事或法則。「訓」出現於該義場主要是春秋晚期、戰國初期，「訓」具有與其他詞項不同的語義特徵。如：

（7）享以訓共儉，宴以示慈惠。（《左傳・成公十二年》）

（8）帥長幼之序，訓上下之則。（《國語・魯語上》）

（9）使訓諸御知義。（《左傳・成公十八年》）

「訓」的賓語分別是「共儉」、「上下之則」、「知義」等。「訓導」的具體指嚮明確，賓語凸顯並外化，是詞義精確化的表現。雖然在春秋時期「訓」後也出現內容如上文「伊尹事」，但是「訓」的主體不僅是告「伊尹事」，而是通過告此事向人表達自己的要求和指令，但是這只是以語義特徵形式體現在「訓」的詞義之中。又如「臣敢以私利廢人之道，君何以訓矣？」（《國語・晉語一》）此句意義是，「我因私利廢了先王之道，您還用什麼教我盡忠。」此句中「訓」沒出現關係對象（臣），是承前省略。

「訓」詞義進一步發展，詞義明確化，即「訓」帶的受事賓語更明確地表達說者的要求和指令。這種情況下，跟「教、誨」的意義接近了一些，但是比「教、誨」更見指令性，所以一般來說，「訓」多爲官訓，往往比「教、誨」更嚴肅和正規。「荀家、荀會、欒黶、韓無忌爲公族大夫，使訓卿之子弟共儉孝弟。」（《左傳・成公十八年》）孔穎達疏：「公族大夫職掌教誨，故使訓卿之子弟，令其恭儉孝悌也。」

漢代獨用的「訓」已經很少在義場出現。導致「訓」從該義場消失的原因主要是「訓」這個詞的其他義位的大量出現。早在戰國初期「訓」就萌生了一個新義位「訓練」〔註27〕：「訓卒利兵，秣馬蓐食，潛師夜起。」（《左傳・文公七年》）此「訓練」義是由「訓」的源義引伸而來，即「讓別人聽從訓導、按要求去作事」，體現爲一種有計劃有步驟的活動。漢代「訓」又出現了「訓誡、責備」之義；還產生了「解釋」之義，後來成爲「訓」的一個主要義位。新義位

〔註27〕「訓練」義《漢語大詞典》始見書證較晚（爲唐代），實際《左傳》已出現。

的產生必然影響原有義位的變化，漢代「訓」的教導義使用寥寥，《管子》「訓」共出現 8 次，「教」和「訓」對用 2 次，連用 5 次，另有一次是「順」義。《史記》除了名詞、陳述舊事或「教」「訓」連用的情況外，「訓」單獨出現表示教導之義的很少見。而「教」「訓」連用則常見。如：

（10）昔越王句踐好士之勇，教馴其臣。（《墨子‧兼愛中》）

（11）訓顓頊氏有不才子，不可教訓，不知話言。（《史記‧卷一》）

（12）夫上不及堯、舜，下不及商均，美不及西施，惡不若嫫母，此教訓之所諭也，而芳澤之所施。（《淮南子‧修務》）

「誘₂」在春秋、戰國初中期出現，使用範圍窄而且使用頻率低，尤其到戰國晚期，漢代更是罕見。如《史記》38 次出現「誘」，只有 6 例表示「誘導」，或引用舊籍、或陳述舊事等，即：

（13）人道經緯萬端，規矩無所不貫，誘進以仁義，束縛以刑罰，故德厚者位尊，祿重者寵榮，所以總一海內而整齊萬民也。（《史記‧卷二十三》）

（14）自仲尼不能與齊優遂容於魯，雖退正樂以誘世，作五章以刺時，猶莫之化。（《史記‧卷二十四》）

（15）詩曰：『誘民孔易』，此之謂也。（《史記‧卷二十四》）

（16）大臣征之，天誘其統，卒滅呂氏。（《史記‧卷四十九》）

（17）夫子循循然善誘人，博我以文，約我以禮，欲罷不能。（《史記‧卷四十七》）

（18）孔子設禮稍誘子路，子路後儒服委質，因門人請為弟子。（《史記‧卷六十七》）

例（14）「誘世」是勸導世人。例（16）「誘」，「道引、延續」之義，上天要延續劉氏天下的統紀，最後滅了諸呂集團。

從上述用例可以看出，一般的「教導」義已經罕見了。因為「誘₁」（誘惑義）成為主要義位，如「後漢以馬邑城誘單于，使大軍伏馬邑旁谷，而廣為驍騎將軍，領屬護軍將軍。」（《史記‧卷一百九》）所以導致「誘₂」（教導義）從義場消失。

表3、詞項頻率統計

詞　項	教	誨	訓	誘2
易經	5/5	2/2		
尚書	15/18 1/18	1/2 1/2	7/20	1/2
詩經	8/10 1/10	6/7 1/7	2/3	0/1
論語	7/7	5/5		1/1
左傳	32/44 7/44	6/7 1/7	27/35	5/35
儀禮	7/7			6/6
周禮	72/100		1/7 6/7	
國語	61/75 8/75	1/4 3/4	22/54	0/2
楚辭	1/2			1/1
老子	5/5			
禮記	119/144 3/144	1/1	1/1	1/2
墨子	25/42 4/42	5/9 4/9		1/2
商君書	16/3			
孟子	34/36 2/36	2/4 2/4	1/2	
莊子	34/38 1/38	1/1		
荀子	28/53 6/53	1/7 6/7		0/3
韓非子	52/63	1/1		2/8
戰國策	70/98 2/98	0/2 2/2		0/1
晏子春秋	31/44 1/44		0/1	
呂氏春秋	36/69 3/69	2/2	0/1	1/1
公羊傳				0/5
穀梁傳				0/4

山海經	0/3			
管子	110/146 6/146	2/2	3/9 6/9	0/1
史記	155/202 7/202	3/7 4/7	7/17 1/17	6/38
論衡	100/123 7/123	1/3 2/3	1/10 3/10	0/2

【小結】

　　「教」一直是主導詞。春秋晚期、戰國早期，「教」與「誨」共時共域，語義特徵有同有異；戰國晚期、漢代，「教」使用範圍擴大，其義域覆蓋了「誨」，「誨」出現次數很少，表示「誨」的詞義大都可以用「教」來表示了，所以漢代「誨」退出該義場，但是其義仍然作爲語素保留著。「訓」出現於該義場主要是春秋晚期、戰國初期，「訓」體現出不同的語義特徵，其關係對象往往是民眾和四方之人，內容常常是以往的事或法則。隨著「訓」詞義進一步發展，詞義明確化，即「訓」帶的受事賓語更明確地表達說者的要求和指令。這種情況下，跟「教、誨」的意義接近了一些，所以漢代獨用的「訓」已經很少在義場出現。此外，導致「訓」從該義場漸失的主要原因是「訓」這個詞的其他義位的大量出現。「誘2」在春秋戰國初、中期出現，使用範圍窄而且使用頻率低，尤其到戰國晚期，漢代更是罕見。總之，戰國晚期尤其是漢代，該義場很少再單獨出現「訓」「誘」「誨」，而主要出現「教」或同義連用結構。

2.7 「詆毀」類

2.7.1 義場各詞項的相同點

　　這類詞共同語義特徵是「惡意說人壞話，毀人名譽」。出現在義場的詞項主要有「誹2、謗2、訕、讒、譖、誣、惡、毀、詆、訾、諑」等。

　　「誹」，源於「非」的「責怪、非難」義，後來又發展出「誹謗」義，有時也寫作「非」。如「非俊疑傑」（《楚辭・九章・懷沙》）「誹，誙也。」（《廣雅・釋詁二》）

　　「謗2，毀也。」（《說文》），是從「謗1」（「批評指責人的錯誤」義）發展而來。

「訕，謗也。」（《說文》）「訕」，也是惡意說人壞話、毀人名譽之義。如「惡稱人之惡者，惡居下流而訕上者……」（《論語・陽貨》）。漢代偶作「姍」。《說文》：「姍，誹也。」《漢書・石顯傳》：「顯恐天下學士姍己，病之。」

「讒，譖也。」（《說文》）《慧林音義》卷十六引《玄應音義》「謗讒」注引《毛詩傳》曰：「讒，以言毀人也。」如「友以諸呂女爲后，弗愛，愛他姬，諸呂女妒，怒去，讒之於太后，誣以罪過，曰：『呂氏安得王！太后百歲後，吾必擊之』」。（《史記・卷九》）

「譖，愬也。」（《廣雅・釋詁二》）如「浸潤之譖。」（《論語・顏淵》）朱熹集注：「譖，毀人之行也。」「讒」、「譖」二者都是背後說人壞話。如「大子商臣譖子上曰：『受晉賂而辟之，楚之恥也，罪莫大焉。』王殺子上。」（《左傳・僖公三十三年》）

「誣，加也。」（《說文》）「加言也。」（《說文句讀》）段注：「加與誣皆兼毀譽言之，毀譽不以實皆曰誣也。」「誣是捏造事實以毀人聲譽，或致罪於人。如「決獄折中，不殺不辜，不誣無罪，臣不如賓胥無，請立爲大司理。」（《管子・小匡》）

「惡，過也」（《說文》），爲「指責」意，如（《漢書・鄒陽傳》）：「惡之孝王。」顏師古注：「惡，讒毀也。」（《漢書・淮南厲王劉長傳》）：「太子數惡被。」顏師古注：「惡，謂譖毀之於王。」（《漢書・爰盎傳》）：「後雖惡君。」顏師古注：「惡，謂譖毀之，言其過惡。」由上可知，「惡」的譖毀意，即表示說人壞話。

「毀」、「詆」、「訾」是三個語義特徵比較相近的詞項。三者都是揭發人的短處，惡意地說人壞話，以毀人名譽，但是也各自有別。如「叔孫武叔毀仲尼。」《論語・子張》；「作漁父、盜跖、胠篋，以詆訿孔子之徒，以明老子之術。」（《史記・卷六十三》）「毀」後來也寫作「譭」。

「諑」是當時楚方言，其意義相當於「譖」，也是講人壞話，陷害別人的意思。如「悲兮愁，哀兮憂，天生我兮當闇時，被諑譖兮虛獲尤。」（《楚辭・九思・逢尤》）

表 1、義位表述及最早用例

詞項	義　位　表　述	最　早　用　例
誹₂	（借指責對方錯誤）背後在公開場合下惡意說別人壞話、毀人名譽。	惟惟而亡者，誹也；博而窮者，訾也；清之而俞濁者，口也。（《荀子·大略》）
謗₂	（借指責對方錯誤）背後在公開場合下惡意說別人壞話，爲了毀人名譽。	陽山君相韓，聞王之疑己也，乃僞謗樛豎以知之。（《韓非子·內儲說上七術》）
訕	惡意說人壞話，爲了毀人名譽。	惡居下流而訕上者……（《論語·陽貨》）
讒	在背後惡意地說某人的壞話，毀人名譽，以達到不可告人的目的。	罔罪爾眾；爾無共怒，協比讒言予一人。（《尚書·盤庚下》）
譖	在背後惡意地說某人的壞話，毀人名譽，以達到不可告人的目的。	朋友已譖，不胥以穀。人亦有言：進退維谷。（《詩經·大雅·桑柔》）
誣	惡意捏造事實，說人壞話，以毀人名譽或致罪於人。	誣善之人其辭遊，失其守者其辭屈。（《周易·繫辭下》）
惡	在背後惡意地說人的壞話，使之被厭惡，毀人名譽的同時達到了自己目的。	豎牛賂叔仲昭子與南遺，使惡杜泄於季孫而去之。（《左傳·昭公四年》）
毀	通過揭發人的短處或以不實之詞惡意說人的壞話、爲了毀人名譽。	吾之於人也，誰毀誰譽。如有所譽者，其有所試矣。（《論語·衛靈公》）
詆	揭發人的短處，惡意地說某人的壞話，爲了毀人名譽。	雖有詆訐之民，無所依矣。（《墨子·卷一》）
訾（訿）	或吹毛求疵，或通過批評人的過錯，惡意地說某人的壞話。	訾之者，是不知禮之所由生也。（《禮記·喪服四制》）
諑	用言語攻擊中傷別人、說人壞話。	眾女嫉余之蛾眉兮，謠諑謂余以善淫。（《楚辭·離騷》）

2.7.2　義場各詞項的差異

　　「誹₂、謗₂」多數不是無中生有而是讒謗者借助於一定的事實根據進行惡意中傷。當然這種惡意可能是施事者主觀並沒有惡意，而是被認爲是有惡意（被讒謗者常常認爲施事者有惡意），封建社會統治階級享有特權，他們強姦民意，認爲指責者攻擊者懷有惡意。所以古代法令把「誹謗」當成一種罪名，這樣「誹謗」就被賦予破壞當權者名譽的意義。如「群臣諫者以爲誹謗，大吏持祿取容，黔首振恐。」（《史記·卷六》）本來是「諫」卻被當成了「誹謗」。又如「忠諫

者謂之誹謗，深爲計者謂之詆訐。」（《大戴禮記・保傅》）

「誹2、謗2」有時也是譏謗者無中生有捏造事實，毀人名譽。如「屈平正道直行，竭忠盡智以事其君，讒人間之，可謂窮矣。信而見疑，忠而被謗，能無怨乎？」（《史記・卷八十四》）從該例所出現的語言環境來看，其前文曾提到前文提到屈原被小人所「讒」（誣陷），所以此句中「謗」應該是無端被小人誣陷之義。又如「正臣端其操行兮，反離謗而見攘。」（《楚辭・七諫・沈江》）「離謗而見攘」是受到污蔑、遭到流放之義，與同章後文「忠臣貞而欲諫兮，讒諛毀而在旁。」相應，可知「謗」是「讒人」所爲。

「誹2」、「謗2」與義場其他那些完全無中生有，惡意中傷的詞項不同。「誹2」、「謗2」是從受事項角度產生的意義，「譖」、「誣」等是從施事角度產生的意義。比如「信而後諫；未信，則以爲謗己也。」（《論語・子張》）此句意思是得到信任以後才去進諫，否則君上會以爲你在譏謗他。「君上」是受事。此「謗」爲「舉出別人的過失來譏謗他」（和「誣」不同，「誣」是以無爲有，「謗」是明言其實），〔註28〕問題是《論語》這個「謗」的「惡意譏謗」義是文意訓釋，還是詞義訓釋？我們認爲楊伯峻的譯文是準確的，但是「譏謗」是「謗」的文中意，此時並非詞義本身所具有。然而確是「謗2」的潛在萌芽狀態，後來隨著這種用法使用頻率的增多，戰國末期漢代「謗2」產生了。我們判斷《論語》此「謗」詞義是「謗1」，而非「謗2」，是因爲《論語》所處時代是春秋晚期，距離「謗2」使用頻率較高的戰國末期、漢代間隔了相當長一段時間，如此一個歷史時段，兩個易混義位「謗1」和「謗2」不可以長期共存，因爲這樣會導致交際的困難，所以我們判斷此「謗」（譏謗義）是文中意。又如「陽山君相韓，聞王之疑己也，乃僞謗樛豎以知之。」（《韓非子・內儲說上七術》），此「謗」是「謗1」還是「謗2」，判斷起來就要費神，此句意思是「聽說王懷疑自己，就假裝誹謗樛豎，讓王發怒，從中探測王是否懷疑自己」。我們之所以認爲此句中的「謗」是「謗2」，因爲《韓非子》同文同章前面有「譖樛豎」的語句，所以此「謗」是詆毀義。

「訕，毀語也。」（《玉篇・言部》）也是「指責、非議且譏謗上位者」之義。

〔註28〕 《論語詞典》楊伯峻，第309頁，「謗，舉出別人的過失來毀壞他（和誣不同，誣是以無爲有，謗是明言其實）：未信則以爲謗己也。」

從語義特徵上看「訕、誹 2、謗 2」相同，但是從使用頻率上看相差懸殊，「誹 2」、「謗 2」常用些；「訕」罕用，只有 4 例，即：

（1）子貢曰：「君子亦有惡乎？」子曰：「有惡：惡稱人之惡者，惡居下流而訕上者，惡勇而無禮者，惡果敢而窒者。」（《論語・陽貨》）何晏集解引孔安國曰：「訕，謗毀也。」

（2）與其妾訕其良人，而相泣於中庭。（《孟子・離婁下》）《孟子正義》焦循引《說文》「訕，謗也。」《孟子注疏》趙岐注：「妻妾於中庭悲傷其良人，相對泣涕而謗毀之。

（3）爲人臣下者，有諫而無訕，有亡而無疾，有怨而無怒。（《荀子・大略》）按：《荀子集解》楊倞注：「謗上曰訕。」

（4）爲人臣下者，有諫而無訕，有亡而無疾；頌而無諂，諫而無驕。（《禮記・少儀》）按：《禮記注疏》孔穎達疏：「訕爲道說君之過惡及謗毀也。」

從上古僅見的這幾例，可以看出「訕」也不是當面進行對別人的指責，而是在指責的同時詆毀對方。有時是對方犯了錯誤，就在指責錯誤的同時惡意中傷、毀壞對方的名譽。比如前面例（2）就是「良人」的錯誤被妻妾發現，所以被「訕」。這種情況跟「誹 2、謗 2」的情況相似，上古時「誹 2、謗 2」多數情況下是受事者犯錯誤在先，被指責並被惡意譭謗名譽，正因爲這個動機才使得這種行爲不同於「諫」，「諫」也是指責對方錯誤，不過不是惡意詆毀，而是勸說改正、阻止錯誤。

「譖」、「讒」、「誣」的語義特徵不同於「誹 2」、「謗 2」。「譖」，是背地進讒言，對人進行造謠污蔑，或無中生有或添油加醋地損害他人名譽，以達到自己不可告人之目的。如「夫人譖公於齊侯。」（《公羊傳・莊公元年》）何休注：「加誣曰譖」。「讒，譖也。」（《說文》）「讒」語義特徵同「譖」，指背後說人壞話。如「好言人之惡謂之讒。」（《莊子・漁父》）；「巧辭傷善曰讒」（《逸周書・皇門》「是人斯乃讒賊媢嫉。」朱右曾集訓校釋）〔註29〕

「譖」、「讒」語義特徵基本相同，爲什麼能在該義場長期共存呢？就是因爲二者所具有各自不同的語法地位使之在義場中各自佔有不同的位置。「譖」主

要作謂語；而春秋戰國之際「讒」一般不作謂語，只作定語或作賓語，還常轉指爲名詞「讒言」或「讒人」的用法。如：

（5）或譖成虎於楚子，成虎知之而不能行。（《左傳·昭公十二年》）

（6）君子信讒，如或酬之。（《詩經·小雅·小弁》）

（7）夫無極，楚之讒人也，民莫不知。（《左傳·昭公二十七年》）

（8）景公信用讒佞，賞無功，罰不辜。（《晏子春秋·內篇諫上》）

例（5）「譖」作謂語；例（6）「讒」作賓語；例（7）「讒」作定語；例（8）「讒」是指讒人。當然「譖」有時也具有名詞的功能（主要見於《詩經》），但不是其主流的用法；「讒」作謂語的用法萌芽於戰國末期，眞正到了漢代多了一些。如：

（9）叔向之讒萇弘也，爲書曰：「萇弘謂叔向曰：『子爲我謂晉君，所與君期者，時可矣，何不亟以兵來？』」因伴遺其書周君之庭而急去行。周以萇弘爲賣周也，乃誅萇弘而殺之。（《韓非子·內儲說下六微》）

《說文·言部》：「誣，加也。」指說話虛妄不實。《說文·力部》：「加，語相增加也。」段注改「增」爲「譖」，誠是。「加」指虛妄誇大之詞。《左傳·莊公十年》：「犧牲玉帛，弗敢加也，必以信。」《說文·言部》「譖，加也。」「譖」也指虛妄誇大的話。所以「誣」、「加」、「譖」均指虛妄不實之詞，從《說文》訓釋來看，屬輾轉互訓關係的同義詞。說謊話的目的或者是欺騙對方，達到自己的目的，即欺騙義；或者損害對方名譽，甚至使對方致罪，即污蔑、誣陷義。上古這兩個義位都比較常見，只是前後期使用頻率不同。出現在該義場的「誣」完全是無中生有，捏造事實，損害對方名譽。這個意義直到今天還在使用，只不過是以構詞語素保留著，如「誣陷」。

「誣」強調捏造事實；「讒」、「譖」強調說人壞話，乃小人行爲。目的都是譭謗對方。所以有「誣讒」連用例。如「世謂子胥伏劍，屈原自沈，子蘭、宰誣讒，吳、楚之君冤殺之也。」（《論衡·偶會》）

跟「譖」、「讒」意義特徵相近的「惡」，只出現在上古某個特定的時期，而且常常出現在比較相同的語言環境中。文獻中「惡」是個高頻詞（言說義少見），而且是個多義詞。「惡」當「譭謗」講多出現在「惡＋N＋於＋G」的句子類型中，其中內容N是由某人來充當。如「張儀又惡陳軫於秦王曰。」（《戰國策·

秦一》）這樣就不會與「惡」的其他義位混淆，尤其是不會和「討厭」的義位混亂。所以「惡」的「譭謗」義使用受限，沒能成爲其主要義位。

「毀，缺也。」（《說文》）本指對物質的東西加以破壞，使之殘缺，引申爲對他人進行人身攻擊，或指責人的短處或誣以不實之詞，目的是毀人名譽。「毀」和「譽」是反義詞，常常對用或並出。「毀，稱人之惡而損其眞。」（《論語·衛靈公》「誰毀誰譽」朱熹集注）「毀」是通過揭發人的錯誤而惡意破壞人的聲望。如「故我有善，則立譽我；我有過，則立毀我。當民之毀譽也，則莫歸問於家矣，故先王畏民。」（《管子·小稱》）這一點與「誹2」、「謗2」相似，「誹2」、「謗2」常常是借助指責對方而惡意破壞人的名譽。在我們測查的語料範圍內，「非（誹）」、「毀」連用9見，「譭謗」4見，均出現於《論衡》，即：

（10）積邪在於上，蓄怨藏於民，嗜欲備於側，毀非滿於國，而公不圖。
　　　　（《晏子春秋·内篇問上》）

（11）欲陳危害之事，則顯其毀誹，而微見其合於私患也。（《韓非子·説難》）

（12）正義直指，舉人之過，非毀疵也。（《荀子·不苟》）

（13）此上之所罰，百姓之所非毀也。（《墨子·卷九》）按：《墨子》「非毀」四見。

（14）及弘、湯稍益貴，與黯同位，黯又非毀弘、湯等。（《史記·卷一百二十》）

（15）其危人也，非毀之；而其害人也非泊之。（《論衡·答佞》）

（16）夫不原士之操行有三累，仕宦有三害，身完全者謂之潔，被譭謗者謂之辱；官陞進者謂之善，位廢退者謂之惡。完全陞進，幸也，而稱之；譭謗廢退，不遇也，而訾之。（《論衡·累害》）

（17）立賢潔之迹，譭謗之塵安得不生？（《論衡·累害》）

（18）以譭謗言之，貞良見妒，高奇見噪。（《論衡·累害》）

「毀」有時也表示以不實之詞詆毀人，這時與「讒」義接近。如：

（19）忠臣貞而欲諫兮，讒諛毀而在旁。（《楚辭·七諫·沈江》）

（20）故三監讒聖人，周公奔楚。後母毀孝子，伯奇放流。（《論衡·累害》）

（21）夫不行於齊，王不用，則若臧倉之徒毀讒之也。（《論衡·刺孟》）

（22）故仕且得官也，君子輔善；且失位也，小人毀奇。（《論衡・偶會》）

（23）佞人不毀人。如毀人，是讒人也。（《論衡・答佞》）

（24）是以三邪毀乎外，二讒毀于内，三年而毀聞乎君也。（《晏子春秋・内篇雜上》）

　　從組合關係來看，「誹 2、謗 2」後跟 G 常見，跟內容 N 也較爲常見；而「毀」的賓語多數爲人（G），內容 N 很少見。如「黥誹謗聖製，當族。」（《史記・卷二十四》）；「乃反數上書直言誹謗我所爲，以不得罷歸爲太子，日夜怨望。」（《史記・卷八十七》）；「夏侯章每言，未嘗不毀孟嘗君也。」（《戰國策・齊三》）高誘注：「毀，謗也。」但是「毀＋N」型雖然較少，也可以見到。如「稱我言以毀我行。」（《墨子・卷十二》）；「堅強則能隱事而立義，軟弱則誣時而毀節。」（《論衡・定賢》）到了漢代「毀＋N」類型有了發展，N 指一句話的用例產生了。如「武安又盛毀灌夫所爲橫恣，罪逆不道。」（《史記・卷一百七》）；「夫無所發怒，乃罵臨汝侯曰：『生平毀程不識不直一錢，今日長者爲壽，乃效女兒占囁耳語！』」（《史記・卷一百七》）

　　「詆，苛也。一曰訶也。」（《說文》）「詆，呰也。」（《玉篇》）如「巧言醜詆」（《漢書・劉向傳》）顏師古注「毀也。」「詆、毀、呰」詞義接近，都是通過揭短來毀人名譽。不過，「毀」側重破壞性，常常是在背後進行的；「詆」側重攻擊性，常常是當面公開進行的。如「躬上書歷詆公卿大臣。」（《漢書・息夫躬傳》），是把公卿大臣都攻擊遍了。又如「雖有詆訐之民，無所依矣。」（《墨子・卷一》）；「作《漁父》、《盜跖》、《胠篋》，以詆訿孔子之徒，以明老子之術。」（《史記・卷六十三》）「詆」出場機會少，而且多出現於特殊語境，表示用書面語言詆毀。如「若湯之治淮南、江都，以深文痛詆諸侯，別疏骨肉，使蕃臣不自安。」（《史記・卷一百二十二》）

　　「呰」（呰、訿、啙），「諆也」（《廣雅・釋詁二》）。「『呰』源於『疵』，最初就是『疵』，如《左傳・僖公七年》『予取予求，不女疵瑕』。『疵』本來指小毛病，所以『呰』也含有『吹毛求疵』的意思，偏重於揭短，挑小毛病。」〔註30〕如「呰我貨者，欲與我市」（《淮南子・說林訓》）。「無譽無呰。」（《莊子・山木》）陸德明《經典釋文》「呰，毀也。」又如「毀呰賢者之謂呰。」（《管子・

〔註30〕《古辭辨》第 783～784 頁

形勢解》）所以，「訾」也是指責別人的錯誤並惡意譭謗人。

　　「訾」，是從方言進入到通語中的。《方言》卷五：「訾，何也。湘潭之原、荊之南鄙謂何爲曾，或謂之訾，若中夏言何爲也。」「何」，通「呵」，呵斥、譴責之義。「訾，罵詈也」（《慧林音義》卷一「毀訾」注引《韻英》）如「恥而訾之曰：『不戰，必剗若類，掘若壟！』」（《呂氏春秋・愼大覽》）此句大意是「羞辱並且罵他說：『不開戰，我一定滅掉你的同類，挖掉你的祖墳。』」

　　「訾」這種指責比「誹1」、「謗1」詞義要重，因爲「訾」不僅是指責，有時甚至要惡意咒罵而譭謗人。如「子產開畝樹桑鄭人謗訾。禹利天下，子產存鄭，皆以受謗，夫民智之不足用亦明矣。」（《韓非子・顯學》）句中「謗」是指責義，但是「訾」不僅是指責，還要惡意詆毀。又比如「子產始治鄭，使田有封洫，都鄙有服。民相與誦之曰：『我有田疇，而子產賦之。我有衣冠，而子產貯之。孰殺子產，吾其與之。』後三年，民又誦之曰：『我有田疇，而子產殖之。我有子弟，而子產誨之。子產若死，其使誰嗣之？』使鄭簡、魯哀當民之誹訾也，而因弗遂用，則國必無功矣，子產、孔子必無能矣。」（《呂氏春秋・先識覽》）當初人民「誹訾」子產譭謗他甚至要參與殺了他，這種語義特徵即譭謗別人的名譽主要是從「訾」體現出來的。

　　「訾」的語義特徵使之呈現出不同的組合關係：1、動詞＋G；2、動詞＋N，內容是事物名詞充當。如：

（25）見智慧之士官位不至，怪而訾之曰：「是必毀於行操。」（《論衡・命祿》）

（26）王笑曰：「嗟乎！今日吾譏晏子，訾猶倮而高撅者也。」（《晏子春秋・外篇上》）

（27）毋訾衣服成器，毋身質言語。（《禮記・少儀》）

（28）小謹者不大立，訾食者不肥體。（《管子・形勢》）

（29）故小謹者無成功，訾行者不容於衆。（《淮南子・氾論訓》）

（30）毀卜訾筮，非世信用。（《論衡・卜筮》）

　　「諑，訴也。楚以南謂之諑。」（《方言》卷十）又「諑，譖也。」（《玉篇》）如「謠諑謂余以善淫。」（《楚辭・離騷》）王逸注：「諑，猶譖也。」又如「被諑譖兮虛獲尤。」（《楚辭・九思・逢尤》）舊注「諑，毀也」。「諑」在文獻中用例極少，只在《楚辭》中這兩例，因爲方言詞進入到通語中而未被接受，所以

無法在該語義場駐足。

表 2、語義特徵分析

詞項	施事者			內容				方式		目的	關係對象		
	下位	同級	上位	用言語	無中生有（無事實根據）	借助指責對方的過失	講人壞話	背後（非當面）	公開	惡意毀人名譽	上位者	同級	下位者
謗₂	+	±	−	+	+	±	+	+	+	+	+	±	−
誹₂	+	±	−	+	+	±	+	+	+	+	+	±	−
訕	+	−		+	±	±	+	+	+		+	−	
讒	±	±	±	+	+	+	+	+	+	+	+	±	±
譖	±	±	±	+	+	+	+	+	+	+	+	±	±
誣	−	±	±	+	+	−	+	+	+	+	+	±	±
惡	−	±		+	+	−	+	+	+		−	±	−
毀		±		+	±	±	+	+	+		−	±	
詆	±	−	+	+	−	+	−	+		+	+	±	±
訾	±	±		+	−	+	+	±	±		±	±	
諑	±	±	±	+	+	−	+	+	+		+	±	±

2.7.3 義場各詞項的變化

「誹₂」、「謗₂」的產生，一方面是內因起作用，另一方面也有外因的作用。內因就是「誹₁」、「謗₁」帶有施事者強烈的主觀感情色彩（尤其是「謗」），所以客觀上這種指責會引起受事者強烈的反映，這種語義特徵使得「誹₂」、「謗₂」的產生成為可能；外因是古代統治者把這種「誹₁」、「謗₁」（批評、指責義）當成一種罪名，對批評者予以治罪，這樣「誹」、「謗」就被當權者強行賦予了詆毀當權者名譽、惡意破壞朝廷的意義。退一步說，即使受事者不是統治階級，這種批評指責也很難被受事者所理解和接受。那麼，這種指責就可能被認為是故意毀壞名譽，無中生有。所以說「誹₂」、「謗₂」是從受事者的角度，反映受事者的感受而產生的新義位。

「誹₂」、「謗₂」萌芽於戰國末期，增多於漢代。如《淮南子》「誹₂」僅占 3/7，即如下：

（31）自信者，不可以誹譽遷也；知足者，不可以勢利誘也。（《淮南子·

詮言》）

（32）使人卑下誹謗己者，心之罪也。（《淮南子‧人間》）

（33）是以風俗濁於世，而誹譽萌於朝。（《淮南子‧齊俗》）

《史記》《論衡》中頻率較高，而且這時「誹謗」已經凝固爲一個復合詞，除了陳述舊事、引述舊籍，「誹謗」都是「譭謗」義。這種雙音化的趨勢是交際表達的需要，不論是從語音的角度還是從語義的角度都是爲了避免交際的混淆，爲了與獨用的「誹 1」、「謗 1」（「指責」義）相區別。漢代「譭謗」義多作「誹謗」，獨用「誹 2」或「謗 2」不多，且多是出現在詩歌等講究韻律的語言中。「誹謗」凝固爲一個整體，既可以帶關係對象（常見），也可以帶內容賓語。如「丞相公孫弘曰：『黯誹謗聖製，當族。』」（《史記‧卷二十四》）、「乃反數上書直言誹謗我所爲。」（《史記‧卷八十七》）、「盧生等吾尊賜之甚厚，今乃誹謗我，以重吾不德也。」（《史記‧卷六》）

「誹 2、謗 2」很多情況下不是無中生有，而是借某人的錯誤進行攻擊誹謗，目的是毀人名譽。如「大王若以此不信，則小者以爲毀訾誹謗，大者患禍災害死亡及其身。」（《韓非子‧難言》）這種獨有的語義特徵使之在該義場中佔據一定的位置，當然是在戰國晚期、漢代。

這個時期義場也存在其他表示「詆毀」的詞項，「訕」在我們測查的語料範圍內僅四見，主要行於戰國中晚期，另外《漢書》也可以見到，而且《漢書》主要作「姍」。如：

（34）御史大夫中奏尊暴虐不改，外爲大言，倨嫚姍（嫌）〔上〕。《漢書》
    師古曰：「姍，古訕字也。訕，誹也。」

（35）非毀政治，謗訕天子，褒舉諸侯，稱引周、湯。（《漢書‧卷八十》）

（36）望之當世名儒，顯恐天下學士姍己，病之。（《漢書‧石顯傳》）師
    古曰：「姍，古訕字。訕，謗也。」

（37）姍笑三代，蕩滅古法。（《漢書‧卷十四》）師古曰：「姍，古訕字
    也。訕，謗也，音所諫反，又音刪。」

上古「訕」成爲義場的匆匆過客，因爲其語義特徵跟「誹謗」同。語義特徵相同的詞項不可能長期共存，因爲這樣會造成人們記憶的負擔。所以後世「訕」轉爲「嘲笑挖苦」義，但是上古「訕」沒有尖酸刻薄、嘲笑挖苦的語義特徵。中古才產生這種意義，所以才有「訕笑」、「訕薄」的結合。如「上書訕薄朝政。」

（《唐書・楊復傳》）

整個上古時期「譖」、「讒」一直共存於該義場中，主要是因為二者在各自位置上有各自的位置，處於一種互補的地位，互相不可以替代。「譖」主要作謂語；「讒」主要作定語或賓語。戰國末期是語言劇烈變化時期，也影響到二者地位的變化。這時「讒」萌芽了作「謂語」的用法，如「初燕將攻下聊城，入或讒之。」（《戰國策・齊策六》）到了漢代「讒」作謂語的用法多了起來，大有代替「譖」的趨勢。如「獻公二十一年，獻公殺太子申生，驪姬讒之。」（《史記・卷三十九》）而「讒」這種用法在《左傳》中用「譖」，如「二五卒與驪姬譖群公子而立奚齊，晉人謂之二耦。」（《左傳・莊公二十八年》）「姬遂譖二公子曰：『皆知之。』」（《左傳・僖公四年》）

《史記》中「讒」作謂語的情況大約占到了半數以上，而先秦時期較為罕見。如：

（38）子常讒蔡侯，留之楚三年。（《史記・卷三十五》）

（39）太子汲母死，宣公正夫人與朔共讒惡太子汲。（《史記・卷三十七》）

（40）惠公四年，左右公子怨惠公之讒殺前太子汲而代立。（《史記・卷三十七》）

（41）自懿公父惠公朔之讒殺太子汲代立至於懿公。（《史記・卷三十七》）

（42）人或讒之王，恐誅，反攻王，王擊滅若敖氏之族。（《史記・卷四十》）

（43）無忌無寵於太子，常讒惡太子建。（《史記・卷四十》）

（44）無忌又日夜讒太子建於王曰。（《史記・卷四十》）

（45）伍奢知無忌讒，乃曰。（《史記・卷四十》）

（46）……欲分吳國半予我，我不受，已，今若反以讒誅我。（《史記・卷四十一》）

（47）人或讒種且作亂，越王乃賜種劍曰。（《史記・卷四十一》）

（48）說魏王不聽，人或讒之，陳平亡去。（《史記・卷五十六》）

（49）絳侯、灌嬰等咸讒陳平曰。（《史記・卷五十六》）

（50）伍奢知無忌讒太子於平王，因曰。（《史記・卷六十六》）

（51）吳太宰嚭既與子胥有隙，因讒曰。（《史記・卷六十六》）

（52）武王自爲太子時不說張儀，及即位，群臣多讒張儀曰。（《史記·卷
　　　七十》）

（53）齊人或讒荀卿，荀卿乃適楚，而春申君以爲蘭陵令。（《史記·卷七
　　　十四》）

（54）上官大夫見而欲奪之，屈平不與，因讒之曰。（《史記·卷八十四》）

春秋戰國之際「讒」雖然不作謂語，但是比「譖」常用，「讒」已爲人們所
熟悉；而「譖」是個非常用詞。漢語「動詞」具有多功能的作用很容易使得「讒」
產生謂語的用法，這樣也減輕了人們記憶的負擔。所以在戰國晚期這個漢語大
發展時期，「讒」在「譏謗」義場的舞臺上扮演著新的角色，同時也逐漸侵佔「譖」
的地盤，直至最後把「譖」逼出該義場（當然這不是上古的事情了）。

「譖」《史記》12 見，多爲陳述舊事，一是沿用舊有的寫作習慣，一是敘
述古史時往往用古詞，呈現出古雅的寫作風格。《論衡》中「譖」僅 1 見，也是
敘說古事，來自《左傳》。這些用例詳如下：

（55）崇侯虎譖西伯於殷紂曰：「西伯積善累德，諸侯皆嚮之，將不利於
　　　帝。」……赦西伯，賜之弓矢斧鉞，使西伯得征伐。曰：「譖西伯
　　　者，崇侯虎也。」（《史記·卷四》）

（56）景公母弟后子鍼有寵，景公母弟富，或譖之，恐誅，乃奔晉。（《史
　　　記·卷五》）

（57）哀公時，紀侯譖之周，周烹哀公而立其弟靜，是爲胡公。（《史記·
　　　卷三十二》）

（58）及成王用事，人或譖周公，周公奔楚。（《史記·卷三十三》）

（59）揮懼子允聞而反誅之，乃反譖隱公於子允曰。（《史記·卷三十三》）

（60）驪姬詳譽太子，而陰令人譖惡太子，而欲立其子。（《史記·卷三十
　　　九》）

（61）人或告驪姬曰：「二公子怨驪姬譖殺太子。」驪姬恐，因譖二公子：
　　　「申生之藥胙，二公子知之。」（《史記·卷三十九》）

（62）居頃之，或譖孔子於衛靈公。（《史記·卷四十七》）

（63）已而大夫鮑氏、高、國之屬害之，譖於景公。（《史記·卷六十四》）

（64）於是人主憐焉悲之，乃下詔止無徙乳母，罰謫譖之者。（《史記·卷
　　　一百二十六》）

（65）驪姬譖殺其身，惠公改葬其屍。（《論衡・死僞》）

所以，我們認爲漢代已經基本完成了從「譖」到「讒」的替換，「譖」在該義場的位置被「讒」取代。這也是漢語發展求簡率作用的結果。中古《世說新語》「譖」完全不見了蹤迹，「讒」共出現 5 次〔註31〕。

早在春秋時期「誣」就出現於「譭謗」義場。「誣」由於與眾不同的語義特徵，使之一直出現於義場。先秦時期「誣」的欺騙義位是常見義位；但是漢代「誣」的「誣陷」義位成爲其常見義位，逐漸增加了「誣」出現在該義場中的機會。到中古，「誣」的欺騙義不見使用。如《世說新語》「誣」2 見，一個是用於捏造罪名、誣陷別人，另一個「抹殺」義見於佛經。

「惡」出現於義場的時間很短暫。初見於《左傳・昭公四年》：「豎牛賂叔仲昭子與南遺，使惡杜泄於季孫而去之。」此例中「惡」確爲「譭謗」義，但是我們懷疑很有可能是語境意，退一步說也只能是「譭謗」義的萌芽狀態。「惡」真正走進該義場是戰國末期。正因爲「惡」的名詞、動詞、形容詞各種義位都可見到，動詞「厭惡」是其常見義位，而且動詞義「厭惡」和「譭謗」的受事對象都是人，極易造成交際的混亂。所以，「惡」的「譭謗」義不可能有大的發展。

「惡」只出現在戰國晚期語言劇烈變化時期，主要見於《戰國策》、《呂氏春秋》等典籍。這時「讒」剛剛開始扮演新的角色「作謂語」，只是偶爾出現。比如《戰國策》「讒」11 例，只有 1 例作謂語，該書作謂語的「譭謗」主要用「惡」（21 例）。但是「惡」的發展受限，「譭謗」義使用頻率低，所以「惡」很快就被義場其他詞項所代替，漢代該義場就不見了其蹤迹。

「毀」，引申爲譭謗義，側重對人的這種破壞性是「毀」詞義所強調的，而義場其他詞項對人名譽的毀損並非詞義本身所具有的。所以自從「毀」在春秋時期出現於該義場，戰國中晚期使用頻率開始增加，到漢代乃至到現代一直佔有一席之地。東漢，「毀」作爲「譭謗」義常常以「譭謗」等同義連用結構的形式出現，如《論衡》中出現同義連用結構有「譭謗」4 個、「誹謗」2 個、「謗誹」1 個、「謗訕」1 個。這種同義連用結構兩個成分的相互制約使語義更明確了，有的漸漸凝固爲一個復合詞。

〔註31〕 關於本文動詞在《世說新語》使用情況均參考《世說新語詞典》，以後略去不注。

「詆」，出場的機會不多，首見於《墨子》後，又在漢代出現。如《史記》「詆」9 次用作「詆毀」義，其中有 7 次多是「以文相詆」，作「微文深詆」、「舞文巧詆」、「深文痛詆」、「深文巧詆」等（均見於《史記》）。「詆」之所以能在該義場留存，也就是因爲這種特殊語境的需要。否則，作爲對人的詆毀的一般用法，早就被義場其他詞項所替代，因爲「詆」、「訾」語義特徵相同。表示一般「詆毀」義的「詆」上古僅見數例，大多和其他同義動詞連用，即：

（66）雖有詆訐之民，無所依矣。（《墨子・卷一》）

（67）作漁父、盜跖、胠篋，以詆訿孔子之徒，以明老子之術。（《史記・卷六十三》）

（68）論者多謂儒生不及彼文吏，見文吏利便，而儒生陸落，則詆訾儒生以爲淺短，稱譽文吏謂之深長。（《論衡・程材》）

「詆」上古是一個比較生僻的詞項，一般僅僅出現在一定語境中，因爲語義特徵與「訾」相同，所以遭到淘汰的命運，後來以語素形式保留著該義，如「詆毀」、「詆訾」等。

「訾」，雖由方言進入，出場的次數比較多，但是《史記》獨用未見 1 例（只有「詆訿」1 見），所以「訾」可能是司馬遷所不熟悉的方言，或者被他認爲是登不了大雅之堂的詞語。但是《論衡》出現 9 例，直到中古還偶見使用，如《世說新語》1 例。

「諑」，楚地方言，只在《楚辭》2 見。可能是由於楚日衰，使得語言文化影響力不如強大之國，加之「諑」並非不可替代，所以罕見。

表 3、詞項頻率統計

詞　項	誹2	謗2	訕	讒	譖	誣	惡	毀	詆	訾	諑
易經						1/1	0/9	0/2			
今文尚書				3/3				0/6			
詩經				7/7	9/9			0/6	0/3		
左傳		0/17		28/28	21/21	3/16	1/205	0/48			
儀禮					0/3			0/5			
周禮						0/17	0/2	0/18	0/2		
論語		0/1	1/1		2/2			0/39		3/4	
國語		0/11		25/25	7/7	1/8		0/85	0/5		0/4

楚辭		3/3		24/24	1/1		0/12	4/6		0/2	2/2
老子							0/7				
禮記			1/1	2/2		0/7	0/75	0/18		3/5	
墨子	0/16	0/1		3/3	1/1	0/1	0/131	19/27 4/27	1/1		
商君書							0/38			2/8	
孟子			1/1	3/3		0/1	0/80	1/9			
莊子	0/1	0/1		1/1		0/1	0/148	1/19		3/3	
荀子	2/3 1/3		1/1	15/15	1/1	1/7	0/190	1/8 1/8		2/6	
韓非子	2/9 2/21	1/21		5/5	1/1	1/26 1/26	0/141	27/40 1/40		1/7 2/7	
戰國策	0/5	0/2		11/11	1/1		21/132	7/17		0/2	
晏子春秋	0/5	0/3		25/25		0/5	0/57	6/17 1/17		1/1	
呂氏春秋				10/10	2/2	1/6	2/144	3/12		6/11 2/11	
公羊傳				2/2			0/74	0/11			
穀梁傳							0/88	0/4		0/1	
山海經											
淮南子	2/11 1/11	0/7 1/7		8/8		3/4 1/4	0/25	11/32	1/3	5/6	
管子	3/6	1/2		5/5		1/10	0/164	11/42		5/9	
史記	5/16 9/16	4/21 9/21		67/67	12/12	9/13	0/250	46/73 1/73	8/10 1/10	0/7 1/7	
論衡	3/3	3/15 8/15		31/31	1/1	3/5	0/462	56/83 5/83	1/10	8/10 1/10	

【小結】

　　關於「譭謗」類詞項，上古期間發生了很大的變化。總的情況是，最早出現在該義場的是「讒」、「譖」，還偶見「誣」。「讒」、「譖」雖然意義相近但是在義場中處於互補地位，「譖」主要作動詞謂語；「讒」動詞自指爲名詞之用，主要作定語或賓語。戰國末期「讒」萌芽了作「謂語」的用法，漢代「讒」作謂語的用法增多，逐漸代替了「譖」。「誣」語義特徵強調「無中生有、捏造事實」，即誣陷、污蔑，所以一直在義場居於一席之地，只是上古頻率不高。戰國中期，「毀」出現了譭謗義，尤其戰國晚期義場詞項更豐富了，「誹₂」、「謗₂」、「訾」等都出現了，「訾」是從方言進入的，所以頻率不高。低頻詞「惡」、「詆」也在

此時出現了，「惡」幾乎只見於《戰國策》和《呂氏春秋》，表示「揭人短處、毀人名譽」的意義。「毀」、「詆」、「訾」以及「誹 2」、「謗 2」常常以同義連用結構之形式出現，如「誹謗」、「譏謗」、「毀訾」、「詆毀」等，有些後世成為該義場的主角。

「訕」上古數見，不具有獨特語義特徵，所以很快被義場其他詞項所取代，後代詞義發生變化轉入其他義場。「諑」是方言詞，未能得到廣泛應用。

2.8　「爭辯」類

2.8.1　義場各詞項的相同點

這類詞語共同的語義特徵是雙方以一定的理由或根據用言語說服對方放棄自己的觀點，主要有「爭（諍）、辯（辨）、訟」等。

「爭」的使用頻率較高，「諍」這個形體上古罕見。初期二者在所有義項上都通用，所以我們認為二者是異體字。「爭」表爭鬥義，由於一般的爭鬥也常常伴隨著言語上的動作，所以產生了從言的「諍」，後來二者變成區別字的關係，即為了避免詞義的混淆，把「爭」的各個義項區分開來，就用「諍」專表「諫諍」之「諍」，當然也可能是受到「諫」的影響，連類而及使「諫諍」之義專門用「諍」表示。歷時地看，「爭」「諍」在表示「諫諍」義上是分化字關係，但是共時地看，即上古時期「爭」「諍」是異體關係。「諍」，段注：「經傳通作爭」。在我們測查的語料中，「諫諍」義無一用「諍」，而作「爭」；「諍」上古僅數見，均不作「諫諍」義，而用法同「爭」。如：

（1）孫明進諫曰：「以臣私之，鐸可賞也。鐸之言固曰：見樂則淫侈，見憂則諍治，此人之道也。今君見釁念憂患，而況群臣與民乎？」（《呂氏春秋・似順論》）

（2）王不聞管與之說乎？有兩虎諍人而鬥者，管莊子將刺之，管與止之曰：「虎者戾蟲；人者甘餌也。今兩虎諍人而鬥，小者必死，大者必傷，子待傷虎而刺之，則是一舉而兼兩虎也。」（《戰國策・秦二》）

（3）天下樂隼而弗猒也，非以其無諍與？故（天下莫能與）諍。（馬王堆漢墓帛書甲本《老子・德經》）

（4）其於百官技藝之人也不與諍能，而致用其功。（《韓詩外傳・卷四》）

許維遹校釋：「諍，本或作爭。」

例（3）見於漢代的帛書，這種「諍」作「爭」講的用例後世仍可見，如「彼誠以天下之必無仙，而我獨以實有而與之諍，諍之彌久，而彼執之彌固。」（晉・葛洪《抱朴子・塞難》）直至明清仍有以「諍」表「爭論、爭訟」義、「爭鬥、爭競」義。

「諍」表諫諍義在漢代確實已經出現。《孝經》中的「爭友」「爭臣」到漢代均變成了「諍友」「諍臣」，如：

（5）有能盡言於君，用則留之，不用則去之，謂之諫，用則生，不用則死，謂之諍。（《說苑・臣術》）

（6）及其遇明君遭聖主也，運籌合上意，諫諍即是聽。（《漢書・卷六十四》）

（7）孝經曰：「天子有諍臣七人，雖無道不失其天下……」（《白虎通》）

後來，「諍」專門表示「諫諍」，這種異體字分化的原因主要是爲了詞義表達更清晰。當然，可能還有其他的原因，表示「直言相勸」的意義的「諫」有言字旁，也可能是「連類而及」而使得表此意的「諍」也用言字旁。

「辯」（「辨」）與「爭」（「諍」）意義比較接近，都是表爭論是非。「訟」語義特徵強調這種爭辯是發生在裁斷者面前的。如「鄂侯爭之急，辯之疾，故脯鄂侯。」（《戰國策・趙三》）又「周公將與王孫蘇訟於晉，王叛王孫蘇，而使尹氏與聃啓訟周公於晉。」（《左傳・文公十四年》）

表1、義位表述及最早用例

詞項	義 位 表 述	最 早 用 例
爭（諍）	以一定的理由或根據用言語強力說服對方放棄自己的觀點（往往伴隨著某一後果）。	維邇言是聽，維邇言是爭。（《詩經・小雅・小旻》）
辯	以一定的理由或根據用言語說服對方放棄自己的觀點。	《象》曰：「不永所事」，訟不可長也。雖「小有言」，其辯明也。（《周易・上經》）
辨	以一定的理由或根據用言語說服對方放棄自己的觀點。	分爭辨訟，非禮不決。（《禮記・曲禮上》）
訟	以一定的理由或根據用言語在長官或其他裁斷人面前爭論是非曲直。	《象》曰：「不克訟」，歸逋竄也。自下訟上，患至掇也。（《周易・上經》）

2.8.2 義場各詞項的差異

上古期間，「諍」、「爭」二者為異體，漢代產生分化的趨勢。「直言勸阻、強諫」為「諍」，如「有能盡言於君，用則留之，不用則去，謂之諫；用則可生，不用則死，謂之諍。」(《說苑・臣術》)。這一用法《荀子》中用「爭」，即「大臣父兄有能進言於君，用則可，不用則去，謂之諫；有能進言於君，用則可，不用則死，謂之爭。」(《荀子・臣道》)

但實際上二者仍在混用，漢代甚至更晚，仍可見「諍」表「爭奪」、「爭論」用法。如「新市人王匡、王鳳為平理諍訟，遂推為渠帥，眾數百人。」(《後漢書・劉玄傳》)

「爭」(諍) 表示以一定的理由或根據用言語說服對方放棄自己的觀點。動作的對象如果是上位者，常常譯為「諫諍」，動作的對象如果是地位平等者或下位者常常譯為「爭論」，這種「爭論、諫諍」往往因為力爭而發怒，常常導致一定的後果，有時可能會發生打鬥行為，有時可能要找人裁決，有時其中一方甚至會付出生命的代價。如：

（8）秦王與中期爭論，不勝。秦王大怒，中期徐行而去。(《戰國策・秦五》)

（9）景帝廢栗太子，丞相固爭之，不得。景帝由此疏之。(《史記・卷五十七》)

（10）鄂侯爭之強，辯之疾，故脯鄂侯。(《史記・卷八十三》)

「辯 (辨)」的詞義相對較輕，指一般的爭論，所以與「爭」有別。如：

（11）君子寬而不慢，廉而不劌，辯而不爭，察而不激，寡立而不勝，堅強而不暴，柔從而不流，恭敬謹慎而容。(《荀子・不苟》)

（12）辯而不說者，爭也；直立而不見知者，勝也。(《荀子・榮辱》) 俞樾：「《淮南子・俶真》：『辯者不能說也。』高誘注曰：『說，釋。』辯而不說，謂辯而人不能說，由其好與人爭，而不能委屈以曉人也。」

所以「爭」比「辯」詞義要重，「辯」是個中性詞，而「爭」有時帶有比較強烈的主觀情緒。

「訟」，不論從意義上還是從語法功能上，都不同於該義場的其他詞項。意義上，是雙方打官司或者一方控告另一方，所以雙方要在某裁斷者面前爭論是非曲直。有時動作的主體是雙方；有時動作的主體是主動方，客體是被

動方。如：

（13）周公將與王孫蘇訟於晉。（《左傳・文公十四年》）

（14）死將訟女於天。（《左傳・襄公二十三年》）

（15）稱國以殺，罪累上也，以是為訟君也。（《穀梁傳・僖公三十年》）

（16）魯相初到，民自言相，訟王取其財物百餘人。（《史記・卷一百四》）

例（14）～（16）動詞「訟」後出現了被動方，而且例（16）還出現了訴訟的具體內容。

有時除了訴訟雙方外，又出現第三者——替人辯護者，多出現在「使」字句的結構中，這時「訟」後所出現的關係對象 G 往往是被辯護的對象，即為 G 辨冤。如：

（17）周公將與王孫蘇訟於晉，王叛王孫蘇，而使尹氏與聃啓訟周公於晉。（《左傳・文公十四年》）

（18）悼公元年，鄘公惡鄭於楚，悼公使弟睔於楚自訟。訟不直，楚因睔。（《史記・卷四十二》）

「訟周公」是為周公辯護，「自訟」是為自己辯護。個別還有不出現在「使」字句中的用例。如「太中大夫谷永上疏訟湯。」（《漢書・陳湯傳》），「訟湯」是為湯辯護。這種用例極少，因為容易造成理解的混淆。

「訟」是該義場中唯一的具有獨特語法功能的詞項，常常作賓語，屬於動詞的自指功能，跟名詞的作用相同（相當於英語的動名詞，但是沒有英語那樣的詞形變化），也受定語的修飾，甚至和名詞「獄」結合成同義連用結構。如：

（19）斷其爭禽之訟。（《周禮・地官司徒》）

（20）市師涖焉，而聽大治大訟。（《周禮・地官司徒》）

（21）凡卿大夫之獄訟，以邦法斷之。凡庶民之獄訟，以邦成弊之。（《周禮・秋官司寇》）

表 2、語義特徵分析

詞　項	雙方	用言語	關係對象		陳述一定的理由或以一定的事實為依據	否定對方的意見或者反對對方的觀點以證明自己的正確	結　果		
			對上	對下或同地位			施事者付出生命的代價	打鬥（伴隨手的動作）	經官（請人斷官司）
爭（諍）	＋	＋	±	±	＋	＋	±	±	±

辯	＋	＋	－	＋	＋	＋	－	－	－
辨	＋	＋	－	＋	＋	＋	－	－	－
訟	＋	＋	±	±	＋	＋	－	－	＋

2.8.3　義場各詞項的變化

「爭」在上古前期用於言説義不多，《詩經》2 見。《左傳》只有 2 例，其中 1 例是引述《詩經》原文。《禮記》27 例中僅 1 用，也是引《詩經》原文。但是上古後期「爭」出現於該義場的機會就逐漸多了。由於「爭」有很多義項，所以表示此義之爭，漢代產生了大量同義連用結構，這樣避免了詞義的混淆，如《論衡》中「爭」獨用與同義連用結構的比例是 1：1（見下表 3）。「諍」在我們測查的語料範圍內沒有見到「諍」表諫諍義，但是漢代「諍」確實出現了表示「諫諍」用例，見前文。

「辨」和「辯」最初應該是異體字的關係。「辨」（辯）是通過各種感覺去感受去分辨，包括通過言語去分辨，即用言語爭論是非曲直，所以才有了從「言」之「辯」這個形體。異體字分化的苗頭雖然在《春秋》時就萌芽了，《周易》出現一例「辯」表「辯論」義。大多數情況下兩個形體仍混用，《周易》其餘 5 個「辯」仍用於「分辨」義，一直到戰國中期的《禮記》還用「辨」表示「辯論」義，共 6 見，而「辯」表「辯論」僅 1 見。但是到了戰國末期尤其是漢代，二者分化的趨勢就較為明顯了，「辯」表示辯論；「辨」表分辨，所以有人把「辯」看成「辨」的分化字。我們以《呂氏春秋》為例加以說明：《呂氏春秋》「辯」共 28 例，動詞「辯論、辯說」義 22 見，作「分辨」講的「辯」少見（5 見），即 22：5；但是「辨」，除了人名外共 25 見，其中表「分辨」13 見，當「辯論」講 12 見，大致比例是 1：1。

「辯」分化後，仍用「辨」表「辯論」義的情況稍多；相反的情況就少多了，即用「辯」表「分辨」少見些。尤其到漢代，分化趨勢更明顯了，《史記》、《論衡》中數例「辨」表「辯論」都是陳述舊事。

「辯（辨）」表示「辯論」義萌芽於《周易》，但是真正出現於這個義場是在戰國中期以後，這是語義表達的需要。「辯（辨）」與「爭（諍）」長期共同存在說明其意義是存在差別的。「辯（辨）」是一般意義的辯論；而「爭（諍）」義域則寬，還表示達到一定程度的辯論，具有很多限制性語義特徵，往往伴隨一

定的狀態或結果，比如憤怒、爭吵二者關係僵化等。後世「爭」義分化為兩個不同的義位，一個用「爭」表示一般意義的辯論，與「辯」詞義更接近，漸漸形成同義連用結構「爭辯」；一個用「諍」表示「諫諍」。一個詞義輕些，一個詞義重些。

詞項「訟」由於不同的意義特徵和獨具的語法功能使得該詞項一直保持著較高的頻率，沒有被其他詞所代替。

表3、詞項頻率統計

詞 項	爭	（諍）	辯	辨	訟
易經	0	0	1/6	0/11	17/17
今文尚書	0	0	0/1	0	2/2
詩經	2/3	0	0	0	2/2
左傳	2/66	0	0/3	0/10	0
儀禮	0/1	0	0/56	0	0
周禮	0/3	0	0/1	0/132	57/57
論語	0/3	0	0	0/2	3/3
國語	0/16	0	0/5	0/3	0/2
楚辭	0/6	0	0/2	0/2	0/1
老子	0/11	0	0/3	0	0
禮記	1/27	0	1/10	2/32 4/32	4/8 4/8
墨子	5/21	0	7/35	0/7	2/3
商君書	0/11	0	6/20 3/20	0/2	3/3
孟子	0/2	0	4/5	0	2/2
莊子	4/27	0	36/65	0	1/1
荀子	15/80	0	24/57 2/57	9/82 4/82	1/3 2/3
韓非子	4/68	0	15/72 1/72	0/3	12/18 4/18
戰國策	9/69 2/69	0/2	2/21		
晏子春秋	1/10	0	2/4	0/1	2/4 2/4

呂氏春秋	11/67	0/1	4/28 4/28	5/25 2/25	1/4 3/1
公羊傳		0			
穀梁傳		0			1/1
山海經	0/2	0	0/1		1/1
淮南子		0			
管子	0/60	0	7/62		5/6 1/6
史記	37/256 5/256	0	21/86	1/24	13/16 3/16
論衡	4/37 4/37	0	14/52 6/52	7/24	7/8 1/8

【小結】

表「爭辯」義，上古詞項主要有「爭」、「辯（辨）」、「訟」。同中有異的語義特徵以及獨具的語法功能使得這幾個詞項上古期間一直存在於該義場。「訟」是該義場唯一的具有獨特語法功能的詞項，常常作賓語，具有動詞的自指功能，出現頻率較高。「爭」往往詞義比較重，後來產生「諍」專表「諫諍」；而「辯（辨）」詞義比較輕。「渾言不別」，二者後來發展為同義連用結構「爭辯」，表示一般意義的爭論。而用「諫諍」表示詞義比較重的「爭論」。

關於「獄」未入義場的原因：

「獄」金文就已經出現了，林義光《文源》：「從二犬守言。言實辛之偽變。辛，罪人也。」「獄」「訟」意義比較相近，是指它們的名詞功能而言的。「訟」作為動詞常常用作主語或賓語，具有動詞的自指功能，起名詞的作用，因而和純為名詞的「獄」常常連用。

（1）晉侯使士匄平王室，王叔與伯輿訟焉。王叔之宰與伯輿之大夫瑕禽坐獄於王庭，士匄聽之。（《左傳·襄公十年》）

（2）凡命夫命婦不躬坐獄訟，凡王之同族有罪不即市。以五聲聽獄訟，求民情。（《周禮·秋官司寇》）

（3）乃趣獄刑，無留有罪，收祿秩之不當者，共養之不宜者。（《呂氏春秋·季秋紀》）

（4）誰謂女無家？何以速我獄？雖速我獄，室家不足！（《詩經·召南·行露》）

前兩例中的「坐」是動詞，所以「獄」是名詞，這種「坐」的用法也見於《左傳·昭公二十三年》「晉人使與邾大夫坐。」杜預注：「坐，訟曲直」。例（3）的「獄刑」是一併列結構，作「趣」的賓語。例（4）中的「獄」陸德明《經典釋文》引蘆植云：「獄，相質觳爭訟者也。」孔穎達《正義》：「獄者，核實道理之名。……此章言獄，下章言訟。」一些字典辭書把這個「獄」看作動詞，爭訟、訴訟義，我們認爲本句中的「獄」是速（招致）的賓語，是名詞的用法。

上古語料中，「獄」的動詞用法存在，但是罕見，而且是名詞動用，並非固化爲動詞的用法。如：

（5）秦之野人，以小利之故，弟兄相獄，親戚相忍。（《呂氏春秋·離俗覽》）

（6）君臣皆獄，父子將獄，是無上下也。（《國語·周語中》）

（7）堯崩，三年之喪畢，舜避堯之子於南河之南，天下諸侯朝覲者，不之堯之子而之舜；訟獄者，不之堯之子而之舜。（《孟子·萬章上》）

（8）無坐抑而訟獄者，正三禁之而不直，則入一束矢以罰之。（《管子·小匡》）

（9）朝覲訟獄者不之益而之啓。（《孟子·萬章上》）

以上這些用例都是名詞活用，作「打官司」之義，這個意義沒有固化爲「獄」的一個獨立義位。

2.9 「稱譽」類

2.9.1 各詞項的共同語義特徵

該義場主要詞項有：「稱」、「譽」、「頌」等，它們具有共同的語義特徵「用言語陳述或表達人（或事物）的優點」（見下表1）。

「稱」常常是表達對人或事物的優點的喜愛。「天下莫不稱君之賢。」（《史記·卷八十六》）；「驥不稱其力，稱其德也！」（《論語·憲問》）「力」和「德」是騏驥的優良品質；「故人臣稱伊尹、管仲之功，則背法飾智有資；稱比干、子胥之忠而見殺，則疾強諫有辭。」（《韓非子·飾邪》）這種「功」、「伐」、「忠」、

「大」、「明」、「美」、「善」、「賢」、「能」、「德」、「名」、「仁」、「智」、「仁知」、「義」、「勇」、「治」、「廉平」、「聖」、「好」、「巧」等類詞語都是稱讚的內容。有時，不出現稱讚的內容，只出現關係對象。如「數稱臧文仲、柳下惠。」（《史記・卷六十七》）

「譽」與「稱」語義特徵相同，既可以接人稱賓語，如「王叔子譽溫季，以爲必相晉國。」（《國語・周語中》）也可以讚揚人的優點，接內容賓語，如「不如譽秦王之孝也。」（《戰國策・西周》）

「稱」和「譽」都可以用於「自己稱讚自己的優點」，跟「伐」同出。如：

（1）君子稱其功以加小人，小人伐其技以馮君子，是以上下無禮。（《左傳・襄公十三年》）

（2）對如是，是自譽自伐功，不可也。（《史記・卷一百二十六》）

（3）及其亂也，君子稱其功以加小人，小人伐其技以馮君子，是以上下無禮，亂虐並生，由爭善也，謂之昏德。（《左傳・襄公十三年》）

「稱」、「譽」語義特徵較近，所以常常對用或連用。如「項托之稱，尹方之譽，顏淵之類也。」（《論衡・實知》）；「湯以爲長者，數稱譽之。」（《史記・卷一百二十一》）

「頌」本爲「容貌」義，借用爲「歌頌」的「頌」。表示「歌頌、讚美」本來該寫作「誦」。《說文》：「誦，諷也」。《周禮・大司樂》鄭注：「倍文曰諷，以聲節之曰誦。」所以「誦」爲朗誦，即「抑揚高下其聲」〔註32〕。由「朗誦」義引申爲「述說」或「陳述」。如「子服堯之服，誦堯之言，行堯之行。」（《孟子・告子下》）由於朗誦的內容多是帝王之類的功德篇，這種語境義使用頻率的增多便固化爲一個新義位，即專指陳述帝王先祖的功績。爲了表達的清晰，人們借用「頌」專表對帝王功績的歌頌、讚揚。如：

（4）且其語說《昊天有成命》，頌之盛德也。（《國語・周語下》）

（5）民皆歌樂之，頌其德。（《史記・卷四》）

（6）且其語說《昊天有成命》，頌之盛德也。（《國語・周語下》）

（7）作琅邪臺，立石刻，頌秦德，明得意。（《史記・卷六》）

（8）觀杜撫、班固等所上《漢頌》，頌功德符瑞。（《論衡・宣漢》）

〔註32〕桂馥《說文義證》引閻若璩說。

（9）頌美文帝，陳其效實。（《論衡‧藝增》）

（10）爲人臣下者，有諫而無訕，有亡而無疾；頌而無諂，諫而無驕。（《禮記‧少儀》）

以上用例或是稱頌功德，或是稱讚君王。例（9）動詞的賓語是「文帝」。「稱」和「頌」也常常連用，如：

（11）唯班固之徒，稱頌國德，可謂譽得其實矣。（《論衡‧須頌》）

（12）夫以人主頌稱臣子，臣子當襃君父，於義較矣。虞氏天下太平，夔歌舜德；宣王惠周，《詩》頌其行；召伯述職，周歌棠樹。（《論衡‧須頌》）

表 1、義位表述及最早用例

詞項	義 位 表 述	最 早 用 例
稱	用言語陳述人（或事物）的優點或表達對人（或事物）優點的喜愛。	曰：「宗族稱孝焉，鄉黨稱弟焉。」（《論語‧子路》）
譽	用言語表達對人（或事物）優點的喜愛或陳述其優點。	六四，括囊，無咎無譽。（《周易‧上經》）
頌	用言語陳述並宣揚帝王先祖之功德。	且其語說《昊天有成命》，頌之盛德也。（《國語‧周語下》）

2.9.2　義場各詞項的差異

這些詞項之所以共時共存於該義場，是因爲它們存在著差異（詳見下表 2）。

「稱」「譽」均源於「手舉」義。「稱」的舉義借自「偁」，《說文》「偁，揚也。」又「爯，並舉也」。段注「揚者，飛舉也。」「凡手舉字當作爯，凡偁揚字當作偁，凡銓衡當作稱。今字通用稱。」「稱」不但用於舉物，也用於舉人，如「禹稱善人，不善人遠。」（《左傳‧宣公十六年》），這種「稱」主要側重於行爲上的推舉。「稱」用於言語上就是陳述某人某物的顯著特點使之突出，像被人高舉一樣。如果陳述的是優點，這種意義特徵就與「譽」大體相當。但是二者之所以共時存在，是因爲有其差異，主要有以下幾個方面：

1. 「稱」和「譽」表示讚揚義，在上古前後期呈現出不同的組合特徵。而組合特徵的不同也可以反應詞義的內在差異。「稱」春秋戰國早期主要是「稱＋N」類型；戰國中期以後新增「稱＋G」類型，總體來說「稱＋N」常見。「譽」戰國末期新增了「譽＋N」類型，總體來說「譽＋G」常見。如：

（13）晉侯使郤至獻楚捷於周，與單襄公語，驟稱其伐。（《左傳‧成公十六年》）

（14）諸侯稱順焉。（《國語‧齊語》）

（15）天下諸侯稱仁焉。（《國語‧卷六‧齊語》）

（16）田子方侍坐於魏文侯，數稱谿工。（《莊子‧田子方》）

（17）吾之於人也，誰毀誰譽。（《論語‧衛靈公》）

（18）既享，宴於季氏，有嘉樹焉，宣子譽之。（《左傳‧昭公二年》）

（19）舍今之人而譽先王，是譽槁骨也。（《墨子‧卷十一》）

（20）故人臣毋稱堯、舜之賢，毋譽湯、武之伐。（《韓非子‧忠孝》）

（21）公不若譽秦王之孝，因以應爲太后養地……（《史記‧卷四》）

（22）長公主日譽王夫人男之美，景帝亦賢之。（《史記‧卷四十九》）

作爲謂語動詞的使用，「稱」出現的句子類型比「譽」豐富。除了二者共見的「動詞＋G」或「動詞＋N（詞或詞組）」外，「稱」又見「稱＋N（句子）」類型。如「今世皆稱簡公、哀公爲賢，稱子產、孔子爲能。此二君者，達乎任人也。」（《呂氏春秋‧先識覽》）；「其治官民皆有廉節，稱其好學。」（《史記‧卷一百二十一》）；「亞夫爲丞相，禹爲丞相史，府中皆稱其廉平。」（《史記‧卷一百二十二》）；而「譽」從未有此類型，「譽」如果需要出現所稱讚的內容，一般以「曰」引出句子的形式出現。如「孟山譽王子閭曰：『昔白公之禍，執王子閭，斧鉞鉤要，直兵當心，謂之曰：『爲王則生，不爲王則死！』王子閭曰：『何其侮我也！殺我親，而喜我以楚國。我得天下而不義，不爲也，又況於楚國乎？』遂而不爲。王子閭豈不仁哉？」（《墨子‧卷十三》）

「稱」跟「譽」的不同還表現在「稱」引出關係對象 G 時，有時介引，有時不介引，而「譽」無需介引。如：

（23）徐子曰：「仲尼亟稱於水，曰『水哉，水哉！』何取於水也？」（《孟子‧離婁下》）

（24）子墨子與程子辯，稱於孔子。程子曰：「非儒，何故稱於孔子也？」（《墨子‧卷十二》）

（25）夫氣感必須人君，世何稱於鄒衍？（《論衡‧寒溫》）

（26）爾作言造語，妄稱文、武。（《莊子‧盜跖》）

（27）故子貢問孔子曰：「後世將何以稱夫子？」（《呂氏春秋·孟夏紀》）

關係對象需要介引的情況跟介詞引出主動者屬於同一形式，如「稱於前世。」（《國語·晉語九》）是「被前世讚揚」之義。所以「稱＋於＋G」類型一般只見於上古前期，上古後期一般不再出現，上例（25）《論衡》中的「於」是為了湊足音節，達到韻律美的需要而出現的。

另外，二者結構的不同還表現在「稱」字句可以轉換為被動句，關係對象和內容都可以成為句子的主語；而「譽」被動句罕見。如「故子貢問孔子曰：『後世將何以稱夫子？』孔子曰：『吾何足以稱哉？勿已者，則好學而不厭，好教而不倦，其惟此邪！』」（《呂氏春秋·孟夏紀》）「稱夫子」，轉換為「吾（夫子）何足以稱」，這種關係對象作主語的被動句往往出現「足」或「足以」，除了表達的需要，還避免了交際的混淆。如「且夫二子者，又何足以稱揚哉！」（《莊子·庚桑楚》）；「今人主誠能用齊、秦之義，後宋、魯之聽，則五伯不足稱，三王易為也。」（《史記·卷八十三》）「稱」還可用於表示人的優點或功績的詞語作主語的被動句，這種被動句比前一種常見，因為不會導致交際的混淆。如：

（28）子木之信稱於諸侯，猶詐晉而駕焉，況不信之尤者乎？（《左傳·昭公元年》）

（29）子曰：「君子疾沒世而名不稱焉。」（《論語·衛靈公》）

（30）夫陽子行廉直於晉國，不免其身，其知不足稱也……其仁不足稱也。（《國語·晉語八》）

（31）故事成而功足賴也，身死而名足稱也。（《淮南子·泰族訓》）

（32）大功可以稱者。（《史記·卷八十六》）

（33）為言不益，則美不足稱；為文不渥，則事不足褒。（《論衡·儒增》）

「譽」用於被動，多數用於者字結構中，如「譽者不能進，而誹者不能退也。」（《管子·明法》）又如「善。蓋天下，視海內，長譽而無止，為之有道乎？」（《管子·山權數》）由於這種被動句沒有任何形式標記，完全靠語義來辨別主動、被動，給理解造成困難。所以一般來說「譽」以謂語動詞形式出現的被動句極罕見。

「稱」的結構類型遠比「譽」豐富得多。

2. 形成義位的途徑不同。「稱」的「言說」義是假借「偁」（「舉」義）而

來，進一步引申爲通過言語來宣揚對方。宣揚的內容很廣泛，可以是優點、也可以是缺點。宣揚優點即爲「稱」的讚揚義，如「天下諸侯稱仁焉。」（《國語・齊語》）；宣揚缺點也是「稱」，如「有惡：惡稱人之惡者，惡居下流而訕上者，惡勇而無禮者，惡果敢而窒者。」（《論語・陽貨》）；「爲先祖者，莫不有美焉，莫不有惡焉，銘之義，稱美而不稱惡。」（《禮記・祭統》）；「世稱桀、紂之惡，射天而毆地；譽高宗之德，政消桑穀。」（《論衡・感虛》）；「孔子稱少正卯之惡曰：『言非而博，順非而澤。』」（《論衡・定賢》）所以上古「稱」的意義範圍比「譽」寬，由於宣揚對方的優點這種意義出現的頻率多，固化爲一個獨立義位。而「譽」從言，專門表示讚揚人或稱揚人（或物）之優點。

3. 「稱」出現在該義場一般只作謂語。而「譽」除了作謂語外，還具有動詞的自指功能（當然，轉指爲名詞「名譽」義也常見），如「夫陛下以一人之譽而召臣，一人之毀而去臣，臣恐天下有識聞之有以陛下也。」（《史記・卷一百》）「謂周文君曰：「國必有誹譽，忠臣令誹在己，譽在上。」（《戰國策・東周》）

4. 是否具有泛指義。「稱」也指一般意義的稱說、稱道或文字上的記載（中性詞），如「《故記》稱之曰：『愚忠讒賊』，此之謂也。」（《管子・七臣七主》）；而「譽」沒有發展出這種泛化義。

「頌」是一個關係對象受限的詞項，義域較窄，專指陳述帝王、主上的功德。常見的結構類型有「頌＋N」或「頌＋G」類型，其中內容 N 主要是一些功德之類的詞語；關係對象爲先祖帝王等。如：

（34）唯班固之徒，稱頌國德，可謂譽得其實矣。（《論衡・須頌》）

（35）頌秦功業……立石頌秦始皇帝德，明其得封也。（《史記・卷二十八》）

（36）僕射周青臣進頌秦始皇。（《論衡・正說》）

（37）諸子並作，皆論他事，不頌主上……頌上恢國……。（《論衡・佚文》）

表2、語義特徵分析

詞項	用言語	陳述或表達	關　係　對　象				內容
			人			物	人或物的優點
			對上（先祖、帝王等）	對下或同級	自己		
稱	＋	＋	±	±	±	±	±
譽	＋	＋	＋	±	±	±	±
頌	＋	＋	＋	－	－	±	±

3.9.3 義場各詞項的變化

「稱」「譽」的語義特徵基本相同，能夠共時共域存在於該義場，主要是因為二者有一些其他方面的差異使之在義場中大致上處於對立互補的地位。

「稱」主要以「稱＋N」類型為主；「譽」主要以「譽＋G」類型為主。當然二者「渾言」不別，尤其是上古後期二者類型趨於混同。如「於是退不能賞孤，施舍群萌，自恃其力，伐其功，譽其智，怠於教。」(《墨子・卷五》)；「善人稱之，惡人毀之，毀譽者半，乃可有賢。」(《論衡・定賢》) 所以「稱」、「譽」常常連用。

「稱」「譽」雖然語義特徵相同，但是較長期地共存於義場，是因為這兩個詞項一個要取代另一個還不是一件易事。「稱」身兼數職，作為「稱讚」義只是其中一個義位，而且其他義位也較為常見；而「譽」雖然只有言說義，但是其自指用法和轉指義「名譽」一直比較常見（詳見下表4），所以二者共存並競爭的時間較長，戰國晚期漢代二者都常見於義場，使用頻率大致相當。但是《史記》《論衡》中「稱」的頻率是「譽」的三到四倍。已經孕育了「稱」代替「譽」的趨勢。中古以後主要用「稱」表稱讚；「譽」主要表名譽義。如《世說新語》「稱」62見中「稱讚」為26見；而「譽」6見，其中5次為「名譽」義。

「頌」在義場中頻率不高，它主要是適用於特殊場合，用於對先王或君上的歌功頌德。所以為了這種特殊語義表達的需要，「頌」才出現於該義場。如：

（38）從天而頌之，孰與制天命而用之？(《荀子・天論》)

（39）班孟堅頌孝明。漢家功德，頗可觀見。(《論衡・須頌》)

（40）表德頌功，宣襃主上……夫曉主德而頌其美。(《論衡・須頌》)

由於「頌」的意義完全可以由「稱」代替，中古以後「頌」一般不單獨出現了，如《世說新語》僅1見表示歌頌義，是陳述舊事，即「公旦《文王》之詩，不論堯、舜之德，而頌文、武者，親親之義也。」(《世說新語・言語》)

表3、詞項頻率表

詞　項	稱	譽	頌
易經		3/11	
今文尚書		0/1	
詩經		0/6	
論語	8/14	2/2	0/1

左傳	4/61	2/2	0/8
儀禮			0/2
周禮			0/5
國語	8/25	4/9	1/6
楚辭	3/6	3/4	0/2
老子			
禮記		2/7	2/7
墨子	7/20	57/67	0/2
商君書	2/8	4/7	
孟子	1/7	1/3	0/2
莊子	10/20 1/20	16/25 1/25	0/3
荀子		6/19	1/4
韓非子	6/38	57/74 1/74	
戰國策	12/63	7/8	
晏子春秋		6/9	0/1
呂氏春秋	11/32	11/14	
公羊傳			1/1
穀梁傳		0/2	
山海經			
淮南子	16/50 2/50	33/47 2/47	0/4
管子		33/40	0/1
史記	63/360 5/360	19/35 2/35	13/37
論衡	76/228 5/228	20/25 2/25	23/55 7/55

說明：「頌」《墨子》2、《淮南子》4 都是引自《詩經》的篇名，所以未計在內。

表 4、「譽」作謂語或自指、轉指頻率測查

測	動 詞 自 指	轉 指 為 名 詞	動 詞 謂 語
易經	3	8	0
今文尚書	0	1	0
詩經	0	2	0

論語	0	0	2
左傳	1	0	1
國語	1	5	3
楚辭	1	1	2
老子	0	0	0
禮記	1	1	1
墨子	20	9	37
商君書	2	3	2
孟子	1	2	0
莊子	5	8	12
荀子	5	11	1
韓非子	18	16	40
戰國策	3	1	4
晏子春秋	2	3	4
呂氏春秋	2	3	9
穀梁傳	0	2	0
淮南子	17	12	18
管子	8	17	15
史記	3	14	18
論衡	6	3	16

說明：《周禮》、《儀禮》、《公羊傳》、《山海經》三種情況都是 0。

【小結】

　　這些詞項都是表達對某人某物優點的喜愛之情。不同的功能使得「稱」「譽」大致處於互補地位，較長期地共存於該義場。但是漢代「稱」的頻率已經超過了「譽」，已經產生了「稱」代替「譽」的趨勢。「頌」由於語義表達的需要與「稱」「譽」共存於該義場，但是其語義特徵和語法功能與義場其他詞項的相同性決定了「頌」未來被淘汰的命運。

2.10　「議論」類

2.10.1　各詞項的相同點

　　議論類主要詞項有「議」、「論」、「討」、「評」等。這些詞項的共同語義特

徵主要是研究分析並對人或事物的好壞、是非等作出評價。

「表示對人或事物的好壞、是非等意見」只是「論」義域的一部分。如「今使污邪之人論其怨賊而求其無偏，得乎哉！」(《荀子・君道》) 意思是，現在讓品德卑下的人去評論他們怨恨的人，還求其公正，可能嗎？這種意義的「論」比較常見，又如：

(1) 鄭人遊於鄉校，以論執政。(《左傳・襄公三十一年》)

(2) 且夫令出雖自上，而論可與不可者在下，是威下繫於民也。(《管子・重令》)

(3) 敢論其德行之高卑有故。(《管子・法法》)

(4) 相三月，請論百官。(《管子・小匡》) 按：(管子) 請求和桓公一起評議百官。

「議」表示對人或事物的好壞、是非等意見，如「夫人朝夕退而遊焉，以議執政之善否。其所善者，吾則行之。其所惡者，吾則改之。」(《左傳・襄公三十一年》)，同樣的內容此處用「議」，上例 (1) 用「論」，但是所帶賓語有別。「議」也表示某一具體的意見，如「高皇帝議欲廢太子，呂后患之，即召張子房而取策。」(《論衡・非韓》)；「臣聞吏議逐客，竊以為過矣。」(《史記・卷八十七》)

「議」、「論」都表示對人或事物的評價，所以常常連用或對出。如：

(5) 不論性之善惡，徒議外內陰陽，理難以知。(《論衡・本性》)

(6) 故聖人議多少、論薄厚為之政，故罰薄不為慈。(《韓非子・五蠹》)

(7) 主好論議必善謀。五聽修領，莫不理續主執持。(《荀子・成相》)

(8) 其俗寬緩闊達，而足智，好議論。(《史記・卷一百二十九》)

「議」、「論」也表示對事物的探求，這一點跟「討」相似。如：

(9) 君議五者以建政，為不易之故也。(《國語・魯語上》)

(10) ……何暇論繩墨之外乎！(《史記・卷一百二十二》)

「討」是探究問題以便作出決定，即研究考慮。如：

(11) 為命，裨諶草創之，世叔討論之，行人子羽修飾之，東里子產潤色之。(《論語・憲問》) 何晏集解引馬融曰：「討，治也。」朱熹集注：「討，尋究也。」

另外，「評」指評價判斷人（或事物）的好壞是非等，上古只 1 見，即「⋯⋯不可以富貴，不可以評刑，不可獨立私議以陳其上。」（《商君書‧賞刑》）「評刑」指評判刑法。中古「評」也有審判、裁定義，如「評獄」、「評刑」、「評決獄訟」〔註33〕。所以上古「評」的內容比較單一。中古以後「評」的義域才有所擴大。

表 1、義位表述及最早用例

詞項	義 位 表 述	最 早 用 例
論	用言語分析說明事理、評價人（或事物）的好壞是非等、闡述問題或敘述經過等。	鄭人遊於鄉校，以論執政。（《左傳‧襄公三十一年》）
議	用言語評價人（或事物）的好壞是非等或跟別人提出自己的建議。	《象》曰：澤上有水，節。君子以制數度，議德行。（《周易‧下經》）
討	用言語分析研究某一問題以作出判定。	為命，裨諶草創之，世叔討論之，行人子羽修飾之，東里子產潤色之。（《論語‧憲問》）
評	用言語評價人（或事物）的好壞是非等。	⋯⋯不可以富貴，不可以評刑，不可獨立私議以陳其上。（《商君書‧賞刑》）

2.10.2 義場各詞項的差異

「議」「論」雖然語義特徵有相近處，但是還存在很大差異。

1.「論」「議」詞源意義的區別

「論，議也。從言，侖聲。」（《說文》）段注：「論以侖會意，亼部曰：『侖，思也。』侖部曰：『侖，理也。』此非兩義，思如玉部鰓理，自外可以知中之鰓⋯⋯凡言語循其理得其宜謂之論。」所以，「論」與「倫」同源，「論」是論述理據及是非等，即有條理分析說明事理、闡述問題或評價或論斷是非好壞等。如：

(12) 君子之學也，說義必稱師以論道，聽從必盡力以光明。（《呂氏春秋‧孟夏紀》）

(13) 或坐而論道，或作而行之。（《周禮‧冬官考工記》）

〔註33〕《東漢魏晉南北朝史書詞語箋釋》方一新，安徽：黃山書社，1997，111 頁。

（14）居身論道行理，則群臣服教，百吏嚴斷，莫敢開私焉。（《管子・七
　　　法》）

（15）論道議政，賢儒之力也。（《論衡・效力》）

（16）聖人之求事也，先論其理義，計其可否。（《管子・形勢解》）

（17）故相形不如論心，論心不如擇術。（《荀子・非相》）

（18）過而通情，和而無經，不恤是非，不論曲直。（《荀子・臣道》）

（19）故明主論李疵視中山也。（《韓非子・外儲說左上》）

（20）臣論武信君軍必敗。（《史記・卷七》）

「議，語也。從言，義聲。」（《說文》）段注：「議者，誼也。誼者，人所
宜也，言得其宜之謂議……當雲從言義，義亦聲。」「宜，所安也。」（《說文》）
「議、宜、義」同源，三字音近義通，是同源字。表示合宜的道德、行爲、道
理先用「誼」後用「義」，「誼義古今字」（段注「誼」下）。所以「議」表示研
究分析事物的是非得失，其結果往往是提出合宜的意見或建議。

（21）今吾欲變法以治，更禮以教百姓，恐天下之議我也。」（《商君書・
　　　更法》）

（22）使群臣、大吏、父兄、便辟左右不能議成敗，人主之任也。（《管
　　　子・地圖》）

（23）……其交友也，論身義行，不爲苟戚。（《晏子春秋・內篇問下》）

（24）太后稱制，議欲立諸呂爲王，問右丞相王陵。王陵曰：「高帝刑白
　　　馬盟曰……」（《史記・卷九》）

前三例是評價是非得失等，例（24）是提出建議並讓大家商議。

2.「議」、「論」兩者義域有所不同

「論」義域非常寬，除了說明事理、闡述問題、評價或論斷是非好壞等意
見外，還表敘述或論述之義，如：

（25）至平原君子與余善，是以得具論之。（《史記・卷九十七》）

（26）夫子之弗論次其年月，豈虛哉！於是以五帝系諜、尚書集世紀黃帝
　　　以來訖共和爲世表。（《史記・卷十三》）

「議」除了評價是非外，還表示大家一起探討對某具體問題的意見；也可
以是一人提出具體的建議，然後其他人參與討論。如：

（27）臨武君與孫卿子議兵於趙孝成王前。王曰：「請問兵要。」（《荀子·議兵》）

（28）陳囂問孫卿子曰：「先生議兵，常以仁義爲本。（《荀子·議兵》）

（29）王卒，及葬，子囊議諡。（《國語·楚語上》）

（30）太后稱制，議欲立諸呂爲王，問右丞相王陵。王陵曰：「……」（《史記·卷九》）

3. 二者體現出來的感情色彩有所差別

「論」從詞源角度看側重有條理的分析，「論」的內容很寬泛，有好有壞，語義特徵側重論說，是中性詞；而「議」主要強調內容是否合宜，所以一般側重於議論是非得失。如「六合之外，聖人存而不論；六合之內，聖人論而不議。春秋經世先王之志，聖人議而不辯。」（《莊子·齊物論》）一般來說，當這種評價是批評性的議論時，從受事角度來看往往會認爲這種議論是非議、是指責，這是從不同的角度認識而產生的語義特徵，並非固化爲一個獨立的義位。「議」這種非議指責的文中義多出現在一定的語言環境中，多數是爲陳述者所「恐」或所「畏」，或是施行某一行爲擔心被人非議。如：

（31）「……而世必議寡人，奈何？」肥義曰：「臣聞疑事無功，疑行無名。王既定負遺俗之慮，殆無顧天下之議矣。（《史記·卷四十三》）

（32）今寡人作教易服而叔不服，吾恐天下議之也。（《史記·卷四十三》）

（33）孝公既用衛鞅，鞅欲變法，恐天下議己。（《史記·卷六十八》）

（34）今吾將胡服騎射以教百姓，而世必議寡人矣。」（《戰國策·趙二》）

「議」這種批評性的議論不僅包括背後的非當面的批評，也包括直接的當面的批評，還包括非公開場合的批評等。如「直議者不爲人所容，無所容則危身。」（《韓非子·外儲說左下》）、「世之爲治者，多釋法而任私議，此國之所以亂也。」（《商君書·修權》）前例是直截了當的批評，正如「忠言逆耳」一樣，才不被人所容，後例是「私下裏」的批評。

而「論」也有闡述別人之「非」的。如「論臣過，反其施，尊主安國尚賢義。」（《荀子·成相》）；也有闡述別人之「是」的，即「論」用於評價別人的功德之義，不僅使用頻繁，而且很多情況下詞義已經不是一般意義的評價功德而是「論定、考察或評定」之義，此義已成爲獨立義位，成爲議論義場的子義場。如「度其功勞，論其慶賞。」（《荀子·王制》）此處「度」、「論」詞義相近，

是衡量、考察或評定之義。

4、從「論」「議」施事者的人數來說

「議」是兩人或多人參與的；而「論」可以是多人，也可以是一人。「議」的施事者為多數之例很多，如「自為人則不能，任賢者則惡之，與不肖者議之。」（《呂氏春秋・似順論》）但是有些句子從語法結構與從語義特徵的不同角度出發可以得出不同的結論。表示提出合宜的意見或建議的「議」，其句子的語法主語多為一人，如上面的例（30），又如「故公子氾議割河東，而應侯謀弛上黨。」（《韓非子・內儲說上七術》），然而事實上這種「議」是存在關係對象的，儘管從語法結構上沒有顯示，此句是公子氾主張割讓河東，實際是向秦王建議，所以秦王聽取了公子氾的話，才堅定了割讓河東的主張。所以從語義特徵來看「『議』往往是許多人在一起交換意見」〔註34〕，這一結論是正確的。又如：

（35）故戴歇議子弟，而三桓攻昭公；公叔內齊軍，而翟黃召韓兵。（《韓非子・內儲說下六微》）

此句意思是「戴歇對子弟的事提出不同意見」，因為戴歇擔心楚國公子裏通外國而反對把楚公子派到鄰國去。按：「荊王欲宦諸公子於四鄰，戴歇曰：『不可。』『宦公子於四鄰，四鄰必重之。』」（此段話見《韓非子》同章）這實際上是戴歇與楚王談自己的意見。

（36）恃勢而不恃信，故東郭牙議管仲。（《韓非子・外儲說左下》）

此句意思是「君主依靠權勢而不依賴部下的誠實，所以東郭牙建議不把大權交給管仲」。按：這是因為「齊桓公將立管仲，令群臣曰：『寡人將立管仲為仲父。善者入門而左，不善者入門而右。』東郭牙中門而立。」（見《韓非子》同章），所以讓群臣發表意見。

（37）說在苗賁皇非獻伯，孔子議晏嬰。故仲尼論管仲與孫叔敖。（《韓非子・外儲說左下》）

按：孔子議論晏嬰的事，同章中沒有提到，這段文字可能遺失。我們推斷，可能是孔子跟別人闡述自己對晏嬰的看法。

（38）陽虎議曰：「主賢明，則悉心以事之；不肖，則飾奸而試之。」（《韓非子・外儲說左下》）

〔註34〕　《古漢語常用字字典》166 頁，商務印書館，1979 年。

按：這大概是陽虎跟別人發表意見。

（39）始皇嘗議欲大苑囿，東至函谷關，西至雍、陳倉。優旃曰：「善。多縱禽獸於其中，寇從東方來，令麋鹿觸之足矣。」始皇以故輟止。（《史記・卷一百二十六》）

（40）建元元年，丞相綰病免，上議置丞相、太尉。（《史記・卷一百七》）

按：此句意思是「皇上考慮任命丞相和太尉」。

（41）於是天子議以爲賈生任公卿之位。絳、灌、東陽侯、馮敬之屬盡害之，乃短賈生曰：「雒陽之人，年少初學，專欲擅權，紛亂諸事。」（《史記・卷八十四》）

按：此句意思是「於是天子議定（提出意見）賈生能擔任公卿的職位」。

例（39）～（41）都是皇上跟別人提出具體的意見，才引起了大臣們的各種反映，所以從語法上看雖然「議」的主語是皇上一人，但是其語義特徵上並不是僅僅一個人在說話而沒有其他人參與的行爲。

「論」可以是一個人進行的行爲，上例（25）、例（26）完全是一個人的行爲，沒有任何其他人參與其中；也可以是許多人參與的行爲，下面的兩例就是多人一起交換意見：

（42）使知者慮之，則與愚者論之。（《荀子・君道》）

（43）以其不可道之心，與不道人論道人，亂之本也。（《荀子・解蔽》）

另外兩個詞項「討」、「評」使用頻率極低，「討」三見，即：

（44）子曰：「爲命，裨諶草創之，世叔討論之，行人子羽修飾之，東里子產潤色之。」如討論之，乃虛妄也。（《論衡・解除》）

（45）孝公平畫，公孫鞅、甘龍、杜摯三大夫御於君，慮世事之變，討正法之本，求使民之道。（《商君書・更法》）

從僅有的幾個用例來看，「討」是一個人的行爲，主要表示分析研究。由於上古僅見這三例，我們的分析只能僅此而已。

「評」字《說文》不見。「評」、「平」同源。「平」有公平、公允義，是形容詞，引申爲動詞，表示論斷事物或行爲是否公正、公平。「以民成之」（《周禮・地官・調人》）鄭玄注：「成，平也。」孫詒讓正義：「平，謂斷其是非，使兩得其當，息其爭訟也。」

表2、語義特徵分析

詞項	施事者		用言語	評價或論述人或事物的好壞是非等	論述理據	提出合宜的建議	分析研究某問題或仔細斟酌某問題	（跟別人）提出具體的意見（要與人商量）	和別人一起商量某問題	敘述經過
	多人	一人								
論	＋	＋	＋	＋	＋	＋	＋	－	＋	＋
議	＋	－	＋	＋	－	＋	＋	＋	＋	－
討	－	＋	＋	±	－	－	＋	－	－	－
評	－	＋	＋	＋	－	－	－	－	－	－

2.10.3　義場各詞項的變化

「議」「論」長期共存於該義場，除了共同語義特徵外，主要是因爲二者還具有各自不同處，所以它們不能互相替代。戰國晚期、漢代二者常常連用，作「議論」或「論議」。如：

（47）少不諷，壯不論議，雖可，未成也。（《荀子・大略》）

（48）殫殘天下之聖法，而民始可與論議。（《莊子・胠篋》）

（49）由此觀之，賢人深謀於廊廟，論議朝廷。（《史記・卷一百二十九》）

（50）今蕭何未嘗有汗馬之勞，徒持文墨議論……（《史記・卷五十三》）

「討」、「評」在義場中都罕見。

「評」很有可能漢代剛產生，但是沒有得到應用，中古以後才得以使用漸多。「評」上古僅1見，即：

（46）所謂壹教者，博聞、辯慧、信廉、禮樂、修行、群黨、任譽、清濁，不可以富貴，不可以評刑，不可獨立私議以陳其上。（《商君書・賞刑》）

《商君書》各篇可能是出自不同的時期，「馬伯樂深信它是六朝時的作品」
〔註35〕，那麼上古「評」就相當於沒有出現於該義場。

「評」中古以後才得以比較廣泛的應用。如《世說新語》表「評論」、「品評」義之「評」共4見，動詞3見，動詞轉指義1見。如：

（51）汝南陳仲舉，潁川李元禮二人，共論其功德，不能定先後。蔡伯喈評之曰：「……」（《世說新語・品藻》）

〔註35〕　〔英〕魯惟一主編《中國古代典籍導讀》遼寧教育出版社，1997年版，第393頁。

（52）唯笑曰：我二兒之優劣，乃裴、樂之優劣。論者評之，以爲喬雖高
　　　韻……（《世說新語・品藻》）

（53）深公謂曰：黃吻年少，勿爲評論宿士。（《世說新語・方正》）

「討」自從在《論語》中出現了一次後，漢代前再未出現過。《商君書》1
見，一直到東漢《論衡》中又出現了跟《論語》同樣的用法，多作「討論」講。
「討」上古主要表示「討伐」之義，純粹的言說義罕見。「討」出現於該義場估
計可能是口語用法滲入到書面語中，但是長期沒有被書面語所接受，具體原因
存而疑之。

表 3、詞項頻率統計

詞　項	論	議	評	討
易經		3/4		
今文尚書				0/1
詩經	0/2			
論語	1/2	2/2		1/2
左傳	1/1			0/153
儀禮				
周禮	2/3	8/12		
國語	0/1 敘	10/10		0/14
楚辭	4/5	1/1		
老子				
禮記	4/19 1/19	8/8		0/4
墨子	3/14	5/9		0/2
商君書	8/18	16/18	1/1	1/1
孟子	2/2	1/1		
莊子	23/28 1/28	11/12 1/12		
荀子	22/59 4/59	12/17 2/17		
韓非子	38/68 3/68	31/39		
戰國策	21/28	31/38		
晏子春秋	4/8	7/8		

呂氏春秋	22/75 2/75	13//22 3/22		0/3
公羊傳		1/1		0/37
穀梁傳				0/14
山海經				
管子	26/66 1/66	13/26 2/26		0/1
史記	101/161 9/161	138/183 14/183		0/37
論衡	285/332 23/332	30/72 2/72		0/5 1/5

【小結】

　　「議論」類義場的詞項共同的語義特徵，主要是對人或事物的好壞、是非等作出評價。但是相互之間都存在差異，尤其是兩個主要詞項「議」和「論」。二者共時共域存在該義場就是因為各自語義特徵的不同。上古「討」和「評」在義場中非常少見。

第三章　言說類動詞個案研究

3.1　「問」

古漢語中「問」是個多義詞，其常見義位「詢問、諮詢」，是請人回答自己不知道或不明白的事情、道理，或者向人徵求處理某事的意見、對某人某事的看法。這個義位最早見於「皇帝清問下民」（《尚書・周書・呂刑》）。雖然此義位從古到今基本沒有變化，但是它的組合關係在不同的歷史時期是有所變化的。我們主要以上古文獻爲依據，考察「問」的組合關係的變化情況。

從語義特徵看，「問」屬於三價謂詞，它在句中可以帶有三個基本項：施事（問者）；受事（問的內容）；關係對象（問的對象，即需要回答的人）〔註1〕，分別用 R、N、G 來代表。從語義上，RNG 三者都是必有項，但是在實際句法結構中，是很複雜的。有時三者都出現，有時只出現兩個或一個，不出現的項往往是隱含的，通過上下文的語言環境是可以知道的。這三個基本項的歷時變化情況也不一樣：R 是由人充當的施事主語，古今沒有變化；N 相對來說複雜一點；G 的相關結構形式變化最複雜。

〔註 1〕 這幾個術語參看貫彦德的《漢語語義學》222 頁～227 頁，我們把他「與事」稱爲「關係對象」。

3.1.1　與內容相關結構的變化

　　N 是問的內容，很廣泛。這裡我們探討與 N 相關結構的古今變化。N 有時是直接引語，即「問＋N」；有時是間接引語即「問曰＋N」。前者如，「子路問：『聞斯行諸？』」(《論語・先進》)；後者如，「子貢問曰：『有一言而可以終身行之者乎？』」(《論語・衛靈公》)這兩種方式在上古並存，詳見下表：

表1、幾部典籍「問曰」和「問」帶引語的用例統計

		論語	左傳	國語	孟子	韓非子	史記	張家山漢簡	論衡	紅樓夢
A	問曰	23	39	42	55	60	115	1	94	36
B	問	13	2	0	0	4	43	7	24	98
B：A	百分比	0.5652	0.05128	0	0	0.06667	0.37391	7	0.2553	2.7222

說明：《紅樓夢》的「問曰」的數量 36 實乃是「問道」之數目，因為「問道」由「問曰」發展而來。

　　上述典籍，《論語》和《張家山漢簡》中「問＋N」較多，主要是由它們的語體風格決定的。《論語》是孔子及其弟子的言論彙編，堪稱一部口語語體的著作。《張家山漢簡》涉及西漢早期的律令、司法訴訟、醫學、數學、軍事理論等方面，尤其是《奏讞書》則是秦、漢司法訴訟制度的直接記錄，更接近當時的口語。

　　從上表可以看出，「問」帶直接引語的方式在上古前期，尤其在口語中應用較為廣泛，但是書面語中用之寥寥，到戰國晚期甚至到漢代這種用法才有所增加。因此我們認為，「問」直接引出直接引語的用法是口語影響書面語的結果。中古以後直接用「問」引導的比例大增。儘管漢代口語中已經少用「曰」，而直接用「問」了，但是在書面語中，直到近代漢語「問＋引語」才成為引出直接引語的主要方式。

3.1.2　跟關係對象相關的句法結構的變化

　　關係對象 G 的情況要複雜些，一般說，出現關係對象的「問」句結構類型主要有〔註2〕：

〔註2〕　本文著眼於關係對象劃分的句子類型，實際上如果把問的內容考慮在內還應該包括「問＋內容」這一類。因為本文主要探討一些歷時的變化，所以沒有列此類。另外，如果遵循存在即分類的原則，那麼在結構分類中起碼還應多出一類：「問＋於＋關係對象＋內容」，如「管子問於桓公：『敢問齊方于幾何里？』」(《管子・輕重丁》)但是這類用例極少，所以不算作一種類型。

S1.問於 G，如「季康子患盜，問於孔子。」（《論語・顏淵》）

S2.問 G（N），如「妾怪之，問孔成子。」（《史記・卷三十七》）

S3.問於 G 曰 N，如「哀公問於有若曰：『年饑，用不足，如之何？』」
（《論語・顏淵》）

S4.問 G（曰）N，如「吳使使問仲尼：「……」（《史記・卷四十七》）

S5.問 N 於 G，如「葉公問孔子於子路。」（《論語・述而》）

S6.問 NG（N 是代詞），即問之 G，如「問之伶州鳩。」（《國語・周
語下》）

實際上，主要的類型是 S1、S2、S5、S6 幾種樣式，因為 S3 和 S4 是 S1
和 S2 的變化形式，內容 N 是否出現是根據表達需要而定的。據觀察，這幾種
樣式的變化情況如下：

總的來說，S1 表示出逐漸向 S2 演變的趨勢。也就是說在上古前期，以介
詞引出關係對象為主。僅以《論語》為例。如「以能問於不能/以多問於寡/太
宰問於子貢曰/哀公問於有若曰」等。到上古後期變成了「問」直接帶關係對象
為主。詳細情況見下表：

表 2、幾部上古典籍「問」（詢問、諮詢義）的使用情況〔註3〕

	論語	左傳	國語	孟子	韓非子	戰國策	淮南子	史記	論衡
問＋介＋G	24	95	24	6	27	6	18	19	19
問＋G	2	11	36	9	62	21	20	158	112
	名 0 ｜ 代 2	名 0 ｜ 代 11	名 5 ｜ 代 31	名 7 ｜ 代 2	名 40 ｜ 代 22	名 13 ｜ 代 8	名 11 ｜ 代 9	名 124 ｜ 代 34	名 81 ｜ 代 31

說明：只測查關係對象 G 出現的情況。

通過上表可以看出，早在《左傳》和《論語》中就已經出現了「問＋關係
對象」的結構，但是細一分析，我們發現這些關係對象都是由代詞「之」充當
的，沒有出現名詞作關係對象的用例。《論語》中出現的兩例為：

（1）闕黨童子將命。或問之曰：「益者與？」子曰：「吾見其居於位也，

〔註 3〕　圖表說明：在「問＋介＋G」的統計中，凡是在動詞「問」（表詢問）後出現兼詞
　　　　　「諸」的，算作使用介詞「於」的範圍內。

見其與先生並行也。非求益者也，欲速成者也。」（《論語·憲問》）

此「之」是指代後文出現的孔子。這種探下省的用法雖然不多，但在一定語言環境中是存在的。如「商聞之矣：『死生有命，富貴在天。』」（《論語·顏淵》）

（2）冉有曰：「夫子為衛君乎？」子貢曰：「諾，吾將問之。」（《論語·述而》）

這裡，「問」的關係對象實指前文的「夫子」，第二次提到時用代詞代替。

《左傳》「問之」結構形式出現 18 次，僅 11 次「之」是間接賓語。有時候，「之」是代人還是代事，很難判斷，我們根據李佐豐先生的方法，即「如果所問的問題在前文已經有所說明，那麼『問』就只帶間接賓語。這個間接賓語可以用有生名詞或『之』來充當。」〔註4〕如：

（3）韓獻子使行人子員問之，曰：「子以君命辱於敝邑……」（《左傳·襄公四年》）

（4）晉陽處父聘於衛，反過寧，寧嬴從之。及溫而還，其妻問之。（《左傳·文公五年》）

（5）左師見夫人之步馬者，問之，對曰。（《左傳·襄公二十八年》）

（6）孔氏之老欒寧問之，稱姻妾以告。（《左傳·哀公十五年》）

（7）以息媯歸，生堵敖及成王焉，未言。楚子問之，對曰。（《左傳·莊公十四年》）

（8）蔿賈尚幼，後至，不賀。子文問之，對曰：「不知所賀……」（《左傳·僖公二十七年》）

例（3）在《國語》中記載此事的時候，「問之」作「問焉」，正說明《左傳》中的「之」是代人，而不是代事，問穆叔為什麼這樣。以上這些用例中「問之」中的「之」都是代詞，「問」的內容在前面已經出現。

也就是說，春秋時期表「詢問」的「問」，當關係對象 G 是由人名（或起人的作用的名詞）來充當，一般用介詞引導 G；但是當關係對象是代詞「之」時，它無需介引了。我們在文獻中沒有見到過代詞「之」作「問」的關係對象還需要介詞引出的用例。所以在這個意義上我們說上古前期 S1 和 S2 並存（S2

〔註4〕李佐豐《先秦漢語實詞》，北京：北京廣播學院出版社，2003 年版，第 292 頁。

中只能是代詞作關係對象）。關係對象是代詞「之」還是名詞決定著關係對象是否需要介引。這一點漢語和英語有共同性。如：buy a book for my father = buy him a book，一般來說代詞常常緊跟在動詞之後的。

《國語》中不需要介引的名詞關係對象已經開始出現了（共出現了 5 例）。《國語》在《論語》之後，據《史記》所載，左丘明在 20 歲左右的時候，會見過年老的孔子，而在他編《國語》時已差不多 70 歲了，如果真是這樣的話，《國語》要晚於《論語》幾十年，所以語言結構上出現了一些變化也是自然的現象。

戰國、兩漢時期，「問」的關係對象絕大多數已經不用介詞引出了。《左傳·僖公四年》的「昭王之不復，君其問諸水濱。」同樣的內容到《史記·卷三十二》中變成了「昭王之出不復，君其問之水濱。」不同作品的特徵與作者的寫作風格有關。《淮南子》的情況就是兩兩相當，而《史記》不再使用介詞引出關係對象的趨勢已經很明顯了，其中「介引」的 18 例，或是引用前代文獻，或是敘述前代舊事，是傳統習慣用法的延續。

總的來說，介詞的這種介引功能到中古就基本上不再發揮作用了。《世說新語》中「問 G」為 96 例；「問於 G」為 3 例，即「文帝問其人於鍾會」、「問諸僚佐曰」、「謝太傅問諸子姪」），前一例是 S5 式，即當非代詞的內容和關係對象共現時，仍然延續上古的結構方式，後兩例實際上也是 S5 式。

那麼發生這種演變的原因是什麼呢？一方面，這種演變跟整個漢語史的變化有關，部分介詞（如「於」）總的發展趨勢是趨減〔註5〕，「問」的發展不可能不受到這個總趨勢的影響。另一方面，語言是一個系統，這個系統中某個部分變化，常常和別的部分相關聯。任何事物的變化都是可以找到原因的。「一個詞經常同某些詞語結合則有可能把這些詞的內容壓縮到該詞的意義之中」，「詞的潛在搭配有理由看作詞項意義的一部分。」〔註6〕也可以說，這是語言的經濟原則在起作用。

〔註 5〕 這是邵永海先生在《從〈左傳〉到〈史記〉看上古漢語的雙賓語結構及其發展》得出的結論，載《綴玉集》，北京大學出版社，1990 年。

〔註 6〕 Lyons, John《Semantics》, Cambridge: Cambridge University Press, 1997，第 613 頁。

「問＋介＋G」這種結構的頻繁使用，出現在這一結構中的介詞又常常是「於」，所以導致「於」的功能壓縮到「問」之中了，即「問於」＝「問」了。這樣我們才能理解 S1 的結構變化。兩個詞的用法變成了一個詞的用法，確能體現語言的經濟原則。

S5 這一形式在上古期間有怎樣的變化呢？「問＋內容＋於＋對象」（即「問 N 於 G」）中，如果問的內容 N 是名詞，這種結構形式一直延續到中古甚至更晚。如果問的內容 N 是代詞「之」，「問 N 於 G」就變成了「問之 G」。按照道理推斷，S5 這種結構應該可以變成「問 GN」，但是我們根據測查的語料，發現上古漢語中這種由兩個短語構成的雙賓語並不多見，其原因是這種結構可能會造成交際的混淆。這也正是漢語介詞發達的原因。漢語是分析型語言，各種句法成分在句子中缺乏必要的形態標記，介詞就成了部分句法語義成分在句子中的外在標誌。在「問＋（非代詞）N 於 G」中，介詞「於」為什麼沒有像其他結構類型那樣同步變化呢？一方面是因為「問」與介詞「於」沒有連用，中間隔著一個非代詞的「內容」，不能被壓縮；另一方面，是為了避免交際的混亂，介詞「於」的保留使得句法關係清楚。但是當內容 N 是代詞「之」時，「問 N 於 G」就變成了「問之 G」，原因跟 S1 結構類型的變化是一樣的，「問諸（之於）」長期組合連用導致「於」的功能壓縮到「問之」之中。總之，上古時期 S5「問 N 於 G」的演化出現了兩種情況，一種是內容 N 由非代詞充當，延續原結構類型；另一種情況是，當內容 N 為代詞「之」，這種結構就成了「問＋之＋於＋G」（問＋諸＋G），漸漸演變為「問＋之＋G」，S5 就演變成 S6。這種用例並非罕見。如：

（9）吳子使來好聘，且問之仲尼曰：「無以吾命。」（《國語·魯語下》）

（10）使問之仲尼曰：「吾穿井而獲狗，何也？」。（《國語·魯語下》）

（11）燕王欲傳國於子之也，問之潘壽，對曰。（《韓非子·外儲說右下》）

（12）子貢以為重，問之仲尼，仲尼曰。（《韓非子·內儲說上七術》）

（13）客從外來，與坐談，問之客曰：「吾與徐公孰美？」（《戰國策·齊一》）

（14）昭王之出不復，君其問之水濱。（《史記·卷三十二》）

（15）有識其手書，問之人，果偽書。於是誅文成將軍而隱之。（《史記·卷十二》）

另外《史記》《孫臏兵法》還有三例從結構上看是 S6 型（問 NG），但是這三例形成的原因完全不同：

（16）景公問政孔子……他日又復問政於孔子。（《史記・卷三十二》）

（17）大將軍問其罪正閎、長史安、議郎周霸等：「建當云何？」（《史記・卷一百一十一》）

（18）齊威王問用兵孫子曰：「兩軍相當……爲之奈何？」（《孫臏兵法・威王問》）

例（16）「景公問政孔子」是省略「於」，因爲後文中出現了「他日又復問政於孔子」。例（17）因爲關係對象「正閎、長史安、議郎周霸等」太長，如果放在「問」之後，「內容」之前，對於確認哪個是內容，會產生一定的困難。所以才臨時把較長的關係對象置後。類似這種情況在英語中很常見，如果一個較長的部分作主語或賓語，常常用 it 來代替放在正常的位置，而較長的部分置後。例（18）和例（16）類似，例（16）是一種小語境下的省略，而例（18）是一種大語境下的省略。《孫子兵法》和《孫臏兵法》都不見「問」的關係對象需要介引的用例。但這也不能解釋「齊威王問用兵孫子」中的不用介詞的原因，因爲這種結構的變化跟其他結構類型的演化是不同的。我們進一步測查《孫臏兵法》發現，「問孫子」這一用法在這部不到萬字的著作中共出現了七次。所以說例（18）是「問用兵於孫子」省略了「於」而成，這種省略在這種特殊的語言環境中是不會造成交際混淆的。

粵語中就有這種「倒置」雙賓語的情況。如「我畀〔一本書〕〔你〕。」〔註7〕一些研究漢語方言語法的學者注意到這個問題並加以研究，他們基本上認爲粵語這種語法結構是由於「倒置」而形成的，並把這個特徵視作方言語法的重要標誌。〔註8〕但是也有人認爲這種結構是由於介詞省略所致，「我們認爲這種結構並不是由『倒置』所形成，而是屬於與格結構的一種，從與格結構經過介詞省略推導出來的。普通話和粵語就『倒置』雙賓語的差異只不過是由於粵語與格結構的介詞有選擇語音特徵〔可省略〕的可能性，因此與格結構裏的介詞能夠被省略……普粵就倒置雙賓語的問題根本不是句法的問

〔註7〕　轉引自鄧思穎《漢語方言語法的參數理論》，北京大學出版社，2003 年，第 62 頁。

〔註8〕　參看 62 頁，同上。

題，而是屬於音韻的問題，跟介詞的音韻省略有關。」〔註9〕上古漢語中這種與格結構中的介詞如前所述，有這種省略的可能性，不會造成理解的混淆。如上所舉的例（16）和（18）是就是由這種原因造成的，實際上漢語史上這種倒置情況其他詞也有這種情況。甲骨文中出現的「告秋上甲」是「告秋於上甲」的省略，《史記》中出現了 19 處「告＋急＋國名」這樣的結構〔註10〕，如「告急秦」是「告急於秦」的省略。

話語活動中，說話人往往儘量地壓縮語言符號系列，這就必然會產生語法學上所說的「省略」。要保證意思能夠充分準確地表達，這種壓縮、省略必須由某些語境來彌補。假定與一定的意思相對應的話語形式是一個「常式」（經常出現的形式），與之相應的省略形式就是「變式」，即人們可以根據常式來類推、理解變式。但是必須保證的是常式不變，而且常式出現的頻率很高，讀者熟悉，所以在某種特殊的語境下丟失一個成分不會造成混淆。實際上，這不是語法學的內容，而是語用學的內容。

我們之所以說「問＋N（非代詞）＋G」這種結構形式是一種語用現象，一是這種例句很罕見，在後代沒有延續下來；更重要的原因是這種結構不具有合理的演變機制。即源結構「問＋N＋於＋G」，如果 N 不是代詞，N 就是個變體，不同的句子就會有不同的 N，當然介詞「於」就不能跟同一詞語經常連用，也就無法被壓縮進去，所以介詞「於」還是要存在的。

總之，常用詞「問」的詢問義位，古今基本不變。但在不同的歷史時期其組合關係有所不同：其一，「問」帶直接引語的方式上古前期已經產生，且在口語中應用較為廣泛，但是書面語中，漢代這種用法才有所增加；其二，由上古前期的介詞引出非代詞充當的關係對象逐漸演變到上古後期基本無需介詞引出。

長期以來，漢語語法史的研究側重於探求某些重點語法結構的變化，如處置式、被動式、連動式等，而對於常用詞組合關係的演變研究則著力不夠。要想對漢語語法發展史有全面了解，應該加強對常用詞組合關係演變的研究。

〔註 9〕 鄧思穎《漢語方言語法的參數理論》第 22 頁。

〔註10〕 這 19 例中，除了「告急天子」和「告敗太子」兩例外，其餘均作「告急＋國名」。

3.2　「告」

「告」從牛從口，其本義歷來有不同的看法。許慎認為是會意，段氏疑之，謂「當從口部，從口牛聲。」我們認為「禱告」說較為合理。劉心源認為「告」實牿之初文，「告」當是祝告之初文。李孝定也認為「告」是祝告之義。「按：『告』即『祰』。《說文》：『告祭也。』《周禮》又用作『造』：『造祭於祖也。』《玉》：祰，禱也。告即禱告。」〔註11〕還有人進一步認為，告的本義是「埋牲於坑中並向神靈禱告」〔註12〕。史前時代，人們的世界觀是鬼神世界觀，所以人們遇事總要祈禱，祈求先人或神靈保祐他們。「卜辭『告』的內容大體可分為二類：一為祭告，其對象為神祖……一為臣屬之報告。」〔註13〕人們把豐收的喜訊、打獵的成果等報告給先人也是「告」，禱告的內容最初應該是大事。「按《通典》禮十五有『告禮』一項。周制，天子將出，類乎上帝，造乎禰，太祝告，王用牲幣。蓋巡狩，還廟，征伐諸大事，皆告於宗廟（及百神）也。」〔註14〕後來詞義泛化，內容可以涵蓋方方面面；同時「告」的對象也進一步擴大，不論告訴的對象是死去的先人還是活著的人，不論地位高還是低，都是用「告」。

「告」表「告訴」甲骨文時代就大量存在，到今天依然活躍著。但是它的組合關係和聚合關係卻發生了變化，具體來說每個階段都有一些這樣或那樣的變化。還有，它的相關義位不同時代也有變化。這裡主要探討它的組合關係的變化以及它的義位的發展變化。

3.2.1　組合關係的變化

3.2.1.1　商周到春秋初中期

1. 甲骨文

甲骨文的「告」主要表「告訴」，包括下對上的如臣屬的報告、上對下的如王的告命以及祭告（告訴的對象是祖先）之意義。所以，根據組合對象的不同，

〔註11〕　引自于省吾主編的《甲骨文字詁林》，北京：中華書局，1996 年。

〔註12〕　舒懷《求本義新法》，《湖北大學學報》1989 年（4），第 70 頁。

〔註13〕　姚孝遂、肖丁《小屯南地甲骨考釋》，第 158 頁。

〔註14〕　《通考》968 頁轉引《甲骨文字詁林》。

常常表現爲三個意義「祭告（告祖先）」、「報告（下告上）」、「告命（上告下）」。
我們考察甲骨文中「告」的關係對象，發現儘管「告祖先」的比例居多，仍然
可以見到一些表示「報告」和「告命」的卜辭。如：

　　（1）東妻告曰。（《殷虛書契後編》）

　　（2）䰟其來告。（《殷虛文字乙編》）

　　（3）沚䰟告曰，土方正於我東啚。（《殷虛書契菁華》二）

　　（4）翌辛丑出告麥。（《殷虛書契前編》）

　　（5）犬中告麋。（《殷契粹編》）

　　（6）貞：王告沚䰟。（《殷虛文字甲編》）屈萬里：「告讀爲誥，戒命之也。」
　　　〔註15〕

　　甲骨文的「告」主要表「告訴」義，也涉及到施事、關係對象（G）、內容
（N）這三個方面的內容。這三個項在句中或隱或現，有時省略一個，有時省
略兩個，但是都是在一定語言環境的基礎上的，所以不會造成交際的混淆。

　　我們以《殷墟甲骨刻辭類纂》〔註16〕中的例子（從 247 頁到 251 頁的全部
用例）進行分析，

　　總計有 354 個用例（重複出現的不計）我們初步發現，甲骨文「告」字句
的結構形式主要有以下幾種形式：

　　S1：告（＋N）＋介詞（於或自）＋G……共 191 見

介詞主要是「於」（185 見），其次是介詞「自」（6 見）

　　S2：於＋G＋告（＋N）……共 57 見（其中「於＋G＋告＋N」16 見）

這可能是語義的需要，爲了強調關係對象而將「告」的關係對象提前。

　　S3：告＋G……27 見

跟現代用法相同，不需要介詞引出關係對象。

　　S4：告＋N……56 見

此處爲僅出現內容的，同時出現關係對象的沒計算在內。

　　另外，還有兩個特例「其告秋上甲二牛，大吉」（二八二〇六）、「其告秋

〔註15〕　《殷虛文字甲編考釋》屈萬里，聯經出版公司，民國七十三年，第 389 頁。

〔註16〕　姚孝遂、肖丁主編，中華書局，1898 年。

上甲」（二八二〇七）這種形式是「告＋N＋於＋G」形式省略介詞「於」而成。即「告秋上甲」是「告秋於上甲」省略而成。「告秋於上甲」即「告＋N＋於＋G」這種結構甲骨文常見，共出現 51 例。這種省略介詞的現象典籍中也可見到，《史記》中出現了類似現象，如「告急晉」。這個現象與「問」的介詞省略是一樣的性質。

　　根據王士元先生的觀點〔註17〕，漢語大約在公元前 4000 年就從藏緬語系中分離出來了，就與 Austric 語言（SVO 型）全面接觸，導致遠古漢語的語法格局發生了重大變化，由 SOV 型轉變爲 SVO 型。上述的 S2 型可能正是轉換前的結構形式，「在遠古漢語裏，受事補足語可能帶有格助詞，尤其當施事和受事均是有生命的名詞而易產生混淆時，受事補足語則必須帶有格助詞以示區別。」〔註18〕

　　通過以上的數字，可以看出甲骨文時代「告＋關係對象」的方式已經產生，而且「關係對象」爲非代詞充當，但是遠沒有佔據主導地位。這種結構類型的產生要遠遠早於「問」字句的相關類型。

　　2. 殷周金文

　　根據金文的材料，「告」詞義有所繼承也有所發展。「祝禱」是傳承用法，甲骨文中常見，金文仍見使用。如「丁亥，令矢告於周公宮。」（《矢令彝》）；「報告」一義在甲骨文中就早已經使用，金文中也常見，「厤自今，出入尃命於外，厥非先告父厝，父厝捨命，母（毋）又敢念尃命於外。」（《毛公鼎》）；「控告、控訴、告狀」是新出現的義位。如「鬲從以攸衛牧告於王曰：女（汝）覓我田牧，弗能許。」（《鬲攸從鼎》）「告誡」也是新出現的用法，但不是獨立的義位，是「告訴」的義位變體，如「祗祗翼翼，邵（昭）告後嗣：佳（唯）逆生禍，佳（唯）順生福。」（《中山王壺》）

　　從句子的結構類型上看，除了「於＋G＋告（＋N）」這種倒裝句少見了之外，其他結構類型無大變化。

　　3. 春秋中期前（以傳世典籍《易經》、《尚書》、《詩經》爲材料）

〔註17〕　轉引自馮勝利《漢語韻律句法學》，2000 年，上海教育出版社。

〔註18〕　時兵《也談介詞「於」的起源和發展》第 344 頁，載《中國語文》2003 年第 4 期。

首先，句子結構類型上，甲骨文時期的類型幾乎都還可見到，但是倒裝句明顯罕見了，介詞短語提到「告」前的句子，僅僅見到一個用例（介詞用「自」）：

（7）上六，城復於隍，勿用師，自邑告命。（《周易・上經》）

「自邑告命」中「自邑」提到了「告」之前。《周易・下經》中有正常的語序「告自邑，不利即戎，利有攸往。」這種用法是殷商用法的延續。

其次，從「告」的內容表達法來看，手段增多了。除了甲骨文時期就已經存在的「告＋內容」的方式外，又出現了一些表達法，主要有：

A. 告＋內容（＋於＋關係對象）

常見情況是，內容表示某件事情的結果，這種用法從甲骨文就存在，到現代漢語中還可見到（如告罄），但是僅存於書面語了。如：

（8）禹錫玄圭，告厥成功。（《尚書・夏書・禹貢》）

B. 告＋以（於、用）＋內容

這種情況是用介詞「以」（自、於、用）來引導內容，一般用介詞「以」較爲常見。如：

（9）歷告爾百姓於朕志。（《尚書・商書・盤庚下》）按：《廣雅・釋詁》：「於，以也。」

（10）乃話民之弗率，誕告用亶。（《尚書・商書・盤庚中》）

C. 以＋內容＋告

用介詞「以」把內容賓語提前，這種形式應該是把字句的淵源。如：

（11）彼姝者子，何以告之？（《詩經・鄘風・干旄》）

（12）八卦以象告，爻象以情言。（《周易・繫辭下》）

D. 告＋（代詞）關係對象＋內容

這種形式是雙賓語結構，關係對象爲代詞才使這種形式得以存在（詳細原因跟「問」的情況相同）。如：

（13）有邦有土，告爾祥刑。（《尚書・周書・呂刑》）

（14）其維哲人，告之話言，順德之行。（《詩經・大雅・抑》）

3.2.1.2　春秋中晚期到漢代

這個時期「介詞＋關係對象」倒置於動詞前的情況完全不見了。其他方面，總的來說最大的變化是介引關係對象的比例漸減。實際上，這種趨勢從甲骨文

就萌芽了（詳見下表）。

「告」帶關係對象統計

類　型	甲文	周易	尚書	詩經	左傳	論語	國語	孟子	墨子	莊子	荀子	韓非子	呂氏春秋	包山簡	銀雀山	馬王堆三	張家山漢簡	武威漢簡	史記
告 N 於 G	67	0	2	1	12	0	3	0	0	0	0	0	2	0	0	0	0	2	24
告於 G	181	3	2	1	58	2	13	2	2	0	0	0	1	4	0	0	0	18	5
告＋G（名）	27	3	21	3	166	2	39	19	21	15	2	1	45	19	2	11	15	1	190
告＋G（代）	0	1	12	3	39	5	10	7	10	20	7	4	15	0	3	1	2	0	39

說明：甲骨文介詞「於」包含「自」；《周易》「告於」作「告自」，共 3 次，其中一次為倒裝。

1. 春秋晚期到戰國初期

「告於 G」比例大幅度下降，「告於 G」和「告 G」在這個時期共現，但是多數語義有別。通過對《左傳》58 例、《論語》2 例、《國語》13 例、《孟子》2 例的分析發現，「告於＋G」和「告＋G」出現的情況從語義上是有差異的。《左傳》58 例中就有 28 處是「使（某人）告於＋國名（或天子等）」的情況，表達的意思是「向……通報某一情況（常常是災難性的事如被攻擊等）」，如：

（15）使告於宋曰。（《左傳·隱公四年》）

（16）巴子使韓服告於楚。（《左傳·桓公九年》）

還有，即使沒出現「使」的字樣，也是出現了某種緊急情況，到另一個國家報告這個消息的。如：

（17）宋人取邾田。邾人告於鄭曰：「……」（《左傳·隱公五年》）

（18）王以戎難告於齊，齊徵諸侯而戍周。（《左傳·僖公十六年》）

這些句子中「告」的主體和客體不處一地，有空間距離；同時介詞「於」引出的關係對象，不是普通人物（常常是國家），一般來說地位高於主體或主體有求於客體。所以「告於」有「到某地告訴某人（或某國）自己的難事」的意思；可以看出主體和客體之間的尊卑關係，也就是說如果派人告訴比自己地位

低的人，就不用介引了。如「宣伯使告郤犨曰」（《成公十六年》）、「臧武仲自邾使告臧賈」（《襄公二十三年》）、「飲之酒而使告司馬」（《昭公二十一年》）、「乃使告邯鄲人曰」（《定公十三年》）等。

下面的用例也是一樣：

（19）孟氏閉門，告於季秋曰：「臧氏將爲亂，不使我葬。」（《左傳·襄公二十三年》）

（20）使祝史徙主祏於周廟，告於先君。（《左傳·昭公十八年》）

（21）文子使告於趙孟曰：「范、中行氏雖信爲亂，安於則發之，是安於與謀亂也。晉國有命，始禍者死。二子既伏其罪矣，敢以告。」趙孟患之。安於……乃縊而死。趙孟屍諸市，而告於知氏曰：「……」（《左傳·定公十四年》）

（22）諸侯出夫人，夫人比至於其國，以夫人之禮行。至，以夫人入，使者將命曰：「寡君不敏，不能從而事社稷宗廟，使使臣某，敢告於執事。」……妻出，夫使人致之曰：「某不敏，不能從而共粢盛，使某也敢告於侍者。」（《禮記·雜記下》）

例（19）是孟氏派人向季秋報告；例（20）是祭告先君；例（21）是知文子派人告訴趙孟有關安於之事，所以安於上弔死了，趙孟把安於暴屍於市，並（派人）告訴知文子「您命令誅殺罪人，他已經伏法了」。從本例出現兩處「告於」來看，主客的地位與常見情況不完全一樣，但很明顯是外交辭令語言，言談之中充分體現對對方的尊敬之情。例（22）是諸侯拋棄夫人和士人逐出他的妻子所行的禮節，完全是外交辭令，明明是休妻，卻說得如此尊重對方及對方之家，話語中體現著尊敬之情，所以使用「告於」。古代社會重視禮儀，社會地位越高，禮儀內容越煩瑣。所以在「三禮」中「告於」用得多些，因爲從中可以體現主客體地位的差別或需要注意的禮節。

當然這種區別是特定時期的產物，而且即使在共時的情況下，這種區別也不是很嚴格，常常兩種情況都出現。如：

（23）故日月以告君，齊戒以告鬼神，爲酒食以召鄉黨僚友……（《禮記·曲禮上》）

（24）曾子以斯言告於子游……曾子以子游之言告於有子。（《禮記·檀弓

上》）

（25）衛莊公禱曰：「曾孫蒯聵以諄趙鞅之故，敢昭告於皇祖文王、烈祖
　　　康叔、文祖襄公、昭考靈公，夷請無筋無骨，無面傷⋯⋯」（《國語・
　　　晉語》）

（26）衛大子禱曰：「曾孫蒯聵敢昭告皇祖文王、烈祖康叔、文祖襄公：
　　　鄭勝亂從，晉午在難，不能治亂，使鞅討之。蒯聵不敢自佚，備持
　　　矛焉。敢告無絕筋，無折骨，無面傷⋯⋯」（《左傳・哀公二年》）

例（23）和例（24）是相同的情況，但「告君」並沒有作「告於君」，例（25）
和例（26）同樣內容一處用介詞，一處不用。究其因，使用「告於」是作者有
意為之，出於禮節，統治階級希望人與人之間的尊卑從詞語的使用上有所體現，
但是這種想法實際很難完全實行開來。一方面，「告」的應用太普及了，不是個
人或少數統治階級能控制得了的，經過測查我們發現大量的下對上仍然使用「告
＋對象」。另一方面，從語言系統的發展來看，部分介詞（如「於」）總的發展
趨勢是趨減 〔註19〕，「告於」變成「告」是大勢所趨。

《國語》中「告於」13 用，除了兩例是韻律的原因外，其他的用法多同《左
傳》，多是派人告訴某人什麼，常出現於「使」字句。這兩個特例是：

（27）十四年，君之塚嗣其替乎？其數告於民矣。公子重耳其入乎？其魄
　　　兆於民矣。（《國語・晉語三》）

（28）而處以念惡，出則罪吾眾，撓亂百度，以妖孽吳國。今天降衷於吳，
　　　齊師受服。孤豈敢自多，先王之鐘鼓，寔式靈之。敢告於大夫。」
　　　（《國語・吳語》）

此兩例「於」的使用跟一般情況不同，不是為了體現對關係對象的尊敬之
情，是為了句子結構的整齊，可能為了韻律美，但同時也說明這時候「告」和
「告於」用法分工的不明確性。但是從其餘用例來看，「告於 G」和「告 G」的
語意區別還是存在的。

甲骨文時期較為隨意；到了春秋晚期戰國初期，「告＋於＋G」和「告＋G」
所體現出來的語用意義和使用情況多有差異，前者「告」的主客體之間有空間

〔註19〕　這是邵永海先生在《從〈左傳〉到〈史記〉看上古漢語的雙賓語結構及其發展》
　　　　得出的結論，載《綴玉集》，北京大學出版社，1990年。

距離，所以「於」這時有了新的作用，表示到達某地，即把信息傳達到「於」引出的對象那裡。所以《左傳》中，「告於」後多出現諸侯國名，這是因為需要到那裡才能向君王傳遞消息。這種用法亦見於《尚書》，「祖伊恐，奔告於受，作《西伯戡黎》。」（《尚書·商書·西伯戡黎》）又「西伯既戡黎，祖伊恐，奔告於王。」（《尚書·商書·西伯戡黎》）從這個語言特點可以說明，《西伯戡黎》出現的時代可能是春秋晚期至戰國中期。

總之，「告於」的發展趨勢是（不包括「告A於B」的類型）：從春秋到戰國初期，這個時段「告於」和「告」並現，一方面是歷史的因素，另一方面二者大多情況下出現在不同的語境中。「告於」的存在是特殊語意表達的需要。

2. 戰國中期以後到兩漢

「告於」的存在基本上是前代文獻的延用。一般來說告的關係對象不再需要介詞引出。從上表（見3.2.1.2）看，武威漢簡「告於」的比率很高，因為其內容是比較完整的九篇《儀禮》，時代較早的緣故。當然裏面有「告於G」的格式。

3.2.2 義位的變化

3.2.2.1 請　求

「告」所有義位中，「告訴」是其核心義位，其他義位都是從此義中發展而來。甲骨文就存在的義位「祭告」、「報告」是由於不同的組合對象而形成的。因有難事而告訴別人，目的是請求別人幫忙，所以引申出「請求（別人幫忙）」之義，一般來說帶受事賓語，常由國名或人名來充當，這個義位在《左傳》中就已出現，「告」表此義，是不需要介引的，這是意義的需要，因為此義位「請求」的產生就是因為強調關係對象而來的。如：

（29）公曰：「宋人告急，舍之則絕，告楚不許。我欲戰矣，齊、秦未可，若之何？」先軫曰：「使宋舍我而賂齊、秦，藉之告楚。（《左傳·僖公二十八年》）

「告楚不許」意思是請求楚國退兵，楚不允許；「藉之告楚」，意思是借齊秦（替宋國）請求楚國退兵。此句中的「告楚」中的「告」是「請求」之義。《左傳》中「告」和「請求」兩個義位在結構上是可以區別開來的。一般來說，「告

於＋國名」表示向某一國家傳達某一消息（告訴），「告＋國名」多是請求某一國家作某事（請求）。這樣，兩個義位不至於發生混淆。但是由於這個時期正是介詞「於」正處於一種介引關係對象消失的過渡期，所以有時「告＋國名」也表示傳遞信息之義。

至於「告＋內容」中的「告」是表示告訴還是表示請求，就完全取決於文意了。如：

（30）吳告敗于晉。（《左傳・襄公十四年》）

（31）臧孫辰告糴於齊。國無三年之畜，曰國非其國也。一年不升，告糴諸侯。告，請也。糴，糴也。不正，故舉臧孫辰以爲私行也。（《穀梁傳・莊公二十八年》）

例（30）「告」是告訴義，但是其潛在的語義特徵包含著請求之義，之所以向某一國家或某一人告訴某一緊急情況或戰敗的情況，就是因爲想請求對方幫忙，這個例子是「請求」意義產生的萌芽狀態。最初這種用法是一種語境意義，告訴別人某一困難的處境或緊急情況，就等於請求別人幫忙。由於類似用例的增多，這種語用特徵就可能固化而產生一個新義位「請求」。很明顯例（31）中「告」是請求義。「告糴諸侯」是因爲「臧孫辰告糴於齊」而承前省略，意義相同。

「告」的請求義今天作爲語素意義還保留在現代漢語中，如「告假」。

3.2.2.2　告發、揭發

如果「告訴」的目的是揭發別人的錯誤或罪行，就產生了「告發或上告」的意義。此義位周代就產生了，如：「鬲從以妏衛牧告於王曰：女（汝）覓我田牧，弗能許。」（《鬲妏從鼎》），但是戰國末尤其是漢代才成爲一個常用義位。如：

（32）左右知，不捕告，皆與同罪。城下里中家人皆相葆，若城上之數。有能捕告之者，封之以千家之邑。若非其左右及他伍捕告者，封之二千家之邑。（《墨子・卷十五》）

（33）公孫竭與陰君之事，而反告之樗里相國，以仕秦五大夫。（《呂氏春秋・慎行論》）

（34）商君說秦孝公以變法易俗而明公道，賞告奸。（《韓非子・奸劫弒臣》）

（35）賞告而奸不生。（《韓非子・心度》）

該義位中古一直到現代漢語中還見使用。如「石崇後聞，皆殺告者。」（《世說新語・汰侈》）

3.3　「謂」（附：「謂」的評論義項疑義）

「謂」的詞源意義「兩兩相當」一直影響著它詞義的發展走向，「謂」後不僅要出現關係對象，常常還要出現言說的內容。意義決定語法特徵，相應地，從語法結構來說，「謂」常常出現雙賓語的結構。

「謂，報也。」（《說文》）段注：「報，當罪人也。蓋刑與罪相當謂之報。引申凡論人論事得其實謂之報。謂者論人論事得其實也。」所以「謂」是就某人或某事情發表意見、闡述看法。「報、當、謂」三者音近義通。從意義上看，「報」與「當」同義，都有兩兩相當的意思。「謂」亦同此，它的所有義位都與之有關。從聲音上看，「報」是幽韻幫母〔註20〕、「謂」是物韻匣母、「當」是陽韻端母。「唇音和牙音在上古可以相通是沒有問題的。」〔註21〕如，《說文》「葩，華也。」又，「華，榮也。」「葩」，滂母；「華」，匣母。葩華同源。幫屬於唇音，匣屬於牙音。儘管幽和物主要母音、韻尾不同，但是由於聲母相近，所以「報」「謂」音近同源〔註22〕。

「謂」的基本意義是「說」，即「論人論事得其實也」。其義位表述為「對某人表達具體意見」。「謂」是上古時期主要表「說」的動詞之一。早在《尚書》、《詩經》時代就大量出現了這種用法。

通過對「謂」的意義分析，我們發現「謂」當說講，總是很有針對性地對某人就某事發表意見。正是「論人論事得其實也」。所以「謂」是一個跟關係對象結合很緊密的動詞，「謂」的內容一般以直接引語的方式出現，有時用「曰」，有時不用，這種用法常常翻譯成「對……說或告訴」。上古「謂」的所有義位中，

〔註20〕　此處是根據唐作藩的《上古音手冊》。根據郭錫良的《漢字古音手冊》，「報」是並母。

〔註21〕　《上古漢語同源詞語音關係研究》（孟蓬生），北京大學出版社，2001年版，第115頁。

〔註22〕　此處同源關係的判斷參考《上古漢語同源詞語音關係研究》226頁「勉」組同源詞，如勉屬元韻、勖屬幽韻、忞屬文韻等。

此義位的使用頻率頗高。「謂」當「說、告訴」講是它的基本義，此基礎上產生了「問」、「勸說」等義位變體〔註23〕。另外「謂」還引申出「認為」、「意指」、「叫做、稱為」等義項。

總之，「謂」既出現內容，又出現關係對象。「謂」（「說、告訴」義）帶內容賓語大多數以直接引語的形式出現（多數情況下引語前用「曰」），也有的以間接引語的形式出現，即把直接引語轉引。表「意指」的「謂」一般來說帶雙賓語及其轉換形式。

3.3.1　帶小句賓語（「認為、說」義）

有兩種情況：一種是只帶一個小句賓語，可以是直接引語，也可是間接引語；另一種是除了帶一個直接引語外，還有帶關係對象的。直接引語前有時不用「曰」，這種情況屬於雙賓語結構。

不帶關係對象，只帶小句賓語。

這種情況一般來說只在「謂」後出現一句話，作「謂」的賓語，話語的內容多為評論性的話語，反映說者的主觀認識。所以「謂」這時已經是「以為、認為」的意思，表達的意義是針對某人某事進行評論。例如：

（1）己有天命，謂敬不足行，謂祭無益，謂暴無傷。（《尚書‧周書‧泰誓中》）

（2）君謂許不共，故從君討之。（《左傳‧隱公十一年》）

（3）君子謂昭公知所惡矣。（《左傳‧桓公十七年》）

（4）君子謂：「強鉏不能衛其足。」（《左傳‧莊公十六年》）

既帶言說內容，又帶關係對象，受事內容以直接引語的方式顯現，這是「謂」

〔註23〕　我們所說的基本義是某詞一定時期常用的穩定的意義，就是語言義，對該詞進行解釋是詞義訓釋。某詞在一定的語言環境中的臨時的靈活的意義，常常體現為句中意，對該詞句中意的解釋是文意訓釋。這種臨時的、靈活的意義雖然屬於語用範疇，但是仍然是有規律可尋的，找出這些規律會對我們閱讀古籍提供幫助。但是這些語用意畢竟還處於動態之中，還沒有固化，所以我們把這些意義稱為義位變體。所以我們在編撰字典辭書時要注意把詞的基本義、常用義跟義位變體（即有規律的臨時義、句中義）區分開來。詳細請參看蘇寶榮《詞義研究與辭書釋義》商務印書館，2000年，第156～161頁。

的最常見的用法，即「謂＋G＋（曰）＋直接引語」。

「謂」後出現直接引語時，常常在直接引語前用「曰」來引出，但有時也獨自引出直接引語。上古時期「謂」和「問」一樣，用「曰」引出直接引語的比例遠遠高於獨自引出直接引語的比例。如「鮑牧又謂群公子曰：『使女有馬千乘乎？』」（《左傳·哀公八年》）；「張柳朔謂其子：『爾從主，勉之！我將止死，王生授我矣。吾不可以僭之。』遂死於柏人。」（《左傳·哀公五年》）

有些句子沒有用「曰」引出直接引語，一方面是由「謂」本身的詞義特點所決定的，「謂」是就某人某事發表意見、提出建議等，本身凸顯話語的內容；另一個原因是上古大勢所趨，很多言說類動詞都演變出不用「曰」引出直接引語的用法。整個上古時期「謂」用「曰」引出直接引語的用法仍是主要的。上古後期用「曰」相對少些，尤其是口語語體中。如「講道咸陽來，史銚謂毛：毛盜牛時，講在咸陽，安道與毛盜牛？」（《張家山漢簡》）

這種結構中的「謂」的基本意義是「對某某說」，但是在具體的語言環境中產生了一些下位意義，有時是陳述有時是詢問。如「知我者，謂我心憂；不知我者，謂我何求。悠悠蒼天，此何人哉？」（《詩經·王風·黍離》），前一「謂」是陳述，後一「謂」是詢問。又如：

（5）獻公病將死，謂荀息曰：「士何如則可謂之信矣？」荀息對曰：「使死者反生，生者不愧乎其言，則可謂信矣。」獻公死，奚齊立。里克謂荀息曰：「君殺正而立不正，廢長而立幼，如之何？願與子慮之。」荀息曰：「君嘗訊臣矣，臣對曰：『使死者反生，生者不愧乎其言，則可謂信矣』」（《公羊傳·僖公十年》）何休注：上問下曰訊。

通過荀息自己的談話「君嘗訊臣矣」之中的「訊」，「訊，問也」（《說文》），以及前文獻公的「謂荀息曰」，可以說明，此「謂」文中意乃是「問」。

另外，「謂」（「對……說」）的語義，「動作的方向性不很明確；它既可以表示內向、也可以表示外向。」〔註24〕在具體上下文中有時表「（詢）問」，有時表「告（訴）」（問是內向動詞、告是外向動詞〔註25〕）經過我們的統計分析，先秦時期謂表「問」的使用頻率要低些，是臨時的語用意，而表「告訴」的使

〔註24〕　參看袁毓林《漢語動詞的配價研究》，江西出版社，1998年，第327頁。

〔註25〕　同上。

用頻率高些。如：

（6）孟子謂戴不勝曰：「子欲子之王之善與？我明告子。有楚大夫於此，欲其子之齊語也，則使齊人傅諸？使楚人傅諸？」（《孟子・滕文公下》）

（7）孟子謂宋句踐曰：「子好遊乎？吾語子游。人知之亦囂囂；人不知亦囂囂。」（《孟子・盡心上》）

上面兩例直接引語中分別出現了「謂」的同義詞「告」、「語」，更說明這種情況下「謂」是表示告訴。

漢代「謂」的用法有了新的發展，產生了「謂＋單賓語」的結構，與「告」同。如「上以責謂丹」（《漢書・王商史丹傳喜傳》）、「人以謂霍氏」（《漢書・霍光金日磾傳》），其中的「謂」，顏師古注：「告語也。」這種結構的產生可能是類推的結果，因為「謂」的同義詞「告」、「語」有此結構，所以「謂」也產生了此類型。

但是在漢代以前，「謂」表示「告」義，主要是用於「謂＋G＋引語」句式中。一般來說引語內容是不能省略的，先秦的典籍（不包括詩歌題材）中，我們只發現了一例內容不顯：

（8）子旗曰：「子胡然？彼孺子也，吾誨之猶懼其不濟，吾又寵秩之。其若先人何？子盍謂之？《周書》曰：『惠不惠，茂不茂。』康叔所以服弘大也。」（《左傳・昭公八年》）

這種情況，我們認為是省略所致。例（8）子旗的意思是，你怎麼不跟他說不要攻打了。（楊伯峻《左傳譯注》：子旗請陳向子良告言之，使之勿攻己。）有些話故意不直說，讓對方去體會。

3.3.2　帶「間接引語」（「說、告訴」義）

這裡所說的間接引語，是由直接引語轉化而成的。這類句子如果從結構上看，是不應算作一個獨立的類別，但是我們從意義出發，單列出這一類。多數仍是小句作賓語。這種用法中「謂」仍是表「說、告訴」義，因為所說的內容都是陳述一件事。如：

（9）自天子所，謂我來矣。召彼僕夫，謂之載矣。（《詩經・小雅・出車》）

（10）命彼後車，謂之載之。（《詩經・小雅・綿蠻》）

（11）且人之欲善，誰不如我？我欲無貳而能謂人已乎？（《左傳·僖公九年》）

（12）夫人使謂司城去公，對曰：「臣之而逃其難……」（《左傳·文公十六年》）

（13）昭子命吏謂小待政於朝，曰：「吾不爲怨府。」（《左傳·昭公十二年》）

（14）子明謂桐門右師出。（《左傳·定公九年》）

（15）子謂之姑徐徐云爾，亦教之孝悌而已矣。（《孟子·盡心上》）

上面的例句「謂」相當於現代漢語的「告訴」義。現代漢語中「告訴」一類的句子是否爲兼語句有不同意見，有人將「告訴」一類歸入兼語動詞〔註26〕，也有人認爲「告訴」是帶雙賓語的〔註27〕。古漢語中這類句子怎樣呢？上面例（9）～例（15）意思是（中括弧裏的內容是現漢譯文）：

謂我來矣〔告訴（叫）我來〕

謂之載矣〔告訴（叫）他們裝車〕

我欲無貳而能謂人已乎〔我不想違背諾言但能告訴（勸說）別人停止爲善嗎〕

夫人使謂司城去公〔襄夫人派人告訴司城（讓他）離開昭公〕

吏謂小待政於朝〔命令官吏告訴叔仲小在朝廷上聽候辦公〕

子明謂桐門右師出〔告訴右師出門（迎接他父親的靈柩）〕

子謂之姑徐徐云爾〔你對他說暫且慢慢地扭吧〕

一方面，這些句子中的「謂」詞義本身沒有使令意義，儘管在某些具體的語言環境中並不排除有使令意義，所以有時翻譯成「使」或「讓」也是可以的，因爲這是一種語用意義。另一方面，這些句子都是直接引語轉化而來的，直接引語變成間接引語一般要引起小句人稱的變化。上面的句子也可以看成直接引語：

謂我：「來矣」

〔註26〕 李臨定，《現代漢語句型》商務印書館，1986年。

〔註27〕 邢欣，《現代漢語兼語式》北京廣播學院出版社，2004年，第169頁。

謂之：「載矣」

我欲無貳而能謂人：「已乎」

夫人使謂司城：「去公」

吏謂小：「待政於朝」

子明謂桐門右師：「出」

子謂之：「姑徐徐云爾」

實際情況可能是，直接引語是有主語的，但是在轉換後就變成了「謂」的關係對象。

這種情況有時不同於現代漢語的「告」字句。如：現代漢語中「告訴我來」是雙賓語，「來」的主體也可能是「我」，也可能與「告訴」的主體相同。但是上述例（1）「謂我來」中「來」的主體一定是「我」。

我們認爲這類結構是雙賓語，其中的「謂」大約相當於現代漢語中的「告訴」義，古注學家也認識到了這個問題。如上面例（9）歐陽修《詩本義》注爲：「謂，相語也。遣媒妁相語以求之。」朱熹《集傳》注爲：「謂之，則但相告語而約可定矣。」

要注意的是，這種結構雖然可以翻譯爲「使、讓」或「勸告」之類的兼語式，但是「謂」詞義仍是表示「說」或「告訴」，比如：

（16）或謂寡人勿取，或謂寡人取之。（《孟子・梁惠王下》）

此例可以翻譯成「有人勸我不要吞併（燕國），有人勸我要吞併」，勸告是文中意，是「訓」，而不是「義」，即是具體文意的體現，而不是詞義訓釋。所以「謂」的「勸告」意有些辭書確立爲義項是欠妥的。

3.3.3　帶雙賓語（「意指」義）

「謂」帶雙賓語在西周時期就很常見。由「謂」的詞源義「報」（對當）引申出「叫做或稱爲」、「意指」，因爲這是訓釋詞和被訓釋詞的對當、稱呼詞和被稱呼詞的對當。「謂」常常出現在「所謂」、「何謂也」、「此之謂也」、「其是之謂乎」等類型中，可以理解爲「意思是什麼」或「說的是什麼」，常常用來解釋某個詞語。《周易》中這種「謂」極其常見，幾乎都表示此義。整個上古時期「謂」用於此義位的結構形式主要有以下幾種：（B 是被釋詞）

A之謂B。A是賓語前置，如「一陰一陽之謂道。」（《周易・繫辭上》）這種形式也作「A之謂」或「A是謂」。如「主是謂矣！」（《左傳・昭公元年》）

A謂之B。「之」是回指前面的話題A，「之」和「B」是雙賓語。如「化而裁之謂之變，推而行之謂之通，舉而錯之天下之民謂之事業。」（《周易・繫辭上》）

謂AB。AB是雙賓語。如「謂乳穀，謂虎於菟，故命之曰鬥穀於菟。」（《左傳・宣公四年》）、「謂弟之妻婦者，是嫂亦可謂之母乎？」（《禮記・大傳》）、「何以謂仁內義外也？」（《孟子・告子上》）、「夫謂非其有而取之者盜也。」（《孟子・萬章下》）

謂A曰（爲）B〔註28〕。如「謂女子，先生爲姊，後生爲妹。」（《爾雅・釋親》）、「女子謂兄之妻爲嫂，弟之妻爲婦。（《爾雅・釋親》）、「敢問何謂爲政？」（《禮記・哀公問》）

上述幾種方式中，第1、第2和第4都是第3的變換形式，但是以第1、第2爲最爲常見。正常的語序是「謂AB」的結構，實際上這種形式數量很少，除了上文第3所舉的例子外，還有「曰：『何以謂仁內義外也？』……孟季子問公都子曰：『何以謂義內也？』」（《孟子・告子上》）一般來說這種結構的特點是，雙賓語都是單音節或雙音節，有時解釋部分爲一個整體結構如者字結構，這樣不至於導致理解的混亂。第4種結構形式一般來說由於A較爲複雜，或是一個詞組或是一個句子，尤其當解釋親屬稱謂的時候，往往要涉及稱謂的主體和客體，A就更複雜些，爲了突出被釋詞，也是爲了使表達更清晰，就在被釋詞前加上「爲」或「曰」，語言中一般強調的重點詞都放在句尾，口語中還可能伴隨著重音。《爾雅》用「爲」常見。如：

（17）女子謂姊妹之夫爲私。(《爾雅・釋親》)

（18）女子同出，謂先生爲姒，後生爲娣。(《爾雅・釋親》)

（19）婦之父母、婿之父母，相謂爲婚姻。(《爾雅・釋親》)

（20）其言歸何？婦人謂嫁曰歸。」(《公羊傳・隱公二年》)

例（20）在《穀梁傳・隱公二年》也有相同的記載「冬，十月，伯姬歸於

〔註28〕 此類是雙賓語的變換式，我們從語義著眼有時把這種句式看作雙賓語。

紀。禮，婦人謂嫁曰歸，反曰來歸，從人者也。婦人在家制於父，既嫁制於夫，夫死從長子。」「婦人謂嫁曰歸」這種用法很罕見，把「婦人嫁」這個完整的語意結構割裂開來，把「婦人」放在前面作話題主語，可能是爲了強調話題，這跟現代漢語及方言中的分裂式的話題結構類似〔註 29〕。由於這種分裂式的話題結構是一種特殊語境下的產物，離開了具體的語言環境就會造成交際的混淆，是一種語用現象，並沒有固化成一定的語法規則。

　　除了以上四種方式外，還有「何謂 B」和「是謂 B」等形式。「何謂 B」中，「何」和「B」一般來說是「謂」的雙賓語。疑問代詞「何」作賓語，前置。如「子夏曰：『五至既得而聞之矣，敢問何謂三無？』孔子曰：『無聲之樂，無體之禮，無服之喪，此之謂三無。』」（《禮記·孔子閒居》）但是「赫赫師尹，不平謂何。」（《詩經·小雅·節南山》）中「何」沒有前置，可能是因爲詩歌語言形式的需要，爲了押韻而產生的異常的句法現象。在《詩經·小雅·節南山》中，「何」與該章的「猗、瘥、多、嘉、嗟」都屬於歌部。「是謂 B」結構是「A 謂之 B」之中的一種樣式。代詞「是」作主語，不需要用代詞「之」回指。這種作主語的代詞還有「此」、「斯」等。「此」與「是」一樣，作主語不需要代詞回指。但是，「斯」卻不同，作主語仍需要代詞回指。下表是這三個代詞在十三經中相關使用情況的詳細測查：

「是、此、斯、作」作「謂」相關情況測查表

	周易	尚書	詩經	左傳	論語	孟子	周禮	禮記	儀禮	公羊	穀梁	爾雅	孝經
是謂 B	1	0	5	19	3	0	0	20	0	0	2	0	0
是謂之 B	0	0	0	0	0	0	0	0	0	0	1	0	0
是之謂 B	0	1	0	0	0	2	0	2	0	0	1	0	0
此謂 B	0	0	0	0	0	0	1	11	0	0	1	0	0

〔註29〕 劉丹青詳細論述分析了漢語及方言中的分裂式的話題結構（如「襯衫他買了三件」）：受事題元分佈在動詞的兩端分別充當話題和賓語，而其指稱關係、信息特點等符合話題結構的普遍規律。但是有人不認爲是分裂的結構。我們認爲現代漢語這種分裂結構是口語語體的特點之一。請參看《論元分裂式話題結構》，載《語言研究再認識──慶賀張斌先生從教五十週年暨八十華誕》，上海教育出版社，2001 年。

此謂之 B	0	0	0	0	0	0	0	0	0	0	0	0	0
此之謂 B	1	0	0	8	0	5	21	0	0	0	0	0	1
斯謂 B	0	0	0	0	0	0	0	0	0	0	0	0	0
斯謂之 B	0	0	0	0	2	0	0	1	0	0	0	0	0
斯之謂 B	0	0	0	0	0	0	0	3	0	0	0	0	0

補充：「而倍譎不同，相謂別墨。」（《莊子·天下》）中「相謂別墨」意思是（這些人）互相稱對方是背墨，跟「謂AB」的結構同，只是A的位置上出現代詞「相」而前置了。「相謂」在28部上古典籍出現了19次，其中18次指互相商量說（實質也是一人對另一人說），而且都出現直接引語。此例「相謂別墨」爲唯一一例表此用法的。

通過上表可以看出，「是」和「此」作主語時基本不用代詞回指，作「A謂B」，不作「A謂之B」結構，但有一例外，「過而不改，又之，是謂之過。襄公之謂也。」（《穀梁傳·僖公二十二年》）當「謂」前面出現代詞「是」或「此」的時候，賓語可以不用代詞回指了，這種形式漸漸擴展到一般名詞作主語的結構中。也就是說後來這種結構不限於代詞作主語，普通名詞作主語也不需要代詞「之」回指了。這樣就產生了一種後代常見的形式「A謂B」式，這種形式爲後代注釋家所常用。常見於漢代的注疏體中。在漢代的注疏體中，「A謂B」這種結構樣式很常見，這種情況下A是被釋詞。如「勉陞降以上下兮」（《楚辭章句疏證》）漢·王逸注：「上謂君，下謂臣也。」

另外，雙賓語還有一種情況，凝固格式「謂A何」，「A」、「何」都是「謂」的賓語，基本意義仍是「說」，但是具體的語境意可能會有不同。如：

（21）父死之謂何？又因以爲利，而天下其孰能說之？孺子其辭焉！（《禮記·檀弓下》）

（22）天實爲之，謂之何哉！（《詩經·邶風·北門》）

（23）君實有臣而殺之，其謂君何？（《左傳·成公十七年》）

例（21）「父死之謂何」是「謂父死何」的變換形式。本例中的「父死」和例（22）「謂之何哉」中的「之」及例（23）「其謂君何」中的「君」都是一種無可奈何的事情或者是奈何不得的施事者（老天和君王）。這種語境下「說」產生了「行」的意義〔註30〕，即：對這種事情，能夠做什麼？所以「謂之何哉」

〔註30〕言語行爲理論作爲語用研究核心理論的地位已經牢固確立，任何屬於語用範疇的

馬瑞辰傳箋通釋：「謂，猶奈也」。這實際上是一種臨時的具體語境意義。如果不具備這樣的語境，就要仔細斟酌。如：

（24）民其謂我何？（《左傳・桓公六年》）

（25）師必有名，人之稱斯師也者，則謂之何？（《禮記・檀弓下》）

（26）秦伯曰：「國謂君何？」對曰：「小人戚，謂之不免。君子恕，以爲必歸。」（《左傳・僖公十五年》）

（27）先後其謂我何？寧使諸侯圖之。（《左傳・僖公二十四年》）

（28）石子欲還，孫子曰：「不可。以師伐人，遇其師而還，將謂君何？若知不能，則如無出。今既遇矣，不如戰也。」（《左傳・成公二年》）

（29）救而棄之，謂諸侯何？（《左傳・僖公二十八年》）

　　例（24）意思是，老百姓將說我什麼？將怎樣議論我呢？言外之意是老百姓將對我不滿。例（25）「謂之何」的意思是「出師一定有名義。如果別人稱我們的這個軍隊，那麼會稱什麼名義呢？」例句（26）「國謂君何」意思是「國人認爲國君的前途怎樣呢？」例（27）意思是「先後會在九泉之下說我什麼呢？」其語用意義是他會不滿。例（28）意思是「能對君說什麼呢？即用什麼向國君交代呢？」例（29）意思是說，「前來救援又放棄它，能對諸侯說些什麼呢？」言外之意是無法跟他們解釋。所以這種結構幾乎必須作語用平面的分析，才能更準確地理解文意。

　　綜之，不論「謂」的語義特徵如何變化，其詞源意義「兩兩相當」一直影響它的詞義發展走向，不僅要出現關係對象，常常還要出現言說的內容。同時其詞源意義也決定其語法特徵，相應地，從語法結構來說，常常出現雙賓語的結構。

附：「謂」的「評論」義項疑義

　　通過對「謂」的全面測查，整理「謂」的義位系統，我們發現傳統上對「謂」的「評論」義項的確立是欠妥當的。

　　《漢語大詞典》〔註31〕「謂」的第一個義項「評論」，舉例爲下面的例1和

研究都毫無例外以「言必行」的語言哲學思想爲基礎。參看何兆熊主編的《語用學文獻選讀》，上海外語教育出版社，2003年版，第221頁。

〔註31〕縮印本，漢語大詞典出版社，2000年版，第6681頁。

《孟子·滕文公下》「子謂薛居洲，善士也。」〔註32〕《辭源》〔註33〕「評論、談論」為其第兩個義項，舉例為下面的例（5）。《王力古漢語字典》〔註34〕第一義項「說，用於評論人物……引申為認為、以為。」幾乎所有的古漢語字典、詞典都把「評論、評價」作為「謂」的一個義項。我們認為此義項的確立是欠妥當的，實際上就是「認為、以為」之義，即使譯為「說」亦表此義。《王力古漢語字典》把「認為、以為」當作「評論」的引申義，更為不當。實際上，這種「評論、談論」和「以為、認為」義沒有必要分立義項，下面的句子均出自《論語》，標點和翻譯我們參照楊伯峻的《論語譯注》：

（1）謂季氏，「八佾舞於庭，是可忍也，孰不可忍也？」（《論語·八佾》）

（2）子謂《韶》，「盡美矣，又盡善也。」謂《武》，「盡美矣，未盡善也。」（《論語·八佾》）

（3）子謂公冶長，「可妻也，雖在縲絏之中，非其罪也！」以其子妻之。（《論語·公冶長》）

（4）子謂南容，「邦有道，不廢；邦無道，免於刑戮。」以其兄之子妻之。（《論語·公冶長》）

（5）子謂子賤，「君子哉若人！魯無君子者，斯焉取斯？」（《論語·公冶長》）

（6）子謂子產，「有君子之道四焉：其行己也恭，其事上也敬，其養民也惠，其使民也義。」（《論語·公冶長》）

（7）子謂衛公子荊，「善居室。始有，曰：『苟合矣。』少有，曰：『苟完矣。』富有，曰：『苟美矣。』」（《論語·子路》）

（8）子謂仲弓，曰：「犁牛之子騂且角。雖欲勿用，山川其舍諸？」（《論語·雍也》）

（9）子謂顏淵，曰：「惜乎！吾見其進也，未見其止也！」（《論語·子罕》）

〔註32〕 這句話楊伯峻《論語譯注》翻譯為「你說薛居洲是個好人」，也可翻譯成「你認為薛居洲是個好人」

〔註33〕 合訂本，中華書局，1995 年，第 1582 頁。

〔註34〕 中華書局（2000 年，第 1289 頁）：在義項「說，用於評論人物」下所舉例子為上面的例 1 和例 2。

例（1）和例（2）「謂」楊伯峻均譯爲「談到」；例（3）、例（4）譯爲「孔子說公冶長（南容）……」；例（5）和例（6）「謂」直接譯爲「評論」；例（7）、例（8）、例（9）翻譯同例（1），如「子謂仲弓」譯爲「孔子談到冉雍」。傳統上把上述例句中的「謂」訓釋爲「評價、評論」。

學界的這種看法主要原因是受到訓詁學家段玉裁的影響，段玉裁《說文解字注》〔註35〕：「謂者論人論事得其實也，如《論語》謂韶、謂武子、謂子賤子、謂仲弓」。

爲什麼此意義幾乎都出現於《論語》之中？如果作爲一個獨立義位，使用範圍不應該如此狹窄，只出現在一兩本書中。

事實上當「評論」講實質上仍然是「說」（認爲），表達的意思是談論對某件事或某人的看法。但是有時候沒有出現關係對象，只是說話的主體在發表看法，可以直接翻譯成「說」（談說），或翻譯成「認爲」，這種用法歷來造成誤解主要原因是受到段氏的影響。我們對此產生疑義，一方面是考慮到詞義本身，這些「謂」當「評價」講，稍顯牽強。上述用例引語中的話有些並不完全是評價之語，而且，經全面測查語料並翻檢工具書我們發現，只有《論語》諸例以及少數《孟子》中的例子，人們持此看法；另一方面，我們發現在《論語》一書中，這種結構與常見的「謂」的用法即「謂某某曰」（對某某說）造成混淆，這種情況一般來說違背語言的交際原則的，所以我們對這種例句仔細排查，發現以上這些例句仍然是當「說」講的，只是這個「說」與一般情況下的「說」意義有所不同，是「認爲、以爲」，這就導致了句讀方式與一般句讀方式不同。根據我們的看法，例（1）～（9）這些句子可以重新句讀爲（例（8）和例（9）句讀未變，但意義有變）：

（11）子謂：「季氏八佾舞於庭，是可忍也，孰不可忍也？」（《論語·八佾》）〔註36〕

（12）子謂：「《韶》盡美矣，又盡善也。」謂：「《武》盡美矣，未盡善也。」（《論語·八佾》）

（13）子謂：「公冶長可妻也，雖在縲絏之中，非其罪也！」（《論語·公

〔註35〕　上海：上海古籍出版社，1988年，第89頁。

〔註36〕　例11～19是和前面的例1～9對應的。

冶長》）

（14）子謂：「南容邦，有道，不廢；邦無道，免於刑戮。」（《論語・公
冶長》）

（15）子謂：「子賤，君子哉若人！魯無君子者，斯焉取斯？」（《論語・
公冶長》）

（16）子謂：「子產有君子之道四焉：其行己也恭，其事上也敬，其養民
也惠，其使民也義。」（《論語・公冶長》）

（17）子謂：「衛公子荊善居室。始有，曰：『苟合矣。』少有，曰：『苟
完矣。』富有，曰：『苟美矣。』」（《論語・子路》）

（18）子謂仲弓曰：「犁牛之子騂且角。雖欲勿用，山川其舍諸？」（《論
語・雍也》）

（19）子謂顏淵曰：「惜乎！吾見其進也，未見其止也！」（《論語・子罕》）

以上例（11）、（12）、（13）、（14）、（16）、（17），按原來的句讀法（例1～
例7），其中的引語是無主句；重新句讀後，更符合句子語法結構的特點，這樣
的話語也不顯得突兀。前面例（5）那種傳統句讀，引語中的部分雖是有主語的，
但是我們的重新句讀（例（15））似乎更符合《論語》一書的口語語體的特色，
即「子謂：『子賤，君子哉若人！魯無君子者，斯焉取斯？』」這種結構在《論
語》這樣的口語語體中很常見，如「子曰：『回也，其心三月不違仁。其餘則日
月至焉而已矣。』」（《論語・雍也》）在這兩個句子中「子賤」和「回」都是以
稱謂形式存在的獨詞句，在日常口語中是一種常見的形式。例（18）和例（19）
就是正常的用法，是「對某某說」的意思。例（18）的意思是，孔子對仲弓說：
「耕牛生下的牛犢，長著赤色的毛，端正的角，雖然不想用它當祭品，山川之
神難道會捨棄它嗎？」孔子的言外之意是（對仲弓）「雖然你父親卑賤，但是你
能不被重用嗎？」。例（19）可能是孔子面對生病的顏回或剛去世的顏回說，「可
惜啊，你的身體這樣（或你走得這樣早）我只見你進步。從未見你停止過。」
此例中的「其」活用為第一人稱。

我們持此看法還有一個證據，上述例（3）到東漢《論衡》中變成了：

孔子曰：「公冶長可妻也，雖在縲絏之中，非其罪也。」以其子妻之。

（《論衡・問孔》）

我們主張「評價」和「以爲、認爲」不該分立義項的另一原因，是「評價」義和「以爲」義語法上有別，前者帶名詞；後者可以帶小句賓語。前面例（1）～例（9）傳統的句讀法就是爲了迎合這種語法上的特點。而從語義上看，帶小句賓語的句讀形式更符合「謂」的語義特徵。

實際上，這樣的用法古籍中是常見的，只是由於受到段注的影響，才形成傳統的那種句讀方式。事實上這些句子中的「謂」就是「以爲、認爲」義。這種結構多數是「謂」獨自引出直接引語。我們測查語料發現，上古時期「謂」和「問」一樣，引出直接引語時，儘管常常用「曰」來引出直接引語，但有時也獨自引出。如：

（20）析父謂子革：「吾子，楚國之望也……」（《左傳・昭公十二年》）

（21）謂：「先王何常之有？唯餘心所命，其誰敢請之？」（《左傳・昭公二十六年》）

（22）又謂子惡：「令尹欲飲酒於子氏。」（《左傳・昭公二十七年》）

（23）退而謂季孫：「君怒未怠，子姑歸祭。」（《左傳・昭公三十一年》）

（24）子泄怒，謂陽虎：「子行之乎？」（《左傳・定公五年》）

（25）國人懼，懿子謂景伯：「若之何？」（《左傳・哀公八年》）

（26）公謂鮑子：「或譖子，子姑居於潞以察之……」（《左傳・哀公八年》）

（27）陳僖子謂其弟書：「爾死，我必得志。」（《左傳・哀公十一年》）

（28）知伯謂趙孟：「入之。」對曰：「主在此。」（《左傳・哀公二十七年》）

（29）君子謂：「宋共姬，女而不婦。女待人，婦義事也。」（《左傳・襄公三十年》）

（30）儒者謂：「日月之體皆至圓。」（《論衡・說日》）

我們還發現「謂」表「評論」義的句子中，「謂」的主體既有「君子」、「孔子」、「子」、「仲尼」，也有「楚子」、「君王」甚至「據與款」這類普通人，因爲任何人都有發表議論、闡述看法的可能，當然有時候作者是借「君子」、「孔子」、「子」、「仲尼」之口來發表議論。這種只帶小句賓語的情況同「謂」帶雙賓語的情況不同。詞義上，這種情況下的「謂」雖然也可解爲「說」，但是其意義顯然已經不僅僅是一般意義上的「說」。而是「用言語表示對某人或某事的具體看法」，是反映「謂」的主體的主觀認識，是就某人某事進行的議論。

一般譯作「以爲、認爲」，或直接譯爲「說」也可以，這時的「謂」已經由言說動詞義發展爲心理動詞義。首先，言爲心聲，說什麼往往就是認爲什麼；另外，認知域與言語行爲域的區分，可以運用於動詞、情態、復句等各項研究領域。〔註37〕。「這兩個域的區分，也體現在詞義的演變之中。」〔註38〕根據我們對言說類動詞的全面研究，我們發現很多言說類動詞的意義引申出認知類動詞的意義（如「諭」由「告曉」義引申出「明白、理解」義）相應的，從結構上看，這種用法的「謂」不必出現關係對象了，這時的「謂」語義特徵明顯不同於其他義位，是二價動詞。這種用法後來不再使用「謂」，漸漸被「曰或云」所代替，因爲「謂」的更常見的義位是三價動詞。

所以，上古漢語「謂＋引語」這種結構中的「謂」有時表示「以爲、認爲」之義，是單賓語結構，跟一般「謂字句」有別。

我們通過對上古二十多部典籍全面測查，整理「謂」的義位系統，發現傳統上把「評論」確立爲「謂」的一個義項是欠妥當的。

3.4 「謁」

「謁」和「告」一樣有多個義位。但不同的是「謁」在先秦幾乎沒有核心義位，而「告訴」一直是「告」的核心義位。

3.4.1 春秋晚期戰國初期

「謁」是在春秋晚期戰國初期出現的，可能是從某一方言進入的。這個時期的「謁」既有「告訴」之義，又跟「告」一樣，同時也出現了「請求」的義位。我們這裡只探討「謁」的「告訴」義位，即向尊者傳遞消息或陳述事情，始見於《左傳》：

（1）使豎牛請曰。入，弗謁。（《左傳・昭公四年》）

（2）執而謁諸王。（《左傳・昭公七年》）

（3）伯石始生，子容之母走謁諸姑，曰。（《左傳・昭公二十八年》）

（4）乃謁關人。關人問從者幾人，以介對。（《儀禮・聘禮》）

〔註37〕 沈家煊《復句三域「行」、「知」、「言」》，《中國語文》，2003 第 3 期。

〔註38〕 李明《從言語到言語行爲》，《語言文字學》，2004 第 11 期，第 73 頁。

（5）趙文子爲室，斲其椽而礱之，張老夕焉而見之，不謁而歸。（《國語·晉語》）

（6）大史謁之天子曰：「某日立夏，盛德在火。」（《禮記·月令》）

（7）微君王之言，臣故將謁之。（《國語·越語下》）

（8）管仲有病，桓公往問之，曰：「仲父病，不幸卒於大命，將奚以告寡人？」管仲曰：「微君言，臣故將謁之。」（《韓非子·難一》）

（9）荊卿曰：「微太子言，臣願得謁之。（《戰國策·燕三》）

例（1）意思是「進去，（但是豎牛）不報告（叔孫暴）」。例（2）是「逮住了他，並告之王」。例（3）是「走謁諸姑」意思是跑去告訴婆婆。這幾個例子共性是主體與客體是下與上的關係，主體對客體有著尊重之情。例（1）～例（3）主客體不處一個空間。例（4）～例（9）雖然不能從語境中判斷出主客體是否有距離，但是這些用例包括以上其他用例的共性是下告上。例（1）中豎牛和叔孫暴是主僕關係；例（2）和（3）自不必說；例（4）、（5）、（6）中的關人、趙文子和天子都是上位者；例（7）、（8）、（9）都是相似的情況，都是回答上位者的話，而且可能是到客體那裡告訴客體相關情況，例8）「謁」中與「告」同現，可見其別，「告」不計地位高低，不表尊卑，所以「告寡人」用了「告」；「謁」則不然，是下對上傳遞信息，有表示尊敬的意味。例（8）和（9）在《管子·小稱》和《史記·卷八十六》中也有近似的記載。

3.4.2　戰國晚期

戰國晚期「謁」也跟「告」一樣還產生了「告發」的義位，如：

（10）謁過賞，失過誅。上之於下，下之於上，亦然。（《韓非子·八經》）

（11）其父竊羊而謁之吏。（《韓非子·五蠹》）

這個時期「謁」是「拜謁」義產生的萌芽期。如：

（12）故因而請秦王曰：「張儀使人致上庸之地，故使使臣再拜謁秦王。」秦王怒，張儀走。（《戰國策·韓一》）

（13）孔子窮乎陳、蔡之間，藜羹不斟，七日不嘗粒。晝寢。顏回索米，得而爨之，幾熟，孔子望見顏回攫其甑中而食之。選間，食熟，謁孔子而進食。孔子佯爲不見之。（《呂氏春秋·審分覽》）

例（12）「張儀派人到楚送還了土地，所以派使臣來拜謝秦王」，其中「謁」

仍含告訴意義，告訴他一些感謝的話；例（13）「謁孔子而進食」，晉見孔子並進獻飯食。這裡的「謁」可能說話、也可能不說話，只是到尊者那了去進獻飯食。這種「晉見」是「拜謁」產生的萌芽，正是從此引申出「瞻仰、拜謁」之義。「謁」的本義主要是「去某處去告訴尊者某一消息或事情」。這個時期「謁」的核心語義特徵（即告訴尊者某一消息或事情）正在轉指為表達自己崇敬的心情，可以用語言來表達，也可以不用語言而借助動作來完成。本句中的「謁」表「晉見」是過渡詞義。當「去某處表達自己崇敬之情」完全上陞為核心語義特徵，即動作發生的目的不是傳遞某一信息，而是去某處表達一種崇敬之情，就產生了「拜訪、瞻仰」之義。即動作對象為人就是「拜訪」義，動作對象為某地就是「瞻仰」義。總之「謁」還保留著褒義的色彩。

3.4.3　漢　代

漢代「謁」完全產生拜見之義。這個時期「謁」主要義位已經由「告訴」變成了「拜見」，正在脫離「告訴」義場轉到「拜見」義場。

總的來說，「謁」表「告訴」義基本是下對上，有著對客體的崇敬之情。這是它引申出「拜見」義的重要因素。經過我們對上古 28 部典籍測查發現，只有一例特殊，即「謁」的關係對象是自己。其餘「謁」的關係對象都是別人，常常是上位者或自己尊重的人。這個特例是「衛武侯謂其臣曰：『小子無謂我老而羸我，有過必謁之。』」（《淮南子・繆稱訓》）這句話意思是「你們不要以為我年老就衰老不堪了，我有錯一定告訴我」。其中「謁」的關係對象是說話的主體，這個唯一一個特例，即使句中的「之」代表「過錯」，「謁」的關係對象仍是主體，只是省略而已。我們猜測，這可能是一種修辭的手法，比如，某人跟一個熟識的久未見面的好友電話中說「你什麼時候來拜訪我啊？」這裡「拜訪」一詞在這種特殊的環境下有一種調侃的味道，就是「見」的意思，而沒有尊敬的含義，是一種泛用，《淮南子》中的「謁」亦同此。

「謁」與「告」在先秦幾乎擁有相同的義位，但「告」的使用頻率最高的義位是「告訴」；而「謁」的「告訴」和「請求」義位使用頻率相當，漢代，它產生了一個新義位「拜見」，同時「告訴」的使用頻率銳減，漸漸不再表「告訴」。

表 1、上古時期「謁」的使用調查

義　位		左傳	國語	墨子	商君書	荀子	韓非子	戰國策	晏子春秋	呂氏春秋	淮南子	管子	史記	論衡
告訴、陳述	其他	4	3	1	0	2	4	17	0	4	2	1	15	2
	謁者	0	2	4	0	0	7	7	0	1	1	0	30	4
請　求		4	0	1	1	2	9	4	2	0	0	8	26	0
告　發		0	0	0	0	0	3	0	0	0	0	1	26	0
拜　見		0	0	0	0	0	0	0	0	0	0	0	48	4

說明：

1、「謁者」屬於告訴義位，本不應單列出來。但是由於它的使用頻率較高，而且「謁」以語素形勢保留著「告訴」義，是「告訴」義的發展，所以在「告訴」義位下單獨列出。

2、《淮南子》《管子》《史記》《論衡》中表「告訴、陳述」之義大多數爲引述原文或敘說舊事。

3.5　「教」

「教，上所施，下所效也。從攴，從孝。」（《說文》）。段注「上施故從攴、下孝故從孝」據《說文》所載，古文有二「𤥻、爻」。段注「𤥻右從古文言。」又徐鍇《繫傳》：「以言教之。」所以，「教」是一種言語行爲活動。

古「教」、「學」一字，甲骨文中常見。「自其形體分析之，初形作爻，變體作𡥈 或 𡥉 ；進一步復於此數形之基礎上增ヨ或廾爲意符。說契諸家……不應歧爻、𡥈爲二字。」〔註39〕甲骨文用「爻」字表「教、指導」之義，6見〔註40〕。

甲金文從爻，多與小篆及古文教字形略同。從「爻」是因爲爻是算籌之象。古以籌算教、學。例如「昌多方小子小臣其教戒。」（《萃》1162辭），《粹考》

〔註39〕《甲骨文字詁林》于省吾主編，第3262頁，

〔註40〕根據楊逢彬的統計，「爻」表「教、指導」義6次，詳見《殷墟甲骨刻辭詞類研究》（楊逢彬，廣州：長城出版社，2003）第24頁注腳：爻6「每個字右下角……表明數字，表示該詞在《殷墟甲骨刻辭摹釋總集》（《甲骨文合集》第13冊及《東京大學所藏》不算在內）中，a. 除去用作專有名詞（人名、地名）及殘缺難釋的之外，全部用作敘述句謂語。b. 數字表示該詞用作敘述句謂語的次數。」

149 頁背：「據此，可知殷時臨國，多遣子弟游學於殷也。」〔註41〕

後來教與學分化爲音義有別的不同的詞。如「是故學然後知不足，教然後知困。知不足，然後能自反也；知困，然後能自強也。故曰：教學相長也。《兌命》曰：學學半。其此之謂乎。」（《禮記·學記》）這裡所引舊籍還是「教」、「學」一字。

「教」在傳世典籍中出現頻率很高。「教」從「攴」，所以常常表示對民眾的訓導、教化，使民眾聽從教導，按照要求去作，也就是上行下效。「教」與「諫」最初是一對反義詞。如「怨恩、取與、諫教、生殺，八者，正之器也，唯循大變無所湮者爲能用之。」（《莊子·天運》）

（1）爾之教矣，民胥效矣。（《詩經·小雅·角弓》）

（2）包犧氏沒，神農氏作，斲木爲耜，揉木爲耒，耒耨之利，以教天下，蓋取諸《益》。」（《周易·繫辭下》）

（3）舉善而教不能，則勸。」（《論語·爲政》）

（4）子以四教：文，行，忠，信。（《論語·述而》）

（5）曰：「既富矣，又何加焉？」曰：「教之。」（《論語·子路》）

（6）子曰：「以不教民戰，是謂棄之。」（《論語·子路》）

（7）子曰：「不教而殺謂之虐。不戒視成謂之暴。慢令致期謂之賊。猶之與人也，出納之吝，謂之有司。」（《論語·堯曰》）

這種對民眾的教育和訓練，內容很廣泛，包括道德方面的教育、也包括知識技能的訓練。如「子曰：『善人教民七年，亦可以即戎矣。』」（《論語·子路》）朱熹集注：「教民者，教之孝悌忠信之行，務農講武之法。……民知親其上，死其長，故可以即戎。」又如「不教民而用之，謂之殃民。殃民者，不容於堯舜之世。」（《孟子·告子下》）朱熹《集注》：「教民者，教之禮義，使知入事父兄，出事長上也。用之，使之戰也。」孔子主張教民，認爲提高民眾道德文化的素養以及耕戰方面的訓練，才能使國家強盛。所以他反對「不教而殺」、「以不教民戰」等做法，提倡對百姓的教化。封建社會對民教化的目的是爲統治階級服務，所以「教」和「順」常連用或對用，如「教下使順其上」（《晏子春秋·內篇問下》）、「此上有以規諫其君長，下有以教順其百姓。」（《墨子·卷九》）但

〔註41〕 轉引自《甲骨文字詁林》第 3263 頁，《殷契粹編》（郭沫若）簡稱《粹》或《萃》。

是同時也提高了國民的素質、普及了文化。

　　有時，「教」的對象也可以是禽獸，因爲其目的是使禽獸聽從，這時與「順」義同，如「故大路之馬，必信至教順，然後乘之，所以養安也。」(《史記·卷二十三》)

　　「教」後面帶內容賓語後，語義就明確化了。如：

　　（8）子之能仕，父教之忠，古之制也……若又召之，教之貳也。父教子貳，何以事君？（《左傳·僖公二十三年》）

　　（9）羿之教人射，必志於彀。（《孟子·告子上》）

　　（10）亦教之孝悌而已矣。（《孟子·盡心上》）

　　（11）教之詩，而爲之導廣顯德，以耀明其志。（《國語·楚語上》）

　　（12）使其子狐庸爲行人於吳，而教之射御，導之伐楚。（《國語·楚語上》）

　　以上句子從結構上看是雙賓語結構，作「動詞＋對象＋內容」，如果這個內容賓語是名詞和名詞詞組充當，這個結構類型可以轉換爲「動詞＋對象＋以＋內容」或「以＋內容＋動詞＋對象」。如：

　　（13）天生四時，地生萬財……教民以時，勸之以耕織。（《管子·形勢解》）

　　（14）教以軍旅，不共是懼，何故廢乎？（《史記·卷三十九》）

　　（15）教之以義方。（《左傳·隱公三年》）

　　（16）以仁義教人，是以智與壽說也，有度之主弗受也。（《韓非子·顯學》）

　　「教」的對象由民眾擴大到其他人身上，所以傳授知識或在某方面給人以指導或傳授道德法令等方面的內容，都可用「教」。春秋晚期、戰國早期（如《論語》）「教」與「誨」的語義特徵是不同的，到戰國晚期漢代，「教」的使用範圍擴大，「誨」出現次數縮小，表示「誨」的意義大都可以用「教」來表示。我們以戰國初期的《論語》、戰國晚期的《呂氏春秋》和漢代的《史記》作以簡單的說明：

　　戰國初期的《論語》「教、誨」的區別還是比較明顯的，《論語》「誨」有 5 例：

　　（17）由，誨女知之乎？知之爲知之，不知爲不知，是知也！」（《論語·爲政》）

　　（18）子曰：「默而識之，學而不厭，誨人不倦，何有於我哉。」（《論語·

述而》）

（19）子曰：「自行束脩以上，吾未嘗無誨焉。」（《論語・述而》）

（20）抑爲之不厭，誨人不倦，則可謂云爾已矣。（《論語・述而》）

（21）子曰：「愛之，能勿勞乎？忠焉，能勿誨乎？」（《論語・憲問》）

《論語》「誨」的對象無一爲「民」，而爲「人」以及孔子的弟子。據宋永培先生的研究，「《論語》中單音詞『人』表述仁德、才能『高、上』的詞義和表示地位『高、上』的詞義出現 109 次，佔了單音詞『人』出現的總次數 134 次的 80%以上……春秋時代，堯舜之道廢，孔子極力恢復與傳播之，而施號令者多是不仁不賢不德的諸侯、卿大夫，故此時『仁』的詞義特點『上』，一方面是反映孔子與弟子具有仁德，也反映其他不在位的仁人、賢人、善士、人材具有賢能，另一方面是反映君主、諸侯、卿大夫等的地位居於民上。」〔註42〕

《論語》「教」出現 7 次，除了上文所舉的五例（對象都是「民」）外，還有「有教無類」（《論語・衛靈公》）和「子以四教：文、行、忠、信。」（《論語・述而》）關於「有教無類」有幾種說法，〔註43〕我們認爲趙紀彬的說法是可取的，「有教無類」謂「不分族類，對邦域之內所有的『民』，一律施以政治教令和軍事訓練。」〔註44〕關於「四教」之教，是名詞的用法。

「教」、「誨」在傳授某項技能、某方面的知識上二者詞義接近，但是「教」表示「教導、訓練」的意義與「誨」有同有異。「教」側重強制性，使用範圍寬，而「誨」側重誘導性，使用範圍較窄。所以「教」作爲名詞，與「令」或「命」爲同義詞，「子之教，敢不承命。」（《左傳・襄公十一年》）這裡「教」和「命」實爲同指。戰國初期，「教」就泛指一般意義上的教導了，到了戰國晚期，「教」的使用範圍擴大，與「誨」之別不明顯了，多數用「誨」的地方用「教」也是可以的。如《呂氏春秋》「誨」僅 2 見：

（22）我有子弟，而子產誨之。（《呂氏春秋・先識覽》）

（23）嘗得學黃帝之所以誨矣。（《呂氏春秋・季冬紀》）

〔註42〕 《上古專書辭彙研究的方法與理論探討》116 頁，載《漢語史研究集刊》第五輯，成都：巴蜀書社，2002 年。

〔註43〕 詳細見《論語詞典》第 116 頁，安作璋主編，上海：上海古籍出版社，2004 年。

〔註44〕 同上 116 頁（轉引趙紀彬《論語新探》）。

「教」出現 69 次，動詞「教誨、教育、指教」爲 39 次，早期用『誨「的地方，這時改爲用「教」了，如：

（24）孔子曰：「吾何足以稱哉？勿已者，則好學而不厭，好教而不倦，其惟此邪！」天子入太學祭先聖，則齒嘗爲師者弗臣，所以見敬學與尊師也。（《呂氏春秋・孟夏紀》）

《史記》「誨」僅 7 見，其中 4 見「教誨」連用，還有 1 例是引述原文，另外兩個例子是：

（25）取地之財而節用之，撫教萬民而利誨之。（《史記・卷一》）

（26）陬人輓父之母誨孔子父墓，然後往合葬於防焉。（《史記・卷四十七》）

前例是「教」與「誨」對用，後例是「誨」的泛用，其文中意爲「告訴」義，陬人輓父的母親告訴孔子父親墓地後，他才將父母合葬在防山。

《史記》「教」168 見，不但「教化」用「教」，「教導、教誨、教授」義都用「教」了，「教」的義域更寬了。

3.6　「誨」

「誨」爲教導、誘導之義。「誨，曉教也。」（《說文》）指明白地教導。段注：「明曉而教之也。」「曉之以破其晦，是曰誨。」所以「誨」源於「晦」指教導使人開竅，讓人擺脫昏懵狀態。

「誨」形體金文已經出現，容庚《金文編》：「與謀爲一字……『誨猷』即『謀猷』。吳大澂曰《說命》『朝夕納誨』，當讀『納謀』。」金文中的「誨」，讀爲謀略之謀。表「教導」之義最早見於《周易・繫辭上》：「慢藏誨盜，冶容誨淫。」

3.6.1　「誨」的語義特徵及其演變

由於「誨」是使人不「晦」，是破「晦」，所以這種教導比「教」多了一些啓發性，主要是讓人懂、讓人明白某一道理。是側重於啓發、誘導。

「教」「誨」連用、對用的用例很多，我們測查的語料「誨」共 71 見，其中有 29 次「教誨」連用，還有「教之誨之」以及「匪教匪誨」等數例，所以「教誨」連用和對用的用例數在我們測查的語料中，約占「誨」出現總數的一半，

可見「教」「誨」的意義接近而且結合得很緊密。

「教」、「誨」在教授別人知識上同義，但是「教」的方式側重強制性、「誨」側重啟發性。孔子的「誨人不倦」是耐心教人，不知疲倦的意思。突出了夫子授業解惑、耐心說解使人明白之特點。

春秋晚期、戰國早期，如《論語》「教」與「誨」的語義特徵是不同的，到戰國晚期漢代，「教」的使用範圍擴大，「誨」出現次數漸少，表示「誨」的詞義大都可以用「教」來表示了。

戰國初期的《論語》中「教、誨」的語義特徵有相同點，但是其區別還是比較明顯的，《論語》「誨」有5例，「誨」的對象無一為「民」。如「子曰：『默而識之，學而不厭，誨人不倦，何有於我哉。』」（《述而》）關於「誨」的對象特徵，《左傳》的情況就跟《論語》同，《左傳》「誨」7見，其中三處為「諫誨（成公二年）」、「規誨」（襄公十四年）、「教誨（昭公二十八年）」，且「誨」獨用都出現在「襄公」之後，「誨」的對象也是沒有用於「民」的。

戰國初期，由於「教」使用範圍擴大，導致「誨」的出現次數變少。如《呂氏春秋》「誨」僅2見；「教」出現69次，動詞「教誨、教育、指教」為39次，早期用『誨「的地方，這時改為用「教」了。如「孔子曰：『吾何足以稱哉？勿已者，則好學而不厭，好教而不倦，其惟此邪！』」（《呂氏春秋‧孟夏紀》）

漢代，在表教導義一般只用「教」，這體現了語言的經濟原則。「誨」在《史記》7見，其中4次以語素形式出現，均「教誨」連用，1例是引述原文，兩例為另有其因（詳見2.6「教導」類）《史記》「教」168見，不但「教化」用「教」，「教導」、「教誨」、「教授」等都用「教」。獨用「誨」表「教導」義不再出現了，而以語素的形式存在著該義。

3.6.2　「誨」的組合特徵

從「誨」的組合關係來看，不但有教導的對象，也有教導的內容。有時對象和內容都出現；有時只出現內容；有時只出現對象（大多無需介引）。

1. 關係對象特徵。

一般來說，「誨」或上對下、或長對幼、或尊對卑、或有知者對無知者，關係對象廣泛，常有門徒、子弟、晚輩甚至普通百姓。如：

（1）中原有菽，庶民采之。螟蛉有子，蜾蠃負之。教誨爾子，式穀似之。（《詩經·小雅·小宛》）

（2）儒生說名於儒門，過俗人遠也。或不能說一經，教誨後生。（《論衡·超奇》）

（3）爲人父者，慈惠以教；爲人子者，孝悌以肅；爲人兄者，寬裕以誨；爲人弟者，比順以敬。（《管子·五輔》）

（4）南宮縚之妻之姑之喪，夫子誨之髽，曰。（《禮記·檀弓上》）

（5）孟子曰：「羿之教人射，必志於彀。學者亦必志於彀。大匠誨人必以規矩，學者亦必以規矩。」（《孟子·告子上》）

（6）教誨開導成王，使諭於道，而能掩迹於文、武。周公歸周，反籍於成王而天下不輟事周；然而周公北面而朝之。（《荀子·儒效》）

例（6）「教誨」的主體是周公。周公教誨成王，因爲成王年幼，周公護衛成王繼承武王來統治天下。

「誨」絕大多數直接帶關係對象，而且無需介引。在我們測查的所有語料中只有兩例「誨」的關係對象用介詞引導，即：

（7）今執無鬼者曰：鬼神者，固無有。旦暮以爲教誨乎天下，疑天下之眾，使天下之眾皆疑惑乎鬼神有無之別，是以天下亂。（《墨子·卷八》）

（8）故聖王作爲宮室，便於生，不以爲觀樂也。作爲衣服帶履，便於身，不以爲辟怪也。故節於身，誨於民，是以天下之民可得而治……（《墨子·卷一》）

這兩例可能是韻律原因所致，尤其是後例「便於生」、「便於身」、「節於身」、「誨於民」都是結構整齊的三字句。

有些「誨」省略了關係對象，除了承前省略外，還有一個原因就是「誨」前出現了否定副詞，所以關係對象不顯，這是大多數動詞共有的規律。如：

（9）匪教匪誨，時維婦寺。（《詩經·大雅·瞻卬》）

（10）子曰：「愛之，能勿勞乎？忠焉，能勿誨乎？」（《論語·憲問》）

（11）寧不亦淫從其欲以怒叔父，抑豈不可諫誨？」（《左傳·成公二年》）

（12）敝邑之君有母弟，不能教誨，以惡大國，請黜之，勿使與政事，以

稱大國。(《戰國策‧趙四》)

（13）然而不教誨，不調一，則入不可以守，出不可以戰；教誨之，調一之，則兵勁城固，敵國不敢嬰也。(《荀子‧強國》)

例（13）「不教誨」與「教誨之」的對比，可以說明是副詞的原因導致省略關係對象。

2. 對象、內容都出現，是雙賓語句，作「動詞＋G＋內容」，這種「誨」往往傳授的是某方面的專業知識，有時就是一種技能、本領。如：

（14）公有嬖妾，使師曹誨之琴，師曹鞭之。(《左傳‧襄公十四年》)

（15）使弈秋誨二人弈。(《孟子‧告子上》)

（16）故作誨婦人治絲麻……故聖人作誨男耕稼樹藝，以爲民食。(《墨子‧卷一》)

（17）告爾憂恤，誨爾序爵。(《詩經‧大雅‧桑柔》) 鄭箋：「我語女以憂天下之憂，教女以次序賢能之爵。」：

3. 「誨」除了傳授某方面專門知識外，還包括道德上的訓誡、引導別人某種生活方式等。這種抽象的內容，常常用介詞「以」引導，或居於動詞後、或居於其前。又如

（18）懼其未也，故誨之以忠，聳之以行，教之以務，使之以和，臨之以敬，涖之以彊，斷之以剛。(《左傳‧昭公六年》)

另外，有時「誨」的內容或對象在文中沒出現，但是通過上下文或根據當時的文化背景是可知的。如：

（19）周公曰：「嗚呼！我聞曰：『古之人猶胥訓告，胥保惠，胥教誨，民無或胥譸張爲幻。』此厥不聽，人乃訓之，乃變亂先王之正刑，至於小大。民否則厥心違怨，否則厥口詛祝。」(《尚書‧周書‧無逸》) 《尚書正義》(漢孔安國傳、唐孔穎達疏) 曰：「周公言而歎曰：『我聞人之言曰，古人之雖君明臣良，猶尚相訓告以善道，相安順以美政，相教誨以義方。……隱三年《左傳》石碏曰：『臣聞愛子，教之以義方。』故知相教誨者，使「相教誨以義方」也。則知相訓告者，告之以善道也；相保惠者，相安順以美政也。」

3.7　「訴」

3.7.1　詞義的演變

「愬」是「訴」的或體，「訴」又做「謖」。如《管子・版法》：「治不盡理，則疏遠微賤者無所告謖。」「訴，告也」（《說文》）。在典籍中「愬」更常用些。可能反映時人的一種心理狀態，因爲這是一個述說心理感受的動詞。客觀世界作用於人，會使人產生一定的心理反映，或產生愉悅的心理感受，或產生厭惡、委屈、憤怒等種種不良的心理情緒。根據一般的心理特點，當別人的行爲或做法使自己產生不良的心理情緒時，人們往往找一個值得信賴的人把這種情緒述說出來，而且希望得到幫助，即爲「訴」（訴說冤屈義），其義是「向某一值得信賴的人述說因某人或某事引起自己的不良的情緒」。

「訴」表「訴說」義最早見於「薄言往訴，逢彼之怒。」（《詩經・邶風・柏舟》）說者向人陳述心理的冤屈，即不好的心緒。該篇序云：「柏舟，言仁而不遇。」又如：

（1）……與子罕適晉，不禮焉。又與子豐適楚，亦不禮焉。及其元年，朝於晉。子豐欲愬諸晉而廢之，子罕止之。（《左傳・襄公七年》）

（2）夏，衛石買、孫蒯伐曹，取重丘。曹人愬於晉。（《左傳・襄公十七年》）

（3）衛人侵戚東鄙，孫氏愬於晉，晉戍茅氏。（《左傳・襄公二十六年》）

（4）夏，莒牟夷以牟婁及防茲來奔。牟夷非卿而書，尊地也。莒人愬於晉。（《左傳・昭公五年》）

（5）蔡人懼，出朱而立東國。朱愬於楚，楚子將討蔡。（《左傳・昭公二十一年》）

（6）仕而廢其事，罪也。從之，昭吾所以出也。將誰愬乎？（《左傳・襄公二十七年》）

這些都是表示別人的行爲給自己造成不良情緒，所以找人訴說。言說的主體是含冤受屈者，傾訴的對象是聽者（關係對象），一般都是值得信賴的人，或是上級掌握權勢者、或是能夠主持正義的人、或是尊者。訴說者希望得到他們的支持、理解與幫助。

與「告」主要區別是，「訴」敘說心中對某人某事的不滿情緒，所以「訴」

是一個包含特定語義特徵的自足性動詞。但是這種心理的東西往往又不顯現，不管是帶了具體的內容賓語還是沒有帶內容賓語都是如此。如：

（7）鮑牧又謂群公子曰：「使女有馬千乘乎？」公子愬之。公謂鮑子：「或譖子，子姑居於潞以察之……」（《左傳・哀公八年》）

（8）他日，董祁愬於范獻子曰：「不吾敬也。」（《國語・晉語九》）

前例「公子愬之」是公子們告訴了齊悼公這個事並對他訴說了對鮑子的不滿，後例話語之中表示了說者的心情。

「訴說」義，從「訴」的受事對象來說，如果揭露的有事實依據就是控告；如果被述的事情沒有事實依據就是誣陷、譭謗。然而，這是從客體的角度而言的〔註45〕，如果從說者的角度仍然主要側重訴說自己的冤屈。所以這類句子古注所訓的「訴，毀也」，應該是文中意義，是從受事客體或從讀者角度而言的。又如：

（9）取貨于宣伯而訴公于晉侯，晉侯不見公。（《左傳・成公十六年》）

杜注：「訴，譖也。」

（10）祁懼其討也，愬諸宣子曰：「盈將為亂……」（《左傳・襄公二十一年》）

（11）陳慶虎、慶寅畏公子黃之逼，愬諸楚曰：「與蔡司馬同謀。」（《左傳・襄公二十年》）

例（9）是《漢語大字典》〔註46〕的「讒害、譭謗」義項下所列例句之一。這句意思是「他從宣伯那裡取得財物，在晉厲公面前譭謗成公」，看來此句中的「訴」是誣陷意。例（10）、例（11）也一樣，都是由於懼怕的原因而說別人的壞話。問題是，「誣陷、譭謗」是「訴」的詞義內容？還是文意內容？

首先，從說者的角度，他向客體訴說有關被訴對象的事情，主要仍是訴說自己內心的感受，不管其內心想法如何，給客體（G）的感覺常常是主體所說的是對的，所以「訴」的結果往往多能如願。但是如果從被「訴」對象N的角度或者從讀者的角度，那麼就可能會認為此「訴」為「譭謗」義。

其次，如果表達「譭謗」義，就用「譖」了，請看下面的例子：

〔註45〕 有時還有涉及到第四個人即讀者的角度。

〔註46〕 第6552頁。

（12）夫人譖公於齊侯。（《公羊傳・莊公元年》）何注：「如其事曰訴，加誣曰譖。」

（13）鮑牧又謂群公子曰：「使女有馬千乘乎？」公子愬之。公謂鮑子：「或譖子，子姑居於潞以察之。若有之，則分室以行。若無之，則反子之所。」（《左傳・哀公八年》）

例（13）「訴」與「譖」並現，本句的「譖」明確地體現了說者「誣陷、說人壞話」之義，這正說明二者的大不同處。所以我們認為《漢語大字典》等一些古漢語詞典是把文意訓釋當成了詞義訓釋。《王力古漢語字典》處理得較為妥當，確立「訴說、特指把冤屈向人陳訴。……又為訴說別人的過失，說別人的壞話。」根據該書的編撰原則「在同一義項中，有引申義關係的意義，分別用『引申』、『比喻』、『又』等給予說明。」〔註47〕也正是因為這個特殊語境意使用頻率較高，雖然沒有獨立為義位，但是對這類意義給予如此說明是恰當的。再如：

（14）公伯僚愬子路於季孫。（《論語・憲問》）何晏集解引馬曰：「愬，譖也。」

此句意為，公伯僚向季孫說子路的壞話。跟上面一樣的原因，這是從子路的角度或從讀者角度的看法，或許這種看法是對的，是公伯僚有意譭謗子路。但是這裡之所以用「訴」而沒有用「譖」，是因為公伯僚是訴說對子路的不滿，想請季孫公正裁決，從說者的角度來分析，仍是「訴說」意義。

還有，我們從下面的例句可以看出「訴」的語義特徵並沒有貶義：

（15）凡流言、流說、流事、流謀、流譽、流訴，不官而衡至者，君子慎之聞聽而明譽之，定其當而當，然後士其刑賞而還與之，如是則奸言、奸說、奸事、奸謀、奸譽、奸訴莫之試也，忠言、忠說、忠事、忠謀、忠譽、忠訴莫不明通，方起以尚盡矣。（《荀子・致士》）按：這裡的「訴」有流、奸、忠之分，是中性詞。

由於以上幾個原因，我們認為「訴」的「譭謗、誣陷」義不是獨立的義位，而是「訴說冤屈」義的義位變體。

「訴」的「控告」義，在春秋晚期、戰國初期產生，一直到漢代都在使用。

〔註47〕《王力古漢語字典》第19頁，見「凡例」。

「訴，訟也，告訴冤枉也。」(《玉篇・言部》)作為「控告」義，「訴」側重的是訴說自己的冤枉而控告;「告」則主要側重於「告發」。文獻中表示「控告」意義，常常用「告」來表示，尤其在口語中，比如張家山漢簡中「告」表示「告發、控告」義很常見。

後代，「訴」的「控告」義基本不用了，該義逐漸被「告」取而代之了。消失的原因是因為這個義位和「訴說」義位造成交際的混淆，因為「訴」的關係對象不需介引，作「訴＋關係對象」型。假如「控告」義位得以存在的話，那麼「訴」後的人稱名詞是關係對象(G)還是控告對象(N)是極易混淆的。而「控告」義是其非主導義位，而且又有代替者，所以必然導致「訴」的「控告」義位消亡。但是「訴」的「控訴」義並不是消失得無影無蹤，作為構詞語素保留在復合詞中，如現代漢語中的「上訴」、「申訴」等。

另外，表「訴說」義的「訴」從戰國末至漢代常常與「告」連用，仍是表示「訴說一種情緒」義。如:

(16) 黔首無所告訴。(《呂氏春秋・孟秋紀》)

(17) 賤人以服約卑敬悲色告訴其主，主因離法而聽之，所謂賤而事之也。(《管子・任法》)

(18) 身在患中，莫可告語。王有德義，故來告訴。」(《史記・卷一百二十八》)

(19) 思怫鬱兮肝切剝，忿悁悒兮孰訴告。(《楚辭・九思・憫上》)

常見的作「告訴」，例(19)的「訴告」可能是為了押韻而致。後來限制性語義特徵消失，「告訴」泛化為一般意義的傳遞消息，同「告」。

後世詞義精確化，「訴」的內容出現了「苦」之類的詞，但這是很晚的事情。

3.7.2　組合關係的變化

「訴」先秦漢語中也是一個三價動詞，有施事、有受事、有關係對象。三者常常都是由人來充當的。如「公伯僚愬子路於季孫。」(《論語・憲問》)這三者也不一定都出現，跟其他言說動詞相同的是介引關係對象的歷時變化，即有上古前期由介詞引出關係對象到後期不用介引，跟「問」的演變情況基本類似。

主要有以下幾種結構類型:

S1：訴＋介＋關係對象

S2：訴＋關係對象

S3：訴＋內容＋介＋關係對象

S4：訴＋內容

「訴」由上古前期的 S1 逐漸向上古後期的 S2 過渡，即關係對象的介引作用漸失。S3 上古未變。

1. 上古前期為 S1 型，但是當關係對象為代詞時候，介詞就不需要了；當關係對象為非代詞時，是需要介引的。如：

（20）夷吾訴之。公使讓之。（《左傳・僖公五年》）

（21）夫人訴之曰：「戌將為亂。」（《左傳・定公十三年》）

（22）子木暴虐於其私邑，邑人訴之。（《左傳・哀公十六年》）

（23）士伯聽其辭而訴諸宣子，乃皆執之。（《左傳・昭公二十三年》）

（24）衛人侵戚東鄙，孫氏愬于晉……復愬于晉。（《左傳・襄公二十六年》）

（25）又訴於公甫。（《左傳・昭公二十五年》）

（26）皆欲赴訴於王。（《孟子・梁惠王上》）

上古後期為 S2 型。如：

（27）於是負孝公之周訴天子。（《公羊傳・昭公三十一年》）

（28）就靈懷之皇祖兮，愬靈懷之鬼神。（《楚辭・九歎・離世》）

（29）指列宿以白情兮，訴五帝以置詞。（《楚辭・九歎・遠逝》）

2. 上古一直存在 S3 型即「訴＋內容＋介＋關係對象」。「訴」的內容多數由表示人的名詞或代詞充當。所以 G、N 二者同現，關係對象 G 要有介詞標記。如：

（30）取貨於宣伯而訴公于晉侯。（《左傳・成公十六年》）

（31）此必訴我於萬乘之主。（《呂氏春秋・孝行覽》）

如果內容是代詞「之」，S3 就作「訴＋諸＋關係對象」。如「子豐欲愬諸晉而廢之，子罕止之。」（《左傳・襄公七年》）

關於 S1 向 S2 變化以及 S3 未變的原因，跟動詞「問」相同，此不贅述（詳見 3.1「問」）。

3.8 「誘」

「誘」表示誘導之義，古作「䛌」。段注：「今則誘行而䛌廢矣。」「䛌，相
訹呼也。從厶，從羑。誘，或從言、秀。訹，或如此。羑，古文」（《說文》）（《說
文‧言部》「訹，誘也。」）段注：「羊部曰：『羑者，進善也。』訹之若進善然，
故從羑。」「進善」，徐鍇《繫傳》：「言誘善也。」段注：「進當作道。道善，導
以善也。」王筠《句讀》：「羑同誘……文異而義同。」所以「羑」的「進善」
是用言語引導人向美善之義。在我們測查的語料中「羑」只有 1 例表「誘」
義，且又見於僞古文《尚書》。其他都是名詞用法，作「羑里」。

「誘」本義是「進善」，用言語引導別人去作美好的事。一種情況是所說的
美好事情是眞實的，這種誘導跟一般的教導意義比較接近，與「教、誨、訓」
意義相近；另一種更常見的情況是所說的美好的事是虛假的，有時甚至配合虛
假的動作以使對方聽從己意即達到引導對方上當的目的（但是對被勸導人來說
他是相信其美好才上當的），這種誘導就是「引誘或欺騙」了。早在春秋時期，
「誘」就產生了這兩個不同的義位。

誘 1：誘惑、引誘、欺騙，特指男女之間的挑逗。義位表述爲：通過言語
使用不正當手段引導別人聽從自己的意願。此義位最早見於「無敢寇攘，逾垣
牆，竊馬牛，誘臣妾，汝則有常刑！」（《尚書‧周書‧費誓》）

誘 2：引導、教導、開導。義位表述爲：通過言語使用正當手段引導別人
聽從自己的意願。此義位最早見於「肆予大化誘我友邦君。」（《尚書‧周書‧
大誥》）

表 1、「誘」義位頻率統計表

義位	尚書	詩經	左傳	周禮	儀禮	論語	國語	楚辭	禮記	墨子	商君書	荀子	韓非子	戰國策	呂氏	公羊傳	穀梁傳	淮南子	史記	論衡	世說
誘1	0	1	18	0	0	0	2	0	1	0	1	3	6	1	0	5	4	17	28	3	3
誘2	1	0	3	6	1	1	0	1	1	1	0	0	2	0	1	0	0	0	7	0	0

說明：1.《詩經》裏「牖」通假爲「誘」如「天之～民」，不計在內；2.《周禮》「誘
射」重出 6 次；3.《左傳》三例都是相同的語境，「天誘其衷」或「誘天衷」；
4.《莊子》《淮南子》「誘然」存疑（未計在內）；《易經》《孟子》《莊子》《晏子
春秋》《山海經》《管子》都沒有出現「誘」，均爲「0」，未標出。

從上表可以看出，兩個義位相比，「誘１」使用頻率高些。因爲作爲一般意義上的「教導」義，更常用的是「教」、「誨」、「訓」等。在教授某方面的專門的知識上，只見於《周禮》中的「誘射」（6 次重出）。

「誘」表「誘導」是引誘別人上當，所以常常在「誘」之後出現「目的動詞」，如：

（1）華亥僞有疾，以誘群公子，公子問之，則執之。（《左傳・昭公二十年》）

（2）十有六年春，齊侯伐徐。楚子誘戎蠻子殺之。（《穀梁傳・昭公十六年》）

（3）遂如河上，秦伯誘而殺之。（《國語・晉語四》）

（4）吾嘗爲隴西守，羌嘗反，吾誘而降，降者八百餘人，吾詐而同日殺之。至今大恨獨此耳。（《史記・卷一百九》）

這種情況下「誘」目的明確，所以後來由這種句式發展出一種新形式：「誘＋目的動詞＋賓語」，即：兩個動詞共用一個賓語。漢代出現有「誘殺、誘降、誘罷、誘受、誘劫、誘召」等結構，這種結構形式跟原結構形式並存。如：

（5）襄子既立，誘殺代王而並其地。（《論衡・紀妖》）

（6）小子之四年，曲沃武公誘召晉小子殺之。（《史記・卷三十九》）

（7）故鄭亡屬公突在櫟者使人誘劫鄭大夫甫假，要以求入。（《史記・卷四十二》）

（8）吳王濞倍德反義，誘受天下亡命罪人，亂天下幣。（《史記・卷一百六》）

（9）信教單于益北絕幕，以誘罷漢兵，徼極而取之，無近塞。（《史記・卷一百十》）

（10）吾爲隴西守，羌嘗反，吾誘降者八百餘人，詐而同日殺之，至今恨獨此耳。（《漢書・李廣蘇建傳》）

這種「誘殺、誘降、誘罷、誘受、誘劫、誘召」結構可以分爲兩種：「誘＋殺（受、劫、召）」；「誘＋罷（降）」。前種類型，目的動詞和「誘」是同一主體；但是後一類型中動詞和「誘」不是一個主體，「目的動詞」的發出者是「誘」的

客體，是主體使客體發出目的動作，即為使動用法。

「誘」表「引導、教導、開導」義的句子主要有兩種結構類型：

其一、「誘＋關係對象」型

側重於引導別人去做什麼。「誘」詞義表引導而且隱含目的性，即使目的性不凸現，仍可以從上下文體會出來。如：

（11）肆予大化誘我友邦君：天棐忱辭，其考我民，予曷其不於前寧人圖功攸終？（《尚書・周書・大誥》）《尚書正義》（唐・孔穎達疏）：「欲盡文王所謀，故我大為教化，勸誘我所友國君，共伐叛逆。」

（12）為人君者謹其所好惡而已矣。君好之，則臣為之。上行之，則民從之。《詩》云：「誘民孔易。」此之謂也。（《禮記・樂記》）

（13）幸也者，審於戰期而有以羈誘之也。（《呂氏春秋・仲秋紀》）

（14）子路性鄙，好勇力，志伉直，冠雄雞，佩豭豚，陵暴孔子。孔子設禮稍誘子路，子路後儒服委質，因門人請為弟子。（《史記・卷六十七》）

（15）夫子循循然善誘人，博我以文，約我以禮，欲罷不能。（《論語・子罕》）

例（14）和例（15）中動詞「誘」之前有修飾語即「稍」和「循循」，更能體現出這種教導是一種有步驟的引導，目的是使被教導者改變原來的不良的行為習慣，以達到更高層次更高目標的要求（教導者所希望達到的）。

其二、「誘＋內容」型

這種情況下的「誘」一方面是指教授某一方面的知識，但是使用範圍很窄，只見於《周禮》的「誘射」，重出 6 次。另一方面是引導某一方面的內容。如：

（16）大臣征之，天誘其統，卒滅呂氏。（《史記・卷四十九》）

（17）我賞因而誘之矣，曰：「凡我國之忠信之士，我將賞貴之。不忠信之士，我將罪賤之。」（《墨子・卷二》）

（18）今君後則欲逮臣，先則恐逮於臣。夫誘道爭遠，非先則後也，而先後心在於臣，上何以調於馬？此君之所以後也。」（《韓非子・喻老》）

（19）設諫以綱獨為，舉錯以觀奸動，明說以誘避過，卑適以觀直諂。（《韓非子・八經》）

例（16）意思是「上天要延續劉氏天下的統紀」。例（17）「誘」爲推導之義。後兩例引導的內容分別是「道」和「避過」。

表示「引導」之義還有兩個比較特殊的例子：

（20）今天誘其衷，使皆降心以相從也……不協之故，用昭乞盟於爾大神以誘天衷。（《左傳・僖公二十八年》）

（21）誘其衷，成王殞命，穆公是以不克逞志於我。（《左傳・成公十三年》）

例（20）「天誘其衷」，《左傳正義》注：「衷，中也。」楊伯峻注爲：「〔《吳語》云〕『天舍其衷』，即『天誘其衷』。皆天心在我之意。」而我們的看法與之有別。「衷」指內心、心意，這是無疑義的。「天誘其衷」之「其」指代什麼？通過上例之中的「誘天衷」說明「其」指「天」。那麼「天誘其衷」就是上天表達它的意願。其中「誘」的表達之義，用的是「引導」義的的上位概念，一種泛指，這種泛指用於特殊的語境，所以僅是文意，而非詞義。

「誘 2」（教導義）在春秋戰國初、中期出現，使用範圍狹窄而且使用頻率很低，尤其到戰國晚期、漢代更是罕見，除了陳述舊事外，表示這一意義多用「教」了。

3.9　「詔」

「詔，告也」（《說文》新附）。朱駿聲《說文通訓定聲》：「此字（指詔）《說文》不錄。徐鉉補入。爲十九文之一。從言召聲。誥也，按上告下之義。古用誥，秦復造『詔』字當之。」此字倒不一定是新造的，但是漢代，用它專門表示皇帝的命令。

「詔，照也」（《釋名》）。「照（炤）」與「昭」屬於照母字，疊韻，同源〔註48〕。「照，明也。」（《說文》）「炤炤，明也」（《廣雅・釋訓》）如「所以詔告於天地之間也。」（《禮記・郊特牲》）。《通典・禮九》引「詔」作「昭」。所以「詔」的「告知」義是告訴別人某事某情況使客體明瞭，多數是告訴別人怎樣做。引申爲「教導或告誡」義。「告誡」是告訴別人不做什麼，「教導」是告訴別人應該怎樣做，都是使人明了。

「詔」在秦之前就已經存在，但使用範圍不是很寬泛。《尙書》中 2 見，但

〔註48〕　王力《同源字典》第 216 頁。

出於《微子》篇，而《微子》的產生可能晚至戰國時代了，《左傳》僅 1 例「對曰：『欒之詔也，士用命也，書何力之有焉！』」（《左傳‧成公二年》），這句意義是「這是欒的指示，士兵執行命令，我有什麼功勞」。

先秦漢語中，此字共 148 見〔註49〕。「三禮〔註50〕」中「詔」共 103 見，表「告訴」義的使用多一些。不分告上告下，只要告訴別人怎樣做，讓別人明白怎麼做就可以用「詔」。「詔」的主體一般來說是掌握一定知識的人，或是見多識廣的人，所以客體一般要聽從主體所說。「三禮」中「詔」頻率高是因為禮官掌握禮節，告訴行禮之人如何動作。不管所告之人地位高還是低都可以用「詔」。從「詔」的詞義發展演變來看可以分三個時期：

3.9.1　春秋晚期至戰國初中期

這個時期，「詔」主要的意義，就是告訴別人做什麼或不做什麼，既有上告下，也有下告上，也有平等地位的相告，如：

（1）詔王子出。（《尚書‧商書‧微子》）

（2）宗人詔踊如初。（《儀禮‧士虞禮》）

（3）北面重定，然後宗人詔降。（《儀禮‧士虞禮》）

（4）以八柄詔王馭群臣：一曰爵，以馭其貴。二曰祿……以八統詔王馭萬民：一曰親親，二曰敬故……（《周禮‧天官冢宰》）

（5）以詔穀用，以治年之凶豐……則令邦移民就穀，詔王殺邦用。（《周禮‧地官司徒》）

（6）詔妥尸。古者，尸無事則立，有事而後坐也。（《禮記‧郊特牲》）

（7）詔西皇使涉予。（《楚辭‧離騷》）

（8）以詔王治，以德詔爵，以功詔祿，以能詔事，以久奠食，惟賜無常。（《周禮‧夏官司馬》）

這些例子（包括前文《左傳》例）的主體和客體的地位存在著各種各樣的關係，不分上下。《王力古漢語字典》〔註51〕「告訴、命令。多用於上對下。」是不符合語言實際的。由於「詔」詞義特徵是「告訴客體去做什麼」，所以多體

〔註49〕　這是在我們限定的語料範圍內測查的結果。

〔註50〕　指《周禮》《儀禮》《禮記》。

〔註51〕　第 1270 頁。

現爲連動式（準確地說是兼語式），如例（1）到例（6）；有時雖沒出現兩個動作但是從語義上是含有兩個動作特徵，多數情況下理解時或翻譯時要補足，如例（8）「以德詔爵」只出現一個動詞「詔」，但意思仍然含有兩個動詞的意義，不但含有「告」義還有「（根據官員的品德）授予爵位」義。因爲同書前章出現了「內史掌王之八枋之法，以詔王治。一曰爵，二曰祿，三曰廢，四曰置，五曰殺，六曰生，七曰予，八曰奪。」（《周禮·春官宗伯》）

「告知」義有時表示告訴別人該做什麼以及怎樣做、有時表示告訴別人不該做什麼。告訴別人不做什麼就是「告誡」；告訴別人該做什麼以及怎樣做就是「教導」。從兩個意義出現的頻率來看「教導」義出現頻率較高，所以成爲一個獨立的義位。如：

（9）曠也大師也，不以詔，是以飲之也。（《禮記·檀弓下》）

（10）先生言爲人父者必能詔其子，爲人兄者必能教其弟，若子不聽父之詔，弟不受兄之教，雖今先生之辯，將奈之何哉！（《莊子·盜跖》）
按：「詔」與「教」爲互文。

（11）大學之禮，雖詔於天子，無北面，所以尊師也。（《禮記·學記》）

（12）師氏掌以媺詔王。（《周禮·地官司徒》）

（13）使愚詔知。（《荀子·王霸》）

（14）春誦夏弦，大師詔之；瞽宗秋學禮，執禮者詔之；冬讀書，典書者詔之。（《禮記·文王世子》）

（15）凡祭與養老，乞言合語之禮，皆小樂正詔之於東序。（《禮記·文王世子》）

例（9）意爲「不告誡君，所以罰他喝酒」。例（10）和（15）「詔」都是教導、講授之義。這兩種意義都是「告知」義的引申，只是「告誡」使用頻率低，沒有成爲獨立的義位，「教導」成爲獨立的義位。

而且出現了很多「教詔」連用的情況，說明二者詞義的相近。如：

（16）多其教詔。（《呂氏春秋·審分覽》）

（17）寡人不敏，今主君以趙王之教詔之，敬奉社稷以從。（《戰國策·齊一》）

（18）今主君以楚王之教詔之，敬奉社稷以從。（《戰國策·韓一》）

（19）今主君幸教詔之，合從以安燕，敬以國從。（《戰國策·燕一》）

（20）巫馬期則不然，弊生事精，勞手足，煩教詔，雖治猶未至也。（《呂氏春秋・開春論》）

戰國晚期，尤其是漢代以後，隨著「詔」被帝王專用。「告知、教導」義就不再出現了。

3.9.2　戰國晚期

這時產生了新的義位「上級（主要指君王）發佈命令」，是「告訴」義的進一步引申所致，主體爲君王，他告訴我們做什麼就等於發佈詔命。如：

（21）詔令天下。（《韓非子・初見秦》）

（22）今使臧獲奉君令詔卿相，莫敢不聽。（《韓非子・難一》）

（23）遣市者行，而召公大夫而還之。立有間，無以詔之，卒遣行。（《韓非子・內儲説上七術》）

例（21）和例（22）爲新義位的用法；例（23）「詔」的主、客體之間是上下級的關係，「無以詔之」意思是「沒有命令他（上級命令下位者）」，主體是上級但不是君王。這種例子不多見，因爲這時期「詔」主體已經多爲「君王」。這說明戰國末期是詞義變化的過渡期。

但是戰國晚期傳承的動詞用法「告訴」義仍在使用，只不過頻率極低。僅見兩例：

（24）秦遂遣李斯使韓也。李斯往詔韓王，未得見，因上書曰。（《韓非子・存韓》）

（25）是以龐敬還公大夫，而戴歡詔視輻車。（《韓非子・內儲説上七術》）

例（24）「詔」是「告諭」義，「韓非子告訴韓王應該怎樣做，向他講明道理」；例（25）是戴歡命令使者觀察輻車的情況。

3.9.3　漢　代

漢代，產生了新義位「皇帝命令或文告」，這是由於施事者的特徵固化爲動詞語義特徵而出現的結果，是從施事者的角度而產生的義位。成爲皇家專用詞。既有名詞，也有動詞的用法。如：

（26）命爲「制」，令爲「詔」，天子自稱曰「朕」。（《史記・卷六年》）

（27）乃下詔曰。（《史記・卷十》）

（28）乃詔有司曰。（《史記・卷十》）

（30）今主君以趙王之詔詔之，敬以國從。（《史記・卷六十九》）

戰國晚期「詔」就逐漸從「告訴」語義場中消失，到漢代已經完全不見了蹤迹。

3.10　「訓」

「訓」，金文從心（「言」和「心」古文字偏旁相通），作「忞」。如：「敬忞天德」（《中山王鼎》），「則尙（上）逆於天，下不忞於地也。」（《中山王壺》），其中的「訓」都是「順從、服從」之義。「訓」表「訓導、教誨」義見於「是又（有）純德遺忞」（《中山王方壺》）。

典籍中有時作「馴」，多數是與「教」連用，如「而列侯亦無由教馴其民」（《史記・卷十》）。「昔越王句踐好士之勇，教馴其臣……」（《墨子・卷四》）。

3.10.1　語義特徵

「訓，說教也」（《說文》），解說式的教導。但是「訓」非一般意義上的說教，一般來說上對下（或有知者訓無知者），說教的內容往往是已往的事例或法則，說教的目的是使客體（被說教者）聽從說教者的話。該義位最早見於「往敷求於殷先哲王用保乂民，汝丕遠惟商耉成人宅心知訓。」（《尙書・周書・康誥》）我國古代社會，往往以過去的事例、法規、道德、習俗等爲準繩，所以常常用來教導別人，目的是讓人聽從。有時甚至以舊事爲斷案之準繩。如「昔先王議事以制，不爲刑辟。」（《左傳・昭公六年》）《正義》曰：「……乃遠取創業聖王當時所斷之獄，因其故事，制爲定法。」對客體來說，要聽從主體的訓導。所以，從動詞的語義指向來看，「訓」除了主體外，既有說教的對象（客體），又有說教的內容。三個項不一定同時出現，但是通過上下文語境可以補足的。如：

（1）帝沃丁之時，伊尹卒。既葬伊尹于亳，咎單遂訓伊尹事。（《史記・卷三》）

（2）祖己曰：「惟先格王，正厥事。」乃訓于王。（《尙書・商書・高宗肜日》）

（3）茲予審訓命汝。（《尚書・周書・顧命》）

（4）郤伯見，公曰：「子之力也夫！」對曰：「君之訓也，二三子之力也，臣何力之有焉！」范叔見，勞之如郤伯，對曰：「庚所命也，克之制也，燮何力之有焉！」欒伯見，公亦如之，對曰：「燮之詔也，士用命也，書何力之有焉！」（《左傳・成公二年》）

（5）遷義三年，以聽伊尹之訓己也，復歸于亳。（《孟子・萬章上》）

　　例（1）是咎單用伊尹的事訓導（後人），動詞的關係對象未出現；例（2）和例（3）出現了關係對象，而且例（3）的「訓命」連用更表現出「訓」的內容的強制性。例（4）中的「訓、命、制、詔」都是命令之義，上級對下級的命令。例（5）是「……聽從伊尹對自己的訓導了」。「訓」是一種相當於命令的教導，客體應該聽從。所以「訓」作為名詞使用跟「典」成為同義詞，「訓典」常連用，如「告之訓典。」（《左傳・文公六年》），因為古代的「典」往往是後世行為的準則。

　　「訓」很早就是「教導、教誨」與「順」兩個義位並存，從出土材料中山王器中「訓」到傳世典籍《尚書》中的「訓」，二義位都有相當高的使用頻率。一般的古漢語辭書都認為「訓」通「順」，即二者為通假關係。但是我們認為王鳳陽先生的「『訓』與順同源」〔註52〕的看法更具合理性。「訓」非一般意義的教導，而是使客體聽從、順從，這兩種典型的語義特徵共存於「訓」的詞義之中。一般來說如果「訓」的主語是主體，「訓」是「教導」之義；如果「訓」的主語是客體，此時「訓」的語義特徵就是「聽從、順從」之義，由於該義頻率很高，所以「聽從、順從」成為一個獨立義位。該義位很早就出現了：「皇天用訓厥道，付畀四方。」（《尚書・周書・康王之誥》）「皇天用訓厥道」指皇天順從先王的治理之道。不僅如此，這個義項的專用字「順」很早就出現了，如「順天命也。」（《易經・下經》）。雖然表示「順從、聽從」的專用字已經出現，但是在相當長的一個時期內，仍用「訓」來表示此義。如：

（6）何以訓民？（《國語・魯語上》）

（7）祖己訓諸王，作《高宗肜日》、《高宗之訓》。（《尚書・商書・高宗肜日》）

〔註52〕王鳳陽《古辭辨》第765頁。

（8）正歲，則布而訓四方，而觀新物。（《周禮・夏官司馬》）

（9）無競維人，四方其訓之。有覺德行，四國順之。（《詩經・大雅・抑》）

前三例中的「訓」的關係對象是「民」和「王」和「四方」，不僅是教導他們而且要他們聽從。例（9）一般認爲「訓」通「順」。服從。鄭箋：「有大德行，則天下順從其政。」《左傳・哀公二十六年》引《詩》作「四方其順之。」馬瑞辰通釋：「訓、順古同聲通用。……《毛詩》作訓，特與下『四國順之』變文，因爲韻耳。」又一說「教訓」。毛傳：「訓，教也。」朱熹集傳：「盡人道，則四方皆以爲訓。」實際上，我們認爲這兩種看法「通『順』」和「教訓」就意義而言是一說，是從不同角度解釋詞義。「順」是從客體的角度，「教訓」是從主體的角度而言的。但是由於此句「訓」的發出者是「四方」（四方之民），所以此「訓」在句中爲「順」義。而朱熹之說也沒錯，是詞義訓釋，因爲「教訓」是「順」的源義。

有時「教導」和「順」義同時出現在一個句中，如：

（10）曰：皇，極之敷言，是彝是訓，於帝其訓，凡厥庶民，極之敷言，
　　　　是訓是行，以近天子之光。（《尚書・周書・洪範》）

這裡的「是彝是訓」中的「訓」，主語是「皇」（教導者），是教導之義；「是訓是行」中的「訓」主語是庶民（被教導者），所以是遵守教導之義。

戰國初期，「訓」產生了一個新義位「訓練」如：「訓卒利兵，秣馬蓐食，潛師夜起。」（《左傳・文公七年》）此「訓練」義是由發佈命令引伸而來，「讓別人聽從命令、使別人按要求去作某事」爲訓。

漢代「訓」的義位系統中又出現了「訓誡、責備」之義：「王亦未敢訓周公。」（《史記・卷三十三》）此「訓」，《尚書》作「誚」（責備之義），這說明，漢代「訓」產生了責備、訓誡之義，是教導的引申義，現漢口語中還有著廣泛的應用，如「挨訓」。漢代「訓」還產生了「解釋」之義，後來成爲「訓」的一個主要義位。新的義位的產生必然影響原有義位的變化，由於「訓」的義位系統中義項增多，漢代「順從」之意義不再用「訓」表示了（除了引用古書或陳述舊事外）。這是語言發展的必然規律，一個多義詞在共時層面上，不可能存在過多常用義項，因爲會導致交際的混亂，這是語言自身調整的結果。這樣，漢代獨用的「訓」也很少在「教導」義場中出現了。《管子》「訓」共出現 8 次，教訓對用 2 次，連用 5 次，另有一次是「順」義。《史記》除了名詞、陳述舊事或教

訓連用的情況外，眞正的「訓」單獨出現表示教導之義很少見。中古更是不見了蹤迹，如《世說新語》中獨用的「訓」出現2次，都是解釋之義。

3.10.2　組合特徵

從「訓」的組合特徵上看，春秋時代的「訓」關係對象G（非代詞）往往是需要介引的，戰國以後「訓」的關係對象基本無需介引，作「訓＋G」，如：

（11）王若曰：「格汝眾，予告汝訓汝，猷黜乃心，無傲從康。（《尚書·商書·盤庚上》）

（12）祖己曰：「惟先格王，正厥事。」乃訓于王。（《尚書·商書·高宗肜日》）

（13）祖己訓諸王。（《尚書·商書·高宗肜日》）

（14）夫諸侯之患，諸侯恤之，所以訓民也。（《國語·魯語上》）

（15）上之可以比先王，下之可以訓後世。（《國語·楚語上》）

從「訓」的內容看，有的內容不顯，有的帶明確的內容賓語，所以相關的句子結構類型有以下幾種：

S1：「訓」（＋G）

S2：「訓（＋G）＋介詞（以和於）＋內容」或者「介詞（以）＋內容＋訓（＋G）」

S3：「訓（＋G）＋內容」

S1中「訓」內容不出現。如：

（16）古之人猶胥訓告。（《尚書·周書·無逸》）

（17）知賢而讓，可以訓矣。（《國語·晉語》）

S2中「訓」內容出現，以介詞引導並附於句尾的爲多，如：

（18）訓諸司以德，而威莫敖以刑也。（《左傳·桓公十三年》）

（19）無日不討國人而訓之于民生之不易，禍至之無日……（《左傳·宣公十二年》）

前例是「以德來訓誡官員」，介詞「以」引導內容；而後例是介詞「於」引導一句話作爲「訓」的內容，此句意「國君沒有一天不這樣治理國人：用百姓生計的艱難、禍患隨時會到來……」

S3 中內容多爲名詞或名詞短語，如：

（20）享以訓共儉，宴以示慈惠。（《左傳・成公十二年》）

（21）帥長幼之序，訓上下之則。（《國語・魯語上》）

（22）使訓諸御知義。（《左傳・成公十八年》）

「訓」的賓語分別是「共儉」（用享禮來教導恭敬節儉）、「上下之則」、「知義」，賓語直接出現於動詞後，組合關係的變化反映了詞義的發展。「訓」由綜合性很強的詞變爲分析性很強的詞。（詳見 4.2）

3.11 「諭（喻）」

「諭，告也。」（《說文》）。但是《說文》無「喻」。二者本一詞。「諭」分化自「語」的「告語」義。語、諭（喻）古韻分屬侯、模；聲母分別是疑、喻母。《廣韻》：「語，告也。」動詞「語」逐漸被「諭（喻）」、「告」等一些詞所取代。

3.11.1 詞義的變化

「諭」初見於「王出入，則持馬陪乘，如齊車之儀，自車上諭命於從車，詔王之車儀。」（《周禮・夏官司馬》）

「諭（喻）」表「告曉、告訴、使知道」義是把事情、道理或意願等向人陳述或解說，讓對方明白、理解。如：

（1）諭言語，協辭命；九歲屬瞽史，諭書名，聽聲音。（《周禮・秋官司寇》）

（2）掌邦國之通事而結其交好，以諭九稅之利，九禮之親，九牧之維，九禁之難，九戎之威。（《周禮・秋官司寇》）

（3）故孔子以六尺之杖，諭貴賤之等，辨疏親之義。（《呂氏春秋・孟冬紀》）

（4）季孫氏劫公家，孔子欲諭術則見外，於是受養而便說。（《呂氏春秋・離俗覽》）

（5）所藏乎身不恕，而能喻諸人者，未之有也。（《禮記・大學》）

常帶賓語「志」、「意」、「心」等，可以譯爲「表達、表明」等，實仍是「告諭」義。如：

（6）奉承而進之，於是諭其志意，以其恍惚以與神明交，庶或饗之。

（《禮記・祭義》）

（7）凡言者以諭心也。（《呂氏春秋・審應覽》）

（8）吳起治西河，欲諭其信於民，夜日置表於南門之外……（《呂氏春秋・似順論》）

（9）故遣使者冠蓋相望，結軼於道，以諭朕意於單于。（《史記・卷十》）

（10）天子使莊助往諭意南越王。（《史記・卷一百一十三》）

（11）騫諭使指曰：「烏孫能東居……」（《史記・卷一百二十三》）

（12）寡人善孟嘗君，欲客之必諭寡人之志也。（《戰國策・齊四》）

（13）吾欲使武安子起往喻意焉。（《戰國策・秦一》）

（14）吳王不肖，有宿夕之憂，不敢自外，使喻其歡心。（《史記・一百六》）

「諭」是「告之使曉」。「諭，曉也。」（《廣雅・釋言》）段注「曉之曰諭，其人因言而曉亦曰諭」。「諭1」，從主體的角度是「告曉」，同時從客體來說，被解說、說明某一道理或事情也就是讓客體明白、理解。所以當客體作為話題時，「諭」表「知道、明白」之義。此義初見於「君子喻於義，小人喻於利。」（《論語・里仁》）當這一意義使用頻率的增多，就產生了一獨立義位「諭2」（知道、明白義）。如「諸侯皆諭乎桓公之志。」（《穀梁傳・僖公三年》）意思是諸侯都懂得桓公的心意。

「諭」，也作「喻」。「喻」雖不見於《說文》，但是早在春秋戰國時期就出現了，初見於「子曰：「君子喻於義，小人喻於利。」」（《論語・里仁》）

春秋戰國之際，二字意義無別，分別出現於不同的書籍，一般很少在同一書中同時出現，這可能是地域差別形成的異體字。但是到了戰國晚期，二體混用，常常同時出現在同一部書中，二字的出現頻率詳見下表。

表1、「喻」、「諭」使用頻率表

	論語	儀禮	周禮	國語	禮記	孟子	莊子	荀子	韓非子	戰國策	晏子春秋	呂氏春秋	穀梁傳	淮南子	管子	史記	論衡
喻	1	0	0	0	7	3	4	8	1	3	0	5	0	15	0	13	19
諭	0	1	7	1	2	0	1	3	4	4	1	15	3	11	3	27	0

說明：表中沒出現的古籍是二者均未現。

從上表看出,《莊子》之前,除了《禮記》(其各篇年代和出處一直是聚訟紛爭的問題)外,基本不混用,此後情況有所不同。社會的發展、語言的交流使二體混用起來。「諭 1」(喻)或「諭 2」(喻)都是常見義位,而且在戰國中期又產生了「說明、比喻」的義位,即「用具體的事物來說明抽象的道理。」如「王好戰,請以戰喻。」(《孟子·梁惠王上》);「蓋以宗廟百官喻孔子道也。孔子道美,故譬以宗廟,眾多非一,故喻以百官。」(《論衡·別通》)漢代該義位也成為其常見義位。所以由於常見義位的增多,二體產生了分化的趨勢,表「說明、比喻」義多用「喻」而少用「諭」,在測查的語料中,「諭」表此義,僅 2 見,即:

> (15)大王以陳勝、吳廣諭之,被以為過矣。(《史記·卷一百一十八》)

> (16)請以市諭:市,朝則滿,夕則虛,非朝愛市而夕憎之也。(《戰國策·齊四》)

而「喻」表「比喻、說明」義就常見到。漢代尤其是東漢,產生明顯的分化趨勢,表示「比喻、說明」多用作「喻」,少用作「諭」。《論衡》19 例「喻」,基本是比喻、說明、表明之義。甚至「比」「喻」連用了,當然「喻」是說明之義,「比喻」,用打比方的方法說明某一道理。如:

> (17)當今著文書者,肯引以為比喻乎?比喻之證,上則求虞、夏,下則索殷、周。(《論衡·齊世》)

> (18)說家以為譬喻增飾,使事失正是,誠而不存。(《論衡·正說》)

> (19)貢曰:「不得其門而入,不見宗廟之美,百官之富。」蓋以宗廟百官喻孔子道也。孔子道美,故譬以宗廟,眾多非一,故喻以百官。(《論衡·別通》)

例(19)「譬」「喻」對用,說明二者詞義相近。但是,這個時候「告曉、告訴」義並沒有同步分化為多作「諭」,這個義位二體仍混用,甚至到中古,《世說新語》中,二者都用於表「告」義,如:

> (20)公卿將校當詣府敦喻。(《世說新語·文學》)

> (21)敦謂鯤曰:「余不得復為盛德之事矣!」……鯤諭敦曰:「……」(《世說新語·規箴》)

3.11.2 組合特徵的變化

從結構上看,「諭」與「告」類似,或帶關係對象 G、或帶內容賓語 N、帶雙賓語情況很少。

3.11.2.1 帶關係對象型

帶對象賓語,作「動詞＋G」型。這種類型戰國末期尤其是漢代,用例有所增加。傳統上認為「諭」的「告曉」義是上告下,事實並非如此,不限於上告下。如:

（22）會項伯欲活張良,夜往見良,因以文諭項羽,項羽乃止。（《史記·卷八》）

（23）使使喻齊王及諸侯,與連和,以待呂氏之變而共誅之。《（史記·卷五十二》）

（24）漢使安國少季往諭王、王太后以入朝,比內諸侯。（《史記·卷一百一十三》）

（25）故諭人曰:「孰知其極?」（《韓非子·解老》）

上位者常常要給下位者講述道理、說明情況,因為一般來說上位者所掌握的知識多於下位者,所以上告下的情況多一些。如:

（26）小吏淺聞,不能究宣,無以明布諭下。（《史記·卷一百二十一》）

（27）左將軍使右渠子長降、相路人之子最告諭其民。（《史記·卷一百一十五》）

（28）西說趙,北說燕,內喻其百姓,而天下乃齊釋。（《戰國策·秦四》）

（29）若夫工匠……父不能以教子。瞽師之放意相物,寫神愈舞,而形乎弦者,兄不能以喻弟。（《淮南子·齊俗訓》）

常常是跟別人講述道理、希望聽從己見,這時候的此義常常翻譯為「勸告」。如:

（30）漢使歸諭餘善,餘善弗聽。（《史記·卷一百一十四》）

（31）宗正以親故,先入見,諭吳王使拜受詔。（《史記·卷一百六》）

（32）天子為兩將未有利,乃使衛山因兵威往諭右渠。右渠見使者頓首謝:「願降,恐兩將詐殺臣;今見信節,請服降。」（《史記·卷一百一十五》）

（33）天子曰將率不能，前乃使衛山諭降右渠。（《史記・卷一百一十五》）

（34）漢數使使者風諭嬰齊。（《史記・卷一百一十三》）

例（30）～（32）都是向別人（關係對象 G）講道理並希望他理解且按照自己的願望行事，所以後文常常出現客體的反應動作；例（33）是客體的反應動詞直接出現在動詞「諭」後，這種情況跟「誘」的情況類似；例（34）與「風」（勸告）連用，意思是漢多次派使者或明或暗地勸說嬰齊入朝拜見皇帝。

有時只帶關係對象 G，在句中常常翻譯爲「勸告」，但是它所表達的語義特徵仍是向這些人說明情況或闡明道理，即「諭₁」。

3.11.2.2 帶內容賓語

有的直接帶內容賓語，如前文所舉的內容爲「意、志、心、指（旨）」等；或以介詞引導內容，一般居於動詞後。如：

（35）及孝文帝元年，初鎮撫天下，使告諸侯四夷從代來即位意，喻盛德焉。（《史記・一百一十三》）

（36）蒙厚賜，喻以威德，約爲置吏，使其子爲令。（《史記・卷一百一十六》）

（37）故遣信使曉喻百姓以發卒之事，因素之以不忠死亡之罪，讓三老孝弟以不教誨之過。（《史記・卷一百一十七》）

（38）沉湎耽荒，不可教以道，不可喻以德。（《淮南子・脩務訓》）

3.11.2.3 帶雙賓語

這種類型少見，常常需要介引，原因同「告」。如：

（39）天子使莊助往諭意南越王。（《史記・卷一百一十三》）

（40）高既私事公子胡亥，喻之決獄。（《史記・卷八十八》）

（41）吳起治西河，欲諭其信於民。（《呂氏春秋・似順論》）

另外，由於「諭」的詞義特點，常常與「教」、「告」、「風（諷）」等連用，連用的結構有「諭教」（1 見）、「教喻」（2 見）、「諭告」（3 見）；「喻告」（1 見）、「告諭」（4 見）、「風喻」（2 見），如：

（42）故諭教者取辟焉。（《管子・宙合》）

（43）入則有保，出則有師，是以教喻而德成也。（《禮記・文王世子》）

（44）故君子之教喻也，道而弗牽，強而弗抑，開而弗達。道而弗牽則和，

強而弗抑則易，開而弗達則思。和易以思，可謂善喻矣。(《禮記·學記》)

（45）更遣長者扶義而西，告諭秦父兄。(《史記·卷八》)

（46）盤庚乃告諭諸侯大臣曰：「昔高后成湯與爾之先祖俱定天下……」(《史記·卷三》)

（47）天子為誅鼂錯，遣袁盎諭告，不止，遂西圍梁。(《史記·卷十一》)

（48）上聞之，乃使相如責唐蒙，因喻告巴蜀民以非上意。(《史記·卷一百一十七》)

（49）入則有保，出則有師，是以教喻而德成也。(《禮記·文王世子》)

3.12 「說」

「說，說釋也」(《說文》)。段注「說釋即悅懌……說釋者開解之義，故為喜悅。米部曰：釋，解也。」

「說」，主要表示解釋事物、說明道理，讓人信服，這個義位如果需要表明動詞關係對象，一般要用介詞引出的；當解說目的很明確、突出對象時，就產生了「勸說、遊說」的義位，即向別人講述道理、說服別人聽從己意。由於突出關係對象，所以用於該義時關係對象無需介引。

3.12.1 表示解釋、說明的「說₁」

「說₁」，最早見於「《象》曰：『咸其輔頰舌』，滕口說也。」(《周易·下經》)

「說」，解說事物或道理，這是從主體而言的。從客體而言，這種解說使人信服，而產生喜悅之情，故有喜悅、信服之義。上古這兩個義位都很一直常見。戰國初期以前「說」基本上就出現這兩個義位，但是「信服、喜悅」義出現頻率高些，不屬於言說類動詞的範疇，儘管跟言說類動詞相關。

3.12.1.1 意義特徵

「解釋、說明」的用例，有時是對某一事物或現象或某一行為的解釋或說明，這時被解釋的名詞或短語或句子作「說」的受事賓語。如：

（1）故說詩者不以文害辭，不以辭害志。(《孟子·萬章上》)

（2）子貢曰：「惜乎，夫子之說君子。(《論語・顏淵》)

（3）江乙之說荊俗也。(《韓非子・內儲說上七術》)

（4）夫今子宋子不能解人之惡侮，而務說人以勿辱也，豈不過甚矣哉！
（《荀子・正論》)

有時是對某一原因的解釋。一般的介詞（「以」）的賓語是解釋的原因，有時賓語承前省略。如果介詞的賓語是單語名詞，就放在介詞「以」之後；如果賓語部分很長，一般置於介詞「以」前。如：

（5）苟利社稷，請以我說。(《左傳・宣公十三年》)

（6）夏五月，子尾殺閭丘嬰以說于我師。(《左傳・襄公三十一年》)

3.12.1.2　組合特徵

當「說₁」在語意上需要出現關係對象時，春秋戰國初期，主要是用介詞「於」或「于」引出關係對象；但是戰國中期以後，這種結構中的「於」或「于」漸漸不用了，如：

（7）夫差將死，使人說於子胥曰：「使死者無知，則已矣；若其有知，君何面目以見員也！」遂自殺。(《國語・吳語》)

（8）句踐說於國人曰：「寡人不知其力之不足也，而又與大國執讎，以暴露百姓之骨於中原，此則寡人之罪也。寡人請更。」(《國語・越語上》)

（9）十四年春，孔達縊而死。衛人以說于晉而免。(《左傳・宣公十四年》)

但是直到戰國晚期「說₁＋於＋關係對象」的用法還偶有沿用，可能是由於陳述舊事的原因，如：

（10）繆公聞之，素服廟臨，以說於眾曰：「天不爲秦國，使寡人不用蹇叔之諫，以至於此患。」(《呂氏春秋・先識覽》)

戰國中期以後，「說₁＋關係對象」用法已經佔據主流，如：

（11）是故古者聖人明以此說人，曰：「天子有善，天能賞之……」(《墨子・卷七》)

（12）故昔三代聖王禹、湯、文、武，欲以天之爲政於天子，明說天下之百姓，故莫不犓牛羊，豢犬彘，潔爲粢盛酒醴，以祭祀上帝鬼神，而求祈福於天。(《墨子・卷七》)

（13）祝宗人玄端以臨牢，說彘曰：「汝奚惡死？……」（《莊子·達生》）

3.12.2 表示勸說、說服的「說2」

正因為「說1」不是一般泛義的表達，而是說明道理、原因或內涵，經常用於對他人陳述己見，列舉事實、述說理由。由於社會生活的發展，詞義表達的需要，不僅僅是向別人陳述己見，而是用事實和道理使人相信自己的說法，聽從自己的意見，這一義位由於使用頻率的增多到戰國中期已經成為獨立的義位「說2」，為了與「說1」相區別，音變讀為 shui 四聲。

「說2」最早見於「今天下之士君子之書，不可勝載，言語不可盡計，上說諸侯，下說列士，其於仁義則大相遠也。」（《墨子·卷七》）稍後的《孟子》就出現了較高的頻率，「說」共出現 19 次，「說2」用為 6 次，如「故就湯而說之以伐夏救民。」（《孟子·萬章上》）

「說2」一定要求以人為賓語，只有在特殊的語境下才可以承前省略。而且由於「說2」語義特徵的需要，使得「說2」直接附上關係對象賓語，無需介引，除非有特殊的情況，如：

（14）故曰：以至智說至聖，未必至而見受，伊尹說湯是也；以智說愚必不聽，文王說紂是也。（《韓非子·難言》）

（15）宋太宰貴而主斷。季子將見宋君，梁子聞之曰：「語必可與太宰三坐乎，不然，將不免。」季子因說以貴主而輕國。（《韓非子·說林下》）

（16）故蘇秦精說於趙，而李兌不說；商鞅以王說秦，而孝公不用。（論衡·自紀》）

以上例（15）是「進說尊重君主少操勞國事的意見」之義，勸說的對象在句中省略了；例（16）應該是韻律的原因而出現了介引，為了句式的整齊而致。

出現「說2」的結構類型主要有以下幾種：勸說的內容可以用「曰」引直接引語的方式表達（A 式）；也可以用介詞「以」來引出，或在動詞前或在動詞後，即以狀語或補語的形式出現（B 式）；也可以用「說2＋關係對象＋V」的形式表示，這一方式在現代漢語常見（C 式）。

3.12.2.1　A式「說₂＋關係對象＋曰」

A式上古漢語很常見，它是由「說₁＋於＋關係對象＋曰」發展而來，與源式相比，動詞關係對象無需介引，因爲「說₂」強調關係對象，勸說某人做某事或勸阻某人不做某事，如：

（17）說燕文侯曰：「燕東有朝鮮、遼東，北有林胡……」（《史記·卷六十九》）

（18）儀因說魏王曰：「秦王之遇魏甚厚，魏不可以無禮。」（《史記·卷七十》）

但是在我們測查的典籍中也發現了「說₂」介引關係對象的用例，如：

（19）江乙說於安陵君曰：「君無咫尺之地，骨肉之親，處尊位，受厚祿，一國之眾，見君莫不斂袵而拜，撫委而服，何以也？」（《戰國策·楚一》）

對於這種特殊而矛盾的現象，我們無法作出滿意的解答，可以考慮的是，這種用法是由於句子結構整齊、韻律美的需要而致，「江乙說於安陵君曰」是八字句，「見君莫不斂袵而拜」也是八字句；另一種解釋就是，這種不協調的現象中可能是舊用法的殘留或新用法的萌芽，是過渡狀態的現象。

3.12.2.2　B式「以＋內容＋說₂」和「說₂＋以＋內容」

二式均常見：

（20）齊人有淳于髡者，以從說魏王。（《呂氏春秋·審應覽》）

（21）以滋味說湯，致于王道。（《史記·卷三》）

（22）良數以太公兵法說沛公。（《史記·卷五十五》）

（23）故吾以強國之術說君，君大說之耳。（《史記·卷六十八》）

（24）吾說公以王道而未入也。（《史記·卷六十八》）

（25）解在乎薄疑說衛嗣君以王術，杜赫說周昭文君以安天下。（《呂氏春秋·有始覽》）

（26）公孫龍說燕昭王以偃兵。（《呂氏春秋·審應覽》）

（27）明日復見，說桓公以爲天下。（《呂氏春秋·離俗覽》）

（28）伍子胥既見吳王僚，說以伐楚之利……未可說以外事。（《史記·卷八十六》）

3.12.2.3　C式「說2＋關係對象＋V」

戰國中期的「子以甘辭說子路而使從之，使子路去其危冠，解其長劍，而受教於子，天下皆曰孔丘能止暴禁非。」(《莊子·盜跖》)，這可能是C式的萌芽。

C式眞正出現於戰國晚期，是語言發展的結果。這種結構使語意的表達更清晰，所以這種方式一直沿用現代漢語中。如：

（29）羊羹不遍，司馬子期怒而走於楚，說楚王伐中山，中山君亡。(《戰國策·中山》)

（30）城濮之事，偃說我毋失信。(《史記·卷三十九》)

（31）衛鞅說孝公變法修刑，內務耕稼，外勸戰死之賞罰……(《史記·卷五》)

另外，「說2」的內容常常是不顯現的，但是通過上下文的文意是很容易理解的，如：

（32）明年，楚伐敗齊師於徐州，而使人逐田嬰。田嬰使張丑說楚威王，威王乃止。(《史記·卷七十五》)

（33）漢王得淮陰侯兵，欲渡河南。鄭忠說漢王，乃止壁河內。(《史記·卷七》)

例（33）由於前文說漢王「欲渡河南」，後面又說「乃止」，所以「說」的內容不言自明。同樣的內容《史記·卷八》又作「郎中鄭忠乃說止漢王」，前文中也出現了漢王所要作的事，「說止漢王」意思是勸阻漢王，「說」「止」連用使語義更清晰了，是語言精密化的表現。

第四章 言說類動詞的演變規律

　　一個詞項之所以存在於某一義場中，取決於它的存在價值。這種價值主要體現在它跟義場其他詞項之間的區別性的語義特徵中。正如索緒爾所言，「語言既是一個系統，它的各項要素都有連帶關係，而且其中每項要素的價值都只是因為其他各項要素同時存在的結果。」「詞既是系統的一部分，就不僅具有一個意義，而且特別是具有一個價值。」「在同一種語言內部，所有表達相臨近的觀念的詞都是互相制約著的。」〔註1〕所以研究漢語辭彙史，只對單個詞作孤立的研究是不夠的，還必須從系統出發，從義位與義位之間的關係進行研究。這種研究是把單個詞的發展演變的考察放在一群相關詞（本文指同義詞群）中進行研究，這樣不僅可以考察到詞義演變的情況，而且還便於分析解釋這種演變發生的原因。

　　跟語音、語法一樣，同一語言的辭彙在不同時期具有不同的系統。這種系統性體現在組成成員之間的相互關係中，這種關係又體現為各成員在義場中所佔有的不同位置。所以系統性的變化不僅體現在各成員之間的增減、去留，還體現在成員間的關係以及各自所佔有的位置的變化等。在辭彙系統中，每個具體的詞（義位）都處於各種關係中，其中最重要的是兩種關係：聚合關係和組

〔註 1〕　分別出自索緒爾《普通語言學教程》第 160、161、161～162 頁，高名凱譯，商務
　　　　印書館，2003 年版。

合關係。而同義關係是聚合關係中非常重要的一種，本文就是通過對言説類動詞同義關係的描寫和分析，來探求漢語辭彙發展的一些規律及其發展變化過程中的一些顯著特徵。

4.1　義場動詞項的增減

上古言説類語義場中，不同時期活躍在義場的詞項數量有所不同，有的這個時代增加，有的這個時代減少。就單音詞來説，總體而言，上古前期到上古後期詞項數量趨減。一般來説，同義聚合的詞項尤其是主要語義特徵相同的詞項語義逐漸靠攏，甚至互相代替，常用詞項常常代替非常用詞項（或逐漸凝固成復合結構）。比如詢問類義場出現的詞項主要有：問、咨、詢、訊1、訊2、詰、訪、謀。上古前期義場詞項豐富，但是後期少多了。「咨」、「詢」、「訪」、「訊1」與「問」主要語義特徵相同；非主要語義特徵不同，主要表現在關係對象的地位的差異上。上古後期「咨」、「詢」、「訪」、「訊1」不再單獨出現於該義場，一方面「問」可以表示代替這些詞項，這樣可以避免人們繁重的記憶負擔；另一方面，這些詞項並非消失得無影無蹤了，主要以構詞語素形式保留下來，後世即以復合結構「諮詢」、「問訊」、「詢問」等表示此義。

義場動詞項數量的減少，是由於舊詞項的消失；而舊詞項的消失並不是孤立發生的，常常伴隨著新詞項的產生。而新詞項的產生又使義場詞項數量增加。

義場詞項的變化是由詞義演變的因素所決定的。詞義的演變不但包括新義位的產生、變化以及用法的擴大，還包括舊義的消亡〔註2〕。詞義的變化不僅僅是其自身發展的結果，還常常是由於處在聚合關係或組合關係中受到其他詞語的變化影響所致。即一個詞項的產生、變化或消亡是多種因素作用的結果。

4.1.1　舊詞項的消失

詞項自身的原因即為了交際清楚的需要而導致該詞項的消失。

我們以「語」為例加以簡單地説明。「語」跟「謂」的情況有所不同，「謂」的常見義位「告訴」和「説的是、意思是」，在具體使用過程中一般不會造成

〔註2〕　本文「舊義的消亡」指的是某一時期不再獨用表示某義，在義場中消失。但是並不否認作為構成語素的留存，或特殊原因的使用。

交際的混淆，因爲這些意義各自出現在不同的結構類型中（詳見 3.3「謂」），而「語」則不然，戰國晚期到漢代，一方面，「語」的其他義位「談論」和名詞用法很常見，尤其名詞的用法越來越廣泛，如果「語」的「告訴」義也成爲常見義，那麼就可能會導致交際的混淆；另一方面，「語」的各義位出現的結構類型沒有明顯的區別，有的甚至沒有區別，要完全依靠文意去分辨詞義，這樣可能會給交際造成障礙，這種情況導致的結果常常就是，非主要義位一般要漸漸讓位給主要義位。當然，這其中還有同義詞競爭的原因，不僅僅是自身的因素。結果，「語」的告訴義位就漸漸少用了，除非是由於修辭手段的需要，或者出現在不會造成混淆的結構中（如「語 G 曰」）。

詞義系統中，詞義的變化相互影響，一個詞義（詞項）的演變往往會波及義場其他詞項的變化。

一個義項的變化導致其他詞項的變化情況非常複雜，如果把變化了的詞項稱爲 A，被影響變化的詞項稱爲 B，二者之間的關係一種情況可能是 A 使 B 亡。然而有時 B 存活的時間長，有時存活時間短，這可能取決於 B 的使用頻率。一般來說，如果 B 的頻率高些，其生命力就長一些，反之短些（二者關係的另一種情況可能就是 A 使 B 變）。

例如，「讒」與「譖」：二者意義相近但是上古前期一直共存於該義場，主要是因爲它們居於義場中各自不同的位置，處於一種互補的地位，互相不可以替代。「譖」主要作謂語；「讒」主要作定語或賓語。戰國末期是語言劇烈變化時期，也影響到二者地位的變化，這時「讒」產生了作「謂語」的用法，如「初燕將攻下聊城，入或讒之。」（《戰國策‧齊策六》）到了漢代「讒」作謂語的用法大大增多，大有代替「譖」的趨勢，如「獻公二十一年，獻公殺太子申生，驪姬讒之。」（《史記‧史記卷三十九》）而「讒」這種用法在《左傳》中用「譖」，如「二五卒與驪姬譖群公子而立奚齊，晉人謂之二耦。」（《左傳‧莊公二十八年》）「姬遂譖二公子曰：『皆知之。』」（《左傳‧僖公四年》）由於「讒」用法的擴大，佔據了「譖」的領地，從而導致了「譖」逐漸消失於該義場。

又如，「責」與「讓」：二者春秋時期到戰國初中期共時共域地存在著，「責」的內容往往是對某件事的追究或對某責任未盡者的指責；「讓」是用嚴厲的話指謫別人的錯誤或罪行。戰國晚期尤其到漢代，隨著「責」的義域擴大，包括道

義上的責難都可以用「責」（該義原來主要用「讓」表示），二者的語義特徵和使用範圍逐漸接近，漢代已經產生了「責」代替「讓」的趨勢，但是這種替換過程很緩慢，其中的原因很複雜，一方面，「責」還負擔著非言説的義項如「求」；另一方面，「讓」在上古前期是一個跟「責」匹敵的詞項，所以不會輕易地退出該義場的舞臺，或是陳述舊事、或是倣古、或是人們習慣因素等，加之語言的延續性使得「讓」單獨表示責備的情況依然存在，到了中古還可見到「讓」出現於該義場。

以上兩例，「譖」的消亡時間比較短暫，而「讓」的消亡時間比較緩慢，其原因主要是因爲二詞項不同的使用頻率，還有變化詞項的承載體的負擔輕重的因素。「譖」這個詞義項單一；而「責」卻義項比較多，負擔較重。

這種變化了的詞項和被影響變化的詞項有時是相輔相成的。再以上面的變化詞項 A 和被變化詞項 B 爲例，從一個角度看是 A 使 B 亡，如上述兩例；但是從另一個角度看也可看成是 B 影響 A，因爲有時二者是相互作用的，這時就可以看作 A 使 B 變。如「誨」與「教」，春秋晚期、戰國初中期（如《論語》）「誨」與「教」的語義特徵是不同的，但是戰國晚期、漢代，「誨」出現次數漸少，不再獨用，表示「誨」的詞義大都可以用「教」來表示了。這是可以看作由於「誨」的變化而導致「教」義域的擴大。

4.1.2　新詞項的產生

（1）語義明晰性的要求所致

新詞項的產生主要是社會的進步、語言的發展、詞義精確化的需要。如「諭（喻）」的「告曉、告訴」義位（把事情、道理或意願等向人陳述或解說，讓對方明白、理解。）產生前，用「語」或「告」等詞表此義。但是只有「諭（喻）」才能準確表達「告訴別人並使人明白」的意義。如「若夫工匠……父不能以教子。瞽師之放意相物，寫神愈舞，而形乎弦者，兄不能以喻弟。」（《淮南子・齊俗訓》）此句意爲，這種奇技，父親不能夠教給自己的兒子……這種奇技，兄弟不能曉喻他的弟弟。其中的「喻」不是一般的「告訴」義，而是「把其中的道理講清楚並使對方明白」。

又比如，原來「拜見、晉見」是用「見」表示，如「陽貨欲見孔子」《論語・陽貨》，跟一般意義上的「見」共用一詞，所表達之義不夠精確，人們在語言中

越來越多地需要準確表達這種非普通的「見」，即帶有尊敬之義的「拜見」，這是「謁」產生「拜見」義的根本原因。

（2）詞義的演變機制

一個新義位的產生是由於該詞具有演變的可能性，再加上表達的需要，往往會導致一個新義位的產生。比如，在告訴語義場，「告」使用範圍極寬，使用「謁告」的地方也可使用「告」，所以漢代「謁」表「告訴」少了。同時，語言的發展迫切需要用一個詞來表達「拜見」之義，而「謁」正好具有這種演變的機制，因為「謁」的「告訴」義位含有「對受事對象的崇敬之情」和「到某處去」的義素特徵，這些正是「拜見」義位的語義特徵之一部分。

（3）文化的原因

政治經濟文化等原因勢必導致人們交往的增多，一般會使強勢方的語言影響到弱勢方的語言，這樣有些方言詞可能會進入到通語中。口語成分滲入到書面語中，有時會取代書面語用詞，如「罵」就是這樣從口語進入到書面語中從而取代了「詈」。

語言與社會關係密切，文化因素勢必會影響詞義的發展變化。詔的「告知」義主要是告訴客體怎樣做，而且主體往往都是具有某方面知識的人，他的話一般來說是必須聽從的。之所以被皇帝專用正是由於這個語義特徵。封建時代把皇帝看成非普通人，真龍天子，他的命令臣民必從。戰國晚期「詔」產生了新的義位「上級（主要指君王）發佈命令」，已經不是一般意義上的「告訴」義。到漢代，完全為皇帝所專用，專指「君王發佈詔命」。新義位的產生導致「告訴」義位的消失，這主要是文化的原因所致，「詔」成為帝王專用詞，自然不能作一般意義的告訴了。

總的來說，在某一共時平面上、某一歷史時期，出現在這個義場中的各詞項主要語義特徵大體相同，才使這些詞項得以共存於該義場；但是這些詞項或非主要語義特徵有別，或語法意義或語體特徵或感情色彩等有各自的區別特徵，否則就會逐漸被語義場淘汰。某個具體詞項在語義場的去留命運取決於多方面的因素，既有自身因素的影響，也有義場其他詞項的影響，是內因外因綜合作用的結果。進一步來說，一個詞項的產生、變化或消失是多種因素作用的結果。比如，「訴」的控告義位，春秋晚期戰國初期產生，一直到漢代都在使用。

作爲「控告」義，除了用「訴」外，更常用「告」來表示，尤其在口語中〔註3〕。到了後代，「訴」的「控告」義基本不用了，該義逐漸被「告」取而代之。「訴」的控告義消失的重要原因是因爲這個義位和訴說義位易造成交際的混淆，因爲「訴」的關係對象不需介引，作「訴＋關係對象」。假如「控告」義位繼續得以存在的話，那麼「訴」後的人稱名詞是傾訴對象（關係對象）還是控告對象（內容賓語）極易混淆。而「控告」是其非主要義位，又有代替者，所以必然導致「訴」的「控告」義消亡。但是「訴」的「控告」義並不是消失得無影無蹤，作爲構詞語素保留在復合詞中，如現代漢語中的「上訴」、「申訴」等。再如，前文所述「語」的告訴義從戰國晚期尤其是到了漢代漸漸少用了，就是因爲「語」既有名詞用法又有動詞用法，而且都很常用，這是導致它最後從「告訴」義場消失的主要原因，但是同時也是因爲「語」的告訴義可以用義場其他詞項表示，除了「告」之外，還有「語」的分化詞「諭（喻）」，代替了「語」的動詞的部分用法。「諭（喻）」帶對象賓語，作「諭（喻）＋G」型，這種類型戰國末期尤其是漢代甚至中古用例比以前有所增加，原來用動詞「語」的地方，可以用「諭（喻）」來表示。如「故諭人曰：『孰知其極？』」（《韓非子・解老》）；「會項伯欲活張良，夜往見良，因以文諭項羽，項羽乃止。」（《史記・卷八》）；「敦謂鯤曰：『余不得復爲盛德之事矣！』……鯤諭敦曰。」（《世說新語・規箴》）

4.2　綜合性較強的詞演變爲分析性較強的詞

古漢語辭彙有很多綜合性較強的詞，隨著詞義的精密化，這種綜合性特徵很強的詞很多演變成分析性很強的詞。這裡所說的綜合性指的是一個詞的語義特徵包含有兩個以上的不同動作特徵或者一個詞除了動作特徵外還包含對象或方式等語義特徵。詞的分析性是指不同的動作或不同的動作方式或不同的動作對象不再含混地包含在一個詞義之中。

比如「教」最初是包含對象在語義特徵之中的，「其卿讓於善，其大夫不失守，其士競於教，其庶人力於農穡。商工皂隸，不知遷業。」（《左傳・襄公九年》）很明顯，「競於教」是「士努力於教誨百姓」之義。「教」是一個自足性動詞。所謂的「對象自足」動詞，就是一個動詞在詞義結構中包含著動詞施及的

〔註3〕　以張家山漢簡爲例，表告發、控告義主要用「告」，而不用「訴」。

對象。如「教」的詞義結構可以簡單的描寫爲「〔＋教導〕（動作）、〔＋民眾〕（對象）」。既然動詞的詞義結構中已經包含受事賓語，爲什麼又有大量的用例「教」在句法結構中還要帶關係對象？我們認爲這是動詞「教」詞義演變的結果。「先秦有一批『對象自足』動詞，這些動詞具有綜合性特點，後來都向分析性發展。所謂綜合性，是從後代的語言看，由兩個成分構成的句法結構表示的內容，古代用一個詞（一個概念）表示；所以分析性，是古代一個詞（一個概念）表示的意義，後代用兩個詞（兩個概念）構成一個句法結構來表示。簡單的說，綜合性向分析性發展，就是將由一個詞（一個概念）表示的意義分析爲用一個句法表示。」〔註4〕

又如「訴」是一個綜合性很強的詞，是一個包含特定語義特徵的自足性動詞，但是這種心理的東西往往不顯現，不管是帶了具體的內容賓語還是沒有帶內容賓語都是如此。如：

a、鮑牧又謂群公子曰：「……」公子愬之。公謂鮑子：「或譖子，子姑居於潞以察之。若有之，則分室以行。若無之，則反子之所。」（《左傳・哀公八年》）

b、他日，董祁愬於范獻子曰：「不吾敬也。」（《國語・晉語九》）

例 a「公子愬之」是公子們告訴（悼公）這件事並對他訴說了對鮑子的不滿；例 b 不但從詞義中，從話語之中也可以體會說者的心情。

表訴說義的「訴」在戰國末、漢代就常常與「告」組成同義連用結構，表示訴說，而這時期的「訴」仍然訴說一種情緒，訴說自己冤屈和內心的痛苦等。如：

c、黔首無所告訴。（《呂氏春秋・孟秋紀》）

d、賤人以服約卑敬悲色告訴其主，主因離法而聽之，所謂賤而事之也。（《管子・任法》）

e、身在患中，莫可告語。王有德義，故來告訴。（《史記・卷一百二十八》）

f、思怫鬱兮肝切剝，忿悁悒兮孰訴告。（《楚辭・九思・憫上》）

〔註4〕 楊榮祥《「太叔完聚」考釋》，見《語言學論叢》（第 28 輯），商務印書館 2003 年版，第 134 頁。

　　最後 1 例「訴告」而沒有作「告訴」可能是為了押韻。後來「告訴」泛化為一般意義的傳遞消息，同「告」義。「訴」語義特徵中不再包含說者的主觀感受，後世書面語中獨用「訴」主要表示傳遞一種信息，只不過這種信息多為一種感受，但是這種感受在句中是外化的，如現代漢語的「訴衷腸」、「訴苦」等中的「訴」完全是一種分析性的詞。

　　不管哪一種情況的綜合性的詞變成分析性的詞都是語義表達的需要，一般來說這種變化是和組合關係的變化同時發生的。

4.3　言說義引申出認知義

　　一些言說義動詞引申出認知義。根據言語行為的理論，奧斯汀把言語行為劃分為三個類型〔註5〕：以言指事（locutionary act）；以言行事（illocutionary act）；以言取效（perlocutionary act）。「以言行事」指表達者在說出話語時體現或實施了超出話語本身的意圖或行為。所以，說者說出某話語當然也就是相當於說者闡述自己的觀點。部分言說類動詞由「說」義引申出「認為」義，我們以「謂」為例加以說明：

　　幾乎所有的古漢語字典、詞典都把「評論、評價」作為「謂」的一個義項。我們認為此義項的確立是欠準確的，「謂」實際上就是「認為、以為」之義，即使譯為「說」亦表此義。《王力古漢語字典》把「認為、以為」作為「評論」義的引申，實際上這種「評論、談論」和「以為、認為」義沒有分立義項的必要。如「子謂：『公冶長可妻也，雖在縲絏之中，非其罪也！』」（《論語·公冶長》），其中「謂」就是「以為、認為」義或「說」義。（詳見 3.3「謂」）

　　我們發現「謂」表「評論」義的句子中，「謂」的主體既有「君子」、「孔子」、「楚子」、「君王」之類的重要人物，甚至也有「據與款」這類普通人，因為任何人都有發表議論、闡述看法的可能，當然有時候作者是借「君子」、「孔子」、「子」、「仲尼」之口來發表議論。這種只帶小句賓語的情況同「謂」帶雙賓語的情況完全不同。詞義上，這種情況下的「謂」雖然也可解為「說」，但是其意義顯然已經不是一般意義上的「說」，而是反映「謂」的主體的主觀認識，是就

〔註 5〕　此處參看楊玉成《奧斯汀：語言現象學與哲學》，商務印書館，2002 年，第 29 頁和 65 頁。

某人某事進行的議論。一般譯作「以爲、認爲」，或直接譯爲「說」也可以。
這時「謂」已經由言說意義發展爲心理動詞。首先，言爲心聲，說什麼往往
就是認爲什麼；另外，認知域與言語行爲域的區分，可以運用於動詞、情態、
復句等各項研究領域。〔註6〕。「這兩個域的區分，也體現在詞義的演變之中。」
〔註7〕根據我們對言說類動詞的全面研究，我們發現很多言說類動詞的意義引申
出認知類動詞的意義（如「諭」由「告曉」引申出「明白、理解」義），後來「言」
也產生了「以爲、認爲」義，是詞義引申的結果。〔註8〕

4.4 言說動詞組合關係的演變

有些言說動詞從古至今詞義變化不大，但是組合關係發生了很大變化。如
「問」、「告」之類詞項，詞義古今基本無變，但是動詞所帶關係對象（G）由
「動＋介＋G」演變爲「動詞＋G」。〔註9〕

「問」在上古前期，以介詞引出 G 爲主，如「季康子患盜，問於孔子。」
（《論語・顏淵》）；上古後期變成了「問」直接帶 G 爲主，如「妾怪之，問孔
成子。」（《史記・卷三十七》）

「告」的組合關係變化也比較大。春秋中晚期到漢代「介詞＋G」倒置於
動詞「告」前的情況完全不見了。總的來說最大的變化是介引 G 的比例漸減。
實際上，這種趨勢從甲骨文就萌芽了。戰國中期以後到兩漢，「告於」的存在基
本上是前代文獻的延用，一般來說「告」的關係對象不再需要介詞引出了。

另外，有些引出直接引語的言說動詞的組合關係也發生了變化：「動詞＋
曰＋直接引語」爲主發展爲以「動詞＋直接引語」類型爲主。如「問」、「告」、
「謂」、「語」等皆如此。一般來說，上古前期要在動詞後用「曰」才能出現
直接引語；而上古後期言說動詞多數情況下可以直接引出直接引語。例如「問」

〔註6〕 沈家煊《復句三域「行」、「知」、「言」》，《中國語文》，2003 第 3 期。

〔註7〕 李明《從言語到言語行爲》，《語言文字學》，2004 第 11 期，第 73 頁。

〔註8〕 蔣紹愚先生認爲「言」的「認爲」義是受到同義詞「謂」的影響類推出來的，是
詞「相因生義」的結果。詳見《蔣紹愚自選集》第 3 頁～5 頁，但是我們認爲這
是詞義引申的作用，而非詞義類推或詞義滲透的結果，因爲二者具有引申的機制。

〔註9〕 參見楊鳳仙《古漢語「問」之演變》（《古漢語研究》2009 年第 4 期）和《試論上
古介詞「於」用法的演變》（《中國政法大學學報》2012 年第 3 期）。

的組合關係就發生了這樣的變化。「問＋直接引語」的方式在上古前期雖已應用（尤其口語中應用較爲廣泛），但是書面語中用之寥寥。到戰國晚期甚至到漢代這種用法才有所增加。因此我們認爲，「問＋直接引語」的類型是口語影響書面語的結果。中古以後直接用「問」引出的比例大增。儘管漢代口語中已經少用「曰」而直接用「問」引出了，但是在書面語中，直到近代漢語「問＋引語」才成爲引出直接引語的主要方式（詳見 3.1「問」）

4.5　言說動詞「配價」項導致詞義引申

化學概念「價」被法國語言學家 Lucien Tesnière 引進語法學研究中，是爲了說明一個動詞能支配多少種不同性質的名詞和名詞性短語。他提出動詞是句子的中心，它支配著句子中別的成分，直接受動詞支配的有「名詞詞組」或「副詞詞組」，其中名詞詞組形成「行動元（actant）」，一個動詞行動元不得超過三個，即主語、賓語 1、賓語 2。動詞的「價」就是由它所支配的「行動元」即名詞性詞語的數目所決定，能支配幾種性質的名詞性詞語就是幾價動詞。言說類動詞一般能支配兩個或三個行動元，即二價動詞或三價動詞。這實際上就是動詞與其對象間的關係，利用動詞和不同性質的名詞之間的配價關係來研究解釋某些語法現象，已經成爲語法學界的共識。

然而，這種配價理論只行於語法研究中，而沒有在語義研究中引起重視。配價思想引入語義研究中，我們發現動詞與其所支配對象有密切的聯繫，二者是相互作用的，動詞決定了它所支配的名詞；反之，動詞所支配的名詞有時也決定了動詞的詞義、影響了動詞詞義的發展。

言說類動詞或是二價或是三價動詞，其組合對象主要有：施事、關係對象 G（跟誰說）、受事內容 N（說什麼），所以從組合關係來說，從動詞所支配對象的視角有時會產生不同的語義特徵或演變爲一個獨立義位，這是言說類動詞的一個重要特徵，尤其是從受事項角度而產生的意義。當動詞受事內容（N）是由人來充當的時候，這時候從受事者（N）的角度來觀察詞義可能就會有不同的心裏側重或產生不同的心裏感受。比如「指責、批評」類動詞最容易引起被動者的反感情緒。

不管是從受事項的角度，還是從施事項的角度，由於長期處於一種特定組合關係中而產生的語義特徵可能固化爲一個新的獨立義位。

4.5.1 受事項導致引申

言説類動詞很多有兩個受事，一個是受事內容 N，一個是關係對象 G。當受事內容由人充當的時候，動詞也要影響到作為受事內容的人，所以一個三價言説動詞可以從更多不同角度來認識詞義，從受事項角度產生的意義即是該義位的義位變體。但是如果這個義位變體的使用頻率增大，就可能會導致一個新義位的產生，如「誹謗」由「指責」義演變「詆毀」義、「喻」由「告曉」義演變為「明白」義、「説」由「勸説」義發展出「喜悦」義、「訓」由「教導」發展出「順從」義等，都是從受事項角度產生的義位。

「誹 2」、「謗 2」或者「誹謗」（詆毀義）的產生，就是從受事項的角度，反映受事者的感受而產生的新義位。誹 1、謗 1 表指責義帶著施事者強烈的主觀感情色彩（尤其是「謗」），所以客觀上這種指責常常會引起受事者強烈反應。而且封建統治者把這種「誹」、「謗」（對上位者的指責）當成一種罪名，對誹謗者予以治罪，這樣「誹」、「謗」就被當權者強行賦予了詆毀當權者名譽、惡意破壞朝廷的意義。退一步説，即使被誹謗者不是統治者，這種批評指責也很有可能不為受事者所理解，那麼這種指責就可能被認為是故意毀壞名譽，無中生有。世間之事，大多如此。況且，有時這種背後的公開攻擊，從客觀角度來説，也可能會起到毀壞被批評者名譽的作用。所以從指責到詆毀，不是由於詞義加重而產生的意義，而是從受事項的角度而產生的。

「諭（喻）」表「告之使曉」義即指把事情、道理或意願等向人陳述或解説，讓對方明白、理解。它包含兩種主要的語義特徵：一是傳遞信息的動作；一是使客體明白。即使帶人稱賓語，也是表示「向這些人説明情況或闡明道理，使之懂得」之義。如「告諭秦父兄。」）《史記·卷八》）意思是向秦的父兄講明道理。這是從説者角度（施事項）而言，是「講明道理或情況」。當客體作為話題的時候，「諭」表「懂得、理解」之義，段注：「曉之曰諭，其人因言而曉亦曰諭。」此義初見於《論語》，「君子喻於義，小人喻於利。」（《論語·里仁》）當這一意義使用頻率的增多，就產生了一獨立義位「諭 2」（「知道、明白」義），如「諸侯皆諭乎桓公之志。」（《穀梁傳·僖公三年》）意思是諸侯都懂得桓公的心意。所以「諭（喻）」之「懂得、理解」義也是從受事項角度而引申出的義位。

「説」表示「向別人陳述己見，用事實和道理使人相信自己的説法，聽從

自己的意見」之義。從受事者來說，因爲被勸說而信服，從而內心產生喜悅之情。而且後來還專門爲此義造了一個分化字「悅」。悅從「心」，強調受事者的心裏感受。

「訓」是講述過去的事例、法規、道德、習俗等，目的是讓人聽從。從它的主客體來看，一般來說上級對下級或有知者對無知者，被訓對象往往是民眾或四方之人。施事者或是先輩或是上級或是專門從事說教的人。「訓」之目的往往是，要求被說教者聽從說教者的話。所以「訓」的語義特徵不但強調主體的教導義，也包含客體的服從義，當客體充當主語時「訓」就表示「服從、順從」之義，如「無競維人，四方其訓之。有覺德行，四國順之。」（《詩經‧大雅‧抑》）毛傳：「訓，教也」鄭箋：「有大德行，則天下順從其政。」這裡，毛亨和鄭玄的解釋分別是從「訓」的主客體角度加以訓釋的，都是可以的，只是由於主語是「四方」，「順從」更切近文意。

但是很多情況下，這個義位變體只是臨時的語境義，並沒有獨立爲一個新義位，下面以「譖」和「訴」爲例加以說明。

「鞫人忮忒。譖始競背。」（《詩經‧大雅‧瞻卬》）鄭箋：「譖，不信也。……其言無常，始於不信，終將違背人。」一說：進讒言。嚴粲《詩輯》：「始則譖毀之，終則背棄之。」陳奐《傳疏》：「譖，讒言之。」屈萬里《詮釋》：「言以譖人爲始，及其終又自背其言也。」又一說：通「僭」，虛妄〔註10〕。

上例「譖」目前學界主要有這兩種看法〔註11〕：譖毀（在別人面前說某人的壞話）；不信任，通「僭」。但是我們認爲二者是同一義位的不同變體，「不信任」或「虛妄」都是從「譖」的受事者角度而言的，一個被誣陷的人對於誣陷者是不會再信任的，當然也認爲他的話是虛妄的。所以從受事項角度來看，「譖」就是「不信任」之義；從施事項角度來看仍是「誣陷別人」，這是從不同的角度認識詞義的結果。學界的這兩種看法實質上是相同的，即「不信任、虛妄」，是文中意、語境意；而「譖毀」說，是詞義訓釋，所以他們的看法實際上是不矛盾的。

〔註10〕 見向熹《詩經詞典》四川人民出版社，1997，第 873～874 頁。

〔註11〕 此處參看《詩經詞典》（同上）第 874 頁。目前，常見的工具書都把此二句之「譖」釋爲「不信任」，讀爲「僭」。一般字典「譖」都兩讀，讀爲「僭」的所舉例就是上面兩例。

「朋友已譖，不胥以穀。人亦有言：進退維谷。」（《詩經‧大雅‧桑柔》）鄭箋：「譖，不信也。」此例「朋友已譖」中「譖」之所以會產生「不信任」義，就是從受事項角度而言的，作爲被誣陷的他不會再信任「朋友」的，因爲他的「朋友」（施事者）已經陷害了他。

又如「訴」，是「向某一值得信賴的人述說因某人或某事引起自己的不良情緒或苦處」。如「他日，董祁愬於范獻子曰：『不吾敬也。』」（《國語‧晉語九》）

但是當「訴」內容由人充當受事對象的時候，如果從受事項的角度，就會產生不同的詞義理解，如「取貨於宣伯而訴公於晉侯，晉侯不見公。」（《左傳‧成公十六》）杜注：「訴，譖也。」此例爲《漢語大字典》（6552 頁）「訴」的「讒害、詆毀」義項下所列例句之一。其意是，（他）從宣伯那裡取得財物，在晉厲公面前詆毀成公（因爲受人財物而替人辦事）我們認爲此句中的「訴」是「誣陷」意，但是它是「訴」的文中意，這是從受事項「公」的角度認識詞義的結果，而非詞義訓釋。杜預所注的「訴，毀也」，也是文中意，是從受事項或從讀者角度而產生的臨時語用意義，眞正的「訴」本身的詞義特徵並非如此。（詳見 3.7「訴」）

4.5.2　施事項導致引申

如果施事項固定爲某一類人（如封建帝王），這種語義特徵常常固化爲詞義特徵，如「詔」。

「詔」之「告訴」義主要存在於春秋晚期到戰國初中期，既有上告下，也有下告上，也有平等地位的相告。「詔」的主體一般來說掌握一定知識的人或具有某專門知識的人，所以客體一般聽從主體所說。而主體並非只是上位者，主體和客體的地位存在著各種各樣的關係，不分地位高低。「詔」主要的意義，就是告訴別人做什麼或不做什麼，所以常常翻譯作「告戒」或「教導」，如「詔後治內政。」（《周禮‧天官冢宰》）；「夫爲人父者，必能詔其子；爲人兄者，必能教其弟。若父不能詔其子，兄不能教其弟，則無貴父子兄弟之親矣。」（《莊子‧盜跖》）

戰國晚期由於施事者常常是「上級（也包括君王）」，已經不是普通人的行爲，尤其是漢代，「詔」的主體專爲君王，所以漢代「詔」產生了新義位「皇帝發佈命令或文告」，「詔」成爲皇家專用詞。

4.6　類　推

作爲詞義引申的規律，諸多學者談過相關的問題。雖然說法各異，實質內容相近。我們在探討言說類動詞詞義引申的時候，採取一種較爲保守的態度，如果義位之間具有引申的機制，我們不認爲是「類推」所致。但是「類推」作爲詞義演變的規律在「言說」類語義場是有所體現的。比如說「謂」帶單賓語用法的產生可能就是「類推」規律作用的結果。

上古漢語中「謂」帶單賓語的情況罕見，因爲「謂」的詞源意義是兩兩相當，所以一般都出現雙賓語。先秦「謂」帶單賓例子僅見兩例，即：

g、鮑牽見之，以告國武子，武子召慶克而謂之。慶克久不出，而告夫人曰：「國子謫我！」（《左傳・成公十七年》）

h、子盍謂之。（《左傳・昭公八年》）

此兩例是「謂」罕見的單賓用例（而且帶「非句子」賓語），這種情況下跟「告」的用法相同。例 g 可能是爲了避免與「告」重複（本句的前後都出現了「告」），才類推出「謂」跟「告」相同的用法。例 h 帶單賓語也可能是同義詞「類推」的結果。「謂」、「告」、「語」在「對……說」的用法（「動詞＋G＋引直接語」）上相同，所以由「『告或語』＋G（單賓）」的結構類型類推出「謂＋G（單賓）」的類型。漢代「謂」帶單賓語的情況雖然有所增加，但是用例仍不多。如「代王乃謂太尉。」（《史記・卷九》）、「請往謂項伯，言沛公不敢背項王也。」（《史記・卷七》）、「臣常欲謂太尉絳侯。」顏師古注：「謂者，與之言。」（《漢書・陸賈傳》）

以上是我們對上古言說類動詞研究的一些思考和總結，也更進一步認識到這種從某一類詞出發進行觀察研究詞義演變的重要意義。僅僅從言說類動詞出發，我們就發現了詞義演變過程中一些規律性的東西以及一些值得深思的現象。如果我們把視野擴展到他類詞的研究，可以預見的是，這些不同類別的詞義研究將對漢語詞彙學史甚至漢語語法學史的研究有重要的意義。尤其是其中常用詞的研究更有重要性，如果這樣的研究累積到一定的程度，將爲漢語歷史詞彙學和漢語辭彙發展史的建立提供一個較爲堅實的基礎。

附錄　語料主要來源

1、詞典類

說文解字，（東漢）許慎，中華書局，1980 年。

辭源〔Z〕，吳澤炎等，北京：商務印書館，1995 年。

古代漢語詞典〔Z〕，《古代漢語詞典》編寫組，北京：商務印書館，1998 年。

王力古漢語字典〔Z〕，王力，唐作藩等，北京：中華書局，2000 年。

2、電子語料

國學寶典，北京國學時代文化傳播有限公司，尹小林研發。

3、語料核對參考文獻

《十三經注疏》，中華書局，1980 年。

《諸子集成》，上海書店，1991 年。

《論語譯注》，楊伯峻，中華書局，1980 年。

《孟子譯注》，楊伯峻，中華書局，2003 年。

《孟子正義》，中華書局，1998 年。

《荀子新注》，北京大學《荀子》注釋組，中華書局，1979 年。

《墨子校注》（上、下），吳毓江撰、孫啓治點校，中華書局，1993 年。

《莊子》，莊周著，郭象注，上海古籍出版社，1989 年。

《國語》，上海師範大學古籍整理組，上海古籍出版社，1978 年。

《楚辭集注》，朱熹集注，上海古籍出版社，1979 年。

《韓非子集釋》，陳奇猷，上海人出版社，1974 年。

《韓非子新校注》，陳奇猷，上海古籍出版社，2000 年

《呂氏春秋》，呂不韋輯，〔清〕畢沅輯校，中華書局，1991 年。

《呂氏春秋校釋》，陳奇猷校釋，學林出版社，1984 年。

《管子》，〔唐〕房玄齡注，上海古籍出版社，1989 年。

《戰國策》，〔西漢〕劉向集錄，上海古籍出版社，1978 年。

《論衡》，〔漢〕王充撰，上海古籍出版社，1992 年。

《史記》，〔漢〕司馬遷，中華書局，1959 年。

《世說新語》，〔南朝宋〕劉義慶，中華書局，1962 年影印本。

《漢書》，〔漢〕班固撰，〔唐〕顏師古注，中華書局，2000 年。

參考書目

一、詞典類

1. 古代漢語詞典〔Z〕,《古代漢語詞典》編寫組,北京:商務印書館,1998 年。
2. 王力古漢語字典〔Z〕,王力,唐作藩等,北京:中華書局,2000 年。
3. 漢語大辭典〔Z〕,羅竹鳳主編,上海:漢語大辭典出版社,2002 年。
4. 辭源〔Z〕,吳澤炎等,北京:商務印書館,1995 年。
5. 故訓滙纂〔Z〕,宗福邦,陳世鐃,蕭海波,北京:商務印書館,2003 年。
6. 現代漢語詞典〔Z〕,中國社會科學院語言研究所詞典編輯室,北京:商務印書館,1996 年。
7. 說文解字注,〔清〕段玉裁,上海古籍出版社,1983 年。
8. 說文通訓定聲,〔清〕朱駿聲,中華書局,1984 年。

二、論著類(按音序排列)

1. 奧斯汀,語言現象學與哲學〔M〕,北京:商務印書館,2002 年。
2. 崔宰榮,漢語吃喝語義場的演變〔J〕,載《語言學論叢》第 24 輯,北京大學出版社,2001 年。
3. 董蓮池,談談《說文》言部幾個字的義訓〔J〕,載《古籍整理研究學刊》,1994 第 2 期。
4. 馮淩宇,人體詞語研究〔D〕,武漢大學博士論文,2003 年。
5. 符淮青,a 漢語表示「紅」的顏色詞群分析(上、下)〔J〕,載《語文研究》,1988 第 3 期和 1989 第 1 期。
6. 符淮青,b 詞義的分析和描寫〔M〕,北京:語文出版社,1996 年。

7. 符淮青，c 詞典學詞彙學語義學論文集〔C〕，北京：商務印書館，2004 年。

8. 高名凱，論語言系統中的詞位〔J〕，載《北京大學學報》，1962 年第 1 期。

9. 高慶賜，漢語單音詞詞義系統簡論〔J〕，載《華中師院學報》，1978 年第 1 期。

10. 高守綱，古代漢語詞義通論〔M〕，北京：語文出版社，1994 年。

11. 何九盈，蔣紹愚，古漢語辭彙講話〔M〕，北京：北京出版社，1980 年。

12. 何樂士，古漢語語法研究論文集〔C〕，北京：商務印書館，2000 年。

13. 洪成玉，辭彙的系統性〔J〕，載《北京師範大學學報》，1987 年第 4 期。

14. 黃金貴，古代文化詞義集類辨考〔M〕，上海：上海教育出版社，1995 年。

15. 黃金貴，古代文化詞語考論〔M〕，杭州：江大學出版社，2001 年。

16. 黃金貴，古漢語同義詞辨釋論〔M〕，上海：上海古籍出版社，2002 年。

17. 黃景欣，試論詞彙學中的幾個問題〔J〕，載《中國語文》，1963 年第 3 期。

18. 黃易青，上古漢語同源詞意義關係研究〔D〕，北京師範大學博士論文，1997 年。

19. 黃易青，上古漢語意義系統中的對立統一關係〔J〕，載《北京師範大學學報》，2003 年第 5 期。

20. 賈彥德，漢語語義學〔M〕，北京：北京大學出版社，1999 年。

21. 蔣紹愚，a 關於漢語辭彙系統及其發展變化的幾點想法〔J〕，載《中國語文》，1989 年第 1 期。

22. 蔣紹愚，b 古漢語辭彙綱要〔M〕，北京：北京大學出版社，1989 年。

23. 蔣紹愚，c 漢語辭彙語法史論文集〔C〕，北京：商務印書館，2000 年。

24. 蔣紹愚，d 白居易詩中與「口」有關的動詞〔A〕，載《蔣紹愚自選集》，鄭州：大象出版社，1994 年。

25. 李榮，漢語方言大詞典（41 分地本）〔Z〕，江蘇教育出版社，1997 年。

26. 李如龍，漢語方言學〔M〕，北京：高等教育出版社，2000 年。

27. 李如龍，漢語方言的比較研究〔M〕，北京：商務印書館，2001 年。

28. 李運富，a 古漢語詞彙學說略〔J〕，載《衡陽師專學報》，1988 年第 4 期。

29. 李運富，b 漢語辭彙研究中的幾個問題〔J〕，載《湖湘論壇》，1989 年第 3 期。

30. 李運富，c 古漢語詞彙學與訓詁學關係談〔A〕，載《中國語言學發展方向》，北京：光明日報出版社，1989 年。

31. 李運富，d《左傳》謂語「請」字句的結構轉換〔J〕，載《語言文字學》，1994 年第 10 期。

32. 羅積勇，《試論漢語詞義演變中的「相因生義」》〔D〕，武漢大學碩士學位論文，1985 年。

33. 李明，試談言說動詞向認知動詞的引申〔J〕，載《語法化與語法研究（一）》北京：商務印書館，2003 年。

34. 李明，從言語到言語行為——試談一類詞義演變〔J〕，載《中國語文》2004 年第 5 期。

35. 李紅印，現代漢語顏色詞辭彙——語義系統研究〔D〕，北京大學博士論文，2001年。

36. 李宗江，漢語常用詞演變研究〔M〕，上海：漢語大詞典出版社，1999年。

37. 李佐豐，《左傳》的「語」「言」和「謂」「曰」「云」〔J〕，載《語言學論叢》第16輯，北京：商務印書館，1991年。

38. 李佐豐，先秦漢語實詞〔M〕，北京：北京廣播學院出版社，2003年。

39. 劉丹青，語序類型學與介詞理論〔M〕，北京：商務印書館，2003年。

40. 劉鈞傑，a，同源字典補〔M〕，北京：商務印書館，1999年。

41. 劉鈞傑，b，同源字典再補〔M〕，北京：語文出版社，1999年。

42. 劉學林，周淑萍等，十三經辭典（孟子卷）〔Z〕，西安：陝西人民出版社，2002年。

43. 劉叔新，a，辭彙體系問題〔J〕，載《中國語文》，1964年第3期。

44. 劉叔新，b，漢語描寫詞彙學〔M〕，北京：商務印書館，1990年。

45. 劉叔新，c，語義學和詞彙學問題新探〔M〕，天津：天津人民出版社，1993年。

46. 呂東蘭，從《史記》、《金瓶梅》等看漢語「觀看」語義場的歷史演變〔J〕，載《語言學論叢》第21輯，北京：北京大學出版社，1998年。

47. 陸宗達，王寧，d 訓詁與訓詁學〔M〕，太原：山西教育出版社，1994年。

48. 陸宗達，王寧，e 古漢語詞義研究〔J〕，載《辭書研究》，1981年第2期。

49. 呂淑湘，漢語語法論文集〔C〕，北京：商務印書館，2002年。

50. 孟蓬生，上古漢語同源詞語音關係研究〔M〕，北京：北京師範大學出版社，2001年。

51. 任學良，《古代漢語‧常用詞》訂正〔M〕，杭州：浙江大學出版社，1987年。

52. 宋永培，a，古漢語詞義系統研究〔M〕，呼和浩特：內蒙古教育出版社，2000年。

53. 宋永培，b，《說文》與上古漢語詞義研究〔M〕，成都：巴蜀書社，2001年。

54. 沈家煊，R, W, Langacker 的「人知語法」〔J〕，載《國外語言學》，1994年第1期。

55. 石安石，語義論〔M〕，北京：商務印書館，1993年。

56. 石安石，語義研究〔M〕，北京：語文出版社，1994年。

57. 石毓智，李訥，漢語語法化的歷程——形態句法發展的動因和機制〔M〕，北京：北京大學出版社，2004年。

58. 束定芳，論隱喻的本質及語義特徵〔J〕，載《外國語》1993年第6期。

59. 蘇新春，漢語詞義學〔M〕，廣州：廣東教育出版社，1992年。

60. 蘇新春，《二十世紀漢語詞彙學著作提要‧論文索引》序〔J〕，辭書研究，2005年。

61. 石安石，語義論〔M〕，北京：商務印書館，1993年。

62. 石安石，語義論〔M〕，北京：商務印書館，1993年。

63. 蘇寶榮，詞義研究與辭書釋義〔M〕，北京：商務印書館，2000 年。

64. 蘇寶榮，宋永培，古漢語詞義簡論〔M〕，石家莊：河北教育出版社，1987 年。

65. 蘇寶榮，宋永培，論漢語詞義的系統及説解詞義的方法〔J〕，載《河北師範大學學報》，1985 年第 2 期。

66. 孫常敍，漢語辭彙〔M〕，長春：吉林人民出版社，1956 年。

67. 索緒爾，普通語言學教程〔M〕，北京：商務印書館，1999 年。

68. 童致和，香和臭的詞義演變及氣味詞的詞義系統的發展〔J〕，載《杭州大學學報》，1983 年第 2 期。

69. 汪維輝，東漢——隋常用詞研究〔M〕，南京：南京大學出版社，2000 年。

70. 汪維輝，漢語「説類詞」的歷時演變與共時分佈〔J〕，載《中國語文》，2003 年第 4 期。

71. 王楓，「言説」類動詞語義場的歷史演變〔D〕，北大碩士論文，2004 年。

72. 王鳳陽，古辭辨〔M〕，長春：吉林文史出版社，1993 年。

73. 王建喜，「陸地水」語義場的演變及其同義語素的疊置〔J〕，載《語文研究》，2003 年第 1 期。

74. 王寧，a 訓詁學原理〔M〕，北京：中國國際廣播出版社，1996 年。

75. 王寧，b 古漢語詞義系統研究·序〔A〕，載宋永培《古漢語詞義系統研究》，内蒙古教育出版社，2000 年。

76. 王寧，c 漢語辭彙語義學的重建與完善〔J〕，載《寧夏大學學報》，2004 第 4 期。

77. 王力，漢語史稿（上、中、下）〔M〕，北京：中華書局，1980 年。

78. 王力，同源字典〔M〕，北京：商務印書館，1997 年。

79. 王力，漢語語法史〔M〕，北京：商務印書館，2000 年。

80. 王力，漢語辭彙史〔M〕，見《王力文集》第十一卷，濟南：山東教育出版社 1984 年。

81. 王政白，古漢語同義詞辨析〔M〕，黃山書社，1992 年。

82. 向熹，詩經詞典〔M〕，成都：四川人民出版社，1997 年。

83. 徐炯烈，語義學〔M〕，北京：語文出版社，1995 年。

84. 徐朝華，上古漢語辭彙史〔M〕，北京：商務印書館，2003 年。

85. 解海江，張志毅，漢語面部語義場的演變〔J〕，載《古漢語研究》，1993 年第 4 期。

86. 楊伯峻，論語譯注〔M〕，北京：中華書局，2004 年。

87. 楊榮祥，從《世説新語》看同義詞聚合的歷史演變〔J〕，載《國學研究》，北京：北大出版社，第九卷，2002 年。

88. 姚錫遠，上古時期詞彙學研究説略〔J〕，載《河南教育學院學報》，1996 年第 3 期。

89. 姚振武，《晏子春秋》詞類研究〔M〕，開封：河南大學出版社，2005 年。

90. 袁毓林，漢語動詞的配價研究〔M〕，南昌：江西出版社，1998 年。

91. 詹人鳳，現代漢語語義學〔M〕，北京：商務印書館，1997 年。

92. 張聯榮，古漢語詞義論〔M〕，北京：北京大學出版社，2000 年。

93. 張慶雲，張志毅，義位的系統性〔A〕，載《詞彙學新研究》，北京：語文出版社，1995 年。

94. 張仁明，墨子詞典〔Z〕，貴陽：貴州人民出版社，2003 年。

95. 張雙棣，殷國光，陳濤，呂氏春秋詞典〔Z〕，濟南：山東教育出版社，2000 年。

96. 張萬起，世說新語詞典〔Z〕，北京：商務印書館，1993 年。

97. 張希峰，漢語詞族叢考〔M〕，成都：巴蜀書社，1999 年。

98. 張永言，詞彙學簡論〔M〕，武漢：華中工學院出版社，1982 年。

99. 張永言，語文學論集〔M〕，北京：語文出版社，1992 年。

100. 張永言，汪維輝，關於漢語辭彙史研究的一點思考〔J〕，載《中國語文》，1995 年第 6 期。

101. 張玉金，漢語語法研究〔M〕，北京：商務印書館，2004 年。

102. 張志毅，張慶雲，辭彙語義學〔M〕，北京：商務印書館，2001 年。

103. 張志毅，張慶雲，詞和詞典〔M〕，北京：中國廣播電視出版社，1994 年。

104. 趙振鐸，論上古兩漢漢語〔J〕，載《古漢語研究》，1994 年第 3 期。

105. 周光慶，古漢語詞彙學簡論〔M〕，武漢：華中師範大學出版社，1989 年。

106. 周薦，a，復合詞詞素間的意義結構關係〔A〕，載《語言研究論叢》（第六輯），天津：天津教育出版社，1991 年。

107. 周薦，b，漢語辭彙研究史綱〔M〕，北京：語文出版社，1995 年。

108. 周薦，c，雙字組合與詞典收條〔C〕，載《中國語文》，1999 年第 4 期。

109. 周祖謨，漢語辭彙講話〔M〕，北京：人民教育出版社，1959 年。

110. 周祖謨，方言校箋〔M〕，中華書局，2004 年。

111. 朱德熙，現代漢語語法研究〔M〕，北京：商務印書館，2001 年。

112. 朱星，漢語詞義簡析〔M〕，武漢：湖北教育出版社，1985 年。

113. 鄒酆，辭書學叢稿〔M〕，武漢：崇文書局，2004 年。

三、外文類

1. Anna Wierzbicka, English Speech Act Verbs〔M〕, Academic Press, 1987。

2. Lyons J, Semantics〔M〕, Cambridge University Press, 1977。

後　記

　　時光荏苒，博士論文答辯已經六年有餘。當年論文寫作和答辯的場景至今仍歷歷在目，回想當年博士論文選題曾幾度更換，幾近崩潰。後來受到汪維輝《東漢——隋常用詞研究》的啟發，擬從上古常用詞入手加以研究。導師李運富先生對詞義辭彙系統有著深入的探討和獨特的研究思路，高屋建瓴地把題目限定爲一類詞語的概念場研究，加之其悉心指導和嚴格要求，論文得以完成並通過答辯。答辯座師爲何九盈、王寧、姚振武、董琨、孫玉文、趙誠、劉力等先生，各位先生對論文提出了中肯的意見。借出版之際，謹向上述各位先生致以誠摯的謝意。

　　三年讀博生涯，竊以爲學術上有一定長進，但完全賴於先生的指導和嚴格要求。尤其博士論文的完成，從論題選定到論文謀篇布局，甚至於目錄的敲定，每一步無不浸透著先生心血，記不清開題報告和論文被先生修改的次數。尤其感激先生的嚴格要求，我性急，做事糙，導致文章總是出現這樣或那樣的行文之類的錯誤，先生儘管「忍無可忍」，還是耐心指導，甚至到論文的關鍵階段我還在執拗地堅持自己的寫法，又是先生耐心開導，才使我及時醒悟。如果不是先生對我那些「是可忍，孰不可忍」的毛病「嚴厲」批評，我真是難以想像帶著那些毛病去寫博士論文，那我的論文會是怎樣的一個大返工的局面？也更難以想像，將怎樣從事今日之學術研究？先生之道德文章令我感佩不已，而且將令我受用終生。

　　從當年博士論文的完成到今日之學術研究，恩師李運富先生一直關懷我的學術成長，他嚴謹的精益求精的學術態度和孜孜以求的可貴品質一直催我自新，所以我也從未敢放慢自己的腳步。先生一直惦念著我的論文出版事宜，此書即將付梓，幸蒙導師之推薦。

　　除了導師李運富先生，我要專門感謝一人——姚振武先生。選題未定前，我到社科院查資料，有幸結識姚先生，自此不揣冒昧常常請教他。博士論文選題定題過程中，他一直給予關懷與指導，堪稱「第二導師」，其惠示的相關資料及其對論文的寶貴意見，尤其是開題過程中的鼓勵和支持一直令我難以忘懷，在此我要對姚振武先生致以深深的謝意。

　　我還要鄭重感謝尹小林先生和他的國學寶典！如果不是借助國學寶典的強大功能，想在那麼短時間內完成論文，可謂癡心妄想！在如今這個經濟大潮時代，尹先生竟然能對一個學生提供無償的資料援助，實屬難能可貴！更令我感激不盡！

　　還有，血濃於水的溫暖親情是支撐我的強大後盾，尤其是夫君楊賀斌先生獨自一人承擔起既為人父又為人母的重任，且毫無怨言；妹妹楊翠先的鼓勵、開導和實際幫助使我經受住了一個又一個痛苦煎熬；遠在家鄉年過花甲的父母的殷切期望，這些都是我前行的動力。

　　文章所做的修改之處主要有：

1. 遵照答辯委員會各位先生的意見，進行了修改。
2. 對所討論的 10 組概念義場又打磨了幾遍，尤其對詞項典籍用例的統計進一步精細。
3. 吸收近年來新發表的有關研究成果。
4. 書名遵照導師意見修改為今題，這樣的表述更準確些。

　　最後，感謝花木蘭文化出版社，是她憑著一股發揚中華文化的熱情，讓這部束之高閣數年的學術成果得見天日。

　　論文即將付梓，自忖書中錯謬淺陋之處定有不少，望海內外同仁，不吝賜教，批評指正。

楊鳳仙於北京昌平軍都山下

2012.9.18